Congiunti Mortali

LIBRI DI LUCINDA BRANT

— I gialli di Alec Halsey —
FIDANZAMENTO MORTALE
RELAZIONE MORTALE
PERICOLO MORTALE
CONGIUNTI MORTALI

— La saga della famiglia Roxton —
NOBILE SATIRO
MATRIMONIO DI MEZZANOTTE
DUCHESSA D'AUTUNNO
DIABOLICO DAIR
LADY MARY
IL FIGLIO DEL SATIRO
ETERNAMENTE VOSTRO
CON ETERNO AFFETTO

— Serie Salt Hendon —
LA SPOSA DI SALT HENDON
IL RITORNO DI SALT HENDON

'Occhialino e penna d'oca, e via nella mia portantina——il 1700 impazza!'

Lucinda Brant scrive romanzi e mistery ambientati nell'era georgiana, famosi per la loro arguzia, l'atmosfera drammatica e il lieto fine. Ha una laurea in storia e scienze politiche ottenuta all'Australian National Universiry e una specializzazione post-laurea in scienza dell'educazione della Bond University, che le ha anche assegnato la medaglia Frank Surman.

Nobile Satiro, il suo primo romanzo, ha ottenuto il premio Random House/Woman's Day Romantic Fiction di 10.000 $ ed è stato per due volte finalista del Romance Writers' of Australia Romantic Book of the Year.

Tutti i suoi libri hanno ottenuto riconoscimenti e premi e sono diventati bestseller mondiali.

Lucinda vive in quella che chiama 'la sua tana di scrittrice' le cui pareti sono ricoperte da libri che coprono tutti gli aspetti del diciottesimo secolo, collezionati in oltre 40 anni... il suo paradiso. È felice quando i lettori la contattano (e risponderà!).

lucindabrant@gmail.com	|	lucindabrant.com
pinterest.com/lucindabrant	|	twitter.com/lucindabrant
facebook.com/lucindabrantbooks	|	youtube.com/lucindabrantauthor

MIRELLA BANFI

Quando non sto leggendo, passo il tempo libero traducendo i libri che mi sono piaciuti, per dare anche ad altri la possibilità di leggerli in italiano. I vostri commenti sono importanti, mandatemi un messaggio a:

mirella.banfi@gmail.com

Congiunti Mortali

UN GIALLO STORICO GEORGIANO
I GIALLI DI ALEC HALSEY, QUARTO VOLUME

Lucinda Brant

TRADUZIONE DI MIRELLA BANFI

per

Aarin

PROLOGO

FIVETREES – KENT, ESTATE 1764

La bestia giaceva morta ai loro piedi.

Il sangue, rosso brillante, usciva dalla ferita in piccole bolle dove la freccia aveva squarciato la carne, perforando un polmone e penetrando nel cuore. Quando era stata colpita, la bestia aveva alzato la pesante testa, sorpresa. Poi si era voltata ed era fuggita, frenetica, dal pascolo aperto verso la sicurezza del bosco fitto.

Un ultimo scatto vitale nella luce morente di un giorno d'estate.

Due dei tre giovani le diedero la caccia, facendosi strada tra le felci, evitando rami, scivolando sulle foglie fradicie e nel fango, pronti a correre fino a farsi esplodere i polmoni. Quella bestia era loro e non se la sarebbero lasciata sfuggire.

Cento metri nella densa foresta e la trovarono crollata accanto a un tronco coperto di licheni, che esalava l'ultimo respiro.

Si avvicinarono con cautela, non completamente convinti che un animale così possente potesse essere sconfitto da una singola freccia di balestra. Temevano che potesse avere ancora in sé la forza di combattere e che si sarebbe rialzato in un ultimo atto di sfida. E se l'avesse fatto e loro fossero stati troppo vicino, li avrebbe sventrati e si sarebbero ritrovati feriti e sanguinanti.

Ma la bestia non si riprese.

Incoraggiato, uno dei ragazzi tese il piede infangato e toccò con l'alluce il corpo inerte. Quando non ci fu reazione, si spostò più vicino e premette il piede nella ferita. Il sangue fuoriusciva dalla ferita e si raccoglieva intorno alla freccia, gocciolando sul tappeto di foglie morte. Il suo amico afferrò un bastoncino e, tenendolo con il braccio teso, lo ficcò nel fianco della bestia. E, come il suo amico, quando la bestia non reagì, si spostò più vicino, e la stuzzicò di nuovo, e una terza volta. Ogni volta più forte della precedente.

Avevano stuzzicato la bestia morente perché si alzasse di nuovo, dimenticando la cautela dopo la sua fine. E ora che era morta e fissava il mondo senza sbattere gli occhi, erano coraggiosi e trionfanti. Mai, nei loro tredici anni di vita avrebbero mai sognato di essere così vicini a un animale simile. Bestie del genere si intravedevano solo all'alba e al crepuscolo, e anche allora non erano alla portata dei comuni mortali. Loro e la mandria erano proprietà, e prede da cacciare per divertimento, di re e nobili.

Ed eccoli lì, ragazzi del villaggio, senza un paio di scarpe in due, cacciatori vittoriosi. E avrebbero voluto gridare il loro trionfo dalla cima degli alberi.

Era un desiderio stupido, che non potevano soddisfare. Erano trasgressori, in quel bosco, in quella tenuta e, a quella particolare ora, quell'intrusione era un crimine da impiccagione. Non che chi era stato colto sul fatto fosse mai stato impiccato. Un avvertimento da parte del guardacaccia era sufficiente a tenerli lontani, almeno per qualche settimana. Ma questa volta non ci sarebbe stata solo una diffida. Questa volta avevano ucciso, e il cervo più prezioso di sua signoria. Questa volta, se fossero stati scoperti, avrebbero penzolato alla fine di una corda.

Quel pensiero condiviso, come se fosse una rivelazione sorprendente di cui si erano resi conto solo in quel momento, fece fare un passo indietro ai ragazzi. Si fissarono e poi, senza preavviso, si sorpresero a vicenda scoppiando a ridere. Era quella specie di risata nervosa, acuta, che deriva dal panico assoluto. Ma nessuno di loro voleva ammettere di essere spaventato, o mostrare di curarsi in alcun modo delle conseguenze delle loro azioni. E, con loro enorme sollievo, non erano obbligati ad ammettere nulla.

Un terzo ragazzo, il capobanda, e quello che aveva scoccato la freccia mortale, si spinse avanti e ordinò loro di restare zitti. Avevano dimenticato di aver sentito delle voci, all'interno del bosco? Potevano essere i loro fratelli che cercavano di catturare un paio di lepri o una coppia di pernici. E se fossero stati Adams, il guardaboschi e i suoi assistenti, che avevano l'abitudine di aggirarsi all'alba e al tramonto? Volevano essere presi e impiccati?

Il sorriso sparì dalle facce dei suoi amici. Scossero obbedienti la testa e chiusero la bocca, guardandosi furtivamente intorno, come se quegli uomini fossero stati dietro di loro.

Il capobanda mise da parte la balestra e si appoggiò a un ginocchio davanti alla bestia. Non la toccò, né la stuzzicò. Non era nemmeno guardingo. Appoggiò dolcemente una mano sul suo fianco e accarezzò con il palmo la pelliccia morbida, piegando la testa come in preghiera.

Conosceva quel cervo. Non era una bestia ordinaria. Era il re della sua specie. Lo statista più anziano tra i cervi maschi adulti di sua signoria. Da vicino, era più grande di quanto avesse stimato, il collo grosso e forte, le corna grandi e pesanti. A sedici punte, era un palco degno di essere messo in mostra nel salone grande, insieme agli altri palchi di bestie meravigliose uccise dai nobili antenati durante i secoli. Ma questo meritava un posto d'onore sopra l'enorme focolare di sua signoria. Ma lord Halsey, signore e padrone di questo parco dei cervi e delle migliaia di ettari che lo circondavano, non avrebbe avuto il privilegio di reclamare il suo stesso cervo. E nemmeno i suoi vicini proprietari terrieri.

Questa preda non era un mero trofeo di cui un nobile potesse vantarsi. Questa preda non era per il marchese Halsey. Lui, Hugh Turner, reclamava questo magnifico cervo a nome dei poveri e dei diseredati, di quei poveracci che erano stati sfrattati dalle terre comuni che avevano coltivato e sulle quali avevano fatto pascolare il loro bestiame per centinaia di anni. Questa bestia era per la comunità, e ogni comunità nel regno, lasciata senza nulla e nessun posto in cui andare quando il famigerato Black Act li aveva derubati dei loro mezzi di sostentamento. E mentre loro morivano di fame, i cervi di sua signoria mangiavano ciò che una volta aveva nutrito i maiali dei poveri, e ingrassavano. Anche i proprietari terrieri locali ingrassavano, e diventavano più prosperi e spavaldi e cacciavano nelle terre di sua signoria senza tema di ritorsioni. Già, perché chi avrebbe osato accusare gli accusatori?

Battere questi uomini al loro stesso gioco era l'unica risposta. Colpirli dove faceva più male: le loro tasche e le loro pance. Questa bestia doveva essere un esempio. Per dimostrare una tesi. Per mostrare a sua signoria e alla sua cricca di proprietari terrieri che se trattavano con disprezzo e indifferenza i loro inferiori, allora, proprio come questo cervo che camminava fiero nel suo dominio, come se il mondo gli appartenesse, anche loro avrebbero scoperto di non essere invulnerabili.

Gli amici di Hugh non erano sicuri di capire che cosa intendesse dire con quei discorsi appassionati sui poveri e i diseredati. E non avevano idea di che cosa fosse il Black Act. Ma l'eccitazione e l'emozione dell'uccisione, quelle erano un'altra storia. E si strofinavano le mani allegramente, pensando a tutti i soldi che avrebbe portato loro la cacciagione. E poi, come sempre, Hugh rammentò loro il patto.

«Non un penny» sibilò, rimettendosi in piedi e voltandosi a guardarli. «Eravamo d'accordo, ricordate? Nic? Will?»

I ragazzi si guardarono l'un l'altro e Will disse ciò che entrambi pensavano.

«Aye. Sì. Ma questo dev'essere grande il doppio e deve valere almeno due volte tanto e con abbastanza carne per tutti…»

«No. Non siamo comuni ladri. Questa bestia dev'essere un simbolo. Non dev'essere morta invano.»

«Non è invano se nutre un villaggio!» protestò Nic.

«E pensa a tutti i soldi che potremmo ottenere vendendo la sua carne.»

Hugh fece un passo avanti, minaccioso. «Qualche volta mi chiedo se voi due abbiate mai ascoltato una sola parola che vi ho detto! E ho detto no!»

«Sì, abbiamo sentito. Davvero. Ma i tempi sono cambiati. Da quando il nuovo lord è venuto a vivere tra di noi, il mondo è cambiato, no?»

«Non è che le famiglie adesso muoiano di fame» si inserì Nic. «C'è abbastanza lavoro su alla Hall per tutti noi.»

«E papà calcola che con tutte le migliorie che sta facendo sua signoria, ci sarà abbastanza lavoro fino a quando scaveranno le nostre fosse.»

«Sally dice che la marchesa si interessa sinceramente a tutto!»

«E che cosa ne sa quella sciocca di tua sorella?» lo sbeffeggiò Hugh. «È una lavandaia.»

«Lei sente delle cose» borbottò Nic.

Hugh li guardò, poi mise le braccia conserte.

«Un momento prima mi dite che dovremmo fare a pezzi la bestia per nutrire un villaggio che muore di fame e un attimo dopo dite che sua signoria ci ha fatti diventare tutti grassi e felici e che abbiamo lavoro fino a quando esaleremo l'ultimo respiro. Allora, quale delle due?»

Quando i suoi amici aprirono la bocca, confusi, Hugh scosse la testa e sorrise. Mise loro le braccia intorno al collo e li tirò vicini. «Direi che su una cosa siamo tutti d'accordo» sussurrò in tono cospiratorio. «Non vogliamo che ci becchino. Quindi facciamo quello per cui siamo venuti e andiamocene prima che arrivi la notte.»

«Il palco?»

«Il palco.»

«E tutto il resto?»

«Sembra uno spreco lasciarlo a marcire.»

Hugh lasciò andare i suoi amici con una pacca sulla schiena e si raddrizzò.

«Il vecchio Bill. Lui saprà che cosa fare con il resto. Lo sa sempre. Potreste perfino riceverne una porzione quando scoprirà chi gli ha procurato questa manna.»

Si diceva che il vecchio Bill fosse stato un bracconiere per tutta la vita, finché una tagliola gli aveva amputato una gamba, tolto i mezzi di sostentamento e lo aveva obbligato a restare al chiuso. Ora fungeva da intermediario nella distribuzione delle prede illegali. Non che qualcuno lo avesse mai visto. Ma tutti sapevano dove trovare il suo cottage nella foresta. Presa quella decisione, i ragazzi ritrovarono il sorriso. Ma quei sorrisi sparirono di nuovo altrettanto in fretta.

Non molto lontano, tra gli alberi, c'erano uomini che si chiamavano l'un l'altro. Non potevano essere una banda rivale di bracconieri, o il guardaboschi di sua signoria e i suoi assistenti. I primi non avrebbero fatto il minimo rumore mentre li seguivano e nemmeno i secondi se volevano avere la speranza di catturare gli intrusi sulle terre di sua signoria. Quindi, chiunque fossero, dovevano cercare qualcosa o qualcuno.

Il rimbombo di un archibugio fece sobbalzare e tremare i giovani. Su Hugh ebbe l'effetto opposto: sorrise. Cercò di calmare i suoi amici.

«È Adams. Quello è un colpo di avvertimento. Ed è l'unico che sparerà. Dobbiamo sbrigarci.»

«Cosa? Sa che siamo noi?» sibilò Nic.

«No, non precisamente noi. Ma sta facendo sapere agli intrusi che ci sono dei cacciatori...»

«Lo squire Ferris?»

Era stato Will a pronunciare il nome. Quando Hugh annuì, Nic e Will si guardarono intorno freneticamente, come se l'uomo fosse proprio dietro di loro. Sir Tinsley Ferris era il più grande proprietario terriero dopo lord Halsey. E anche se le sue terre erano un quinto dell'estensione di quelle di sua signoria, era il magistrato locale. Significava che aveva potere di vita e di morte su tutti quelli sotto di lui, tutti, cioè, eccetto sua signoria. Ferris era temuto e odiato in ugual misura.

Hugh sbuffò e tornò al cervo caduto.

«Non ditemi che avete paura di un altro bracconiere?» li stuzzicò, ricacciando indietro la sua paura ma non il suo odio. «È ciò che è Ferris, no? Queste sono le terre di sua signoria, eppure Ferris e i suoi amici cacciano qui da anni. Significa rubare, secondo tutti, no?» Quando i suoi amici annuirono, aggiunse, con un sorriso ironico: «Adams ci ha fatto un favore scaricando il suo fucile...»

«… per farci sapere che lo squire era in giro?» lo interruppe Nic, meravigliato.

«È quello che penso. Direi che quell'archibugio ha anche disperso la mandria. Non credo che farà piacere al vicino di sua signoria.»

Nic e Will sorrisero al pensiero di sir Tinsley che tornava a casa a mani vuote, frustrato e infuriato.

Hugh si mise in ginocchio sul tappeto di foglie ed estrasse dal cervo la freccia insanguinata. La tese a Nic.

«Mettila nella faretra» ordinò. «E portami il coltello e la sega.»

Nic prese la freccia ma rimase inchiodato sul posto.

«Hai ancora intenzione di prendere il palco? Non c'è tempo adesso di fare ciò che serve.»

«Certo che c'è. Non sono vicini come credi.»

«Non riusciremo a portarlo via abbastanza in fretta» aggiunse Will.

Hugh voltò la testa. I suoi amici erano entrambi pallidissimi. Resistette alla voglia di sbuffare di nuovo e disse seccamente: «Allora lo porteremo solo fin là, dietro quel ceppo e lo nasconderemo. Lo copriremo con le foglie secche e torneremo domani. Ma prima devo tagliar via la testa, no? Ehi! Che dia… Nic! Nic?»

Alle parole *tagliar via la testa*, Nic aveva gettato a terra la freccia ed era scappato nel bosco.

Hugh avrebbe voluto urlare che era un frignone vigliacco, ma avrebbe sicuramente rivelato la loro posizione. Invece cercò in fretta la freccia, ficcandola nella sua faretra e tornò con il coltello e il seghetto. Prima di inginocchiarsi di nuovo, fissò Will.

«Hai intenzione di comportarti anche tu come una ragazzina e scappare?»

«Credo che tu abbia bisogno di me per tenere fermo il palco mentre seghi.»

Hugh si rilassò. «Aye, è così.» Alzò il coltello. «Meglio metterci al lavoro.»

Will cercò di comportarsi da uomo, ma non aveva mai visto scuoiare una preda appena uccisa di quelle dimensioni, tantomeno una testa segata in due. Conigli e polli, sì, perfino una pecora, ma lo schianto dell'osso che veniva spaccato e il rumore dei muscoli fatti a pezzi era un affare disgustoso e Hugh fu quasi subito immerso fino ai gomiti nel sangue e nei tendini, con il davanti della camicia imbrattato. La goccia che fece traboccare il vaso fu la vista del cervello e le dita di Hugh che si muovevano all'interno della testa dell'animale. Will lasciò andare le corna, barcollò e vomitò.

Hugh era così concentrato nel suo compito e nel completarlo più in fretta che poteva che notò che Will non c'era solo quando dovette alzare in fretta una mano per afferrare un corno prima che tutto cadesse e la sega scivolasse. Si fermò. Will era accanto a un albero lì vicino, squassato dai conati di vomito. Non c'era tempo da perdere mentre vomitava l'anima. Il cervo e il suo palco di corna erano quasi divisi.

Hugh mise da parte la sega. Gli serviva un coltello per tagliare la pelle in modo più netto. Mentre controllava il suo lavoro e teneva il palco con una mano, cercò con le dita il coltello che aveva lasciato cadere sul tappeto di foglie accanto al ginocchio. Quando non lo trovò immediatamente, distolse gli occhi dalla testa scuoiata e decapitata del cervo e si guardò attorno. Fu a quel punto che intravide uno stivale e un guanto.

Si voltò e alzò gli occhi. Fece una smorfia quando riconobbe chi era.

«Perché... Che cosa ci fate qui?»

La mano guantata gli afferrò il mento e gli tirò indietro la testa finché il naso puntò verso il cielo, esponendo la gola bianca e il pomo d'Adamo prominente.

Hugh spalancò gli occhi, guardandosi freneticamente intorno, con la mente che vorticava, chiedendosi a che gioco stesse giocando il suo aggressore. Era tenuto fermo contro una gamba coperta da uno stivale e la mano guantata sotto il suo mento teneva uniti i suoi denti. Per la sorpresa non pensò a difendersi, e con la bocca tenuta chiusa in quel modo non poteva protestare. E poi capì. In quel secondo, con la testa tirata indietro finché pensò che il collo si sarebbe spezzato, capì quali erano le intenzioni del suo aggressore. Non vide il coltello, né lo sentì.

L'ultimo pensiero di Hugh Turner non fu per sua madre, o suo padre, o suo fratello. Pensò a Tabitha.

UNO

Avvolto in una banyan di seta, Alec fissava il buio prima dell'alba mentre i primi raggi del sole estivo bandivano la notte. Era la parte più tranquilla della sua giornata, qualche minuto di pace assoluta prima del rumore incessante e delle costanti interruzioni. Chiunque dicesse che la campagna era un'oasi di tranquillità, non aveva mai restaurato uno sterminato maniero giacobiano delle dimensioni di una città medievale.

Quanti ettari copriva la casa? Due? Sì, quasi *due* ettari di edifici. E il suo sovraintendente diceva che c'erano quasi tre, *tre* ettari di tetto. E dopo vent'anni di incuria una buona parte necessitava di un qualche tipo di riparazione. La lista era infinita: rimettere la malta tra i giunti delle pietre delle pareti, rifare la posa delle pietre sconnesse, togliere il vecchio intonaco, rintonacare e dipingere la maggior parte delle pareti interne, mettere vetri nuovi alle finestre a colonnina con gli spifferi, sostituire le travi di legno marcite dei pavimenti, delle scale e dei soffitti. Questi erano solo alcuni dei lavori monumentali da spuntare. E servivano solo per rendere abitabile la casa. Non tenevano conto delle modernizzazioni che intendeva introdurre per rendere più comoda la vita della sua famiglia; la maggior parte avrebbe dovuto aspettare che fossero completate le riparazioni più necessarie.

Metà degli edifici che costituivano le aree di soggiorno quotidiano erano ora coperte da impalcature. L'altra metà era stata svuotata all'interno. E tutti i due ettari di edificio e i tre ettari di tetti sarebbero stati un brulicare di operai appena fosse sorto il sole. Rumore di seghe, martelli, chiodi, badili, raspe e le urla, il continuo frastuono dei lavori di sistemazione, rafforzamento e riparazione sarebbe continuato fino al tramonto.

Come aveva fatto a vivere a Londra per la maggior parte della sua vita senza rendersi conto del rumore? Era perché la città non dormiva mai, nemmeno quando il sole tramontava? Mentre lì, nel cuore della campagna, quando spariva il sole spariva anche il rumore. Le notti, lì, erano mortalmente silenziose. Forse il rumore continuava all'interno nelle parti più lontane di questo insieme di edifici, nelle zone riservate ai servitori, e dove i lavoratori che vivevano sul posto si ritiravano la sera.

E il baccano incessante sarebbe solo aumentato.

Il giorno prima aveva concordato con il sovraintendente e il capomastro di assumere altri venti uomini, portando così a ottantacinque il totale di quelli che lavoravano solo sulla casa. Aveva già alle sue dipendenze la maggior parte degli uomini, donne e bambini abili nel raggio di venti miglia. Ma c'era bisogno di altra manodopera specializzata e doveva venire da più lontano. Quel numero non includeva i domestici che mandavano avanti la casa e i servitori personali che si occupavano dei bisogni immediati della sua famiglia.

Quanto poi ai seimila ettari che costituivano la sua proprietà e gli uomini impiegati per la loro manutenzione, dal parco con la foresta dei cervi, agli affittuari che coltivavano le sue terre, quella era tutta un'altra parte della sua eredità che andava oltre le sue competenze, una parte che lasciava volentieri al suo sovraintendente, al suo guardacaccia e agli operai che avevano sotto la loro giurisdizione. Per ora intendeva concentrarsi sul rendere vivibile la casa.

Alzò lentamente il vetro della finestra e si appoggiò al davanzale per sentire l'aria fresca sulle guance.

L'alba era così rilassante. Il parco con le dolci collinette che si estendeva fino al bosco luccicava e scintillava di rugiada. Il sole nascente filtrava attraverso i rami degli alberi immersi in una nebbiolina bassa che si era raccolta in piccoli banchi. I cervi erano usciti per pascolare e si aggiravano nel parco. In gruppi di tre o quattro, timide cerve rosse, con i loro cuccioli accanto, brucavano le tenere foglioline nuove che stavano appena spuntando mentre i daini maculati e i nati dell'anno prima saltellavano giocosamente in giro. Il guardacaccia gli aveva detto che i cervi adulti, quelli più vecchi, si mostravano solo raramente e poi solo all'alba e al crepuscolo, mantenendosi al limitare della foresta, pronti a fuggire verso la sicurezza fornita dalla fitta copertura di foglie.

Alec era rimasto sorpreso di apprendere che c'erano oltre un migliaio di cervi nel suo parco e che la sua eredità arrivava da tempi lontani, un dono di Enrico Ottavo a un antenato imparentato con la famiglia Seymour quando Jane Seymour era regina. Era stato un dono generoso e molto insolito, perché parchi simili e il diritto di cacciare i cervi erano appannaggio della famiglia reale. Alec avrebbe preferito che Enrico si fosse tenuto il suo dono. L'idea di cacciare e uccidere qualunque cosa per diletto lo inorridiva. Per quanto lo concerneva, i suoi cervi potevano vivere un'esistenza pacifica senza paura di essere inseguiti e macellati da lui o da chiunque altro. Voleva che i suoi cervi fossero allevati nello stesso modo ponderato delle sue mucche e delle pecore, una morte per una buona causa. Suo zio era d'accordo. Il suo sovraintendente teneva per sé la sua incredulità.

Continuò a fissare fuori dalla finestra per qualche altro momento, sperando questa volta di intravedere un cervo maschio. Non fu così. Quindi abbassò silenziosamente il vetro e attraversò a piedi nudi la vasta stanza fino al letto a baldacchino senza tende, dove trovò sua moglie sveglia. Era appoggiata a un mucchio di cuscini che le permettevano di essere comoda quant'era possibile in quello stadio avanzato della gravidanza. Stava giocherellando con la punta, legata da un nastro, della lunga e spessa treccia di capelli color albicocca e gli sorrideva.

«Vi ho svegliato?» le chiese.

«No, sono sveglia da un po' e sapete che non riesco a dormire senza di voi.»

Alec aggrottò le sopracciglia. «Avreste dovuto dire qualcosa e sarei tornato a letto.»

Il sorriso di Selina si fece più radioso. Alec era perfino più tenebrosamente attraente quando era agitato. Sapeva che le sue preoccupazioni erano tutte per lei e il bambino, che avrebbe dovuto nascere da un giorno all'altro. Il parto terrorizzava entrambi. Alec non riusciva a nascondere la sua paura. Lei lo faceva, per lui e perché era filosofica; non c'era niente che potesse fare adesso per cambiarne l'esito, eccetto pregare e sperare che lei e il bambino superassero indenni la prova.

«E guastare l'unico quarto d'ora di pace della giornata di sua signoria? Non sarei mai così scortese.»

«Mi lamento veramente tanto?» Quando Selina annuì, Alec scoppiò a ridere. «Buon Dio, sono diventato un tale noioso brontolone!»

Selina gettò sopra la spalla la folta treccia e tese una mano. «Ma il mio bel noioso brontolone.»

Andò dalla parte del letto dov'era Selina e si sedette vicino, sul bordo del materasso. Giocherellò con le sue dita. Avrebbe voluto chiederle del bambino, ma lo evitò perché sapeva di essere troppo ansioso e perché, comunque si sentisse o per quanto fosse ansiosa, Selina gli avrebbe coraggiosamente risposto che tutto andava bene, per lei e il bambino. E probabilmente era vero, ma non bastava a rassicurarlo. Quindi fece del suo meglio per mantenere superficiale la conversazione.

«Pensavo di portare i ragazzi a fare una corsa nel bosco dopo la colazione.»

I "ragazzi" erano i levrieri di Alec, Marziran e Cromwell.

«Tornate in tempo per cambiarvi per il pranzo. Abbiamo ospiti.»

«Ospiti?»

«Sir Tinsley e lady Ferris. Il colonnello Bailey e sua moglie. E il reverendo Purefoy. Sarà il nostro ultimo evento sociale prima... prima di diventare una famiglia.»

«Dovremo pranzare tra i calcinacci e le impalcature?»

«Nella loggia che dà sul campo da bocce. Ho fatto mettere i tavoli lontani per quanto possibile dal rumore dei martelli, senza che i nostri ospiti debbano sedersi nel parco, con i cervi.»

«Senza dubbio dove avrebbe preferito farli sedere mio zio» ribatté Alec sorridendo.

«Sì. Ma ha promesso che si comporterà al meglio, nonostante la sua avversione per sir Tinsley.»

«Oh, per voi sarà un modello di contegno» le assicurò Alec con un sorriso. «Anche se non posso promettere che non cercherà di stuzzicare il nostro vicino facendo il cascamorto con sua moglie.»

Selina piegò di lato la testa. «È quello che stava facendo?» chiese, sinceramente sorpresa. «Pensavo che le stesse impedendo di fare la figura della sciocca con voi...»

«Con *me*?»

«Sì. Saprete certamente che lady Ferris ha un debole per voi? E se avesse vent'anni di meno potrebbe essere motivo di preoccupazione.» Sospirò, aggiungendo scherzosa: «Farò del mio meglio per sopportarlo, ma non mi abituerò mai alle donne che si rendono ridicole con voi, perfino quelle della vostra stessa famiglia.»

Alec si strinse nelle spalle, imbarazzato. «L'unica famiglia di cui ho bisogno è qui, qui in questa casa. Sapevo così poco di mia madre. Non avevo idea che avesse una sorella, e men che meno che vivesse nella tenuta vicina. Che probabilità c'erano?»

«In campagna?» Selina non riusciva a credere alla sua ingenuità. «Tutte le probabilità del mondo! Mio fratello ha sposato la ragazza della fattoria vicina, per poter raddoppiare l'estensione dei suoi terreni. In cambio, Caro è diventata lady Cobham. Non ha fatto un buon affare, secondo me. Clive ha l'attrattiva di un crostaceo rinsecchito. Comunque, lo zio Plant avrebbe dovuto dirvi anni fa che vostra madre aveva una sorella. Ma sospetto che non ne vedesse il motivo, visto che i vostri genitori vi avevano ripudiato. Perché avrebbe dovuto pensare che una zia l'avrebbe pensata diversamente? Oh! Era-era...»

«... la verità. Potrebbe anche spiegare il debole di lady Ferris, come lo definite voi. Forse lei sta cercando di compensare il completo abbandono da parte dei miei genitori? Senza dubbio è altrettanto una novità per lei avere un nipote, come per me scoprire di avere una zia.»

«Sì, sono sicura che dev'essere così» disse Selina, senza convinzione, perché non ci credeva.

L'ultima volta in cui era stata in compagnia di sir Tinsley e sua moglie, aveva avuto la netta impressione che l'esistenza di Alec non fosse una sorpresa per loro. Cinicamente, sospettava che il fatto che sir Tinsley e lady Ferris non vedessero l'ora di riconoscere il legame di famiglia dipendesse solo dal fatto che Alec aveva ereditato la tenuta di famiglia. Ancora più importante agli occhi di sir Tinsley, consapevole com'era dei ceti sociali, era il fatto che sua maestà aveva pensato bene di conferire un marchesato a suo marito. Elevandolo ad altezze vertiginose tra i nobili.

In qualunque altra circostanza, Selina avrebbe trovato un motivo per tenersi alla larga dai leccapiedi come sir Tinsley. Ma sua moglie era la zia di Alec, sorella di sua madre, una donna che restava un enigma. E anche se Alec era in grado di escludere sua madre dai suoi pensieri, Selina aveva un bruciante desiderio di sapere di più della contessa di Delvin, di che tipo di donna fosse stata. Voleva capire che cosa l'avesse spinta a correre il rischio di avere una relazione con un cameriere mulatto. Ma ciò che stupiva di più Selina era che la madre di Alec avesse rinunciato al suo bambino come se non fosse mai esistito. Per Selina, rinunciare al figlio che portava in grembo sarebbe equivalso a rinunciare a respirare. Vedersi portar via il bambino, per non vederlo mai più, era sicuramente uno strazio peggiore della morte...

Accorgendosi che Alec la stava guardando, gli sorrise rassicurante e cambiò argomento.

«Mentre stavate ammirando il panorama, Jeffries ha messo il naso nella stanza.»

Alec fece una smorfia. Doveva esserci qualcosa in ballo perché il suo valletto violasse l'intimità della sua camera. Ma non aveva intenzione di accorciare gli unici momenti della giornata che passava da solo con sua moglie. Se Jeffries avesse avuto un bisogno estremo di vederlo, avrebbe rimesso il naso nella stanza. Si chinò e baciò la fronte di Selina, liberando la mente da tutto ciò che non era lei.

«Facciamo colazione qui stamattina.»

Lei gli toccò la guancia. «Una splendida idea.»

«Sapete quanto vi amo, vero?»

«Sì.» Di colpo le si annebbiò la vista per le lacrime. «Vorrei solo non andare in pezzi tutte le volte che lo dite. Sono sicura che sia per colpa del mio *stato interessante*, come Evans insiste testardamente a chiamare la mia gravidanza» cianciò Selina, solo per far smettere alle lacrime di scendere. «E questo nonostante le abbia più volte predicato che la gravidanza è uno stato perfettamente normale, e frequente, per una donna sposata, come insiste a rassicurarmi zia Olivia nelle sue lettere.»

«È vero. E non so di che cosa vi lamentate. Sono io quello che Evans ha dannato per avervi messo in questo *stato interessante*. Colgo di frequente le sue occhiate cupe di sottecchi.»

Selina ridacchiò e Alec si sentì meglio.

«Le occhiate cupe non sono perché sono incinta, mio caro. È perché continuiamo a dividere un letto. È scandalizzata. E non è l'unica. Ieri la signora Turner mi ha chiesto *di nuovo* quando sua signoria avrebbe occupato la sua stanza, ora che la ristrutturazione in quest'ala è finita. Il suo tono insinuava che non c'erano più scuse per non farlo. E sono sicura che se lo faceste, i doveri di valletto di Jeffries e le cure di Evans per me sarebbero più facili per loro.»

«Dio non voglia che indisponga il nostro personale!» sbuffò Alec e arrossì suo malgrado. «Ma se essere qui è un disturbo per voi e preferireste…»

«Un disturbo? *Preferirei*?»

Selina cercò di mettersi diritta, ma il pancione le impedì di fare molto di più che sollevare le spalle per poi ricadere sul mucchio di cuscini.

«La questione qui non è che siete un disturbo» borbottò senza accalorarsi. «Ma se mi sto comportando da egoista nel volervi qui mentre sono grossa come una mucca. Potrò non essere in grado di dormire, ma questo non significa che anche voi dovete passare notti insonni. E con tutto quello che vi tocca durante le giornate, non mi meraviglia che siate stanco e sentiate ogni minimo rumore come se fosse un colpo di cannone.» Respirò a fondo. «Quindi, se sua signoria preferisce avere la sua camera…»

«No. La gente normale divide un letto, sia quel che sia. Lo faremo anche noi.»

«La gente normale non ha il lusso di poter fare diversamente. Lord Halsey può. Inoltre, la maggior parte della gente si aspetta che abbiamo camere separate. È la "cosa giusta da fare" tra la gente del nostro rango. Posso nominare solo una mezza dozzina di nobili coppie che dividono una stanza da letto, uno è il vostro buon amico lord Salt e la sua contessa, e perfino con il loro figlioletto appena nato.»

Alec rimase sorpreso. «Ve l'ha detto lui?»

Selina scosse la testa, divertita. «Salt condividere una confidenza simile? Quell'uomo è in parte fatto di ghiaccio! No. È stata lei, Jane.»

«Non me l'avevate detto.»

«Se vi raccontassi tutto ciò che le donne si scrivono in confidenza, specialmente i particolari che riguardano il parto e come crescere i figli, sareste ancora più in ansia di quanto già non siate.»

«Grazie per avermelo risparmiato. Ma voglio condividere tutto con voi, perfino il vostro letto.» Le strinse le dita. «Qui, qui in questa camera, siamo come una qualunque altra coppia sposata e innamorata. E tutti e tutto possono andare a farsi impiccare. No. Resterò qui, e durante tutte le gravidanze con cui saremo benedetti, e finché sarò un vecchio rimbambito. Fa tutto parte della grande avventura del matrimonio, no?» La guardò nei suoi occhi scuri. «Ma solo se è ciò che anche voi desiderate.»

«È ciò che voglio. Moltissimo.» E per impedirsi di scoppiare in lacrime davanti all'amorevole sincerità di Alec, aggiunse con indifferenza: «Inoltre, dividere il letto con una donna incinta di nove mesi non è proprio la peggiore delle cose che avete dovuto sopportare.»

«Dormire da solo, senza di voi sarebbe la seconda delle cose peggiori.»

«Ah! Allora mi sbagliavo!» esclamò Selina, continuando a prenderlo in giro. Eppure, appena le parole le uscirono di bocca, si rese conto del proprio errore e che aveva disfatto tutto il buon lavoro che aveva fatto per allontanare la sua mente dai pericoli del parto. «Dividere il letto con la vostra moglie incinta *è* la cosa peggiore!»

Alec smise di sorridere e impallidì di colpo. Riuscì a malapena a pronunciare le parole. «No. Perdere voi... perdere entrambi... quello sarebbe insopportabile.»

Alec voltò la testa per appoggiare dolcemente la guancia sulla pancia di Selina e restò lì, fermo e in silenzio, beandosi della nuova vita che cresceva dentro di lei. E quando lei gli passò gentilmente le dita nei lunghi riccioli neri, chiuse gli occhi. Quando infine si mise seduto aveva gli occhi lucidi.

Selina sospirò, mortificata. «Oh, mio caro, non avevo intenzione di intristirvi...»

«Tesoro, io sono... sono... così *felice*. Non sono mai stato più felice.»

«Oh?» Selina arrossì, sorridendo. «Nemmeno io... Perché non tornate a letto ancora per un po'? Evans non arriverà con il tè per un'altra ora...» Quando Alec la raggiunse, accoccolandosi accanto a lei, Selina allungò la mano per prendere un fascio di lettere dal comodino. Adesso entrava abbastanza luce dalle finestre da permettere di leggere. «Volete sentire che cosa mi scrive Cosmo? La sua lettera è arrivata ieri.»

Alec annuì e si rannicchiò sotto le coperte, godendo del calore di Selina. Sentiva la sua voce e fece del suo meglio per ascoltare ciò che aveva da dire il cugino sui suoi vagabondaggi nella campagna irlandese. Ma presto sentì solo una parola su tre e perse la voglia di concentrarsi. Alla fine del primo paragrafo, Alec si era addormentato profondamente.

❧

LO SVEGLIÒ IL TINTINNIO DI UN CUCCHIAINO D'ARGENTO contro una tazza di porcellana. Ma era così assonnato che restò semplicemente lì, disteso a letto, di cui in quel momento era l'unico occupante. Alla fine si appoggiò a un gomito e si tolse i capelli dagli occhi. Sbatté le palpebre alla luce che illuminava il tappeto orientale.

La cameriera personale di sua moglie si stava affaccendando intorno al carrello del tè. Con Evans c'era una domestica e un'altra aspettava all'entrata dello spogliatoio di Selina con un indumento drappeggiato sul braccio. Entrambe avevano gli occhi chini sul pavimento. E poi fu sorpreso quando il suo valletto infilò la testa dal corridoio che collegava la stanza al suo appartamento. Jeffries restò fermo e, quando Alec lo guardò, spalancò gli occhi e lo fissò per un momento e poi sparì altrettanto in fretta.

Qualcosa doveva preoccupare Jeffries... o qualcuno.

Selina, che era seduta comoda su una poltroncina accanto al fuoco con i piedi infilati nelle pantofole sollevati su un poggiapiedi e la tazza in equilibrio sulla pancia, rispose alla domanda senza che Alec dovesse porla. Parlò in francese, la lingua che preferivano quando non erano completamente soli. Dava loro la possibilità di avere una conversazione intima senza tema di essere ascoltati o che qualcuno ripetesse le loro conversazioni. Che sia Evans sia Jeffries capissero il francese non contava, servitori così devoti erano sordi quand'era necessario. E c'era un piccolo particolare che non gli aveva mai confidato: sentir parlare Alec in francese le faceva venire la pelle d'oca, era sempre stato così.

«Il vostro capomastro londinese, Stephens? Sì, Stephens. Ha chiesto di voi. Qualcosa riguardo a una scoperta sotto le lastre nella Corte di Pietra. E questa è la terza volta che Jeffries si fa vedere. Sono sicura che l'acqua del vostro bagno oramai sia tiepida.»

«Questa… uhm… scoperta richiede la mia presenza prima della colazione?»

«Così sembrerebbe, sì. Gli operai hanno appoggiato a terra gli attrezzi e si rifiutano di riprenderli in mano, per chiunque, nemmeno per Turner.»

Alec fece una smorfia. «Il mio taciturno sovraintendente non ne sarà contento. Lui e Stephens si sono già presi a male parole in più di un'occasione.»

Selina sorseggiò il suo tè. «Non mi sorprende. Turner vive in questa tenuta da tutta la vita ed è il sovraintendente da… quanto? Venti…»

«Venticinque anni.»

«È il sovraintendente da venticinque anni e suo padre lo era prima di lui. E voi, milord, avete ritenuto giusto non solo importare operai dalla metropoli, ma metterli sotto il comando di un capomastro di Londra.»

«Un male necessario se mai vogliamo riuscire a far riparare questa casa e renderla vivibile.»

«Oh, non vi sto criticando, mio caro.» Selina sorrise mostrando le sue fossette. «Ma forse devo rammentare a sua signoria che quando avete ventilato l'idea, mentre stavamo tornando da Midanich, non solo io sono stata completamente d'accordo con voi, ma sono stata io a suggerirvi di assumere un capomastro per sovraintendere alla manodopera 'straniera'.»

«Sì, è vero. Grazie. E mi avete anche avvertito che un uomo come Turner, che ha avuto mano libera per gestire questo posto per decenni, senza quasi interferenze esterne, avrebbe detestato l'idea di avere operai non locali che scorrazzano per tutta la tenuta, anche se non me lo direbbe mai in faccia.»

«Esattamente come la governante non mi direbbe mai in faccia che non è contenta che abbiamo portato con noi i servitori di Londra per occuparsi di noi.» Selina sorrise maliziosa. «E dato che il nostro sovraintendente e la nostra governante sono sposati tra di loro, almeno hanno la consolazione di lamentarsi insieme riguardo i loro padroni.»

«Giusto. Noi, io in particolare devo fornire una fonte costante di lamentele ai poveri Turner.»

Selina mise da parte la tazza di tè e, con un voltafaccia e facendo il broncio, disse: «Non dovrebbero veramente lamentarsi. Il nostro arrivo deve essere stata la cosa più invadente e quindi la più eccitante successa in questa tenuta da decenni!»

A quel punto Alec rise forte. Infine scese dal letto, trovò la sua banyan tra le coperte in disordine e se la infilò.

«Dovete proprio?» si lamentò Selina.

Alec strinse la banyan intorno al corpo mentre andava verso il carrello del tè e fece un cenno alla cameriera indicandole che si sarebbe versato il tè da solo.

«Devo proprio... cosa, milady?» le chiese, perplesso.

«Preferisco di gran lunga la mia statua greca senza vestiti.»

Alec continuò a versare il tè con la mano ferma, dopo appena una pausa brevissima. Senza distogliere gli occhi dalla tazza, disse a bassa voce: «Comportatevi bene, signora moglie, altrimenti comincerò a portare una di quelle voluminose, informi camicie da notte che amano i gentiluomini di una certa età.»

«Non possedete indumenti fastidiosi come quelli. Ma forse dovreste» rimuginò Selina. «Fin dopo il parto... Zia Olivia mi ha confidato che funzionava per spegnere la fiamma delle sue-delle sue *voglie* per il duca.»

Alec scoppiò in una fragorosa risata e quasi rovesciò la tazza di tè. La franchezza di Selina non cessava mai di incantarlo. Bevve il tè e si avvicinò a lei quando Evans si allontanò, con la domestica al seguito.

«Davvero? Beh, non funzionava molto bene come deterrente, visto che Olivia ha partorito oltre una dozzina di volte. Non ve lo augurerei, ma non indosserò nemmeno un indumento simile.»

Selina gli porse la guancia. «Allora la vostra era una minaccia a vuoto, milord?»

«Lo sapete bene. Non investirò in camicie da notte... mai.»

«Grazie. Sono lieta di saperlo. Ora baciatemi e andate a vedere che cosa vuole Jeffries prima che consumi il pavimento a furia di andare avanti a indietro. So che non smetterete di preoccuparvi finché non avrete sentito che cosa ha da dire. Ci vedremo a pranzo.»

«Parlando di menti che non riposano» disse Alec voltandole il mento per baciarla dolcemente sulla bocca, «volete che mandi Jeffries nella biblioteca dopo colazione?»

Gli occhi scuri di Selina si illuminarono.

«Potete farne a meno?»

«Sarebbe deluso se non aveste bisogno del suo aiuto.»

«Vi ha detto che stiamo facendo ricerche nei registri di famiglia per redigere un albero genealogico?»

Alec alzò un sopracciglio. «Volete ancora affliggere il nostro bambino con un nome scelto tra quello dei miei antenati?»

Selina si lisciò istintivamente la rotondità della pancia. «Com'è giusto per l'erede di un marchesato. Spero che se andrò abbastanza indietro, troverò una serie di nomi accettabili per entrambi.»

«Sarò felice di qualunque nome sceglierete, ma non Roderick, Edward o Joseph.»

Selina lo guardò stupita. «Roderick era vostro padre. Edward vostro fratello... ma Joseph?»

«Un avvocato scozzese in pensione che una volta lavorava in questa casa come domestico e che, secondo le voci, era molto intimo di mia madre.»

Selina sgranò gli occhi. Il domestico mulatto!

«E se avessimo una figlia... non Helen» dichiarò Selina, menzionando il nome di battesimo della contessa di Delvin.

Alec le diede un buffetto sulla guancia.

«Grazie. Non Helen.»

E con quel commento sconfortante, Alec uscì dalla loro stanza, con Selina che lo guardava e desiderava di non aver menzionato sua madre. Eppure aveva tutte le intenzioni di chiedere a suo zio di Joseph, l'avvocato in pensione...

Alec, comunque, smise di pensare alla contessa appena voltò le spalle, chiedendosi che cosa avessero trovato gli uomini sotto le lastre della Corte di Pietra per farli smettere di lavorare. Sperava che fosse qualcosa degno del suo interesse.

Non lo avrebbe mai detto a Selina, ma tenere la mente attiva in quelle regioni remote non era difficile solo per il suo valletto, con le sue particolari abilità, ma anche per lui, che aveva rinunciato alla carriera diplomatica per la vita di gentiluomo di campagna. Le sue giornate erano sempre piene, ma gli mancava ciò che potevano offrire Londra e il Ministero degli Esteri. E aspettava con ansia il momento in cui avrebbero potuto ritornare almeno per una parte dell'anno nella residenza di città a St. James Place.

«Allora, Jeffries» disse Alec entrando nel suo spogliatoio con la tazza di tè in mano. «Che cos'è questa storia di una scoperta sotto le lastre di pietra?»

DUE

Alec diede un'occhiata al suo valletto e poi si voltò verso la porta, da cui lo stava guardando un giovanotto con le lentiggini rosse e i capelli color carota. Aveva un piede nello spogliatoio e l'altro nel corridoio, come se non sapesse se stava venendo o andando, ma si rendesse perfettamente conto di interferire.

«Ha qualcosa a che vedere con la scoperta nella Corte di Pietra?» chiese Alec.

«Corte di Pietra? Non ne so niente, signore. Riguarda…»

«Ho chiesto al signor Fisher di aspettare che vi avessi vestito, milord.» Il valletto sbuffò il suo dispiacere, senza uno sguardo all'intruso. «Ma non sono riuscito a persuaderlo…»

«Si tratta di mio cugino Hugh, signore» lo interruppe in fretta Tam Fisher. «È sparito e sua madre è preoccupatissima e pensavo che voi…»

«Hugh?»

«Hugh Turner. Il figlio del signor Turner, signore.»

«Ed è sparito? Quando?»

«Parecchi giorni fa.»

«Perché l'urgenza adesso?»

«È precisamente ciò che gli ho chiesto io, milord» dichiarò Jeffries.

«Non tocca a voi chiederlo, no?» disse Tam al valletto, in tono infastidito.

La bocca di Alec era tirata in una linea sottile. Resistette al desiderio di sbuffare davanti al continuo risentimento di Tam nei confronti di Hadrian Jeffries, e tutto perché Hadrian aveva preso il suo posto come valletto. Specialmente perché Tam non aveva nessun bisogno di sentirsi risentito. Non era più un servitore ma uno speziale molto ricercato che poteva vantare il patrocinio di membri dell'aristocrazia, Alec e almeno un duca tra i suoi clienti. Era anche stato accettato nella famiglia estesa di Alec. Avrebbe dovuto bastare per farlo sentire apprezzato e per trattare Hadrian Jeffries con il rispetto dovuto al gentiluomo di un gentiluomo. Alec non voleva dover dichiarare l'ovvio, ma lo fece.

«Il signor Jeffries ha a cuore solo i miei interessi, Tam. Tu dovresti saperlo. È...»

«Ma... signore! Io...»

«Questo è il dominio di Jeffries, non il tuo» disse seccamente Alec. «Se mio zio dovesse invadere il mio spogliatoio, Jeffries avrebbe tutti i diritti di chiedergli di dichiararne il motivo, come ha fatto con te.»

«Sì, signore. Ovviamente.»

«Quindi, qualunque cosa debba confidarmi, puoi dirla davanti a entrambi.»

«Sì, signore» ripeté Tam, senza nemmeno dare un'occhiata al valletto. «È urgente adesso perché la madre di Hugh è nel panico. Ma non vuole darlo a vedere e non vuole che il signor Turner sappia che Hugh è sparito dato che lui è il vostro sovraintendente. È una questione spinosa. Quindi, se per voi è lo stesso, vi chiederei scusa e chiederei un colloquio privato quando potremo essere in privato.»

«Molto bene, ma dato che Hugh Turner è sparito da parecchi giorni, un'ora per rendermi presentabile e fare colazione non farà differenza...»

«Milord, il signor Stephens e il signor Turner la stanno aspettando nella Corte di Pietra.»

«Grazie per avermelo ricordato, Jeffries. Va bene. Informateli che sarò da loro dopo aver fatto colazione. Senza dubbio qualunque cosa abbiano scoperto gli operai è sotto quelle lastre di pietra da decenni, quindi può aspettare.»

«Non fate capire ai Turner che sono qui» ordinò Tam a Jeffries.

«Non mi permetterei di farlo, signor Fisher» disse il valletto. «Se vorrete aspettare nel salotto di sua signoria, troverete la tavola apparecchiata per la colazione.»

Jeffries poi si inchinò al giovanotto con una cortesia che sconfinava nell'insolenza. E quando Alec si voltò e andò verso il suo spogliatoio per farsi rasare, il valletto ne approfittò per guardare Tam direttamente in faccia. Alzò le sopracciglia con la stessa insolenza che aveva infuso nel suo ossequioso inchino. E quando Tam strinse i pugni, Jeffries sorrise. Avendo raggiunto il suo obiettivo, il valletto si voltò, seguì il suo nobile datore di lavoro con il passo leggero, e chiuse la porta.

✠

«*Sicofante vanaglorioso*» borbottò Tam, gonfiando le guance mentre entrava nella stanza col passo pesante, sempre con i pugni stretti.

«Prendi un po' di uova. Non c'è niente come le uova calde per darsi una calmata.»

Tam si fermò di colpo e voltò sui tacchi. Accanto alla credenza, con un coperchio d'argento in una mano, c'era il brizzolato zio di lord Halsey, Plantagenet Halsey, Membro del Parlamento. Il suo spirito combattivo sparì completamente. Sbatté gli occhi e fletté le dita.

«Ti stai chiedendo perché non sono dabbasso nella sala della colazione?» chiese il vecchio, in tono tranquillo. «Sospetto che sia lo stesso motivo per cui sei qui anche tu. Perché questo è l'unico posto nel quale possiamo avere la completa attenzione di sua signoria. Che io sia dannato se non devo prendere un appuntamento per parlare con il mio stesso nipote!» esclamò, facendo sorridere Tam.

Quando arrivò alla credenza, Plantagenet Halsey gli passò un piatto.

«E con le uova, raccomando la carne di cervo affettata.»

Il vecchio si riempì il piatto e prese posto al tavolo con la schiena rivolta alla finestra, con le lunghe gambe distese. Un cenno al cameriere e il domestico riempì il suo boccale di birra chiara. E quando Tam si sedette davanti a lui, appoggiò forchetta e coltello e alzò il boccale.

«Un brindisi al tuo giardino delle piante medicinali, Thomas. Ho fatto una passeggiata attraverso gli orti della cucina questa mattina e ho esaminato le aiuole delle erbe. Stanno crescendo bene. Un giorno potrebbe rivaleggiare con quello di Chelsea.»

Tam arrossì a quel complimento. «Non mi aspetto niente di simile, signore, ma sarò più che soddisfatto se potrò fornire i medicinali che servono a questa tenuta e al villaggio.»

«E lo sarà anche sua signoria… Immagino che avrai scritto parecchie istruzioni per i giardinieri, in modo che sappiano come curarle al meglio quando te ne andrai.»

Tam ingoiò una boccata di uova. Aggrottò le sopracciglia.

«Quando me ne andrò, signore…?»

Plantagenet Halsey inforcò un boccone di uova. Poi guardò Tam.

«Non credo che avrai voglia di oziare qui per molto tempo una volta che sua signoria avrà partorito. Sospetto che tu abbia voglia di tornare a St. James's Street. Sai, con il patrocinio di sua grazia di Clevely e della duchessa di Romney-St. Neots, mio nipote mi dice che hai clienti che premono per entrare appena si aprono le porte. E quelli che non vengono di persona mandano i loro servitori a fare la coda lungo la strada.» Mangiò con gusto le uova, poi punzecchiò l'aria con la forchetta. «Molto fiero di te, Thomas. Davvero molto fiero.»

«Grazie, signore. In verità, non vedo l'ora di tornare a St. James's. Non per servire dietro al bancone. Quello lo lascio al mio socio, il signor Clements. È la visita ai pazienti che mi interessa. E da quando la duchessa di Cleveley mi ha gentilmente nominato suo speziale personale, ho una lunga lista di clienti che...» Smise di parlare. «Ma niente di questo è importante, adesso. Ciò che conta è che lady Halsey abbia il suo bambino in tutta sicurezza» aggiunse sinceramente. «E ho assicurato a sua signoria che resterò finché ci sarà bisogno di me.»

Plantagenet Halsey annuì e continuò a mangiare. Sembrava si stesse concentrando sulle sottili fette di cacciagione in una delicata salsa di prezzemolo e burro alla cannella.

«È encomiabile, ragazzo mio. E ho piena fiducia in te, come ne ha sua signoria. Speriamo che la tua assistenza non sia necessaria e che il parto sia tranquillo quanto può esserlo il primo. Intendiamoci, non ho niente contro gli uomini che fanno da levatrici, e non sono un esperto, ma posso dirti che mi sentirò molto meno nervoso quando arriveranno sua grazia di Romney-St. Neots e lady Sybilla per assumere il comando della nursery. Madre e figlia hanno più di una dozzina di nascite tra di loro. Per quanto mi riguarda, non c'è niente che possa sostituire quell'esperienza.»

Il vecchio punteggiò la sua dichiarazione con un fermo cenno della testa, poi aggiunse, in tono apparentemente sprezzante: «Comunque... non ti biasimerei se ci avessi pensato due volte prima di tornare qui a Delvin, *pardon*, Parco dei Cervi, come sarà chiamato d'ora in poi.»

Tam sembrò sorpreso e appoggiò la sua tazza di caffè. «Ma non ci ho pensato due volte. Sapete che farei qualunque cosa per lord Halsey. Qualunque cosa. Appena ho ricevuto la sua lettera mi sono accordato con il signor Clements perché si occupasse dei miei clienti e abbiamo assunto un assistente, poi sono venuto direttamente a...»

Plantagenet Halsey alzò una mano. «Ti credo, Thomas. So che sei devoto a sua signoria e lo sa anche lui. Volevo solo dire che avresti potuto avere qualche dubbio sul fatto di venire in questa casa. È passato solo un anno da quando eri qui con mio nipote. Anche se, tra la nostra gita sul continente e i due piccioncini che finalmente si sono sposati e con un bambino in arrivo quasi subito, per non parlare di dover finire il tuo apprendistato, sembra che siano passati anni, non mesi. Ma di questi tempi, l'anno scorso, sua signoria era turbato. Con la morte prematura di suo fratello e il fatto che non era ancora stato deciso niente con la sua amata, passava la maggior parte del tempo sotto una cappa di autocommiserazione. Non aveva notato che questo posto gli stava crollando addosso e scommetto che non si rendeva conto della tua apprensione. Non dev'essere stato facile per te...»

«Non gliene faccio una colpa, signore. Non è che avesse idea di cos'era la mia vita mentre crescevo a Delvin... scusate, Parco dei Cervi. Come poteva? Non aveva mai vissuto qui e non c'era mai stato, neppure per una visita, fino a poco prima della morte di sua madre. A quel punto me n'ero andato da un pezzo.»

«È un modo molto adulto di guardare le cose. No. Non lo sapeva. Me ne sono accertato io. Avrei dovuto assicurarmi che non lo sapessi nemmeno tu.»

Tam rimase in silenzio e si chinò in avanti, curioso, forchetta e coltello fermi a mezz'aria.

«Io, signore? Avreste potuto? Avreste potuto assicurarvi che non dovessi...»

«Ricordi una mia visita quando eri un bambino, grande solo abbastanza da far senza il cappellino paracolpi?»

Tam si tirò indietro, chiedendosi perché il vecchio avesse voglia di abbandonarsi ai ricordi e perché proprio in quel momento. Plantagenet Halsey sapeva certamente tutto ciò che c'era da sapere sulla vita in quella tenuta e quello che non sapeva, Tam glielo aveva riferito quando glielo aveva chiesto. Ma stette al gioco e rifletté sulla domanda mentre tagliava la carne nel piatto.

«Ci fu una volta... mi regalaste un sacchetto di dolcetti. Non avevo mai mangiato roba dolce prima di allora. Nessuno di noi Fisher l'aveva mai fatto. Motivo per cui lo ricordo. Li mangiai tutti in una volta e poi stetti male. Mi insegnò a non essere avido. Ma pensavo che se mi avessero beccato con quei dolci mi avrebbero accusato di averli rubati.»

«Davvero? Ah!» Plantagenet Halsey sorrise e scosse la testa. Bevve la birra e quando finì il sorriso era sparito. «Erano tempi molto diversi per entrambi noi. Proprio come adesso è un tempo molto diverso... e non intendo dire perché stanno ribaltando gli edifici e rimettendoli in sesto. Ma perché mio nipote e sua moglie stanno facendo di questa casa un focolare. Una cosa che non era mai stata, non da quando ero un bambino, e sicuramente non da quando tu possa ricordare. E di certo non lo era nei pochi anni in cui Edward è stato il conte. Ma presto, se Dio vorrà, ci sarà una nidiata di bambini che correrà su e giù per le gallerie, ridendo e facendo baccano. E sarà perché saranno amati e desiderati che le loro risate scacceranno tutti gli spiriti maligni del passato, e per sempre.» Sostenne lo sguardo di Tam senza battere ciglio. «D'ora in poi, questo posto dev'essere pieno di allegria e ottimismo, Thomas, e tu e io ne faremo parte.»

«Mi piacerebbe molto, signore.»

«Sono lieto di sentirtelo dire…»

Il vecchio si mise comodo dando un'occhiata apparentemente indifferente al servitore in livrea in piedi sull'attenti accanto alla credenza. Doveva assicurarsi che fosse uno delle due dozzine di servitori che suo nipote aveva portato con sé dalla sua residenza di città. Questi servitori, dai camerieri alle domestiche, lavoravano esclusivamente negli appartamenti privati della nobile coppia. E avevano i loro alloggi separati, e dato che si consideravano parecchi gradini più in alto rispetto ai loro colleghi campagnoli, avevano ben poco a che fare con i servitori locali, quelli che lavoravano già nella casa o erano stati assunti nel villaggio. Che quel servitore accanto alla credenza venisse dalla città diede a Plantagenet Halsey la sicurezza di poter dire la sua senza che le sue parole fossero ripetute negli alloggi dei servitori presieduti dai Turner.

«Diciamo, tanto per dire, che se tu dovessi sentire qualche mormorio su cosa succedeva qui nei tempi andati, quando eri un ragazzino o prima ancora» disse in tono tranquillo. «E ci fossero delle lamentele sui cambiamenti che sua signoria sta facendo qui, lì e dappertutto… se i Turner, o uno dei vecchi dipendenti, come Adams, il guardacaccia, che sono tutti qui dai tempi in cui il mio defunto fratello era il conte, oppure anche da altri, diciamo il vicino proprietario terriero Ferris e quelli come lui… se qualcuno di loro dovesse farsi carico di menzionare qualche spiacevolezza del passato…»

«Non direbbero niente contro sua signoria o-o voi, signore, davanti a me, altrimenti darei loro una bella strigliata!» disse Tam in tono feroce. «Non preoccupatevi. Li rimetterei immediatamente a posto!»

«Lodevole e leale, Thomas. Ma non voglio che ti disturbi a…»

«Non è un disturbo, signore. Lo farei di sicuro!»

«Sì, certo» concordò tranquillamente Plantagenet Halsey. «Ma, detto tra noi, dubito che ti direbbero in faccia quel tipo di sgradevole pettegolezzo di cui sto parlando. Lo sentiresti solo di straforo, o quando in teoria non dovresti sentirli, oppure qualcuno potrebbe dirti quello che ha sentito, se capisci ciò che voglio dire...»

Tam aggrottò le sopracciglia e sorseggiò il caffè. Notò appena che era diventato freddo.

«Capisco. Solo non so che cosa volete che faccia riguardo a una simile slealtà e a quelle chiacchiere.»

Plantagenet Halsey nascose un sorriso davanti all'espressione sinceramente preoccupata del giovanotto e finse indifferenza. «Non voglio che tu ci faccia niente.»

«*Pardon*, signore. Perché no?»

«Se sentissi o ti dicessero qualcosa che ritieni sleale o un pettegolezzo sprezzante su sua signoria e la sua famiglia, o i suoi antenati o-o *me*, ti sarei particolarmente grato se lo tenessi per te finché non potrai riferirmelo.»

La ruga tra le sopracciglia di Tam divenne più profonda. «Volete che vi dica se sento dei pettegolezzi?»

«Sì. In modo da occuparmene a modo mio. Non vogliamo disturbare sua signoria con queste stupidaggini, vero...»

«No, signore, assolutamente no!»

«... perché ha già abbastanza cui pensare. Tra il tirar fuori questi edifici dal secolo scorso per portarli in questo. La gestione quotidiana della tenuta, e tenersi al corrente dei problemi dei fittavoli. E con un bambino che deve arrivare da un giorno all'altro, non ha bisogno di aggiungere altro al suo carico di preoccupazioni o che qualcosa getti un'ombra sulla sua felicità.»

«Potete fidarvi di me.»

Il vecchio si chinò in avanti con un sorriso.

«Bravo ragazzo. Lo sapevo.»

«E posso anche dirvi, signore, che non ho sentito niente» lo rassicurò Tam. «Ma probabilmente è perché passo le giornate negli orti, o nella distilleria a preparare i miei rimedi.»

«È un uso eccellente del tuo tempo. Meglio tenersi occupati e stare alla larga da tutto il trambusto all'interno. È quello che faccio anch'io.» Plantagenet Halsey spinse di lato il boccale, aggiungendo in tono leggero, in contrasto con le rughe di preoccupazione sulla fronte: «Ma se dovessi sentire qualcosa, per banale che sia, riferiscila a me. Capito, ragazzo mio?»

«Sì, signore. Certo» lo rassicurò Tam.

Anche se non sapeva perché il vecchio insistesse, o perché avesse bisogno delle sue assicurazioni, perché l'aveva già rassicurato. Senza dubbio il signor Halsey aveva le sue ragioni, che non voleva divulgare, e a Tam stava bene così. Se voleva dire che il vecchio avrebbe dormito in pace la notte, e che lord Halsey non sarebbe stato disturbato e avrebbe potuto concentrarsi su ciò che contava veramente, allora era più che felice di accontentare entrambi. E poi, di colpo, si rese conto di aver fatto esattamente ciò che il vecchio gli aveva chiesto di non fare.

Si era precipitato nello spogliatoio di sua signoria chiedendo di parlare con lui della sparizione di Hugh Turner. Ma non aveva avuto la possibilità di raccontargli tutta la storia, o perché fosse preoccupato per suo cugino. Quindi forse sarebbe stato meglio confidarsi con il vecchio e non con sua signoria. E se in quel modo fosse riuscito a tenere all'oscuro quel ficcanaso di Jeffries, allora tanto meglio. Più ci pensava, più lo trovava logico. Plantagenet Halsey era cresciuto nella tenuta. Conosceva i Turner da più tempo di tutti e conosceva anche Hugh. Quindi forse a suo cugino non sarebbe dispiaciuto se fosse stato coinvolto il signor Halsey, che forse sarebbe stato anche in grado di immaginare un modo per non coinvolgere sua signoria. Valeva la pena di tentare.

Tam appoggiò il coltello e la forchetta sul piatto vuoto e lo spostò di lato.

«Signore, se avessimo avuto prima questa conversazione, sarei venuto da voi prima... Il fatto è che ho tentato di parlare con sua signoria di Hugh Turner, proprio prima di venire qui. Non sono riuscito a dirgli molto, con Jeffries che ficca il naso dove non dovrebbe. Quindi tutto ciò che sa sua signoria è che la signora Turner è preoccupata per Hugh, ma non sa perché.»

«Allora, in che pasticci si è messo questa volta quel furfante?»

«A essere sincero non lo so. La signora Turner dice che non è insolito che Hugh passi qualche notte fuori e non lo dica a lei o a suo padre. Ma sospetta che sia andato a cacciare di frodo.»

Il vecchio si mise di colpo dritto.

«Cacciare di frodo?» Gli tremarono le labbra mentre cercava di non sorridere. «Ma tutti sanno che qui non ci sono bracconieri, Thomas. Il nostro borioso magistrato sir Tinsley te lo direbbe lui stesso. Gonfia il petto come un tacchino, ripetendolo tutte le volte che può.»

Tam dovette sorridere. «Così ho sentito dire, signore.»

«Perché la signora Turner pensa che il suo ragazzo sia andato a cacciare di frodo?»

«È sparita la balestra di suo padre. E Adams ha riferito che è sparita una delle reti da caccia. E poi c'è la...»

«Che cosa pensi che stia cercando di catturare? Lepri? Cervi? Pernici?»

«Con una balestra? Non pernici signore.»

«Ah! Hai ragione. Resterebbero solo piume del povero uccello. E per la povera madre di Hugh, un figlio con la minaccia di una corda al collo! Folle.»

«Ma… il bracconaggio è un crimine da impiccagione?»

«Bracconaggio? Non c'è bisogno di arrivare a quello per trovarsi dalla parte sbagliata della legge. Solo essere fuori con una balestra, o perfino quella rete, potrebbe valere la deportazione al ragazzo. In effetti, non ha bisogno di avere niente con sé per essere perseguito. Essere trovato in un bosco dopo il crepuscolo è sufficiente perché chiunque di noi, eccetto sua signoria, sia accusato di avere l'intenzione di cacciare di frodo.»

«Intenzione? Non mi sembra molto giusto, signore.»

«Quando mai le leggi hanno tenuto conto di ciò che è giusto? Le leggi vengono promulgate per proteggere gli interessi di quelli che le fanno. E guai a coloro che calpestano gli interessi dei nostri parlamentari!»

«Voi siete un parlamentare, signore.»

Il vecchio non riuscì a fare a meno di sorridere.

«Aye, è vero, Thomas. E sono là per mantenere onesti i miei colleghi. Alcuni di noi non pensano solo a riempirsi le tasche e la pancia. Qualcuno deve tentare di pungere la coscienza collettiva. Anche se… perfino se usassi un ariete non riuscirei a ficcare un po' di buonsenso nella testa dei miei colleghi membri del parlamento, e convincerli ad abrogare il Black Act…»

«Il Black Act?»

«Una legislazione esecrabile che ha schiaffato la pena di morte su più di cinquanta reati criminali.» Il vecchio sbuffò. «Se si può chiamare criminale che gli abitanti della foresta raccattino la torba e un po' di legna per i loro fuochi. L'hanno fatto per generazioni, prendendo solo ciò di cui avevano bisogno, e poi arriva questo Black Act e lo fa diventare un crimine da forca. Ti chiedo, è giusto? È criminale cercare di sopravvivere con le briciole?» Picchiettò il dito sul tavolo. «Ti dirò che cos'è criminale: togliere ai poveri il diritto di sopravvivere con mezzi onesti, ecco cos'è.»

«Non ho mai sentito di abitanti della foresta e dei poveri di queste parti che siano stati perseguiti come ladri. Voi sì, signore?»

«No. E non lo sentirai mai nemmeno, e nemmeno per il bracconaggio, non fintanto che sarò io il locale membro del parlamento.»

Tam spalancò gli occhi, capendo che cosa intendeva dire.

«Perché altrimenti sir Tinsley dovrebbe risponderne a voi…?»

«Aye, Thomas. È così. Il nostro magistrato può anche essere un tronfio tacchino che arruffa le piume a ogni opportunità, ma io sono un Halsey. E noi Halsey siamo nel Kent da sempre, creati nobili alla conquista. Significa moltissimo per un baronetto come Ferris. È orgoglioso di essere il confinante di sua signoria. Ancora di più di essere legato a noi da un legame di parentela. La sorella di sua moglie era la contessa, qui. E questo significa che sua signoria è suo nipote per matrimonio. E ora che suo nipote è il marchese Halsey, può vantarsene ancora di più. E se vuole essere invitato alla tavola di sua signoria, Ferris sa che non deve mettersi di traverso a *me*. Te lo posso dire, Thomas, non mi piace usare il mio nome, ma se significa salvare la gente del nostro villaggio da leggi ingiuste e dalla stupidità della corona, allora così sia.»

Tam rifletté per un momento e poi sorrise, dicendo con sicurezza: «E sir Tinsley potrà restare il magistrato locale purché nessuno sia deportato o impiccato.»

«Aye, così è, Thomas. Quando le circostanze lo richiedono, sa quando essere cieco, sordo e assolutamente muto. Inoltre, va a vantaggio di entrambi.»

Tam lo guardò negli occhi.

«Intendete dire che può anche vantarsi del fatto che la gente del posto lo rispetta, o lo teme, abbastanza da non infrangere la legge?»

Plantagenet Halsey strinse gli occhi e si batté un dito sul lungo naso riconoscendo l'astuzia del giovanotto.

«Aye. È così.»

Tam guardò la sua tazza di caffè vuota e poi riportò lo sguardo sul vecchio e scelse con cura le parole da dire.

«Allora, sarebbe giusto dire, signore, che altri conoscono le vostre idee su questo Black Act e l'accordo che avete con sir Tinsley?»

Plantagenet Halsey fece sporgere il labbro inferiore. «Già. Perché lo chiedi?»

«Beh, signore, a me sembra, se è così e sapendo ora come stanno le cose tra voi e il magistrato, che anche i Turner ne debbano essere al corrente...»

«E quindi ti stai chiedendo perché la signora Turner sia inutilmente preoccupata del fatto che suo figlio abbia portato una balestra nel bosco?»

«Sì, signore.»

Plantagenet Halsey fece un cenno affermativo con la testa davanti alla conclusione ragionata del giovane.

«Giusta osservazione, Thomas... Hugh può non venire deportato o impiccato, ma la signora Turner sa che questo non significa che il magistrato non lo userà come esempio, per ammonire gli altri di non essere così stupidi da farsi pubblicamente beffe della sua autorità di magistrato. È un imbarazzo che sir Tinsley non sopporterebbe. Ed è un imbarazzo che nemmeno i Turner vogliono. Ferris potrebbe affibbiare a Hugh una multa salata solo per essere stato nel bosco. E sarebbe un costo che dovrebbero sostenere i suoi genitori, perché Hugh non ha un soldo di suo. Oppure, se venisse colto sul fatto più di una volta, allora il nostro magistrato potrebbe minacciare di portarlo in tribunale. E nessuno vuole essere portato via ignominiosamente per finire davanti a un giudice, no?»

«La signora Turner dice che Hugh l'ha già fatto altre volte, ma non è mai stato preso. Ma che questa volta è diverso perché è via da tre notti. E non è l'unico a mancare.»

«Chi altri era coinvolto in questa temeraria avventura?»

«Due ragazzi del villaggio. Ma ciò che ritengo preoccupi di più la signora Turner è che ne andrà della sua dignità se il ragazzo ha mancato di fare il suo dovere nei confronti di lady Ferris.»

«Che cosa intendi dire per il suo dovere nei confronti di lady Ferris?» disse Plantagenet Halsey, più bruscamente di quanto intendesse. «Che cosa ha fatto per dispiacerle?»

Tam si tirò indietro al cambiamento improvviso di atteggiamento da parte del vecchio. La convivialità era sparita. Tam non sapeva che cosa dire. Gli fu risparmiato di dover rispondere.

Alec entrò nel salotto affiancato dai suoi levrieri e in tempo per ascoltare la domanda ringhiata di suo zio. Mandò i cani sul loro tappeto accanto al camino e andò alla credenza per sbirciare sotto i piatti coperti dalle campane d'argento.

«Buongiorno. Non vi sono piaciute le uova, zio?»

«Eh? Le uova? No. No. Prendi pure le uova. Thomas e io le abbiamo già prese» borbottò il vecchio. Si riscosse, scacciando l'ira e si sforzò di sorridere. «E buongiorno a te e ai tuoi diavoli a quattro zampe! Spero che milady abbia dormito bene.»

«Quanto ci si può aspettare, dato che non può né sdraiarsi né restare seduta o mettersi veramente comoda. Almeno la nostra scimmietta si è tranquillizzata e non la tiene più sveglia per metà della notte con le sue capriole.»

«Scimmia?» Il vecchio era perplesso. Poi ridacchiò, rendendosi conto che Alec si stava riferendo al figlio non ancora nato. «La calma prima della tempesta.» Batté le mani e poi le strofinò allegramente una contro l'altra. «Non vedo l'ora!»

Alec andò al suo posto a capotavola, abbassando gli occhi e sorridendo schivo, con le guance che si colorivano di rosa. Allargò le falde della giacca da cavallerizzo azzurra e si sedette. «Anch'io.»

Plantagenet Halsey attirò l'attenzione di Tam e indicò la porta con la testa, segnale che voleva che se ne andasse, cosa che fece alzare Tam dalla sedia in tutta fretta. Alec alzò gli occhi e gli disse a bassa voce di sedersi, aggiungendo poi con calma, mentre posava un tovagliolo sulle ginocchia: «Parlami di Hugh Turner. Perché sua madre è… come mi hai detto… ah sì! Perché sua madre è *nel panico*?»

TRE

«Non hai bisogno di rovinarti la colazione sentendo parlare di quel furfante di Hugh Turner» esclamò Plantagenet Halsey. «Quel ragazzo si mette continuamente nei guai. Non è mai fermo. Non riesce a fissarsi su una cosa. I suoi genitori temono che non riesca a scegliersi un'occupazione.»

«Questo mi dice qualcosa sul ragazzo» rispose Alec. «Ciò che non mi dice è perché sua madre è particolarmente preoccupata per lui in quest'occasione.»

Plantagenet Halsey alzò una mano, indifferente.

«Le madri si preoccupano. E con un ragazzo come Hugh, si preoccupano ancora di più.»

Alec guardò suo zio andare verso la credenza e tornare con la caffettiera. Tese la sua tazza e fece un cenno a Tam di fare lo stesso.

«Ho dato ai Turner abbastanza di cui preoccuparsi nei loro rispettivi ruoli in casa mia senza dovervi aggiungere un figlio vagabondo. Ma voi conoscete la signora Turner meglio di me, quindi potete correggermi se sbaglio. Lei non mi sembra il tipo da preoccuparsi senza un buon motivo, specialmente riguardo a un figlio che *si mette sempre nei guai.*»

«Aye, su questo non discuto» concordò suo zio, sedendosi di nuovo. Spinse la ciotola con lo zucchero verso Tam e lo guardò negli occhi. «Potrebbe avere a che fare con il fatto che Hugh non si è presentato al suo appuntamento con lady Ferris. Potrebbe essere quello il motivo per cui la signora Turner è preoccupata?»

Tam capì l'antifona. Doveva limitarsi a parlare del fatto che Hugh non si era presentato all'appuntamento con lady Ferris e non menzionare il fatto che suo cugino cacciasse di frodo nel bosco. Ma non voleva mentire a lord Halsey e per essere sicuro di restare in argomento tenne gli occhi fissi sul vecchio.

«Oserei dire che è quello, signore. Hugh aiuta lady Ferris in giardino, d'estate. A volte va dai Bailey e aiuta anche la signora Bailey. Sono un paio d'anni che va da entrambe. Molti dei ragazzi del villaggio lavorano nei campi, oppure quando ci sono dei lavoretti da fare nelle loro fattorie, ma Hugh era l'unico che si interessava alle aiuole.» Tam diede un'occhiata ad Alec e vedendo che era occupato con ciò che aveva nel piatto e non stava guardandolo, si rilassò. «La signora Turner ha detto che quando era tornato dall'ultima spedizione di giardinaggio, Hugh le aveva riferito che lady Ferris gli aveva chiesto di assicurarle che intendeva tornare e che quando lui aveva accettato volentieri, gli aveva detto che anche sir Tinsley sarebbe stato lieto di saperlo.»

«Perché lady Ferris aveva bisogno che glielo assicurasse?» chiese Alec.

Quando Plantagenet Halsey gli rivolse un cenno d'assenso, Tam spiegò: «La signora Turner dice che lady Ferris era preoccupata perché la maggior parte del villaggio ora lavora qui, nel Parco dei Cervi, e temeva che anche Hugh intendesse fare lo stesso. E non avrebbe avuto tempo per il suo giardino e che sarebbe potuto andare ad aiutare solo la signora Bailey e non lei. Hugh aveva detto a sua madre che lady Ferris era molto agitata temendo ci fosse quella possibilità e che si era calmata solo quando lui, Hugh, le aveva fatto una promessa solenne.»

«E nonostante sia un furfante e si metta sempre nei guai, due dei nostri vicini, eminenti proprietari terrieri, vogliono che lavori nei loro giardini? È il tipo di ragazzo da fare promesse solenni e poi mantenerle?»

Quando sia il vecchio sia Tam si guardarono e poi si volsero verso Alec annuendo, lui si ritrovò a sorridere tra sé e sé per la loro complicità. Comunque non fece loro capire di essersene accorto e disse, guardando suo zio e poi Tam e poi di nuovo il suo piatto: «Allora capisco perché la signora Turner sia preoccupata per suo figlio. Qualche idea, zio?»

Plantagenet Halsey fece una smorfia e fu sul punto di scuotere la testa, poi aggiunse, in tono leggero, come se gli fosse appena venuto in mente: «Facciamo così. Parlerò io con la signora Turner. Vedrò se riesco a scoprire qualcos'altro su Hugh e te lo farò sapere a pranzo.»

«Grazie. Idea eccellente.» Alec spinse indietro la sedia e mise il tovagliolo sul tavolo. «E nel frattempo, Tam può accompagnarmi per una cavalcata attraverso il parco. Ho promesso a Cromwell e Marziran che avremmo fatto una bella corsa questa mattina.»

Sentendo il loro nome, i levrieri raddrizzarono le orecchie e sollevarono i musi dalle zampe.

«Dovevo incontrare Roger nella distilleria...» fece per spiegare Tam, con un'occhiata al vecchio.

«Vai là prima. Ho bisogno di altro collirio» disse Alec, togliendo un piccolo flacone azzurro dalla tasca della giacca e consegnandolo a Tam. «Devo fare una piccola deviazione nella Corte di Pietra per vedere che cosa hanno trovato sotto le lastre.» Diede ai cani il segnale di andare da lui e alzò gli occhi in tempo per vedere suo zio far segno a Tam di andarsene. «Forse vi piacerebbe venire con noi, zio, e scoprire perché gli operai hanno incrociato le braccia?»

«Lascerò che ti occupi tu di quelli» rispose il vecchio, seguendo suo nipote e Tam verso la porta, attento a non mettersi tra il loro padrone e i suoi compagni a quattro zampe. «Secondo me avranno colpito un tubo di uno dei vecchi scarichi che corrono attraverso il cortile, combinando un disastro. O forse hanno trovato le vecchie ossa di qualche maiale o pecora e non sanno che cosa siano? Prima che costruissero la galleria della nursery, quel lato era aperto verso l'orto della cucina e il birrificio.»

Alec si fermò sulla soglia.

«Pensavo che Turner ne sapesse almeno quanto voi, se non di più, avendo avuto accesso a tutti i disegni e alle mappe degli agrimensori, abbastanza da informare Stephens e i suoi uomini di ciò che c'era sotto le lastre di pietra e cosa si potevano aspettare.»

«Aye, sì, e avrebbe dovuto farlo» ammise il vecchio, e aggiunse sbuffando: «Ma se il tuo sovraintendente e il tuo capomastro non si vedono di buon occhio, chissà che cosa Turner ha ritenuto di non divulgare a un *forestiero*.»

Alec fu sorpreso. «Forestiero?»

«Aye. Uno straniero. È così che gli uomini del Kent chiamano chiunque non venga da queste parti.»

«Conosco il termine, zio. Non mi sorprende che il mio sovraintendente ritenga Stephens un forestiero, ma che gli possa aver negato delle informazioni, con la possibilità di ostacolare i lavori in corso, e tutto perché quell'uomo non è di qui...»

Plantagenet Halsey sembrò a disagio. «Non sto dicendo che lo abbia fatto. Solo che potrebbe averlo fatto. Questa gente non è abituata a vedersi sconvolgere la vita e a vedere casa loro invasa da forestieri. È destabilizzante. E un uomo come Turner, che ha gestito questo posto per decenni, sentirebbe minacciata la sua autorità. Non accetterebbe di buon grado consigli da persone che sono qui da cinque minuti.» Sorrise a fior di labbra. «Ma non ti sto dicendo niente che tu non sappia già. E so che te ne occuperai con i tuoi soliti modi diplomatici.»

Alec si appoggiò allo stipite, con le mani sprofondate nelle tasche della giacca. Era la prima volta che suo zio accennava alle sue preoccupazioni riguardo l'importazione di operai da fuori distretto.

«Turner vi ha detto qualcosa?»

«Perché avrebbe dovuto?» esclamò il vecchio. «Non ha bisogno di dire niente perché possa dire la mia sulle ragioni per cui penso che il tuo sovraintendente e il tuo capomastro siano men che collaborativi.»

Alec non era convinto. A pensarci bene, era esattamente il tipo di cosa che avrebbe fatto Turner: confidarsi con un membro anziano della famiglia che conosceva intimamente la tenuta e i suoi lavoratori, e da più anni di lui stesso. E avrebbe scelto di fare così anziché dar voce alle sue preoccupazioni con Alec che, nonostante avesse ereditato la tenuta alla morte del fratello e fosse assurto al rango di marchese, agli occhi di Turner era tanto forestiero quanto Stephens. Ma tenne per sé i suoi pensieri e disse semplicemente: «Forse il mio sovraintendente si è smarrito e ha dimenticato di essere un dipendente? Far venire degli operai da Londra può solo essere una buona cosa, per lui e per me. Per lui, perché sappia che non può gestire Parco dei Cervi come meglio crede, e per me, per ottenere opinioni indipendenti dalle sue, in modo da essere sicuro di ricevere i suggerimenti migliori.» Guardò suo zio negli occhi azzurri. «Tutti, dal mio sovraintendente fino alla lavandaia devono sapere che sono padrone a casa mia. E succederà solo se il mio sovraintendente e io parleremo con una voce sola: la mia. Non siete d'accordo?»

«Aye, milord» rispose il vecchio con un sorriso. «Lo sa, e lo so anch'io.»

Il suo sorriso morì mentre guardava il nipote sparire lungo il corridoio, con Tam e i levrieri che lo seguivano. Plantagenet Halsey si voltò e andò nell'altra direzione. Scese lungo le scale posteriori, attraverso passaggi conosciuti solo da coloro che avevano vissuto in quella casa a lungo come lui. Non cercò la signora Turner. Fare domande sulla sparizione del figlio poteva aspettare. Aveva la necessità molto più urgente di visitare la biblioteca. Voleva trovare i disegni della casa e le mappe dell'agrimensore, in particolare quella della Corte di Pietra che aveva menzionato suo nipote. Aveva il presentimento di sapere con esattezza che cosa avessero trovato gli operai sotto le lastre di pietra, e la cosa lo riempiva di terrore.

�

ALEC CONTINUÒ A CAMMINARE FINCHÉ RAGGIUNSE LA CIMA dello scalone. Saliva fino alla galleria dei quadri che dava sulla Corte di Pietra e scendeva giù fino al salone, che a sua volta confinava con lo stesso cortile. Qui fece accucciare i levrieri e si rivolse a Tam.

«Non ti chiederei mai di infrangere una promessa fatta a mio zio, ma che c'è nella scomparsa di Hugh Turner che lo preoccupa tanto?»

Tam deglutì la saliva, forte. Cercò in tutti i modi di proteggere il vecchio, ma alla fine raccontò tutto ad Alec.

✧

MEZZA DOZZINA DI OPERAI STAVA OZIANDO ALL'OMBRA DI UN ampio loggiato che correva lungo tutta la Corte di Pietra e confinava con il salone. C'erano altrettanti lavoratori dal lato opposto, accucciati o sdraiati all'ingresso di un passaggio ad arco che attraversava il pianterreno della galleria a tre piani della nursery fino a un vasto prato che digradava dolcemente verso il birrificio, il caseificio e la lavanderia, tutti visibili dalle finestre a colonnine al piano di sopra.

In quella galleria erano nate generazioni di Halsey, accudite da un battaglione di balie e tate. Da bambini, prima di portare i pantaloni per la prima volta ed essere affidati ai tutori, avevano giocato sul prato. Cioè, tutti gli Halsey eccetto Alec. Lui era nato lì, ma non era mai stato accudito né curato né aveva mai corso sul prato. Era stato mandato via mentre era ancora in fasce. Ma intendeva correre su quel prato con i suoi figli, e al diavolo suo padre; era deciso. Distolse gli occhi dal passaggio e tornò al presente.

Gli operai avevano abbandonato gli attrezzi del mestiere e una pila di lastre di pietra divelte tra il passaggio ad arco e il loggiato. Era l'ultima zona della Corte di Pietra in cui stavano rimuovendo e rifacendo la posa della pavimentazione. Il resto del cortile recintato ora aveva una superficie perfettamente liscia di blocchi di arenaria in toni di grigio e bianco. Severa e piuttosto sterile, con alti edifici sui quattro lati, la Corte di Pietra ricordava ad Alec uno dei cortili del palazzo di Herzfeld, nel lontano principato europeo di Midanich. Quel cortile del castello era un posto tetro dove ai prigionieri del margravio era permesso camminare lungo il perimetro per un'ora a settimana. Alec era stato uno di quei prigionieri molto tempo prima e così anche il suo miglior amico Cosmo, ma più di recente, durante la guerra civile. Il povero Cosmo aveva sofferto terribilmente per la sua carcerazione e ne soffriva ancora. Alec avrebbe voluto che continuasse la convalescenza a Parco dei Cervi, ma Cosmo non lo aveva perdonato per il suo ruolo in quella guerra. E niente che chiunque gli avesse detto era riuscito a cambiare la convinzione di Cosmo che il suo imprigionamento e la sua tortura fossero colpa di Alec. Quindi non era venuto nel Kent ma se n'era andato in Irlanda, sperando che gli spazi aperti avrebbero fatto sparire i suoi incubi. Selina era convinta che il tempo lo avrebbe guarito e che sarebbe tornato il vecchio Cosmo. Alec non ne era così sicuro. Ciò di cui era certo era che, riflettendoci, era un bene che Cosmo non fosse venuto al Parco dei Cervi. Avrebbe messo piede nella Corte di Pietra e tutti i vecchi incubi sulla sua prigionia sarebbero tornati prepotentemente a galla. Si sarebbe sicuramente chiesto se non fosse tornato al castello di Herzfeld. La Corte di Pietra aveva tutto il fascino del cortile di una prigione. Eppure, secondo tutti quelli che la vedevano per la prima volta, era solo uno dei tanti promemoria sparsi in tutta la casa degli anni di privilegio degli Halsey e di servizio alla corona.

Ma, per Alec, la Corte di Pietra e le molte lunghe gallerie erano un promemoria costante che questo maniero era stato modificato dalle successive generazioni di Halsey senza tenere minimamente conto dei meriti architettonici delle varie aggiunte. Tanto che dalla prima casa medievale costruita in quel luogo, fino alla torre dell'orologio fatta erigere da suo padre qualche decennio prima, il Parco dei Cervi era un guazzabuglio di stili.

Dopo parecchi secoli di antenati che costruivano per impressionare gli altri, ora toccava a lui armonizzare e tenere in piedi il tutto. A volte si chiedeva, e quel giorno ne era un buon esempio, se non sarebbe stato più facile, e (lo sapeva bene) sicuramente meno costoso, lasciare cadere in rovina quel posto. Avrebbe potuto far costruire qualcosa di nuovo sulla collina. Qualcosa nello stile palladiano, più funzionale e più adatto a una famiglia, non più un'accozzaglia appariscente e fatiscente. Appena dipinta e con mobili nuovi, una villa palladiana sarebbe stata perfetta per lui.

Ma Selina amava il Parco dei Cervi e tutte le sue eccentricità architettoniche. Pensava che fosse magico e il posto perfetto per allevare e veder crescere i bambini. *Pensa a tutti i posti per giocare a nascondino che troveranno dietro ogni angolo.* E con tanti cortili e alte mura massicce che circondavano tutta la casa e i giardini, non c'era da temere che i bambini si allontanassero finché non fossero stati grandi abbastanza da non aver bisogno di essere controllati. Poi avrebbero potuto scorrazzare per il parco, avventurarsi nei boschi e cavalcare per tutta la proprietà a loro piacimento. Il suo entusiasmo era contagioso. Tanto che gli faceva desiderare di non essere solamente stato messo al mondo lì, ma di aver avuto la possibilità, da ragazzo, di esplorare la casa e la tenuta.

Suo zio era cresciuto lì e così anche suo fratello Edward. E per quanto suo zio denigrasse lo spreco ancestrale e la megalomania di spendere per costruire quella che per lui era *un'escrescenza sul paesaggio del Kent*, era palese che amava quel posto tanto quanto Selina.

Quindi, finché i suoi figli fossero stati piccoli e suo zio fosse stato al mondo, questo conglomerato medievale e giacobiano sarebbe rimasto la casa del marchese Halsey, della sua marchesa e della loro famiglia. E questo significava occuparsi di secoli di presunzione architettonica e, come risultato, delle magagne strutturali scoperte in soffitta, dietro le pareti intonacate, e adesso, sembrava, sotto le lastre della Corte di Pietra.

ж

ALEC USCÌ DAL CORRIDOIO CHE PORTAVA DAL SALONE ALL'OMBRA del loggiato, entrò nel cortile e si fermò. Si guardò attorno. Le conversazioni cessarono di colpo. Tutti gli uomini si alzarono in piedi e quelli che erano appoggiati ai muri si misero eretti. Le braccia furono rispettosamente lasciate cadere lungo i fianchi e gli sguardi si abbassarono.

Due uomini di altezza e struttura simile avanzarono per andargli incontro. Entrambi portavano i vestiti nei toni neutri e del tessuto durevole della professione che si erano scelti. Entrambi alzarono educatamente il cappello. Ma quando l'uomo più anziano parlò senza che prima gli fosse stata rivolta la parola, tra gli operai passò un fremito di irritata sorpresa; si guardarono l'un l'altro e poi fissarono Alec per vedere che reazione avrebbe avuto a una simile scortesia. Ma Alec aveva incoraggiato il suo sovraintendente a parlare francamente e aveva espresso lo stesso desiderio al capomastro quando gli aveva dato l'incarico di sovraintendere l'intero progetto di restauro. Quindi non fu né sorpreso né irritato per la loro franchezza. Ciò che lo disturbò fu l'animosità tra i due.

«Buongiorno, milord. Mi dispiace che siate stato inutilmente disturbato» disse Paul Turner, dando un'occhiata infastidita all'uomo accanto a lui. «Se il signor Stephens mi avesse dato retta, questa faccenda sarebbe già stata risolta, senza che ne sapeste nulla.» Alec guardò il capomastro, aspettando la sua reazione.

«Con tutto il rispetto, milord, non sono d'accordo» disse placidamente Saul Stephens, aggiungendo, con abbastanza noncurante malizia nel tono di voce da innervosire il suo collega: «Che sua signoria *non ne sapesse nulla* è ciò che mi preoccupa, signor Turner.»

«Come sovraintendente, è compito mio, non vostro, signor Stephens, decidere ciò di cui sua signoria si deve o non si deve preoccupare» dichiarò freddamente Paul Turner.

«Come capomastro e ingegnere, mancherei alle mie responsabilità se non informassi lord Halsey dell'entità del problema...»

«*Entità?*» proruppe il sovraintendente, con un'occhiata ad Alec. «Se aveste dato istruzioni ai vostri uomini di lasciare intatta la pavimentazione in questo quadrante, come avevo ordinato, ora non ci sarebbe alcun problema...»

«Turner, forse dovrei vedere di persona questo problema» li interruppe Alec. «E poi potrete entrambi spiegare le vostre posizioni.»

«Molto bene, milord. Ma, e il signor Stephens e io su questo siamo d'accordo, l'area è troppo instabile per avvicinarsi troppo.»

«Aye. È così, milord» concordò il capomastro. «Dovremo valutare la buca da un altro punto di accesso...»

«La buca?» chiese Alec, guardando oltre le spalle dei due uomini verso la pila di attrezzi abbandonati. Sovraintendente e capomastro si guardarono e quando il sovraintendente rimase ostinatamente zitto, rispose il capomastro.

«Più una caverna che una buca.»

Alec non riuscì a nascondere il suo stupore. «Avete scoperto una caverna sotto la pavimentazione?»

«Aye, milord. Ma non è una formazione naturale messa qui da Dio» spiegò il capomastro. «E non è apparsa dal nulla, come un vulcano o una sorgente sgorgata dalla terra. È stata fatta dall'uomo. Abbiamo infilato una torcia nell'oscurità per vedere ciò che potevamo. La luce era scarsa da quest'altezza ed ero preoccupato che crollasse l'intero tetto, quindi abbiamo fatto in fretta. In quei pochi secondi, ho visto pareti imbiancate, quindi è una stanza costruita per uno scopo, ma non saprei dire con certezza quanto sia larga o profonda.»

«Costruita per uno scopo? Da quanto ne so» continuò Alec, «le cantine sono situate sotto la galleria della nursery e corrono in parte sotto questa corte. Quindi è possibile che questa buca si sia aperta sopra una delle stanze delle cantine?»

«È troppo a sud, milord» rispose in fretta il sovraintendente. «La cantina principale è sotto la galleria della nursery, è vero. E le due stanze più piccole della cantina sono sotto la pavimentazione nel quadrante più a nord. Il muro della cantina è perpendicolare alla galleria della nursery per circa sette metri prima di piegare ad angolo retto, lontano da questo quadrante, fino alla galleria della torre dell'orologio.»

Alec si prese un attimo per visualizzare l'insieme. Era stato nelle cantine solo una volta. Gli avevano mostrato una grande e lunga stanza rivestita di scaffali pieni di bottiglie e barili e qualche attrezzatura cui aveva dato solo un'occhiata. Ma ricordava l'impressionante soffitto di mattoni a volta e che la parete in fondo era coperta da un arazzo. Aveva fatto per avvicinarsi e gli avevano consigliato di restare indietro. L'arazzo puzzava di muffa e chissà che cosa poteva vivere lì dentro e dietro. Aveva anche studiato molte volte i progetti di ogni edificio di quella casa, mentre discuteva dei lavori di ristrutturazione, aggiunte e modifiche con il suo architetto, il capomastro, il sovrintendente e anche con Selina e suo zio. Quindi aveva una ragionevole idea del fatto che ciò che il suo sovrintendente aveva descritto era sotto i loro piedi poco più avanti. Ma non era irragionevole supporre che avesse trascurato un certo numero di stanze, in particolare quando appartenevano ai sotterranei ed erano di natura utilitaria. Si aspettava però che il suo sovrintendente e il suo capomastro le avessero studiate nel dettaglio e qualcosa nella loro ostilità reciproca gli fece chiedere: «La scoperta di questa stanza è stata una sorpresa per entrambi?»

«Sorpresa?» Il sovrintendente sobbalzò a quella parola e si mise sulla difensiva. «Certo che è stata una sorpresa, milord. In tutti i miei anni qui non è mai stata menzionata una stanza sotto questo quadrante della Corte di Pietra.»

«Ed è il motivo per cui i miei uomini hanno cominciato a svellere le lastre come se tutto ciò che avrebbero potuto trovare fosse terra, fangosa oltre a tutto, vista l'estate bagnata che stiamo avendo» aggiunse il capomastro.

Alec ricordò qualcosa che il sovrintendente aveva detto in precedenza. «Non volevate che Stephens e i suoi uomini disturbassero le lastre in questo quadrante, signor Turner... perché?»

«Una spesa non necessaria e una perdita di tempo togliere ciò che era già perfettamente livellato. E confermo la mia decisione, milord.»

«Certo, signor Turner. È un vostro diritto» disse il capomastro. «E io confermo la mia decisione di fare ciò che è corretto e appropriato. Ed è un bene che abbiamo cominciato a svellere la pavimentazione, perché il soffitto della stanza lì sotto avrebbe ceduto prima o poi. Forse non sarebbe successo oggi o domani, ma sarebbe successo. E se qualcuno avesse camminato in quel punto dopo una forte pioggia, sarebbe potuto crollare tutto. E quell'uomo, donna o bambino sarebbe caduto per tre o più metri, rompendosi una gamba o un braccio o magari il cranio.»

«Stupidaggini melodrammatiche!» disse il sovraintendente in tono sprezzante. «La pavimentazione di questa corte ha resistito alla prova del tempo per centinaia di anni. È stato solo per la vostra ingerenza che il tetto di quella stanza è crollato e ora abbiamo una voragine.»

«Era mio volere che tutte le lastre fossero divelte per essere riposizionate» dichiarò Alec. «Forse è stato un caso fortunato che sia successo adesso, mentre il signor Stephens e i suoi uomini sono qui per riparare il danno.»

«Non posso dissentire, milord» brontolò il sovraintendente. «E prima sarà sistemato meglio sarà. C'è un temporale in arrivo. Ho suggerito al signor Stephens di coprire quella buca con le assi il più in fretta possibile. Ma i suoi uomini hanno messo giù gli attrezzi e si rifiutano di riprenderli. Quindi eccoci qui, dopo aver inutilmente coinvolto sua signoria.»

Alec guardò il capomastro.

«Contrariamente a ciò che pensa il signor Turner, milord, desidero lo stesso risultato: che quella buca sia coperta e la pavimentazione risistemata e che la superficie sia impermeabile prima del prossimo diluvio. Ma come gli ho spiegato, non è semplicemente questione di chiudere una buca facendo scorrere delle assi sopra ciò che resta del soffitto di mattoni e rifare la posa delle lastre sopra le assi. Se lo facessimo, darei loro tre mesi al massimo prima di ritrovarci in questa stessa situazione. Succederebbe ciò che ho detto che sarebbe successo. Ci sarebbero delle ossa rotte.»

«Che cosa suggerite?»

«Dobbiamo entrare in quella stanza e controllare il problema da sotto. Sarà necessario smantellare il soffitto mattone per mattone e ricostruirlo prima di rifare la posa delle lastre.»

«Lavoro extra, tempo extra. E spese extra!» protestò Paul Turner, sbuffando sprezzantemente.

«Sì, ma necessarie» rispose tranquillamente Alec, punteggiando la risposta con un breve sorriso, un sorriso che il suo sovraintendente aveva imparato a conoscere bene.

Era un avvertimento. Il suo nobile datore di lavoro era paziente e comprensivo fino a un certo punto, ma era meno tollerante quando si trattava di congetture, o mezze verità dettate dalle emozioni. Era un segnale per Turner di porre fine alla sua opposizione oppure affrontare una critica aperta, non solo davanti a un branco di operai forestieri, ma a una mezza dozzina di gente del posto che lavorava sulle impalcature alle finestre della galleria di fronte che stava tendendo l'orecchio verso la conversazione che aveva luogo sotto di loro. Era un'umiliazione che non aveva intenzione di rischiare, quindi annuì il suo assenso, aggiungendo, per riaffermare la sua posizione: «Molto bene, milord. Daremo al signor Stephens tutto l'aiuto necessario per le riparazioni. Ma devo insistere che prima che i lavori comincino ci sia un'ispezione attenta delle cantine. La faranno i miei uomini. Farò sapere al signor Stephens che cosa troveranno. Poi potremo decidere che cosa raccomandare per porre rimedio al danno fatto. Significherà un ritardo nel completamento dei lavori della corte, ma forse non ci saranno spese extra, visto che sono stati gli uomini di Stephens a causare il danno iniziale...»

Il capomastro trasalì. «Danno? Innanzitutto non sapevamo di creare un danno, visto che voi, signor Turner, avete mancato di informarci del...»

«Non è necessario incolpare nessuno» disse Alec con fermezza. «Voglio che le cantine siano ispezionate con attenzione e che il danno sia riparato. Questo è tutto. La spesa non conta.»

Guardò il suo sovraintendente e il capomastro, ed entrambi annuirono.

«Aye, milord. Nel frattempo farò coprire la buca con un telone» disse Stephens. «Aiuterà a mantenere impermeabile il posto. Ma non posso garantire che riusciremo a tenere fuori tutta la pioggia, dato il tempo inclemente che abbiamo avuto di recente.»

«Allora dovremo aver fede nell'efficienza del signor Turner nel far completare l'ispezione il più tempestivamente possibile.»

«Immediatamente, milord» dichiarò il sovraintendente con un'allegria che fino a quel momento non aveva manifestato. «E per assicurarmi che nessuno metta un piede sul telone e caschi nel vuoto, metterò degli uomini di guardia al cantiere. E anche all'entrata delle cantine. In modo che nessuno metta il naso in posti dove non dovrebbe.»

Qualcosa nell'improvvisa esuberanza del sovraintendente stuzzicò la curiosità di Alec.

«Prima di mettere piede in quella stanza, fatemelo sapere» disse in tono pacato. «Voglio esserci anch'io quando lo farete.»

L'allegria scomparve dalla faccia del sovraintendente.

«Sono sicuro che sua signoria abbia faccende più importanti di cui occuparsi che non perdere tempo con il contenuto ammuffito di una stanza che non è stata arieggiata per decenni.»

Alec sorrise. «Non mi lascio mai sfuggire l'opportunità di veder risolto un mistero.» Fece un cenno al capomastro che indietreggiò e poi si allontanò e aggiunse in tono deciso: «Accompagnatemi, signor Turner.»

Il sovraintendente seguì docilmente Alec attraverso il passaggio a volta del cortile della nursery fino al prato digradante, prendendo il sentiero verso le scuderie. Non avevano fatto che pochi passi quando Alec si fermò e si voltò. Non c'era nessuno in vista, ed era il suo obiettivo. Non voleva che qualcuno origliasse la loro conversazione.

«Ho mangiato carne di cervo a colazione.»

«Bene, milord. Spero vi sia piaciuta. Questa tenuta ha la miglior cacciagione del Kent.»

«Così mi dicono, ed è molto gratificante ma... lo sfoltimento del branco non è previsto fino al mese di agosto, no?»

Il sovraintendente era perplesso. «Milord...?»

«È ciò che abbiamo concordato con Adams. Che i miei cervi non sarebbero stati cacciati, ma abbattuti in modo selettivo in agosto, e non prima.»

«Il guardacaccia e i suoi assistenti sono al corrente dei vostri desideri, milord.»

«Allora come spiegate la cacciagione sul mio piatto a colazione?»

«Non saprei, milord. Questo è il periodo dell'anno in cui tradizionalmente vengono cacciati i cervi adulti. Ma dato che vostra signoria ha messo fine a quello sport, si potrebbe presumere che la carne arrivi da un animale ferito che è stato necessario abbattere. O forse è stata un'uccisione illegale da parte di un paio di bracconieri, confiscata da Adams. Ovviamente non avrebbe sprecato una bestia simile e l'avrebbe offerta alla cuoca, per la vostra tavola.»

«Tutte spiegazioni plausibili. Però... il mio guardacaccia mi assicura che non abbiamo bracconaggio o bracconieri in questa tenuta.»

Il sovraintendente guardò Alec negli occhi, senza battere ciglio.

«È vero, milord. L'unica spiegazione allora dev'essere che Adams si sia imbattuto in un animale ferito e abbia posto fine alle sue sofferenze.»

«Chiedeteglielo. Voglio conoscere l'origine della carne che mangio: morte accidentale, bracconaggio o altro.»

«Sì, milord. È tutto?»

Quando Alec annuì, congedandolo, Paul Turner si inchinò, voltò sui tacchi e tornò lentamente indietro sul sentiero di ghiaia verso la galleria della nursery.

⚜

IL SOVRAINTENDENTE SI ACCERTÒ DI SEMBRARE SENZA FRETTA. Era lieto di essere all'aperto e da solo. Nessuno l'avrebbe sentito imprecare contro il suo nobile datore di lavoro, a lungo e sottovoce per la frustrazione. Considerava l'ingerenza del marchese Halsey nella gestione quotidiana della tenuta una complicazione di cui avrebbe volentieri fatto a meno. I Turner servivano lealmente la famiglia Halsey da cinque generazioni. Lui, suo padre e il padre di suo padre erano tutti stati sovraintendenti per i conti di Delvin. E sperava che uno dei suoi figli gli sarebbe succeduto. Ma quella certezza era stata messa in dubbio dalla morte improvvisa dell'ultimo conte di Delvin e dal passaggio della tenuta nelle mani del fratello di sua signoria, il nobilissimo marchese Halsey. Alec Halsey era entrato in possesso della sua eredità poco più di un anno prima, ma data la lunga permanenza in carica della famiglia Turner come sovraintendenti della tenuta, per quanto riguardava Paul, sua signoria era il padrone da non più di cinque minuti!

Eppure in quei cinque minuti, il marchese Halsey aveva fatto abbastanza domande difficili ed era intento a mettere in opera talmente tanti cambiamenti che il sovraintendente stava cominciando a dubitare delle rassicurazioni che aveva ricevuto: che l'attuale padrone, da neo-sposo e sul punto di diventare padre, sarebbe stato troppo preso dalla nascita del suo primo figlio per scavare a fondo negli affari della tenuta; che subito dopo la nascita di un erede, la nobile coppia intendeva ritornare a Londra e alla sua vita là. Dopo tutto, sua signoria aveva una carriera come diplomatico e sua maestà si aspettava che continuasse a svolgere il suo ruolo. Quindi, ciò che dovevano fare il sovraintendente, sua moglie la governante e il resto dei servitori che vivevano in loco, era tenere la bocca chiusa, essere pazienti e aspettare che la vita tornasse com'era stata per secoli e secoli.

Ma Paul Turner non era stupido, e non lo era nemmeno lord Halsey. Il nobile era troppo onesto e troppo intelligente per il suo stesso bene. Era opinione del sovraintendente, e l'aveva confidata a sua moglie, che era solo questione di tempo prima che sua signoria scoprisse che il suo sovraintendente, la sua governante, il suo guarda-caccia e tutti i servitori che rientravano nella giurisdizione dei Turner, stavano ostacolando le pretese di cambiamento da parte del loro datore di lavoro continuando a far credere di rispettare la sua volontà. E anche se non ci sarebbe voluto molto perché sua signoria lo scoprisse da solo, c'erano abbastanza operai forestieri in giro per tutto il posto che non vedevano l'ora di sussurrarglielo all'orecchio, Saul Stephens per primo.

Che sfortuna che il soffitto a volta della cantina fosse crollato! Sviare il capomastro e i suoi operai avrebbe richiesto inventiva. Ma non era stata la sfortuna a mettere la carne di cervo sulla tavola di sua signoria. Il sovraintendente lo addebitava a pura e negligente stupidità. E almeno per quello poteva fare qualcosa, e in fretta.

A passo deciso, Paul Turner tornò nella Corte di Pietra. Ma non si fermò a parlare con il capomastro, né andò nel proprio ufficio, né mandò a chiamare Adams, il guardacaccia. Andò a cercare la persona di cui si fidava più di tutti e che sapeva essere in grado di consigliargli il modo migliore per assicurarsi che il marchese Halsey continuasse nella sua beata ignoranza: lo zio di sua signoria, Plantagenet Halsey.

QUATTRO

QUANDO SELINA ENTRÒ NELLA BIBLIOTECA CON LA SUA cameriera e Hadrian Jeffries, trovò Plantagenet Halsey in cima a una scala. Aveva una spalla appoggiata alla struttura di una libreria e il lungo naso ficcato tra parecchi fogli di pergamena. Era talmente preso dalla sua lettura che ebbero il tempo di attraversare tutta la stanza senza disturbarlo.

Arrivato ai piedi della scala, Hadrian Jeffries si accucciò immediatamente a raccogliere i rotoli di documenti sparsi sul pavimento.

«Non fatelo!» arrivò l'ordine da dietro le pergamene. «C'è un metodo nel mio disordine.»

Immediatamente, Hadrian Jeffries rimise esattamente nello stesso posto i tre rotoli che aveva stretto al panciotto. Si raddrizzò e alzò gli occhi sul vecchio.

«Perché non continuate dove abbiamo smesso ieri?» suggerì Selina al valletto con un sorriso. Quando Hadrian Jeffries abbassò la testa, annuì e si allontanò dalla scala, lei si voltò e alzò lo sguardo sul vecchio. «Posso chiedervi che cosa state cercando?»

La domanda di Selina ottenne la completa attenzione di Plantagenet Halsey. Abbassò il disegno che stava studiando e sorrise al volto alzato verso di lui.

«Come sta questa mattina la mia nipote preferita?»

«Sono la vostra unica nipote, zio.»

«E la mia preferita.» Plantagenet Halsey scese disinvoltamente dalla scala e mise da parte la pergamena. Sorrise agli occhi scuri. «State bene?»

«Molto bene. Stiamo bene entrambi.» Gli baciò la guancia. «Grazie per aver guardato me e non il mio pancione! Tutti guardano prima lì e poi mi chiedono come sto. So che in effetti stanno chiedendo del bambino.»

«Tutti eccetto Alec» disse il vecchio teneramente, con lo sguardo che andava all'abbondante chioma di riccioli color albicocca, raccolta in numerose trecce arrotolate sulla testa. Il volto era più pieno del solito a causa dell'avanzata gravidanza, ma non toglieva nulla alla sua impeccabile bellezza. Aveva un colorito sano e i suoi occhi scuri erano brillanti. Ciò nonostante, sentiva la sua ansia e sapeva che non intendeva essere impertinente. «Lui vi vedrà sempre per prima. E voi lo sapete, vero?»

Quella frase le fece immediatamente venire le lacrime agli occhi, Selina annuì e se li asciugò in fretta. «Sì. Sì, lo so. Evans? Fate portare il tè» disse voltando la testa verso la sua cameriera prima di prendere a braccetto il vecchio. «Passeggiamo mentre aspettiamo, oppure avete bisogno di continuare con il vostro metodico disordine in modo da non perdere il segno?»

«Cosa? E perdere l'occasione di passeggiare con voi tra questi vecchi libri muffiti? Il resto può aspettare.»

«Pensavo che potessimo fare una passeggiata nella loggia» suggerì Selina con un tono indifferente. «Lì non inciamperemo nei libri.»

Il vecchio capì. Voleva parlare con lui in privato. Dopo tutto, non c'erano libri su cui inciampare neanche lì nella biblioteca, nonostante ciò che aveva detto. Hadrian Jeffries, con l'aiuto di due domestici, aveva fatto in fretta a sistemare gli scaffali. Ora il valletto e Selina stavano riorganizzando metodicamente i volumi. Ed era il motivo per cui aveva incontrato qualche difficoltà nel localizzare ciò che stava cercando. Ma una volta individuati, ogni mappa e disegno, ogni parte di corrispondenza riguardante la disposizione della casa, dei giardini e del parco, erano tutti concentrati nello stesso punto.

Provava una profonda ammirazione per il bisogno compulsivo del valletto di ordine e organizzazione. Lo faceva sentire in colpa per aver messo tutto in disordine. Quella sensazione svanì in fretta davanti alla prospettiva di che cosa la marchesa desiderasse discutere con lui che non voleva fosse ascoltato dai domestici accanto alle porte e, cosa ancora più sorprendente, dai due servitori più fidati della famiglia.

«L'aria fresca farà bene a entrambi» rispose. «Non preoccupatevi. Mi prenderò buona cura di lei» disse a Evans quando la cameriera fece per seguirli. «Saremo già tornati prima che arrivi il tè.»

Evans fu così sorpresa che Plantagenet Halsey le parlasse direttamente che fece una riverenza e scappò via.

«Le sue intenzioni sono buone» gli assicurò Selina. «Ma più il parto si avvicina più mi sta addosso.» Alzò gli occhi sul vecchio con un sorriso ironico e cambiò argomento. «Sarete coraggioso oggi e vi unirete a noi per il pranzo, vero? Per il mio bene.»

Plantagenet Halsey ridacchiò. «Essere coraggioso è un modo di vederlo. Dover ascoltare gente come Ferris, Bailey e il nostro caro reverendo Purefoy che pontificano richiede più del coraggio. Ma ci sarò, per voi. Avrete bisogno di qualcuno che vi intrattenga.»

Selina gli sorrise. «Sono felice di saperlo.»

Lasciò uscire Selina dalla biblioteca prima di lui e poi attraversarono il passaggio verso un'altra serie di porte che si apriva sulla loggia. Un lungo porticato sostenuto da colonne romane, con statue in marmo di imperatori romani su alti piedestalli, la loggia correva per tutta la lunghezza della Corte Verde, una vasta estensione di prato usata dalla famiglia per giocare a bocce. Davanti alla casa, e all'entrata usata dagli ospiti, era il posto più silenzioso nel complesso del maniero, specialmente con tutti i lavori in corso. Se non si teneva conto, cioè, della campana della torre dell'orologio sopra il passaggio a volta che suonava l'ora.

Era dove Selina aveva deciso che avrebbero pranzato, all'ombra fresca della loggia. Avevano trasferito dei tappeti dall'interno, li avevano battuti per liberarli dalla polvere e poi appoggiati sopra le piastrelle bianche e nere posate a scacchiera. Sopra c'era un lungo tavolo di mogano con una serie di sedie di mogano scuro dai cuscini di velluto rosso con le nappe. Il tavolo era apparecchiato con il secondo miglior servizio di porcellana, bicchieri di cristallo intagliato, posate d'argento e tre bassi centrotavola d'argento, pieni di frutti estivi. Tutto era pronto per l'arrivo degli ospiti, ma al momento la loggia era deserta, tranne i due domestici sull'attenti in fondo, non a portata d'orecchio.

Gli ospiti sarebbero dovuti arrivare entro un'ora, dandole ampia possibilità di avere una conversazione privata con lo zio di Alec. E dato che lei non era tipo da girare intorno alle cose e il vecchio preferiva il parlare franco, arrivò diritta al punto. Camminando a braccetto con lui all'ombra, si fermò di colpo davanti al busto di Cesare Augusto e si voltò a guardarlo.

«Voglio parlarvi del parto... e di Alec... e se dovesse succedere l'inconcepibile...»

«Non succederà» la interruppe lui categoricamente. «Tutto andrà bene per questa nascita. *Tutto.*»

Selina fu così sorpresa dall'emozione repressa nel suo tono di voce che lo rassicurò inconsciamente. «Oh, ne sono sicura. È solo che se ci fosse...»

«Non potete pensare a questa ipotesi. Perché dovreste farlo?»

«Perché *non* dovrei pensare a cosa potrebbe andare storto? Le donne muoiono di parto ogni giorno. C'è un rischio grave e reale che la madre o il bambino o entrambi muoiano durante il travaglio, per un mucchio di motivi. Che entrambi sopravvivano alla prova non è una certezza. Non mi sto comportando in modo inutilmente melodrammatico. È un fatto della vita.»

«Lo so. Ciò che dite è vero. Ma non succederà a *voi*.»

«Grazie per la fiducia. Non voglio farvi preoccupare inutilmente. Ma uno di noi deve affrontare la reale possibilità che ci siano... *complicazioni*.»

Il vecchio la guardò sospettoso. «Alec non è in grado?»

«Abbiamo accennato alla possibilità... ma no, non di un futuro senza... senza di *me*. Ma so che non è mai lontana dalla sua mente. Non dorme bene. Lo trovo che fissa fuori dalle finestre, preoccupato, e non è possibile che stia sempre ammirando il panorama!» Quando Plantagenet Halsey ridacchiò, Selina gli strinse il braccio. «Vi ha detto qualcosa?»

«Non una parola.» Le diede un colpetto sulla mano. «Sarete entrambi meno apprensivi e più fiduciosi quando finalmente arriveranno sua grazia e la figlia.»

«È vero. È così. Anche se dubito che qualunque cosa zia Olivia o la cugina Sybilla possano dire allevierà la *sua* preoccupazione.»

«Sapete, non gli farà male rimuginare un po'. È ciò che gli uomini fanno meglio quando non sono in grado di fare qualcosa perché la situazione è fuori dal loro controllo. E un parto è certamente una di quelle cose, no?» Le sorrise. «Renderà ancora più gioioso il momento in cui avrà la notizia che voi e il bambino avete superato la prova e state bene. Ma non proverà veramente sollievo fino a che non vedrà effettivamente voi con il suo bambino tra le braccia. Ah, quella è una visione fantastica che non dimenticherà per il resto dei suoi giorni. Quindi non preoccupatevi per lui. Starà bene. E io sarò proprio lì al suo fianco a camminare avanti e indietro fino a consumare il pavimento.»

La sua intenzione era di farla riprendere, farla sorridere e sentire a suo agio. Ma quando Selina si limitò ad annuire e sospirò un po' tremante, le prese gentilmente il volto tra le lunghe dita e le sorrise.

«Andrà tutto magnificamente per voi e Alec, con questo parto e presto sarete una famiglia. E non c'è niente di più prezioso e soddisfacente che guardare il vostro bambino crescere e lo farete insieme. È ciò che credo e ciò che dovete credere anche voi.»

Nonostante il tono fiducioso, Selina vide un fondo di tristezza nella sua espressione e la fece riflettere. Non voleva che fosse triste o turbato, ma aveva bisogno che capisse. Quindi gli prese la mano e la posò gentilmente sul cotone dipinto del suo vestito ampio, dove la rotondità era più evidente. Poi appoggiò la mano sopra quella del vecchio. Fu contenta quando lui non spostò la mano perché era la prima volta in cui lo invitava a farlo, e doveva sembrargli veramente strano. Si chiese se avesse mai avuto prima un'opportunità simile e immaginò di no. E quando lui rilassò le lunghe dita e le allargò leggermente per premerle, come se questo potesse permettergli si sentire il bambino che c'era dentro, Selina gli sorrise.

«Il bambino non si muove più. All'inizio mi preoccupavo. Ma zia Olivia mi dice che è perfettamente normale nelle ultime settimane.»

«Aye, così mi dicono… il bambino? Un maschietto?»

«Oh, non lo so per certo. Chi può saperlo?» rispose Selina con un sorriso al tono speranzoso della voce. «Ma se penso che sia un maschietto, spero che sia sufficiente a farlo avverare. Voglio che Alec abbia un erede. Che questa tenuta abbia un erede. È ciò che volete anche voi, vero?»

«Sì, ma sarei contento sia con un maschietto sia con una femminuccia. E lo sarà anche lui.»

Selina piegò le dita sopra quelle del vecchio.

«Zio… promettetemi… promettetemi che se… che quando sarà il momento, se ci fossero complicazioni durante il parto e ci fosse da scegliere… promettetemi… promettetemi che salverete questo bambino.»

«Non posso farlo» disse Plantagenet Halsey deglutendo a fatica, con la voce appena udibile.

«Dovete prometterlo… per me e per Alec.»

Plantagenet Halsey scosse la testa e tolse riluttante la mano da sotto quella di Selina. La guardò negli occhi. Erano pieni di lacrime. Si sentì miserabile. Ma non riuscì comunque a farle la promessa.

«Solo Alec ha quel diritto. Solo lui può fare quella scelta. E lui sceglierà voi.»

«Sì. È ciò che temo e il motivo per cui voi dovete fargli scegliere il bambino. Il nostro bambino. Suo figlio. Per il suo bene. Merita di avere un figlio e un erede. È un brav'uomo. Un uomo amorevole. È come voi. Sarà un padre meraviglioso. Non ci sono due uomini migliori al mondo che vorrei allevassero mio figlio.»

Il vecchio le prese le dita e premette le labbra sul dorso della sua mano. La sua voce tremò per l'emozione.

«Mia carissima ragazza, questo è il complimento migliore che abbia mai ricevuto. Vi ringrazio. Ma perché tutta questa preoccupazione? Di sicuro è solo la paura dell'ignoto che ha spinto i vostri pensieri in questa direzione. Dopo tutto è il vostro primo.» Le sorrise. «Lasciate che ve lo dica, solo tra voi e me, la mamma di Alec era preoccupata come voi adesso. Tutta agitata e nervosa, con la testa piena di pensieri cupi mentre si avvicinava il giorno del parto. La rassicuravo continuamente che tutto sarebbe andato bene, che sarebbe sopravvissuta e anche il suo bambino.» Scosse la testa a quel ricordo e sbuffò. «E com'è finita tutta quell'inutile preoccupazione? Che invece ho avuto io trentasei anni di preoccupazioni.» Le diede un buffetto sulla guancia. «Non si smette mai di preoccuparsi quando un figlio viene al mondo. È solo l'inizio, vedrete…»

Selina cercò di riprendersi, ma il suo sorriso era forzato. Voleva disperatamente che lui capisse che cosa la preoccupava, in modo che facesse ciò che desiderava lei nel caso ci fosse stata una decisione da prendere, tra salvare la vita a lei o al suo bambino.

«Non ho il diritto di biasimare nessuno, e non lo faccio» gli assicurò. «La madre di Alec può essere stata un'adultera e suo figlio non il frutto di suo marito, ma non ha mai cercato di porre fine a una gravidanza, di farla sparire…»

«Perché avrebbe dovuto fare una cosa così scellerata?» chiese il vecchio, con una profonda ruga tra le sopracciglia. «Il bambino è stato concepito con amore, ed era molto desiderato da entrambi i genitori.»

«Vi credo, zio. Ma non sto parlando di lei» gli confidò Selina, quasi sussurrando. «Io ho fatto in modo di non restare incinta di George e quindi gli ho impedito di avere il figlio che desiderava così disperatamente. Devo fare ammenda per i miei peccati, se questo bambino deve avere una possibilità nella vita…»

«Stupidaggini! Il vostro primo marito era un bruto senza pietà. Jamison-Lewis non vi meritava. E non meritava che gli deste dei figli! Peccati? Bah! Non c'era niente di peccaminoso in ciò che avete fatto. Si chiama auto-conservazione. Ciò che avete fatto era la cosa migliore: per voi e per le prospettive di qualunque nascituro impostovi con la violenza da quel mostro.»

«Chi può dire che, solo perché era un mostro con me, sarebbe stato un cattivo padre?»

«Chi può dire…?» Plantagenet Halsey la guardò con gli occhi sgranati. Ora pensava veramente che la gravidanza le stesse scombussolando il cervello. «Io lo dico! *Tutti* lo dicono. Santiddio, Selina, non m'importa un fico secco di ciò che avete dovuto fare per sopravvivere all'inferno di quel matrimonio. E non importa nemmeno ad Alec. Abbiamo fatto tutti delle scelte nella vita che troviamo ripugnanti, o che rimpiangiamo e di cui non andiamo fieri. Ma dobbiamo continuare a credere che abbiamo fatto ciò che abbiamo fatto per i motivi *giusti*.»

La prese a braccetto e la tirò vicina, e Selina gli permise di condurla ancora un po' più avanti nella loggia.

«Lasciate che vi dica una cosa che non ho mai detto a nessun altro» le confidò, chinandosi verso di lei in modo da poter parlare sottovoce. «Una volta sono stato obbligato a fare una scelta che nessun uomo dovrebbe mai essere obbligato a fare. Quella scelta mi tormenta ancora. Ma l'ho fatta, e mi ci sono attenuto, per il bene di Alec.» Si fermò, si voltò e la guardò. La luce era sparita dai suoi occhi azzurri. «Ho spezzato il cuore di sua madre. Non ne vado fiero ma uno di noi due doveva indurire il proprio cuore. E poi ho peggiorato le cose per lei e per un po' lei mi ha odiato, perché avevo accettato le condizioni di mio fratello. Avevo dovuto. Lui non avrebbe accettato compromessi, ma non mi aspettavo che lo facesse. Altrimenti non mi avrebbe consegnato Alec. La povera Helen si è vista portar via il suo bambino prima ancora che avesse il tempo di allattarlo... Ma sapeva che non c'era altro modo, se volevamo che il bambino vivesse. Ora che resti tra noi, e ve lo dico perché voi e Alec non dovrete mai fare una simile atroce scelta. L'impensabile non succederà a voi o al vostro bambino. Mi capite? Supereremo tutto... *insieme*.»

«Vi ringrazio per esservi confidato con me... E farò del mio meglio per avere solo pensieri positivi su ciò che accadrà.»

Plantagenet Halsey le posò leggermente le mani sulle spalle e le baciò la fronte.

«Brava ragazza. L'unico pensiero che deve entrare in quella vostra bella testolina è una lista di nomi per il bambino da cui voi e Alec potete scegliere. Ma se serve a darvi un po' di tranquillità, vi do la mia parola d'onore che farò tutto ciò che sarà in mio potere per occuparmi di Alec e del vostro bambino, se fosse... se fosse necessario. Ora...»

«Grazie. Grazie dal profondo del cuore!» esclamò Selina singhiozzando per il sollievo.

«... andiamo a bere quella tazza di tè. Dovete essere assetata. Ah! La vostra ombra mi ha letto nel pensiero» brontolò, vedendo Evans che si precipitava verso di loro con una cameriera al seguito che portava un vassoio con tutto il necessario per il tè; dietro di lei arrivava un cameriere con la teiera d'argento e lo scaldavivande.

Ciò che non si aspettava era di vedere il sovraintendente qualche passo dietro il convoglio del tè. Quando i servitori si fermarono da un lato del tavolo e cominciarono a sistemare la teiera e le tazze, Paul Turner continuò a camminare e trattenne la coppia che passeggiava. Un inchino a Selina e si rivolse a entrambi: «Vogliate scusarmi, milady. Ho una faccenda urgente da discutere con il signor Halsey.»

«Non può aspettare finché avremo bevuto il tè?» brontolò il vecchio.

«Sfortunatamente no, signore. Devo insistere che sia subito.»

«Allora via, andiamo nella biblioteca, signor Turner.»

Plantagenet Halsey fece una smorfia guardando Selina e si allontanò con le mani allacciate dietro la schiena e il sovraintendente che lo seguiva. Un po' troppo da vicino, secondo Selina, il che voleva dire che quell'uomo austero era di umore perfino più cupo del solito. Si chiese che cosa potesse volere dallo zio di Alec, quando di sicuro, se la faccenda era urgente, avrebbe dovuto discuterne con suo marito presente. Avrebbe voluto essere una mosca sul muro per origliare quella che, non dubitava, sarebbe stata una conversazione estremamente interessante.

Appena entrati nella biblioteca il sovraintendente ordinò ai domestici di uscire con un gesto del pollice. Quando le porte si chiusero alle loro spalle, si voltò verso il vecchio: «Signore, vi imploro! Dovete metter fine alle sue intromissioni prima che sia troppo tardi!»

CINQUE

HADRIAN JEFFRIES AVEVA CHIESTO A UN DOMESTICO DI sistemare una scala davanti alla libreria che conteneva, sui vari ripiani, i diari della famiglia Halsey, i libri contabili della tenuta e varie storie e biografie di eminenti membri della famiglia e dei vari congiunti nel distretto. Lì accanto c'era un gruppo di divani sistemato davanti a un camino. Dietro uno di questi divani c'era un lungo tavolo stretto con una sedia vicino. Lì si sedeva Hadrian mentre la marchesa era comoda sul sofà, appoggiata ai cuscini, con le gambe sollevate. Erano seduti abbastanza vicini da essere in grado di passarsi avanti e indietro documenti e libri senza che il valletto dovesse alzarsi. Spesso passavano un piacevole paio d'ore controllando le carte dell'archivio di famiglia, cercando nomi di famiglia e date, con lui che faceva un elenco, che prima o poi sarebbe diventato un albero genealogico. Aveva già cominciato ad abbozzarne uno ed era sul tavolo accanto a una pila di libri, con l'inchiostro ancora fresco dove aveva appena messo in ordine un'altra sequela di legami di parentela. Stava anche compilando una lista dalla quale il suo nobile datore di lavoro avrebbe scelto la sfilza di nomi di battesimo adatti a un bambino che un giorno avrebbe ereditato un marchesato.

Hadrian era sulla scala della libreria alla ricerca di un particolare diario quando un fascio di carte scivolò fuori dalle copertine di un sottile volume che aveva appena aperto. Le carte fluttuarono nell'aria e poi caddero, qualcuna finendo sul tavolo, il resto sul lucido parquet. Si affrettò ad andare a raccoglierle. Ma quando l'apertura e la chiusura delle doppie porte portò con sé una ventata d'aria, parecchi dei fogli svolazzarono per aria e finirono sotto il tavolo.

Hadrian si mise carponi, poi si allungò per arrivare a un foglio in particolare che era scivolato sotto il divano. Era appena fuori portata. Prono, con le gambe che spuntavano fuori dal tavolo e il braccio per metà sotto il divano, la punta delle dita sul foglio volato via, sentì la voce del sovraintendente. Dapprima pensò che si stesse rivolgendo a lui. Ma il sovraintendente ricevette una risposta, nientedimeno che dal signor Halsey.

La reazione istintiva del valletto sarebbe stata di alzarsi in fretta, spazzolare il panciotto e i calzoni per liberarli dalla polvere e sedersi al tavolo per apparire il meno invadente possibile, oppure alzarsi e aspettare che lo notassero. Ma qualcosa, forse l'intuito, lo indusse a fermarsi. Rimase di sasso quando sentì la secca risposta di Plantagenet Halsey al sovraintendente. E poiché non si era mosso, rimandò il momento di rendere nota la sua presenza. Ciò significò sentire più di quanto avrebbe dovuto dell'animato scambio. E divenne presto chiaro che non aveva più l'alternativa di farsi vedere.

In silenzio, e con estrema cautela, tirò a sé le gambe in modo da essere completamente nascosto sotto il tavolo. E per essere certo di non essere visto, si spinse contro il sofà, strinse al petto le gambe e appoggiò il mento sulle ginocchia. Non aveva idea di che cosa avrebbe detto se l'avessero scoperto, o se avrebbe perfino tentato di mentire circa il fatto di origliare il sovraintendente e il vecchio. Ma quelle paure svanirono mentre ascoltava la loro conversazione, chiaramente udibile in uno spazio cavernoso così silenzioso. E quando menzionarono sua signoria, il valletto divenne tutt'orecchi; con la sua eccezionale memoria, non poté fare a meno di ricordare tutto.

⁂

«INTROMISSIONI? CHI SI STA INTROMETTENDO?» DOMANDÒ Plantagenet Halsey.

«Sapete bene a chi mi sto riferendo, signore.»

Le sopracciglia cespugliose del vecchio schizzarono verso l'alto. Fu brusco.

«Non quando parlate di lui in quel tono impertinente!»

Il sovraintendente si rammentò immediatamente della sua posizione e chinò la testa.

«Chiedo scusa, signore. Non intendevo mancare di rispetto a sua signoria.» Cancellò il tono amaro dalla sua voce per dire con più calma: «Temo che sua signoria si stia intromettendo in faccende che non lo riguardano.»

Plantagenet Halsey sembrò adeguatamente perplesso. «Non capisco dove volete arrivare.»

«Sua signoria questa mattina mi ha chiesto dell'origine della carne di cervo e gli ho risposto…»

«… che veniva dal suo stesso parco dei cervi. Non ci vuole un genio per capirlo!»

Il sovraintendente si obbligò a fare una pausa e a fare un respiro profondo perché sapeva che Plantagenet Halsey non era uno sciocco, nonostante l'apparenza impetuosa. Sapeva anche a chi doveva la sua lealtà, quindi ignorò la spiritosaggine e spiegò con calma: «Ho detto a sua signoria che non sapevo come fosse finita nel suo piatto la carne di cervo. E ora mi ha incaricato di scoprire da Adams come è morta la bestia e se era il risultato di un furto oppure di una ferita accidentale.»

«Che problema c'è? Adams vi dirà che si è trattato di una ferita accidentale e la faccenda sarà conclusa.»

«Vorrei che fosse così semplice, ma…»

«Direte semplicemente a sua signoria ciò che vi dirà Adams. Più semplice di così…»

«Ma voi e io sappiamo bene che ci sono buone possibilità che ciò che mi dirà Adams e la verità siano due cose completamente diverse.»

Plantagenet Halsey sbuffò irritato. Stava perdendo la pazienza.

«Ascoltate, Turner. Se il guardacaccia di sua signoria vi dice che la carne di cervo viene da un animale ferito ucciso per pietà, allora è quello che è successo. Tutto ciò che dovete fare è riferirlo a sua signoria. Se ci credete o no non ha importanza e non dovete preoccuparvi. La vostra coscienza è pulita perché state solo ripetendo ciò che vi è stato detto. Capito?»

Il sovraintendente sostenne lo sguardo di Plantagenet Halsey. C'era testardaggine e determinazione nella linea decisa della bocca del vecchio e una luce fredda nei suoi occhi pallidi. Sapeva quando inchinarsi all'autorità e fu il primo a sbattere le palpebre.

«Sì, signore. Capisco. Come mio padre prima di me, la mia fedeltà è, e sarà sempre, al padrone di Delvin… chiedo scusa… del Parco dei Cervi.»

«Suona bene… *Parco dei Cervi*. Mi piace.»

«Se lo dite voi.»

«È così.» Plantagenet Halsey cercò di persuadere il cupo sovraintendente. «Perché quella faccia lunga? Non stavo dubitando del vostro carattere o della vostra fedeltà. Comportatevi come avete sempre fatto e andrà tutto bene. Come sempre.»

«Sto facendo del mio meglio, signore. Credetemi. Vorrei solo avere il vostro ottimismo sul fatto che cose andranno a posto da sole.»

«Così sarà. Sua signoria non è una persona irragionevole e vi crederà se sembrerete convincente.»

«Signore, non dubito che lord Halsey sarà abbastanza cortese da accettare le mie spiegazioni, ma mi permetto di dissentire. Non crederà né a me né ad Adams.»

«Perché no?»

«Perché lord Halsey è astuto. Lui nota... *tutto*.»

Il vecchio esplose in una risata. La sua voce conteneva un'evidente nota d'orgoglio: «Vero? Ha una mente acuta... a volte troppo per il suo stesso bene. Ho mangiato la carne di cervo con lui questa mattina, tra parentesi, era molto buona, e il fatto è che non ho nemmeno pensato a com'era arrivata quella carne nel mio piatto.» Scosse la testa. «Ma naturalmente lui l'ha pensato. Inquisitivo, fin da bambino. Faceva sempre domande su questo e su quello e come funzionava, o da dove veniva e com'era arrivato lì. A volte mi esauriva, veramente.» Si strofinò la guancia ruvida di barba. «Mi chiedo perché abbia notato in particolare la carne di cervo?»

Avendo anticipato la domanda del vecchio, il sovraintendente rispose in tono pacato: «Sua signoria ha posto il veto sulla caccia al cervo per sport. E poiché l'abbattimento selettivo non ci sarà fino ad agosto, è insolito avere quella carne in tavola due mesi prima.»

«Buon per lui! Detesto la caccia al cervo. La detesto fin da quando ero ragazzo. Dovete ricordare che facevo di tutto per evitare di andare con mio padre e mio fratello.»

«Sì, signore. E ricordo anche che una volta avete distrutto le loro balestre sperando di mettere fine alla stagione di caccia. Mio padre era furioso con voi.»

Il vecchio ridacchiò. «Ma non poteva farci niente, no? E mio padre non scoprì mai che ero stato io. Lui e Rod erano furiosi. Ah!»

«Forse perché mio padre obbligò *me* a prendermi la colpa e a ricevere le percosse destinate a voi.»

«Davvero? Sul serio?» Il vecchio perse il sorriso. Era sbalordito. «Non ne avevo idea. Accidenti!» Diede un colpetto sulla spalla al sovraintendente. «Mi dispiace, Paul. Scommetto che non è stata l'unica volta, se vostro padre vi obbligava a pagare per i miei peccati.»

Il sovraintendente guardò nuovamente il vecchio negli occhi.

«Non è necessario che vi scusiate, signore. I nostri padri facevano ciò che pensavano fosse meglio. Esattamente come faccio io per i miei figli.»

«Come stanno Roger e Hugh...?» chiese Plantagenet Halsey nel tono di voce più tranquillo che riuscì a fingere. «Roger è andato a Oxford, vero?»

«Grazie per averlo chiesto, signore. Sì, e sono fiero di dire che ha completato il suo corso di studi. Ora è tornato e lo sto addestrando io.»

«Seguirà i vostri passi? Buon per lui! È un'eredità impegnativa.»

«Grazie, signore.»

«Allora, perché non è con voi? Mi sembra di ricordare che seguivate sempre vostro padre quando era lui il sovraintendente.»

«È così, ma io accettavo la guida di mio padre. Appena tornato dall'università, Roger ha le sue... idee... idee che ritiene migliori di quelle di un sovraintendente con vent'anni di esperienza.»

Il vecchio grugnì assentendo. «Un figlio caparbio pieno di idee, che non vuole ascoltare i consigli di un sovraintendente perché siete anche suo padre, eh?»

«Sì, signore. Vedo che capite la situazione.»

«Non possiamo avere un sovraintendente che non è all'altezza del compito, o uno che metta in discussione il modo in cui vengono fatte le cose qui, vero?»

«No, signore. Sono conscio dei miei obblighi e dei suoi. Anche se sta facendo il suo apprendistato con me e si aspetta di diventare il sovraintendente un giorno, non gli permetterò di essere al corrente dei particolari finché non sarò sicuro che capisca, e della sua lealtà.»

«Bene. Ho piena fiducia che lo metterete sulla retta via.»

Paul Turner non poté evitare di sorridere. «Sto facendo del mio meglio. Ha bisogno di tornare a una beata ignoranza. Se capite cosa intendo dire. Quindi ho programmato un apprendistato che ruoti tra le varie occupazioni della tenuta, perché impari di prima mano da quelli che gli possono insegnare...»

«... e ai quali darà più retta che non a suo padre?» Il vecchio scoppiò in una risata e scosse la testa. «Fantastico! Provo pietà per i poveri cristi che dovranno avere a che fare con quella testardaggine giovanile. Ma ho piena fiducia che Adams e quelli come lui lo riporteranno all'ordine. Chi ha a che fare con lui adesso?»

«È stato con Adams per due mesi e ora l'ho mandato dal signor Fisher, da cui imparerà le meraviglie, se non i misteri, della farmacia.»

«Dopo due mesi a girovagare nei boschi dietro al nostro guardaboschi, strappare le erbacce e distillare ogni sorta di intruglio nel dispensario di Tam sarà come toccare il cielo con un dito! E il vostro minore, Hugh?» continuò tranquillamente Plantagenet Halsey. «Che cosa sta combinando l'altro vostro ragazzo? Spero crei meno problemi di Roger...»

«Vorrei che fosse così, signore. Hugh è una fonte costante di preoccupazione per sua madre e me, in un modo diverso, ma non è necessario che vi disturbi con...»

Plantagenet Halsey mise le braccia conserte. «Nessun disturbo. Ho chiesto io di Roger. Allora, parlatemi di Hugh.»

«Avevo sperato di assegnarlo ad Adams come apprendista, perché preferisce stare all'aperto. Non è mai stato tipo da imparare dai libri.»

«Mi sembra una scelta saggia.»

«Lo pensavo anch'io. Ma devo ancora convincere Adams ad accettarlo.»

«Ne ha avuto abbastanza di Roger quindi non vuole prendersi un altro dei vostri figli? Volete che parli io con il guardacaccia?»

«Grazie, ma no. Ci penserò io. Appena riuscirò a far tornare a casa Hugh.»

«Dov'è?»

«È fuori, nei boschi. Manca da tre notti. Sua madre è preoccupata. Io no.»

«Perché no?»

«Non è insolito per lui stare fuori mentre si lecca le ferite.» Il sovraintendente sentì le guance che si scaldavano. «Noi... Hugh e io... ci siamo scambiati parole dure.»

«A proposito di che?»

«Il bracconaggio.»

Plantagenet Halsey lo guardò sorpreso. «Perché sta cacciando di frodo?»

«No, signore, non sta cacciando di frodo. È contrario. È il motivo per cui è andato nel bosco con due dei suoi amici del villaggio. Non per cacciare i cervi, ma per fermare i bracconieri.»

L'espressione del vecchio tornò tranquilla. Fu categorico.

«Non abbiamo bracconieri. Lo sanno tutti. Dovrebbe saperlo anche lui. Glielo avete detto?»

«Sì. Non mi crede.» Il sovraintendente scrollò le spalle. «E giustamente. Sa che suo padre gli ha mentito spudoratamente, ma non sa il perché. Non sono fiero di averlo fatto. È un atto spregevole per un padre. Ma come sovraintendente ho fatto ciò che dovevo. Lo faccio sempre... *Ut prodessem multis.*»

«Per il bene dei molti.» Plantagenet Halsey strinse gli occhi e si chinò in avanti. «Credete ancora che sia vero? Che ciò che io... noi... facciamo sia per il bene dei molti?»

«Sì, signore, potete contare su di me.»

Il vecchio si eresse in tutta la sua statura e si rilassò un po'. «Non preoccupatevi per Hugh. Tornerà a casa quando non avrà più cibo!

Adams potrebbe anche trovarli prima che succeda. Avete pensato che potrebbe essere nella fattoria dei Ferris per aiutare lady Ferris con i suoi fiori?»

«Hugh aiuta lady Ferris in giardino?» Il sovraintendente era incredulo.

«Aye, e, da quanto ho sentito, a volte aiuta anche la signora Bailey nel suo giardino. Se so qualcosa di quelle due, si fanno concorrenza per chi si accaparra Hugh. Ah! Niente di meglio per riempire le loro giornate... Ma è una brutta cosa se al ragazzo piace fare un po' di giardinaggio? Mi sembrate poco convinto.»

«Non sono contrario, signore. Roger una volta aiutava i Ferris in giardino durante le vacanze estive. Cioè, l'ha fatto finché c'è stato quell'incidente con lady Ferris...»

«Incidente?» sbottò il vecchio. «Con lady Ferris?»

«Sì signore. Le sue-le sue... capacità mentali sono...»

«Cosa? So che la sua testa non è più come una volta, ma non c'è niente di pericoloso in lei.»

«Mi consenta di dissentire, signore, se devo credere a Roger. E mio figlio non mentirebbe mai su una cosa simile.»

«Eh?»

«Roger dice che lady Ferris è incline ad avere momenti in cui non è lei... momenti in cui è distratta. Grazie a Dio sua signoria era ragionevole quando è stata qui l'ultima volta a pranzo con lord e lady Halsey. Ma...»

«Quanto credete che possa essere *irragionevole* una donna minuta come lei contro un paio di ragazzi robusti come Roger e Hugh, o chiunque altro se è per quello? Che cos'era questo incidente, e quand'è successo?»

«Mentre eravate all'estero. Non conosco i particolari, ma Roger sì. Dice che sua signoria si è scagliata contro un domestico con le sue forbici da cucito, ritenendolo un intruso. I servitori spettegolano e hanno detto che è capitato più di una volta.»

Plantagenet Halsey sbuffò, scettico. «Pettegolezzi? Scagliata contro un domestico? Con le sue... con le *forbici da cucito*? Santiddio! Quella donna è alta un metro e mezzo al massimo e pesa meno di un gatto bagnato!»

«Sì, signore. Me ne rendo conto, ma essere testimone di un episodio così sconvolgente è stato sufficiente perché Roger non volesse più tornare alla fattoria dei Ferris...»

«... ma non è stato sufficiente per impedire a Hugh di aiutare una vecchia signora con le sue rose? Hugh si è guadagnato dei punti. Pensateci, Turner. Dovete concordare con me che prendere un domestico per un intruso non la rende un pericolo. Buon per lei che abbia la grinta per difendersi. Non che potrebbe essere un ostacolo per un bruto di domestico, ma almeno ha fatto lo sforzo. Scommetto che l'uomo non ha ricevuto nemmeno un graffio nella zuffa!»

«Da quanto dice Roger, no, non si è fatto niente. Mi è venuto da pensare che forse con la testa che non è più come una volta, potrebbe non aver riconosciuto il suo stesso servitore e, presa dal panico, si sia difesa con le forbici. E può anche essere piccola e sembrare fragile, ma Roger dice che ci sono voluti due domestici per trattenerla e toglierle le forbici dalle mani.»

«Davvero?» Il vecchio non era convinto, ma lasciò che l'avesse vinta il sovraintendente, dicendo: «La terrò d'occhio mentre è qui... Vi farò sapere che cosa penso.» Aggiungendo poi bruscamente: «Devo andare. I vicini saranno qui da un momento all'altro. Se è tutto...»

«Mi dispiace, signore, ma c'è un problema ancora più pressante.»

Il vecchio voltò la testa, senza cedere. I suoi occhi brillanti divennero opachi.

«E che problema ci può essere, che sia troppo difficile per il sovraintendente del Parco dei Cervi?»

«Ho bisogno di sapere che cosa devo fare riguardo alla buca che si è aperta nella Corte di Pietra.»

SEI

Il sovraintendente abbassò la voce, come se temesse che qualcuno potesse sentirlo. E, a sua insaputa, era proprio così. La voce più bassa costrinse Hadrian Jeffries a trascinarsi in avanti sul sedere. Era così intento a cogliere ogni parola che quasi dimenticò che doveva restare nascosto sotto il tavolo.

Plantagenet Halsey non esitò un attimo a rispondere. «Sistematela.»

«Se fosse semplice come quella parola. L'unico modo di riparare il soffitto è dall'interno della stanza stessa.»

«Perché non potete rabberciarlo da sopra?»

«L'ho suggerito. Io ero a favore di mettere delle tavole sulla buca, poi posare le lastre direttamente sul tavolato. Ma il capomastro assunto da sua signoria è stato inflessibile, ha dichiarato che non era un rimedio e di sicuro non una soluzione a lungo termine. In effetti, tentare di chiudere la buca con delle tavole avrebbe portato, con tutta probabilità, a un ulteriore crollo. Devo ammettere di essere d'accordo con la sua valutazione, anche se non l'ho detto in quel momento.»

Plantagenet Halsey fece un passo verso il sovraintendente.

«Ditemi, Turner, perché quella stanza non appare su nessuno dei progetti di questa tenuta?»

Il sovraintendente si chiese se il vecchio gli stesse facendo una domanda trabocchetto. Ma non aveva la forza di giocare con le parole in quel momento, quindi rispose semplicemente: «Perché restasse un segreto.»

Il vecchio si batté un dito sul lungo naso, poi puntò quel dito verso il sovraintendente e sorrise.

«Precisamente! Ma con il soffitto crollato, non resterà un segreto per molto tempo, no?»

«No, signore.»

«Quindi voglio che facciate qualcosa per ripararlo in qualunque modo sia possibile, prima che si facciano domande.»

«Temo che queste domande siano già cominciate. Il capomastro intende mandare i suoi uomini nelle cantine per valutare i danni e provvedere alle riparazioni.»

«E voi, ovviamente, lo avete fermato.»

«Sì, per ora.»

«Per ora non basta. Nessuno entrerà mai in quella cripta... chiamiamola con il suo nome. Era quello lo scopo di farla sigillare e di escluderla dai progetti della tenuta, perché non fosse più aperta. Mai più.» Il vecchio fissò il sovraintendente. «Sapete che cosa contiene quella stanza, Turner?»

«No, signore. Ma ho sentito delle voci...»

«Com'è possibile che ci siano delle voci quando nessuno sa della sua esistenza?»

«Giustissimo, signore. Mio padre mi parlò della cripta appena prima di morire, quando ho preso il suo posto come sovraintendente.»

«Allora, che cosa sapete, eh?»

Il sovraintendente non tergiversò. Fu preciso e andò diritto al punto.

«Che la cripta fu usata da vari capi della famiglia Halsey, e per generazioni. Che fu vostro padre a farla sigillare. Lord Delvin diede istruzioni che restasse chiusa per sempre. Ma vostro fratello, quando era lui il conte, la fece riaprire...» Il sovraintendente alzò per un attimo gli occhi per guardare il vecchio, e scelse con molta attenzione le parole successive. «Disse che voleva onorare l'antica pratica di famiglia della tumulazione.»

Plantagenet Halsey sbuffò sdegnosamente alzando una mano.

«*Onorare*?» ripeté, come se avesse assaggiato qualcosa di amaro. «Che mucchio di letame! Dovete sapere che non è vero, quindi perché state tentando di farmelo ingoiare? Mio fratello ha usato quella frase come scusa per il vergognoso comportamento dei nostri antenati. E meno male che si è limitato a predicare ciò che praticavano i nostri criminali congiunti!»

«Fortunatamente per voi, signore.»

Il vecchio sospirò pesantemente, fece una smorfia pensandoci, poi sbuffò. «E se ci pensate, se mio padre non avesse interrotto questa catena omicida, non sarei qui e, a sua volta, non ci sarebbe nemmeno sua signoria.»

Il sovraintendente non sapeva se il vecchio si aspettasse o meno una risposta, ma rispose comunque.

«Ma sicuramente non tocca a noi giudicarli... i vostri illustri congiunti o, se è per quello, ogni famiglia proprietaria terriera nel Kent che vuole mantenere intatte le proprie tenute. Era... *è* l'unico modo in cui possono sperare di aggirare una legge che è in vigore da prima dell'invasione normanna.»

«Avete il diritto di pensarla così, come la maggior parte della gente qui intorno. Ma ciò che dico io è che niente, e intendo proprio niente, giustifica l'omicidio. E i miei congiunti si sono dedicati all'omicidio per secoli, e così hanno fatto altri che possiedono una zolla della terra del Kent. Per quanto ne so, stanno ancora *onorando* quell'antica pratica di famiglia. È calcolata e a sangue freddo, e non è giusta. E non succederà qui!» Quando il sovraintendente restò in silenzio, Plantagenet Halsey lo guardò stringendo gli occhi e aggiunse a voce bassa: «E non sarebbe una congettura se dicessi che, visto che sapete tutto sull'antica pratica della tumulazione della mia famiglia, non avete la minima necessità di indovinare chi è tumulato in quella cripta, vero, Turner?»

Il sovraintendente non osò distogliere gli occhi e fece del suo meglio per parlare senza mostrare emozioni. Ma non poté impedire al suo volto di bruciare per la mortificazione.

«Dato che so della pratica, sarebbe ipocrita da parte mia fingere ignoranza» rispose a bassa voce. «Ma la verità è che non ci ho mai pensato dal giorno in cui mio padre me ne ha parlato, fino a oggi, con il disastro nella Corte di Pietra.»

«La vostra sincerità e la vergogna sono gratificanti. E per rendervi il favore, per dire la verità, ho fatto del mio meglio per tutta la vita per dimenticare che esistesse quella dannata cripta. Ma è lì e non c'è niente che ci possiamo fare, eccetto tenerla sigillata e segreta. Ed è ciò che faremo. Capito?»

«Sì.»

«Bene. Quindi ciò che dobbiamo fare adesso è concentrarci a rappezzare quella buca il più presto possibile, cosa che dovrebbe porre fine a ogni speculazione e impedire a sua signoria di farsi coinvolgere più di quanto lo sia già.»

«Sono d'accordo con voi, signore.»

«Sapete che cosa mi ha sconcertato dopo aver dato un'occhiata ai progetti per la casa, Turner? Perché quegli assassini dei miei antenati hanno costruito la cripta sotto la Corte di Pietra. Avevo sempre dato per scontato che fosse sotto la galleria della nursery come il resto delle cantine.»

«Me lo sono chiesto anch'io» mormorò il sovraintendente. «Oserei dire che forse ai tempi in cui fu costruita, che è quando costruirono la galleria della nursery nel quarto decennio del millecinquecento, gli operai non erano stati in grado di scavare ulteriormente sotto l'edificio a causa di un'ostruzione geologica. Roccia troppo dura da rompere o da portar via, forse. Quindi era stato più facile e più veloce scavare sotto la corte.»

«Potreste aver ragione... *Dannazione*. Di tutte le sfortune, doveva succedere proprio adesso. Non abbiamo bisogno di cattiva sorte in un momento come questo, Turner. Non con il bambino di sua signoria che deve nascere a giorni...»

Il vecchio si mordicchiò un pollice riflettendo e il sovraintendente usò la pausa come un'opportunità per rassicurarlo.

«Ho fatto mettere un telone sopra il tetto crollato per evitare che entri l'acqua e per impedire a occhi curiosi di provare a dare un'occhiata nel vuoto dalle gallerie ai piani alti. Ho anche degli uomini appostati nella Corte di Pietra, giorno e notte.»

«E come vi proponete di impedire al capomastro di sua signoria e ai suoi uomini di entrare nella cripta attraverso le cantine?»

«Da quanto ho capito, c'è un vestibolo prima della cripta, quindi lo si deve attraversare per raggiungere l'interno della vera e propria cripta. È l'entrata del vestibolo che era stata murata da vostro padre, ma poi quei mattoni sono stati tolti nuovamente da vostro fratello. Quando è stata murata una seconda volta, la nuova parete di mattoni è stata nascosta dietro un arazzo. Lo è ancora. E anche se il capomastro e i suoi uomini dovessero entrare nelle cantine per cercare un'entrata verso la cripta, dovrebbero sapere dove guardare e che cosa cercare.»

«E se sbirciassero dietro l'arazzo, allora?»

«Potrebbero essere abbastanza accorti da notare che i mattoni non corrispondono al resto delle pareti delle cantine. E se anche decidessero di smantellare quei mattoni e arrivassero al vestibolo, non sarebbero comunque in grado di aprire la cripta.»

«Perché no?»

«Perché tra il vestibolo e la cripta c'è una pesante porta di quercia. E questa porta è chiusa con una catena e un lucchetto. Serve la chiave per aprire il lucchetto, e poi un'altra per aprire la porta stessa prima di poter entrare nella cripta.»

Plantagenet Halsey guardò Paul Turner socchiudendo gli occhi.

«Per essere qualcuno che ha cercato di dimenticare l'esistenza stessa della cripta, ne sapete parecchio su come fare per entrarci!»

Il sovraintendente deglutì e fece un sorrisetto. «La cripta e il suo vestibolo possono non essere indicati sui progetti della casa, signore, ma non è detto che non ne abbiano scritto...»

«Cosa? *Scritto*? Chi ne ha scritto? Non mio padre, questo è sicuro! Mio fratello è stato abbastanza stupido da parlarne nelle sue *lettere*? E a chi ha...»

«No, signore. Non che io sappia. Non lettere. C'è un documento, un documento riguardante la cripta. Cosa fare nel caso si volesse aprirla. Ciò che vi ho appena detto. Nessun altro ne è al corrente, nemmeno sua signoria. E suo fratello di sicuro non lo sapeva.»

«*Io* non sapevo che esistesse finché non me l'avete detto! Dice qualcos'altro?»

«Sono anni che non ho motivo di prendere il documento dalla cassaforte. Ciò che ricordo è che le chiavi, sia del lucchetto sia della porta della cripta, non sono tenute qui ma sono in custodia presso gli avvocati della famiglia Halsey, a Londra.»

«Perché diavolo? Quindi mi state dicendo che anche se dovessimo abbattere i mattoni dietro l'arazzo ed entrare nel vestibolo, dovremmo comunque mandare a prendere le chiavi a Londra per poter aprire la maledetta porta della cripta?»

«Sì, signore, esattamente.»

Il vecchio sbuffò e si passò una mano sul volto, frustrato. Fece un respiro profondo. «Di chi è stata l'idea? Non di mio fratello, scommetto.»

«Dovrei controllare il documento, ma credo che sia datato dopo la morte di lord Delvin, ma prima che suo figlio, vostro nipote, prendesse possesso della tenuta.»

Le sopracciglia di Plantagenet Halsey schizzarono verso l'alto. «Mentre la contessa era ancora in vita?»

«Sì, signore... Mi rendo conto che non è ciò che volevate sentire, ma dato che le chiavi sono a Londra, dovrò mandare a prenderle, e non dubito che l'avvocato di famiglia vorrà portarle personalmente nel Kent, dovremmo avere un po' di tempo.»

«Cioè?»

«Anche se sua signoria dovesse mandare il capomastro e i suoi uomini nelle cantine, prima dovrebbero cercare dov'è murata l'entrata del vestibolo. E anche se dovessero abbattere la parete per ordine di sua signoria ed entrare nel vestibolo, si troverebbero ancora di fronte una porta chiusa e con un lucchetto...»

«... che potrebbero semplicemente fare a pezzi con un'accetta ed entrare.»

Il sovraintendente si permise un sorriso.

«Chiedo perdono, signore, ma pensate che sia probabile che sua signoria, che sta facendo di tutto per restaurare questa casa con tutte le cure di qualcuno che desidera preservarne la storia, permetterebbe al capomastro e ai suoi uomini di comportarsi come dei vandali nei confronti della porta di una stanza che è lì da quasi trecento anni?»

Plantagenet Halsey sbuffò ridendo. «Ah! Avete ragione! No, non lo farebbe mai.» Il suo sorriso si trasformò in una smorfia. «Ma non arriverà fino a quella porta, vero, Turner? Farete qualcosa per scoraggiarlo. Dite che il terreno è instabile. Che il tetto gli cadrebbe sulla testa. Dite quell'accidente che volete, ma dovete impedirglielo!»

«Vorrei che fosse così semplice...»

«Di nuovo quella parola... *semplice*. Dovreste sapere oramai che non c'è niente di semplice con sua signoria. Fateci l'abitudine.»

«Sto facendo del mio meglio, signore. Solo che sua signoria ha chiesto di essere presente in modo da poter valutare il danno con il suo capomastro.»

«Davvero? Beh, non succederà.»

«Ma...»

«No, Turner. Niente ma. Nessun altro, in particolar modo la giovane marchesa nelle sue condizioni attuali, ha bisogno di vedersi disturbati i sogni in eterno. Mi capite?»

«Sì, signore.» Il sovraintendente ci pensò un momento, fece un respiro profondo e disse: «Allora prevedo che ci vorrà parecchio tempo a me e ai miei uomini per trovare un modo di raggiungere la buca nella Corte di Pietra dal basso, dato che non c'è menzione di un'ulteriore stanza nelle cantine su nessuno dei progetti della tenuta. E dato che c'è la possibilità concreta di un ulteriore crollo, e che degli uomini possano farsi male, sarà un procedimento lento e laborioso, tanto per cominciare... Sono sicuro che sua signoria vorrà che pecchi per eccesso di prudenza. Se si dovesse scoprire il vestibolo a causa dell'insistente curiosità di sua signoria, ci sarà ancora la porta di quercia a sbarrare ulteriori progressi. E quando si scoprirà che è chiusa chiave e ha un lucchetto, non dubito che sua signoria chiederà le chiavi. Chiavi che io non ho, e ci vorrà parecchio tempo per cercare negli archivi di famiglia per scoprire...»

«... e anche quando le troverete... perché sua signoria non rinuncerà a farvi cercare le chiavi, questo è certo!... dovremo mandare a cercarle a Londra» aggiunse il vecchio, soddisfatto. «E queste chiavi dovranno essere portate dall'avvocato di famiglia. E gli uffici di Yarrborough e Yarrborough sono molto impegnati. Sospetto che nessuno dei fratelli Yarrborough, o dei loro associati, possa semplicemente accantonare i documenti del tribunale per venire qua senza preavviso. Ci potrebbero volere settimane prima che possano essere a disposizione di sua signoria.»

Il vecchio batté le mani e poi le strofinò soddisfatto.

«Dovrebbe ritardare le cose a sufficienza, credo. A quel punto sarà arrivato il bambino e sua signoria sarà troppo preso a essere un novello papà per occuparsi della riparazione di un cortile. E sarà allora che voi e i vostri uomini potrete occuparvi di riparare il tetto da sopra. Se Dio vorrà, lo avrete tutto a posto e sigillato prima che sua signoria rivolga un altro pensiero alla buca nella Corte di Pietra. Sarà solo lieto che il lavoro sia stato fatto e il problema sia stato risolto. Non è che non abbia abbastanza altri problemi con questo mucchio fatiscente di vecchi mattoni e legno scheggiato per tenere lui e i suoi operai forestieri occupati nel frattempo, no?»

Il sovraintendente approvò con un sorriso inconsueto.

«No, signore. E potete essere sicuro che io e i miei uomini non saremo in grado di trovare un modo plausibile per entrare in quella cripta dalle cantine. O, se ci arriveremo, come ho detto, ci vorrà parecchio tempo e fatica per oltrepassare la parete di mattoni.»

«Grazie, Turner. Le vostre rassicurazioni mi tranquillizzano.»

Il sovraintendente annuì e chinò la testa per un momento prima di guardare il vecchio negli occhi.

«Potete sempre contare sulla mia lealtà, signore. Lo sapete, vero?»

«Sì, Paul. E ho contato su di voi più volte di quante voglia enumerare.» Plantagenet Halsey fece un respiro, di colpo sopraffatto, e appoggiò la mano sulla spalla del sovraintendente. Restò così per un momento e con un buffetto finale al braccio del sovraintendente, lasciò cadere il braccio. «La vostra lealtà non ha prezzo. Non potrò mai ringraziarvi a sufficienza per...»

«Vi prego, signore. Lasciamo stare. Sarà meglio che vada. C'è parecchio da fare e la signora Turner si starà chiedendo dove sono finito. Sua signoria ha degli ospiti... ma voi lo sapete.»

«Aye, lo so.» Il vecchio fece un altro respiro profondo e disse, facendo schioccare la lingua: «E ricordate, se avete altre difficoltà con quel branco di operai forestieri, venite da me. Mi occuperò io di quella gente. Ora andate prima che lady Halsey si chieda che cosa abbiamo in ballo qui, tanto da lasciar raffreddare il mio tè sulla terrazza.» Fece una risata e scosse la testa. «E voi pensate che sua signoria veda tutto? Ah!»

La porta della biblioteca si chiuse e Hadrian Jeffries si obbligò a contare fino a dieci. Il silenzio che continuava lo fece uscire da sotto il tavolo senza paura di essere scoperto. Aveva le gambe informicolate e tremava tutto. Non sapeva che cosa lo avesse turbato di più: di aver origliato una conversazione profondamente privata tra padrone e servitore, o ciò che il contenuto di quella conversazione significava per il suo padrone. Sentiva male allo stomaco e anelava a un po' d'aria fresca. Ma prima di poter correre all'aperto, il suo bisogno irresistibile di lasciare tutto ciò che toccava pulito e in ordine lo costrinse a rassettare.

Con le mani tremanti, recuperò i fogli che erano svolazzati sul tappeto e che lo avevano obbligato a strisciare sotto il tavolo. Li riordinò inconsciamente, poi li picchiettò in pile in modo che i bordi fossero tutti allineati e li piazzò sopra il suo diario aperto. Li avrebbe letti più tardi, quando avesse ripreso a ragionare.

Con la mente piena di ciò che avevano detto il sovraintendente e lo zio di sua signoria e che aveva memorizzato, si chiese che cosa doveva farne, ora che era in possesso di informazioni così stupefacenti. Ciò di cui era sicuro era che non poteva tenerle per sé. Sua signoria aveva il diritto di conoscerle e lui aveva il dovere di riferirgliele. Ma come e quando farlo senza causare discordia tra un amato zio e il nipote? Aveva bisogno di consigli, consigli su come procedere e su come affrontare sua signoria. E ne aveva bisogno subito.

Lasciò la biblioteca con la mente in subbuglio e il cuore che batteva forte. I suoi piedi lo portarono nell'intrico di stretti corridoi usati dai servitori, fuori da un edificio, attraverso un cortile e nel successivo, finché fu nelle buie profondità della casa dove si attardavano solo i servitori, gli sguatteri e i fornitori. Ma non si fermò né conversò con alcuno. Quasi non li guardò negli occhi. Nessuno pensò che fosse strano. Dopo tutto, il valletto di sua signoria poteva andare dove voleva. Ed essere il valletto di sua signoria voleva dire che era gli occhi e le orecchie del padrone nell'opinione degli altri servitori. Quindi erano sempre all'erta in sua presenza o facevano del loro meglio per evitarlo per tema di attirare l'attenzione del marchese Halsey.

Hadrian non notò quasi niente. La sua mente era in subbuglio per le parole di Plantagenet Halsey: *i miei congiunti si sono dedicati all'o-micidio per secoli*. Ciò che era nascosto in una cripta segreta legata alle attività omicide della famiglia doveva certamente essere roba da incubi. E non lo sorprendeva che il vecchio non volesse che suo nipote e la moglie facessero una simile scoperta.

Era tutto sconcertante e allarmante. Con panico crescente, un distratto Hadrian spalancò la porta della cucina e attraversò il cortile acciottolato per arrivare all'orto recintato più avanti. Lì si fermò, per tirare finalmente il fiato, strizzando gli occhi nella luce estiva. Inalò l'aria fresca, dolce del profumo di caprifoglio e con la brezza sul viso e il sole alle spalle, si prese un momento per guardarsi attorno. Appena oltre il cancello dell'orto c'erano le aiuole ordinate e piantumate del giardino delle piante officinali appena costituito. Oltre quello, un sentiero serpeggiante, ombreggiato da alberi che lo bordavano, portava a una distilleria e al laboratorio che ogni speziale sarebbe stato orgoglioso di avere.

Hadrian attraversò il cancello e prese il sentiero ombroso, senza esattamente conoscere le proprie intenzioni. Uscendo di nuovo al sole, si trovò davanti ai gradini del laboratorio. Sbatté le palpebre, sorpreso. Sulla porta c'era il signor Thomas Fisher che lo guardava e alla finestra, con i gomiti appoggiati al davanzale e il volto tra le mani, il suo scontroso aiutante, Roger Turner. Nessuno dei due lo fece sentire benvenuto.

SETTE

«Dite che cosa volete, Jeffries» disse brusco Tam, staccando la spalla dallo stipite.

Il valletto si avvicinò lentamente allo speziale. Non era esattamente sicuro di che cosa volesse, o che cosa lo avesse portato lì, nel territorio del lentigginoso Thomas Fisher. L'ex valletto di lord Halsey sembrava troppo giovane per essere un uomo, nonostante fosse lo speziale preferito dall'aristocrazia. Ma ciò che importava ad Hadrian era che Fisher non era più un servitore nella casa di sua signoria, ma era stato elevato al rango di privilegiato amico di famiglia. Forse era una coincidenza fortunata che l'aveva portato lì...

«Io-io vorrei scambiare due parole con voi, signor Fisher.» Diede un'occhiata allo scontroso assistente ancora incorniciato dalla finestra. «In privato, se posso...»

La reazione istintiva di Tam sarebbe stata di dire allo spocchioso valletto che, se non era venuto per conto del suo padrone, poteva andarsene per la sua strada. Jeffries aveva reso un inferno la vita di Tam quando era il valletto di Alec Halsey. Aveva ritenuto Tam indegno di essere il gentiluomo di un gentiluomo e, con la collusione del maggiordomo, aveva ostacolato gli sforzi di Tam in ogni occasione. Jeffries lo aveva fatto apparire incompetente, sperando che lo licenziassero in modo da poter prendere il suo posto. Ed eccoli lì, dodici mesi dopo, con Jeffries che aveva visto realizzato il suo desiderio.

Ma era passata molta acqua sotto i ponti da quei giorni e anche se Hadrian Jeffries poteva aver raggiunto il suo obiettivo di subentrare nel ruolo di valletto di lord Halsey, Tam era salito fino alla stratosfera rispetto a qualsiasi servitore. Non solo aveva ereditato la somma di mille sterline, che aveva investito nella sua attività di speziale a St. James's Street a Westminster, ma ora sedeva alla tavola di sua signoria da amico. Il signor Hadrian Jeffries sarebbe rimasto il gentiluomo di un gentiluomo per il resto dei suoi giorni.

Saperlo, diede a Tam una temporanea soddisfazione. Ma era incapace di essere vendicativo. Respinse in fondo alla mente il ricordo della sua umiliazione quando era un servitore e invece di congedare il valletto e dirgli di andarsene, che non avevano niente di cui parlare, gli rivolse un cenno d'assenso.

«Parlate, Jeffries. Sto ascoltando.»

Hadrian si sentì di colpo la gola secca. Guardò di nuovo l'assistente, più a lungo, sperando che Thomas Fisher lo notasse senza dover sottolineare l'ovvio.

«Sarebbe meglio se potessimo parlare dentro, signor Fisher.»

Tam aveva visto l'occhiata di sottecchi a Roger la prima volta e, come la prima volta, scelse di ignorarla.

«Va benissimo qui.»

Il valletto cercò di non mostrare il suo disappunto. Meritava l'ostilità dello speziale. Fino a quella mattina, in effetti fino al momento in cui, sotto il tavolo, aveva origliato la conversazione tra il signor Halsey e il sovraintendente, aveva continuato a considerare allo stesso modo il signor Thomas Fisher. Ma se c'era una cosa che sapeva con certezza, era che il giovanotto era devoto al marchese. Come lui, lo speziale avrebbe fatto di tutto per aiutare sua signoria, in quello erano d'accordo. E quindi, grazie a quella convinzione, sperava che potesse aiutarlo a risolvere il dilemma.

«Se fosse così semplice ve lo direi qui. Ma non lo è e... e, se poteste permettermi di togliermi dal sole... non-non sto proprio bene, signor Fisher.»

Tam aggrottò la fronte. «Non state bene?»

«Mi dispiace, ma temo di stare decisamente male» ammise il valletto. «Starò subito meglio... Se potessi sedermi un attimo all'ombra, forse mi aiuterebbe... Scusatemi di nuovo...»

Tam scese in fretta i gradini per dargli un'occhiata. Il valletto era pallido come un cencio, la fronte era imperlata di sudore. Prese il polso di Jeffries e notò che era affrettato. E inoltre non era saldo sulle gambe. L'istinto di guaritore di Tam prese il sopravvento. Qualunque animosità provasse contro Hadrian Jeffries svanì. Qui c'era un paziente che aveva bisogno delle sue cure. Senza pensarci due volte, mise un braccio sulle spalle del valletto per tenerlo in piedi e chiamò il suo assistente.

Roger apparve sulla soglia ma non fece alcuno sforzo di muoversi verso di loro. Si appoggiò allo stipite e guardò Tam che aiutava il valletto a salire i gradini. Fu solo quando si rese conto di essere d'intralcio che finalmente si spostò.

Hadrian Jeffries si piegò in avanti, stordito. Tam lo rimise in piedi e sbraitò l'ordine di portare una sedia. Questa volta Roger si mosse per obbedire. Ma era lento, troppo lento per Tam, che gli strappò la sedia dalle mani, la sbatté con forza sul pavimento e fece sedere il valletto.

«Non muoverti!» ordinò a Roger. «Resta accanto a lui e se comincia a cadere, rimettilo diritto.»

Roger fece capire alzando gli occhi al cielo che accettava malvolentieri gli ordini. Tam lo ignorò e andò al banco di lavoro dove frugò in fretta tra un assortimento di flaconi etichettati. Trovò ciò che cercava, tolse il tappo, afferrò un pezzetto di stoffa e ritornò dal valletto. Mise il pezzetto di stoffa sull'apertura del flacone che rovesciò lasciando che il liquido imbevesse il tessuto.

Quando l'aria si riempì di un odore pungente e inconfondibile, Roger si strinse il naso e fece una smorfia. Se non fosse stato preoccupato per il valletto, Tam avrebbe riso per quell'ostentazione, poi gli avrebbe fatto una predica sul modo di comportarsi davanti a un paziente. Cercò di istruire Roger su ciò che stava facendo.

«L'olio di lavanda applicato alle tempie aiuta ad alleviare il mal di testa e a calmare l'agitazione...»

«Più facile che lo faccia svenire!» sbuffò Roger. «È una puzza orribile, cug...»

«Qui non sono tuo cugino, Roger Turner» disse Tam a denti stretti.

Roger alzò una spalla, indifferente. «Come vuoi, ma i tuoi abracadabra non cambiano il fatto che siamo cugini, no?»

«Io farò ciò che voglio e anche tu farai ciò che voglio *io* mentre sei ai miei ordini!»

«Se devo... Ehi! Questo tizio non è lo schiavetto di sua signoria...?»

«Jeffries è il valletto di lord Halsey» dichiarò Tam in tono brusco che stonava con la gentilezza con cui stava applicando le gocce di lavanda alle tempie di Hadrian. Fece un passo indietro guardando il valletto con un'espressione preoccupata mentre diceva, in tono più calmo: «Chiudete gli occhi, Jeffries. Fate qualche respiro profondo. Vi sentirete subito meglio.»

Mentre il valletto faceva ciò che gli aveva chiesto, Tam rivolse l'attenzione a Roger Turner. Gli caddero mentalmente le braccia. Tam aveva accettato di tenerlo solo per fare un favore alla madre di Roger. Non era possibile insegnare a una mente riluttante e non c'era speranza di ficcare un po' di umiltà in testa a uno che si considerava al di sopra dell'ingrato lavoro di tutti i giorni. Nonostante ciò che speravano i Turner, il loro figlio maggiore, Roger, aveva un'opinione troppo alta di sé per poter essere utile a qualcuno.

«Mentre Jeffries si riprende, puoi andare a prendere un piccolo boccale di birra.» Gli ordinò Tam. «Non prenderlo dalla casa. Scendi al villaggio. Non c'è bisogno che ti affretti a tornare.»

Roger era sul punto di ribattere che non aveva passato tre anni all'università per ottenere un posto da lacchè. E che dato che non era il servitore di nessuno, non avrebbe fatto da fattorino, specialmente non per un valletto, per grande che fosse il suo datore di lavoro e anche se quel datore di lavoro era il padrone di quella tenuta. Poi ricordò che era martedì, giorno di bucato. E che gli edifici della lavanderia facevano parte dell'insieme di bassi edifici che nella tenuta chiamavano villaggio. Includevano non solo il fabbro ferraio, il falegname e carradore, ma anche la birreria e l'essiccatoio per il luppolo. E andare a prendere la birra significava passare accanto alla lavanderia.

Ed essendo giorno di bucato, tutte le giovani lavandaie sarebbero state immerse fino alle caviglie in vasche di acqua saponosa, con i grembiuli rialzati fino alle cosce perché non si bagnassero, lunghe gambe tornite senza calze e piedi nudi che battevano la biancheria e le lenzuola sporche. Erano ragazze allegre, che ridacchiavano mentre facevano il bucato saltellando. Sembrava non le infastidisse l'odore pungente e sgradevole del sapone che aleggiava nell'aria umida e calda, che non solo faceva bruciare il naso e la gola a Roger, ma gli faceva venire conati di vomito. Ma avrebbe sopportato la puzza e il naso e la gola irritati e tutto per il brivido di essere l'unico testimone maschio in quel bastione femminile di cosce nude e seni oscillanti.

E con Hugh fuori dai piedi, non c'era la possibilità di trovare suo fratello nell'oscurità dello strizzatoio, nascosto tra i macchinari ma con la visuale delle ragazze nelle loro vasche. Avrebbe avuto la stanza tutta per sé, senza tema di veder interrotto il suo piacere. Nessuno entrava nello strizzatoio eccetto il venerdì, dopo il giorno di bucato.

Con la mente rivolta a un gruppetto di lavandaie ridacchianti e ballonzolanti, Roger bighellonò fuori dal laboratorio come se avesse tutto il tempo del mondo. Ma allungò il passo una volta oltrepassato il cancello. Andare a prendere un boccale di birra era l'ultima cosa che aveva in mente.

❦

ANDATOSENE ROGER, TAM SI AFFACCENDÒ AL TAVOLO DA lavoro, con un occhio su Hadrian Jeffries cui aveva ordinato di tenere gli occhi chiusi finché non si fosse più sentito ansioso e malfermo.

Hadrian fece ciò gli era stato detto, restando seduto sulla sedia con le spalle diritte. Fece qualche respiro profondo; il profumo di lavanda era sorprendentemente calmante. La sua mente divenne meno annebbiata, meno zeppa di parole e non sentiva più come se il cuore gli battesse nelle orecchie. Tenendo gli occhi chiusi, cercò di ricordare la prima cosa che aveva visto entrando in quello spazio. C'erano scaffali di boccette, tutte etichettate e sotto una fila di finestre un lungo tavolo sopra il quale c'erano tutti i tipi di erbe e foglie legate in fasci. Nel camino, sul piano di cottura, c'erano due pentole. E mentre cercava mentalmente di ricreare lo spazio interno, tese le orecchie ai suoni fuori dalla finestra. Da qualche parte vicino c'era un cane che abbaiava. Uomini che passavano accanto al cancello conversando, con gli stivali che scricchiolavano sul sentiero di ghiaia. Insieme a loro il rumore di ruote. Forse erano alcuni dei giardinieri con le loro carriole. E poi c'erano le risatine di ragazze e una breve secca reazione da parte di una donna autoritaria che diceva alle sue sottoposte di tenere gli occhi fissi in avanti e le bocche chiuse. Cameriere con mucchi di biancheria da lavare, accompagnate da una responsabile, che dalla casa andavano verso la lavanderia.

❦

QUANDO IL COLORE TORNÒ NELLE GUANCE DI HADRIAN JEFFRIES e le sue spalle si rilassarono, Tam andò nella stanza sul retro, tornò con due bicchieri di acqua e limone. Aspettò che il valletto aprisse gli occhi, poi gli tese un bicchiere, accertandosi che l'avesse ben saldo in mano prima di fare un passo indietro. Poi prese una sedia e si accomodò davanti a lui.

Quando Hadrian annusò il contenuto del bicchiere, Tam fece un sorrisetto.

«Non ho intenzione di avvelenarvi. Sa di limone, come il suo odore. Potrete bere la birra, ma è probabile che arrivi nel tempo del mai, conoscendo Roger. L'ho mandato a prenderla per liberarmi di lui.» Tam bevve dal suo bicchiere. «L'acqua e limone vi aiuterà a superare lo stordimento.»

Hadrian bevve, grato. «Grazie. Avevo sete.» Dopo qualche altro sorso chiese in tono diffidente, con la fronte aggrottata. «Roger ha l'abitudine di non fare ciò che gli dite, signor Fisher?»

«Perché siamo cugini e lui è più vecchio di me?» Tam disse ad alta voce ciò che stava pensando il valletto. «Sì, giusta osservazione. Ma Roger fa quello che vuole, dovunque e con chiunque sia. Ho accettato di tenerlo solo per fare un favore alla signora Turner.»

«Non è troppo vecchio per essere un apprendista?»

«Sì. E non è il mio apprendista. Dovrebbe aiutarmi mentre sono qui per installare il giardino delle piante officinali per sua signoria, in modo da avere qualche nozione dei doveri di uno speziale e delle sue responsabilità nella tenuta. Fa tutto parte del suo addestramento...»

«Addestramento?»

«... per seguire le orme di suo padre e diventare un giorno il sovraintendente del Parco dei Cervi.»

Hadrian non riuscì a nascondere il suo stupore. Ma riuscì a dire in tono pacato. «Ed essere di aiuto a voi lo aiuterà in questa impresa?»

Tam scrollò le spalle. «Se si trattasse di chiunque altro e non Roger, sì, sarebbe utile. Ma un Turner è il sovraintendente qui da almeno cinque generazioni. E Roger, essendo il primogenito, prenderà il posto di suo padre quando sarà il momento... Quindi il signor Turner è deciso che debba imparare come funziona una tenuta da ogni punto di vista, altrimenti non sarà in grado di fare bene il suo lavoro. E questo significa passare del tempo con me. Ma voi saprete tutto delle tenute e...»

«No. No, non è così. È il mio primo soggiorno in campagna. La mia famiglia abitava... abita in città. Quindi purtroppo le mie conoscenze in merito alle tenute e a come sono gestite sono carenti.»

«Che meraviglia allora per voi essere confinato nelle lande desolate del Kent! Ma non siete venuto qua per il piacere della mia conversazione. Allora perché siete qui?»

Hadrian finì le ultime gocce di acqua al limone che c'erano nel bicchiere e tenendolo un po' troppo stretto guardò in faccia Tam e disse: «Innanzitutto permettetemi di chiedervi scusa per il mio aberrante comportamento nei vostri confronti quando siete venuto per la prima volta a St. James's Place...»

«No! Non voglio le vostre scuse! Solo perché sono venuto in vostro aiuto non significa che non continui a disprezzarvi! Come speziale sono tenuto a curare i malati. Voi avevate bisogno di cure e io le ho fornite. Questo è tutto.»

«Devo rispettosamente dissentire, signor Fisher. Voi non siete obbligato ad accettare le mie scuse. Né io mi aspetto che mi dimostriate altro che il disprezzo che vi ho mostrato io. Ma vi offro le mie sincere scuse e vi dico che avevo torto...»

«Sì. Sì. È così!» sbottò Tam prima di riuscire a fermarsi, quando il ricordo dei maltrattamenti per mano di quest'uomo e del maggiordomo a St. James's Place ebbe la meglio su di lui. «Voi e il signor Wantage avete reso insopportabile la mia vita al piano di sotto. Ma non voglio pensarci. E non voglio più parlarne. Fermiamoci qui.»

Hadrian rivolse a Tam un elegante piccolo inchino con la testa. «Sì, signore. Se è ciò che desiderate. Ma mi dispiace.»

Quell'inchino e il fatto che lo avesse chiamato "signore" ricordò a Tam che le loro condizioni adesso erano molto diverse. Adesso era lui in posizione di potere. Se avesse voluto, avrebbe potuto fare un pessimo servizio a Jeffries, se fosse stato nella sua natura; il valletto gli stava facendo sapere che avrebbe potuto. Anche se era ben lungi dal fidarsi di lui, Tam si sentì più magnanimo nei confronti del valletto di quanto lo fosse mai stato.

«Accetterò le vostre scuse» rispose Tam, aggiungendo in fretta, perché le sue emozioni erano ancora vive, «ma questo non ci rende amici! Capito?»

Hadrian Jeffries annuì e fu attento a non sorridere in modo da non sembrare insincero. Non stava sorridendo a Tam, ma al ragazzo che era ancora Tam, perché nonostante tutto il suo sapere e la sua esperienza come speziale per i grandi e i titolati, appena sotto la superficie c'era ancora il ragazzino, insicuro di sé e del suo posto nel mondo.

«Sì, signor Fisher. Io...»

«E potete smetterla con il signor Fisher» borbottò Tam. «È Fisher, o Thomas o Tam. Nessuno mi chiama signor Fisher, solo i clienti. Perfino sua grazia di Clevely mi chiama Thomas. Quindi chiamatemi come volete, ma lasciate perdere il signore quando siamo in privato.»

«Molto bene... Thomas. Anche se permettendomi di chiamarvi per nome mi accordate l'onore di un uguale...»

«Il signor Halsey dice giustamente che siamo tutti uguali, proprio come predica il vicario, che nessun servitore è più grande del suo padrone, né...»

«... un messaggero è più grande di colui che l'ha inviato» lo interruppe Hadrian. «Dal vangelo secondo Giovanni, credo.»

Tam annuì. «Sì. Il signor Halsey dice che è solo la fortuna di nascere in un certo posto che mette qualcuno più in alto nella scala della vita rispetto ad altri. E il vicario dice che è come ci trattiamo l'un l'altro in questa vita che deciderà come saremo trattati nella prossima.

Ma voi non siete venuto qua per una delle prediche del signor Halsey né per i sermoni del vicario. Quindi perché siete venuto?»

«A dire il vero non so che cosa mi ha condotto alla vostra porta» confessò Hadrian. «Ma ora che sono seduto qui con il cuore più calmo e la testa più sgombra, sono convinto che non potrei desiderare di confidarmi con un uomo migliore di voi, Thomas.»

Scettico davanti a quella lode, Tam incrociò le braccia, si mise comodo e aspettò.

«Riguarda sua signoria…»

«Non tradirò la sua fiducia. E non dovreste farlo nemmeno voi.»

«Esattamente come dovrebbe essere. Non vi sto chiedendo di farlo, e non lo farei nemmeno io. Voglio chiedere il vostro parere su come aiutarlo al meglio.»

«Aiutarlo?» Tam tirò la sedia più vicina, con la belligeranza che si trasformava in preoccupazione. «Come?»

Hadrian Jeffries si chinò in avanti e guardò Tam negli occhi abbassando la voce: «Posso fidarmi di voi, Thomas?»

«Quando si tratta di sua signoria? In tutto! Ma sua signoria può fidarsi di voi, Jeffries?»

«Ha la mia completa lealtà, come so che ha la vostra. E niente di ciò che dirò qui, tra queste mura, uscirà da qui, a meno che voi lo riteniate necessario. Vi do la mia parola.»

Hadrian tese la mano.

Tam guardò la mano tesa a mezz'aria ed esitò. Il volto di Hadrian si tinse di rosa con la paura del rifiuto. Ma l'esitazione di Tam durò solo un attimo. Prese saldamente la mano di Hadrian e gliela strinse. Hadrian sospirò mentalmente di sollievo. Entrambi si tirarono indietro, in silenzio, l'unico suono che veniva da fuori dalla finestra era quello delle api che, cariche di polline, ronzavano dentro e fuori le aiuole.

«In verità, non so perché ciò che ho sentito mi abbia colpito tanto» confessò Hadrian, «quando si considera che cosa noi, sua signoria e io, abbiamo passato a Midanich, coinvolti in una guerra civile. È stato pericoloso e più di una volta mi sono chiesto se non potessimo finire contro un muro con un plotone di esecuzione davanti…»

Quando il valletto rimase in silenzio, e quel silenzio si protrasse, Tam cercò di nascondere l'impazienza nel suo tono di voce. «Non posso aiutare voi o sua signoria se prima non mi dite di che cosa si tratta…»

«Sì. Sì! Scusatemi, signor… Thomas. È appena successo nella

biblioteca. Ho sentito per caso una conversazione del signor Halsey con il signor Turner...»

E così Hadrian fece a Tam il resoconto della conversazione tra il sovraintendente e lo zio di sua signoria. Lo fece con calma, ma con una ruga tra le sopracciglia e un'espressione lontana negli occhi mentre riviveva mentalmente l'esperienza. Quando finì, la sua faccia non era l'unica a essere bianca come un lenzuolo. Tam lo fissò sbalordito. Non si trattava di non credere a Hadrian, ma ci doveva essere qualche fraintendimento in ciò che il valletto pensava di aver sentito, specialmente dato che in quel momento era sotto a un tavolo.

«Siete sicuro che quando il signor Halsey ha usato le parole *antenati assassini* non stesse esagerando? Ha la tendenza a calcare la mano. E non lo dico per mancargli di rispetto!» aggiunse cupamente Tam, come se in qualche modo fosse stato sleale nei confronti del vecchio.

«Lo so, Thomas. Non l'ho inteso in nessun altro modo. E mi è passato per la mente che il signor Halsey stesse, come dite voi, calcando la mano» concordò Hadrian. «Ma non era un commento buttato lì nel modo in cui di solito fa lui. E non è stato detto nel solito modo impetuoso del signor Halsey, che conosco bene. E stava cercando di assicurarsi che il signor Turner capisse che sua signoria non avrebbe mai dovuto sapere del passato criminale della famiglia.»

«Non capisco perché il signor Halsey parlasse del passato criminale della sua famiglia, come lo chiama lui, con il signor Turner, ma non volesse che lord Halsey ne venisse a conoscenza.»

«Penso che tutto abbia a che fare con la buca che si è aperta nella Corte di Pietra.»

«Perché? Come? Non capisco.»

«Perché sotto la Corte di Pietra c'è una cripta.»

«E voi pensate che questa cripta e gli antenati assassini di sua signoria siano in qualche modo collegati?»

«Non solo lo penso, Thomas. Lo so, perché il signor Halsey e il signor Turner hanno discusso del collegamento. I capi della famiglia Halsey hanno usato la cripta per generazioni per... lasciate che ricordi le parole esatte... ah sì. La cripta è stata usata per generazioni per *onorare l'antica pratica di famiglia della tumulazione...*»

«Tumulazione?» sbottò Tam, perché conosceva il significato della parola e lo turbava. «Siete sicuro?»

Quando il valletto annuì, dicendo: «Un sinistro posto di tumulazione, signor Fisher.»

Tam si sedette diritto. Non gli piaceva la parola sinistro. Insinuava che il sovraintendente e Plantagenet Halsey stessero tentando di nascondere qualcosa di inquietante e possibilmente malvagio. Ma comunque, se il vecchio aveva pronunciato le parole *antenati assassini* e aveva chiesto l'aiuto del signor Turner per tenere lord Halsey all'oscuro sulla cripta segreta sotto la Corte di Pietra, allora forse Hadrian Jeffries aveva tutti i diritti di usare la parola sinistro.

«Ma se è segreta e pensate che sia sinistra, allora la cripta è-è...» Tam smise di parlare e guardò Hadrian negli occhi, sperando che finisse la frase per lui. Quando non lo fece, chiese, rimandando l'inevitabile: «Che cosa avete intenzione di fare con ciò che sapete, signor Jeffries?»

«È il motivo per cui sono venuto da voi. Per chiedere che cosa dovrei fare.»

«Ditelo a sua signoria» disse Tam senza esitare, «ditegli tutto ciò che avete detto a me, e di più, se c'è altro da dire. Non so perché il signor Halsey e il signor Turner pensino che sia meglio tenere all'oscuro sua signoria, ma se so qualcosa di lord Halsey, è che vorrebbe sapere la verità, qualunque essa sia, che sia una cosa successa in passato o appena ieri. Quindi questo è il mio consiglio per voi, Hadrian.»

Il valletto sorrise. «Grazie, Thomas. Speravo mi deste questo consiglio. È ciò che volevo fare anch'io. E lo farò. Questa sera. E adesso sarà meglio che torni in casa. Sua signoria ha degli ospiti questo pomeriggio.»

Quando Hadrian si alzò, lo fece anche Tam. Eppure nessuno dei due si allontanò dalla sua sedia.

Tam deglutì, sentendo la gola improvvisamente secca. «Il-il signor Halsey o il signor Turner hanno detto che cosa c'è in questa cripta di famiglia che non vogliono che lord Halsey scopra?»

Hadrian scosse la testa. «No. Ma dato che entrambi sappiamo che cosa significa tumulazione, possiamo indovinare, non credete?»

Tam fece una smorfia e andò verso la porta. Non voleva dirlo a voce alta. Lo fece dire a Hadrian, chiedendogli: «Allora? Qual è la vostra miglior ipotesi, signor Jeffries, su ciò che c'è in quella cripta?»

«Corpi, signor Fisher. I corpi di uomini uccisi dagli antenati di lord Halsey.»

OTTO

Alec arrivò tardi al pranzo.

Era tornato dalla sua cavalcata attraverso il bosco con i suoi levrieri e aveva trovato un cambio d'abiti pronto, ma la vasca da bagno vuota e il suo valletto assente. Nessuno dei due servitori gli aveva saputo dire dove fosse finito Jeffries, e nemmeno il maggiordomo quando lo interpellarono.

Alec era al suo tavolo da toeletta, in maniche di camicia quando finalmente apparve Hadrian Jeffries. Se non avesse avuto poco tempo, avrebbe chiesto al valletto cosa era successo. Jeffries era assente, maldestro e non lo guardava negli occhi. In effetti la distrazione del valletto era talmente forte che non tentò nemmeno di scusarsi con Alec per il suo ritardo. Ma dato che era già tardi, Alec lasciò che Jeffries finisse di vestirlo in silenzio e lasciò l'appartamento ancora all'oscuro di tutto.

Quando uscì all'ombra della loggia indossando una giacca azzurra, calzoni in tinta, e un panciotto ricamato con mazzolini di mughetti, fiori di fragola e foglie d'acanto, stava ancora rimuginando sull'insolito comportamento di Jeffries. Un grande fiocco di seta bianca sulla nuca e fibbie di diamanti sulle scarpe completavano la sua toilette, ben lontana dai calzoni di pelle di daino e dalla giacca da cavallerizzo marrone che aveva indossato quella mattina, un abbigliamento con cui si trovava più a suo agio; gli abiti che indossava in quel momento erano più adatti a una passeggiata per il Green Park di Londra con i nobili suoi pari. Ma Selina gli aveva confidato che i loro vicini campagnoli erano rimasti piuttosto delusi dal suo mancato splendore sartoriale in occasione della loro precedente visita, e che quindi, per quell'occasione, avrebbe dovuto vestirsi secondo quanto si aspettavano dal marchese Halsey, o almeno un'approssimazione di ciò che loro pensavano avrebbe indossato un membro dell'aristocrazia quando aveva ospiti. Lei, comunque, si sarebbe vestita per stare comoda. E nelle sue attuali condizioni si rifiutava di indossare alcunché di restrittivo che non fosse un morbido corpino sotto il vestito premaman di cotone leggero. Alec avrebbe dovuto risplendere per entrambi.

Ed era veramente splendido, pensò Selina sospirando tra sé e sé, guardandolo strizzare gli occhi alla luce che si rifletteva sul sentiero di ghiaia che bordava il campo da bocce. Era sicura che anche le due donne alle sue spalle avessero sospirato di soddisfazione, e forse anche suo zio. Invece il gentiluomo pingue, quello tozzo e quello un po' curvo avrebbero invidiato più la spesa per il tessuto piuttosto di rendersi conto dell'effetto che il bel lord aveva sulle donne. Quanto all'uomo più giovane presente... il signor Ferris, magro come un chiodo, era alle sue spalle, e quindi non poteva vederlo, ma Selina era certa che avesse estratto in tutta fretta il suo occhialino e avesse fatto il gesto affettato di portarselo all'occhio nell'attimo in cui era apparso Alec. Selina si chiedeva quante volte al giorno provasse quel gesto davanti allo specchio.

«Eccovi qui finalmente, milord!» esclamò con un radioso sorriso, passando attraverso il gruppetto con la mano tesa. «E proprio al momento giusto.»

Alec si chinò sulle sue dita, con una mano dietro la schiena, e poi guardò gli ospiti oltre la spalla di sua moglie. Erano arrivati tutti. Erano riuniti intorno a un carrello, dal quale un cameriere in livrea, agli ordini del maggiordomo, stava dispensando bicchieri di vino. Si voltarono tutti all'unisono e le conversazioni si fermarono a metà frase. Ma fu la tavola imbandita per il pranzo che Alec fissò più a lungo. Perché, in mezzo all'argento, alla porcellana e al cristallo, c'era un grande mazzo di rose bianche. Riportò lo sguardo su sua moglie e sorrise.

«Perdonate il mio ritardo, milady. Speravo che questo piccolo gesto mi avrebbe fatto perdonare. Dal bosco. Non posso prendermene il merito. C'erano Cromwell e Marziran con me.» Da dietro la schiena tolse un profumatissimo mazzolino di mughetti. Guardò di nuovo la tavola. «Ma vedo che sua signoria ha già ricevuto un bel dono...»

Selina arrossì per la sorpresa e annusò il mazzolino senza rendersene conto. «Sono meravigliosi. *Voi* siete meraviglioso, carissimo uomo» disse sottovoce, sfiorandogli appena la guancia. «Adesso parlate con vostra zia. Ha bisogno di calmarsi. Non vogliamo una scenata prima ancora di sederci a tavola.» Fece un passo indietro e disse: «Sono meravigliose, vero? Provengono da un giardino che non sapevo avessimo. Immaginate! Lady Ferris mi ha informato che è un roseto piantato da vostra madre e trascurato da molto tempo. Quindi, per farci sapere che c'era, si è presa la libertà di farle cogliere. Sono belle e anche profumate.»

«Facciamo mettere questi in acqua e sul tavolo accanto al posto di lady Halsey» ordinò Alec al cameriere quando Selina consegnò il mazzetto di mughetti al servitore più vicino. Non fece commenti circa il roseto di sua madre e con una strizzatina d'occhio e un sorriso a sua moglie, andò a raggiungere i suoi ospiti. Arrivò suo zio e prese il suo posto, porgendo un bicchiere di vino a Selina.

C'erano due coppie, sir Tinsley e lady Ferris, e il colonnello e la signora Bailey, i maggiori proprietari terrieri nel distretto di Fivetrees dopo Alec. Non sapeva esattamente in che punto i loro terreni confinassero con il suo, ma il sovraintendente lo aveva informato che era così e quindi erano i suoi vicini. Gli altri ospiti erano il celibe reverendo Purefoy, a cui era stata assegnata la parrocchia di Fivetrees e che era il robusto fratello della signora Bailey, e un uomo magro con la mandibola sporgente di nome Ralph Ferris, che, come informarono Alec alla presentazione, era il cugino ed erede di sir Tinsley.

Alec ebbe solo il tempo di dare il benvenuto a tutti prima che lady Ferris ficcasse il suo bicchiere di vino in mano al marito e si alzasse per mettersi davanti a lui. Una donna piccolina, attraente, con grandi occhi scuri e una testa di riccioli neri generosamente striati di grigio, assomigliava alla madre che per lui era un'estranea, tanto da metterlo a disagio. Eppure fece del suo meglio per nascondere quel sentimento irrazionale e le diede il benvenuto con un amabile sorriso. Lady Ferris fece la riverenza che gli era dovuta come marchese, e poi gli tese la mano.

Alec si chinò sulla mano dicendo in tono pacato: «Grazie per averci informato del roseto che non sapevamo di avere, milady. C'è ancora molto di questa tenuta che non ho esplorato.»

«Non ne dubito. Ho avuto la presunzione di credere che non sapeste nulla di questo particolare giardino perché è fuori mano, nell'angolo in fondo dei giardini recintati, dall'altra parte di questi edifici.» Sospirò brevemente. «Non il posto ideale per piantare dei cespugli di rose, e così avevo detto a vostra madre, ma era decisa, e come hanno prosperato! Dev'esserci qualcosa di particolare nel terreno in quell'angolo... e non è *milady*, ma *zia*.»

«Perdonatemi. Ho sempre avuto solo uno zio. Quindi avere una zia è una novità e ci vuole un po' di tempo per abituarsi.»

Lady Ferris prese a braccetto Alec che lasciò che lo portasse a fare una passeggiata lungo la loggia, lontano dagli altri ospiti.

«Mia sorella, vostra madre, e io eravamo orfane, quindi non avevamo nessuno da chiamare zia o zio.»

Alec fu sorpreso. «Mi dispiace. Non lo sapevo.»

Lei alzò gli occhi. «Non ne dubito. Purtroppo non è solo su questa tenuta, ma su tutta la storia della vostra famiglia che siete stato tenuto all'oscuro. Vostro zio Plantagenet, Tagent per me perché da piccola non riuscivo mai a pronunciare il suo orribile nome, mi dice che non vi interessa la storia di famiglia e che non dovrei annoiarvi raccontandovela. Ma penso che dovreste sapere della famiglia di vostra madre e di vostro padre. Se non per il vostro bene, per quello dei vostri figli.»

Alec intuiva che la zia aveva voglia di confidarsi, quindi glielo concesse chiedendo in tono indifferente: «Che età avevate quando siete diventate orfane?»

«Vostra madre aveva quattro anni. Nostro fratello sei, o forse sette? Io ero appena nata. Nostra madre morì di parto dandomi alla luce. Diventammo pupilli di vostro nonno, che ci dissero essere un lontano parente. Tutto questo lavoro che state facendo fare dentro e fuori, tutto quel battere di martelli e rumore di seghe e l'attività degli uomini che vanno e vengono, mi hanno riportato alla mente tanti ricordi...»

«Chiedo scusa per il rumore. Questo è il punto più silenzioso che c'è. Lady Halsey si è impegnata molto per assicurarsi che...»

«Per favore, le scuse non sono necessarie. E sono sicura che la vostra adorabile moglie abbia cercato di rendere la nostra visita il più piacevole possibile. Ma a me piacciono lo scompiglio e il frastuono. La vita in campagna è talmente noiosa altrimenti. E Dio sa che questo mucchio di sassi ha bisogno di restauri! Il padre di Tagent è stato l'ultimo a investire dei fondi per la manutenzione. Spese delle somme spropositate per far rifare gli intonaci e sistemare le parti di legno. È stato lui a far installare il secondo scalone in fondo al salone...»

«Davvero?» rispose Alec quando la voce di sua zia si abbassò fino a svanire e lei fissò nel vuoto. «Mi chiedevo cosa...»

«Giocavamo spesso a nascondino e finivamo in mezzo ai piedi dei falegnami e dei muratori» continuò lei come se Alec non avesse parlato, animandosi sempre più man mano che ricordava. «Per rendere più difficile il gioco, quando i ragazzi scoprivano i nostri nascondigli, Helen e io dovevamo dire quale dei due ci aveva trovato.

Helen non era molto brava a distinguere i fratelli. Vostra madre tirava sempre a indovinare e la maggior parte delle volte sbagliava. Io, d'altro canto, non sbagliavo mai» aggiunse con orgoglio, poi sospirò e fece spallucce. «Gli scherzi che facevano quei ragazzi!»

Camminarono per tutta la parte con le colonne doriche della prima sezione della loggia e Alec era acutamente conscio di aver lasciato Selina e suo zio con il resto degli ospiti, che a quel punto sarebbero stati tutti più che pronti a pranzare. Quindi si voltò e tornò indietro verso il tavolo, con lady Ferris ancora aggrappata al suo braccio. Camminò lentamente perché voleva sentire qualcosa di più dei fratelli.

Espresse il suo sospetto.

«I fratelli erano così simili per altezza e aspetto?»

Lady Ferris trasalì e si fermò. «Come, non lo sapete?»

«Sapere cosa, zia?»

Sbuffando incredula, lady Ferris gli diede un colpetto sul braccio, come per compatirlo. «Mio caro ragazzo, siete decisamente carente nella storia di famiglia, se Tagent non vi ha raccontato nemmeno questo particolare su lui e Rod!»

«Per correttezza nei confronti di mio zio, devo dire che non ho mai chiesto nulla.»

Lady Ferris guardò in fondo alla loggia, dove Plantagenet Halsey aveva un bicchiere di vino in una mano e gesticolava con l'altra, con il colonnello e la signora Bailey che pendevano dalle sue labbra. «Gli andava bene così» rifletté. «Non dubito che abbia fatto in modo che non lo faceste... non si può chiedere di ciò che non si sa.»

«Verissimo. C'era forse qualche ragione perché io *non* sapessi questo particolare di mio zio e suo fratello?»

A quella domanda lady Ferris alzò gli occhi su Alec. Era tornato lo sguardo distante, e quando la donna tornò a fissare suo zio, Alec pensò che stesse per rispondere alla domanda. Lei invece cambiò bruscamente argomento, dicendo distrattamente e infastidita: «Hugh Turner non è venuto a lavorare nel mio giardino per tutta la settimana. Capirei se fosse rimasto lontano per via della pioggia, ma gli ultimi tre giorni sono stati magnificamente assolati... e non riesco ancora a trovare le mie forbici da cucito!»

«Pensate che Hugh abbia le vostre forbici da cucito?» chiese Alec in tono poco convincente, non sapendo in che direzione stava andando la conversazione.

Lady Ferris lo fissò, perplessa.

«Perché? Perché quel ragazzo dovrebbe avere le mie forbici? No!

No! No! Le ho messe da qualche parte al sicuro e adesso non riesco a trovarle. Hugh doveva aiutarmi a potare i miei cespugli di rose...»

«... con le forbici da cucito?»

Lady Ferris scoppiò in una risatina tintinnante, che soffocò in fretta portandosi una mano alla bocca. «Carissimo ragazzo, siete completamente fuori dal vostro ambiente qui in campagna, vero?»

Alec arrossì e cominciò a spiegare che sapeva perfettamente che Hugh non avrebbe potuto tagliare gli steli dei cespugli di rose con le forbici da cucito quando lady Ferris continuò, agitando una mano: «Non preoccupiamoci per quello sciocco ragazzo. Sir Tinsley dice che sono fin troppo sensibile perché a volte va di nascosto a lavorare anche nel giardino della signora Bailey e io sono solo gelosa.» Sorrise. «E in parte è vero. Ma sir Tinsley dice anche che i ragazzi sono ragazzi. Anche il fratello di Hugh, Roger, una volta mi aiutava nel mio roseto, ma era molto meno affidabile di Hugh. Roger lo faceva per obbligo e perché sir Tinsley lo incentivava lasciando che si unisse alla caccia, a pagamento del suo aiuto per le mie rose. Mentre a Hugh piace veramente lavorare in giardino... O almeno pensavo che gli piacesse...»

«L'assenza di Hugh deve essere inconsueta, altrimenti non ne sareste turbata» provò a dire gentilmente Alec.

Lady Ferris perse il sorriso, annuì e le si riempirono gli occhi di lacrime. Si tamponò in fretta gli occhi e bruscamente come aveva cambiato argomento, mettendosi a parlare dei ragazzi Turner, lo fece di nuovo tornando ai pensieri originali. Parlò come se non avesse nemmeno menzionato Hugh e Roger.

«Non mi sorprende che Tagent vi abbia tenuto all'oscuro» si lamentò. «Come in tutto ciò che vi riguarda, è premeditato.» Sorrise e disse maliziosamente, come se fosse in possesso di un grande segreto: «Sono sicurissima che non apprezzerebbe che mi confidassi con voi, se ve l'ha tenuto nascosto per tutti questi anni... Quanti anni avete?»

«Trentasei.»

«Trentasei?» Lady Ferris era sbalordita. «Dove sono andati tutti questi anni...» Guardò in fondo alla loggia dove la marchesa stava chiacchierando con il reverendo Purefoy e disse ad alta voce ciò che stava pensando: «Lei è molto più giovane di voi, vero?»

«Sì» la interruppe bruscamente Alec. «Undici anni, per essere precisi.»

Lady Ferris gli diede un colpetto sul braccio. «Bene. Parecchi anni fertili per darvi una nidiata di bambini, una cosa in cui gli Halsey non sono mai stati bravi. Ma non solo gli Halsey. Le famiglie eminenti in questo piccolo angolo d'Inghilterra hanno un solo erede, un solo erede maschio, cioè e niente femmine. Per questo Helen e io fummo una novità. Ma anche Rod e Tagent lo furono. Perfino di più, perché fornivano due eredi maschi alle terre degli Halsey. C'è un'antica benedizione di Fivetrees incisa sulla pietra nella piazza del mercato. È in latino ma si traduce *possa tu essere benedetto con un solo figlio, e non avere figlie a tuo nome.*»

«*Et benedicta tu quae uno filio tantum, non et filiabus nomen tuum.* Una benedizione piuttosto strana» rimarcò Alec con una smorfia.

Lady Ferris fece spallucce, come se non ci fosse altro da dire in merito, aggiungendo misteriosamente: «Tutto è strano a Fivetrees. Quella benedizione potrebbe essere la cosa meno strana.»

«Ma che sia così precisa...»

«Il povero sir Tinsley deve sopportare quella ridicola creatura con il suo occhialino che in questo momento sta annoiando a morte vostra moglie» disse lady Ferris sospirando, distratta dal signor Ralph Ferris che stava conversando animatamente con la marchesa e il vicario, con l'occhialino che si muoveva rapidamente sul viso, come se stesse cercando di scacciare un moscerino. «Avevamo due figli, ma sono entrambi morti giovani e non avevamo figlie da rinnegare... Ma non avete la minima idea di che cosa stia dicendo, vero? Quindi pensate che stia blaterando un mucchio di cose senza senso!»

«Non lo so, ma ciò non significa che mi dispiace che stiate blaterando» rispose Alec con gentilezza. «Meglio avere una zia che blatera che non avere nessuna zia.»

«Oh, caro, carissimo ragazzo. Che bella cosa da dire! Anche se dubito che vostro zio la vedrebbe allo stesso modo. Sono sicura che vorrebbe che fossi a mille miglia di distanza, preoccupato che io possa divulgare da un momento all'altro i segreti di famiglia.»

Alec si chinò verso di lei. «Mi sembra di capire che non abbiate mai permesso al dispiacere di mio zio di impedirvi di fare esattamente ciò che volevate.»

Lady Ferris si portò la mano alla guancia, come se fosse sbalordita. Ma i suoi occhi brillavano di malizia.

«Ragazzo sveglio! Com'è vero! Credo di dovervi dire ciò che vostro zio non voleva che sapeste. E sono sicura che sarete sconvolto, per quanto non lo crediate.» Si chinò verso di lui, senza più sorridere né ridere, ma con la scintilla di malizia ancora negli occhi. «Roderick e Plantagenet, per chiamarli con il loro nome di battesimo, sono nati nello stesso giorno, dalla stessa madre, a soli pochi minuti di distanza.»

«Ge... *gemelli*? Mio zio e mio padre erano gemelli?»

«Ah! Siete sbalordito.»

«Lo ammetto, zia. Non ne avevo idea.»

«Ovvio. Perché avreste dovuto, se Tagent non ve l'ha mai detto? Temo che vi sconvolgerò ancora di più dicendovi che i fratelli erano come la stessa persona. Gemelli identici. Nessuno poteva distinguerli, fin dalla nascita.»

Alec restava raramente senza parole, ma il quel momento fu così. Fissava, non lady Ferris, ma suo zio, in fondo alla loggia. Non riusciva a capacitarsi che suo zio e suo padre fossero, a tutti gli effetti, la stessa persona che però andava in giro come due individui diversi. Perché nessuno glielo aveva mai detto? Non aveva mai conosciuto suo padre. Il conte era morto senza mai vederlo, rifiutandolo alla nascita... il prodotto di una relazione di sua moglie con un domestico mulatto, o così dicevano. E Alec aveva vissuto tutta la sua vita con suo zio, mentre il conte era morto prima del ventesimo compleanno di Alec. E lui non ne aveva pianto la morte.

Eppure adesso doveva guardare suo zio e vedere il padre estraniato? E se entrambi gli uomini erano così identici da essere intercambiabili, erano forse identici anche nella personalità? Se quasi non riusciva a credere alla prima verità, certamente trovava incredibile, e intollerabile, perfino pensare alla seconda ipotesi. Suo zio e suo padre non avrebbero mai potuto condividere gli stessi tratti. Uno lo aveva abbandonato. L'altro lo aveva amato e curato. Uno era famoso per essere un campione arrogante e vanaglorioso della nobiltà. L'altro un parlamentare schietto che lottava per ottenere diritti per coloro che non potevano lottare per se stessi. Aveva odiato il primo, amava il secondo.

Sorprendentemente, la prima domanda che gli venne in mente fu: dov'erano i ritratti di suo padre, il conte?

La galleria dei ritratti conteneva solo un'immagine, ed era dei due fratelli da ragazzi. Aveva visto il grande quadro del conte e della contessa di Delvin con i loro due figli da ragazzini, quando avevano messo per la prima volta i pantaloni, e li aveva studiati con gli occhiali sul naso, cercando di trovare un qualche legame con i nonni che non aveva mai conosciuto e due ragazzi di cui sapeva così poco. Ricordava la sorpresa per l'età apparentemente simile tra i due ragazzi, ma dato che il colore dei capelli era diverso, uno castano e l'altro biondo, non gli era mai venuto in mente che potessero essere gemelli.

Non c'erano ritratti di suo padre da giovane, e, in effetti, nemmeno da vecchio. E nessuno di suo zio. C'era un ritratto a figura intera di sua madre, agghindata da contessa, con l'ermellino e tutto il resto, ma non c'era un uguale ritratto di suo marito il conte, cosa decisamente insolita. Alec si disse che suo padre sicuramente era stato ritratto per la posterità. E più di una volta. Quei ritratti dovevano esistere. Che non fossero sulle pareti della casa ancestrale gli fece dubitare, dopo ciò che gli aveva rivelato sua zia, che fossero stati deliberatamente rimossi in modo che lui non li vedesse, e non potesse quindi fare domande a cui suo zio non voleva rispondere.

Era tale il suo turbamento che non seppe come reagire alla rivelazione di sua zia. Stava fissando suo zio e disse la prima cosa che gli venne in mente, che era il diverso colore dei capelli dei ragazzi nel ritratto di famiglia. Lady Ferris aveva un'immediata e semplice spiegazione: «Sono stati dipinti in quel modo per poterli distinguere, in modo che le future generazioni potessero sapere qual era uno e qual era l'altro. In verità, entrambi i ragazzi sono stati biondi fino all'adolescenza.» Lady Ferris strinse il braccio di Alec, guardandolo con un'espressione preoccupata quando finalmente distolse gli occhi da suo zio per guardarla negli occhi. «Temo che la scoperta sia spiacevole per voi. Vorrei che non fosse così. Forse vostro zio aveva ragione a tenervi all'oscuro. Anche se io ho sempre sostenuto che meritavate di sapere la verità sulla vostra nascita e su tutto ciò che era accaduto prima. Purtroppo i fratelli, e devo presumere vostra madre con il suo silenzio, non erano d'accordo.» La donna piegò di lato la testa. «Il vostro futuro era forse l'unica cosa sulla quale i tre furono d'accordo... ma ho detto abbastanza! Tagent direbbe che ho detto troppo. Venite. Andiamo a raggiungere gli altri. Sono sicurissima che sir Tinsley e il colonnello non vedano l'ora di divorare le creazioni culinarie del vostro cuoco. Lady Halsey mi dice che avete portato il vostro chef da Londra...?»

Alec tornò al tavolo da pranzo con sua zia, ma non aveva fretta e scoprì di aver perso l'appetito. Mentre passeggiavano nella loggia, Alec sentiva una parola su tre del racconto di lady Ferris sulle sue vicissitudini con un cuoco volubile. Il suo sguardo e i suoi pensieri restavano fissi su suo zio.

I suoi ospiti erano in semicerchio e ascoltavano rapiti uno degli aneddoti di Plantagenet Halsey. Ridacchiavano e commentavano e Selina fece una battuta, con la mano appoggiata affettuosamente sul polsino della giacca del vecchio. Lui le accarezzò la mano, guardandola a sua volta con un'espressione amorevole e disse qualcosa che fece ridere tutti. Era evidente che stava tenendo banco e che si stava godendo ogni minuto. Con ciò che aveva appena saputo dell'uomo che lo aveva cresciuto, e al quale doveva la vita, a cui voleva bene più che a chiunque altro, eccetto Selina, arrivò a una conclusione molto inquietante: non sapeva niente dei primi venticinque anni di vita di suo zio, gli anni prima che si prendesse da solo la responsabilità del benessere di Alec. Era un quarto di secolo che Plantagenet Halsey si era tenuto per sé. Alle domande, accantonava quegli anni come poco importanti. Ma ora Alec si chiedeva di quei venticinque anni, perché suo zio li considerasse irrilevanti e perché voleva tenere Alec all'oscuro. Qual era il mistero di quegli anni? Che cosa era successo per fare in modo che suo zio volesse evitare che Alec ne venisse a conoscenza, come se stesse nascondendogli un segreto gelosamente custodito? Lo portò a chiedersi se conoscesse veramente suo zio.

NOVE

Alec rimase in uno stato quasi confusionale per la prima parte del pasto. Sceglieva il cibo dai vassoi che circolavano in tavola, mangiava ciò che aveva nel piatto e beveva il vino nel suo bicchiere. Aveva perfino chiacchierato con la signora Bailey, raccontato un aneddoto dei suoi tempi all'estero, risposto alla domanda di suo zio circa il nome delle chiatte usate per il trasporto lungo i canali di Midanich, *treckschuiten*, e perfino sorriso e ammiccato a sua moglie quando lei aveva fatto una battuta su chi di loro due era più eccitato alla prospettiva di diventare genitore. Ma una nebbia fitta di ipotesi e domande senza risposta gli turbinò nella mente durante l'intero pasto. Tutto ciò cui riusciva a pensare era la rivelazione che suo zio e suo padre erano gemelli identici. E la domanda a cui più desiderava avere risposta era perché suo zio aveva sentito il bisogno di nasconderglielo. Lo portò a chiedersi chi altro lo sapeva, nella sua famiglia. Erano stati preavvisati di non dirglielo? La sua madrina, Olivia, la duchessa di Romney-St. Neots lo sapeva? E il fratello di Selina, lord Cobham? E gli avvocati di famiglia, gli affittuari, il suo sovraintendente, il guardacaccia e i vicini lì nel Kent?

Trovava incredibile non averlo saputo. Ma d'altronde aveva imparato fin dalla più tenera età a non fare domande sui suoi genitori, su quella tenuta e in particolar modo sul passato di suo zio. Ma se suo zio aveva voluto tenerlo all'oscuro, allora ci dovevano essere altri collusi con lui per renderlo possibile. E ci dovevano essere altri tenuti altrettanto all'oscuro. Era sicuro che Selina non avesse idea del fatto che suo zio e suo padre fossero gemelli. Non gli avrebbe nascosto un simile sbalorditivo pezzo della sua storia familiare. E Selina stava scavando in profondità negli archivi di famiglia, ma, a quanto pareva, non abbastanza, se questa nascita non era stata registrata. E se non c'erano registrazioni, allora sorgeva la domanda, perché no? Ma forse Selina non aveva semplicemente ancora trovato l'informazione relativa.

E lì c'era sua moglie che stava condividendo con quelli seduti al tavolo ciò che aveva scoperto ed era stato finora sepolto negli scaffali della biblioteca. E l'aveva fatto su invito di lady Ferris. Quindi si obbligò ad accantonare per il momento le sue riflessioni, scrollandosi di dosso la sua ossessione per il passato di suo zio e rimandandola a quando avrebbe potuto affrontarlo in privato e magari conoscere la verità. Si unì nuovamente alla conversazione, anche se non aveva idea che cosa di preciso stessero discutendo. Lady Halsey aveva l'attenzione dell'intera tavola.

«Provo un interesse particolare per i numeri e gli schemi» stava dicendo Selina. «Quindi la mia scoperta tra i documenti Halsey è stata una vera sorpresa. In effetti sono rimasta esterrefatta. Anche se a prima vista sembrerebbe banale, le probabilità mi dicono che non può essere vero che sia successo.»

«Non dubito che siate stupita, milady» disse sir Tinsley, intromettendosi nella conversazione con un paternalistico sorriso di rassicurazione. Diede una rapida occhiata intorno al tavolo, con il viso carnoso diviso in due da un sorriso compiaciuto, il coltello e la forchetta d'argento tenuti ai lati del piatto di porcellana decorato nel quale il cameriere stava servendo dei funghi. «Ma per quelli nati e cresciuti in quest'angolo di contea, è una cosa talmente comune da essere considerata normale. Non siete d'accordo, colonnello? Signore?» aggiunse con un'occhiata al colonnello Bailey e poi a Plantagenet Halsey.

Nessuno dei due ebbe la possibilità di rispondere quando si intromise lady Ferris.

«Comune, certo, sir Tinsley» affermò sua moglie. «Talmente comune, in effetti, che c'è un'antica iscrizione incisa nella pietra nella piazza del mercato.» Sorrise ad Alec. «Stavo giusto parlandone a mio nipote durante la nostra passeggiata. Lui conosce il latino molto meglio di quanto potrò mai fare io, anche se sir Tinsley lo conosce abbastanza bene…»

«*Et benedicta tu quae uno filio tantum, non et filiabus nomen tuum.* Possa tu essere benedetto con un solo figlio, e non avere figlie a tuo nome.»

«Grazie, mia caro» disse lady Ferris a suo marito.

«Che strana iscrizione da mettere nella piazza di un mercato» fece notare Selina. «Perché in latino? Chi può leggere quella lingua antica eccetto gli studiosi e i figli dei gentiluomini? Certo non la gente del villaggio o quelli che vengono al mercato per vendere le loro merci.»

«Verissimo, milady» convenne sir Tinsley. «L'intenzione è chiara. È scolpita in quella lingua da studiosi, non per la gente comune, i contadini o i negozianti, ma per quelli nel distretto nati per comandarli. I padroni dei destini e delle fortune delle loro famiglie...»

«... e le loro mogli» lo interruppe Selina. «I padroni e le loro mogli, perché non esiste una famiglia senza entrambi.»

Quando il magistrato ridacchiò e scosse lentamente la testa, Alec rabbrividì mentalmente all'atteggiamento accondiscendente dell'uomo. Rimase in silenzio e ignorò gli sguardi furtivi dei suoi ospiti che senza dubbio si aspettavano che si intromettesse e cambiasse la direzione decisamente combattiva della conversazione. Ma sapeva che sua moglie, giustamente, non avrebbe apprezzato la sua ingerenza. Poteva cavarsela da sola in una discussione, quindi continuò a restare seduto e a sorseggiare il vino. Sperava che sir Tinsley avesse l'acume di rendersi conto che non sarebbe uscito vincitore da uno scontro verbale con la marchesa. Avrebbe fatto meglio ad accettare il punto di vista di sua signoria, se non altro perché era ospite alla sua tavola. Ma era chiedere troppo. Le parole successive del magistrato fecero morire tutte le sue speranze.

«Mogli?» sbuffò. «Mia cara Lady Halsey, non tocca alle mogli, o alle madri, sorelle o figlie di quei padroni gravare le loro belle testoline con pensieri sul destino o le fortune...»

«Belle testoline? È questo che sono le donne, Sir? Semplici ornamenti?»

«Non c'è niente di semplice in voi, mia cara Lady Halsey» rispose il magistrato con un sorriso che disse a Selina che pensava di averle offerto un balsamo per lenire l'affronto. «Parlo per tutti qui e credo che sua signoria non si offenderà, perché non lo dico solo per adularvi, ma come un fatto, che voi non siete solo graziosa, ma divinamente bella. Ma purtroppo la bellezza non è un requisito in materia di eredità. Le decisioni devono essere lasciate a coloro che sono meglio attrezzati per decidere del futuro.»

«E quelli "meglio attrezzati" sono solo la metà dell'equazione, perché che cos'è un marito senza sua moglie...?» chiese Selina con un breve sorriso.

Quando lo fece seguire inclinando la testa e fissandolo con i suoi grandi occhi scuri, tutto ciò che Alec riuscì a fare fu tirare in fretta il fiato per impedirsi di ridere forte e sputare il vino che stava bevendo. Oh, sir Tinsley aveva scelto male il suo oppositore.

«Certo! Vedo che capite, milady» disse il magistrato con un sorriso soddisfatto, fraintendendo completamente la sua ospite. «L'iscrizione è in latino per un motivo. L'avete detto voi stessa: per i *figli* dei gentiluomini. Serve come promemoria. Il destino di una famiglia, e la sua fortuna, risiedono interamente nelle mani del marito. Quella circostanza è ancora più importante quando si considerano le stravaganze di questo piccolo angolo di Inghilterra e il posto che vi occupa sua signoria…»

«Basta parlare di destino e fortune, Ferris» ringhiò Plantagenet Halsey, alzandosi a metà dalla sedia per prendere una pesca dal centrotavola. «Mi state rovinando l'appetito e quello di tutti gli altri, scommetterei.»

«Eh? Oh! Ah! Giusto. Giusto! Capisco che cosa volete dire, signore» borbottò sir Tinsley, completamente smontato. Tossì, coprendosi la bocca con un pugno e afferrò il bicchiere di vino per bere un lungo sorso.

Il vecchio riappoggiò il sedere sul cuscino, e perse l'espressione cupa. Sorrise a Selina, aggiungendo con un tono di voce completamente diverso: «Le mie capacità matematiche sono al più rudimentali, quindi se voleste spiegare le vostre scoperte negli archivi di famiglia in modo che un vecchio possa capire, lo apprezzerei veramente.»

«Farò del mio meglio» rispose Selina con lo stesso tono, dopo aver dato un'occhiata ad Alec per vedere se avesse sentito l'ordine di suo zio al magistrato. Un sopracciglio alzato le fece capire che era così. E anche tutti gli altri, perché i loro occhi si abbassarono sui tovaglioli che avevano in grembo e lì rimasero. «Ma dopo ciò che sir Tinsley ci ha appena detto sull'iscrizione nella piazza del mercato, penso che ciò che ho scoperto forse non sia sorprendente come avevo inizialmente supposto. In particolare perché sembra che non sia limitato alla famiglia Halsey.»

«Forse è il vino, o il caldo estivo o entrambe le cose, ma continuo a non capire, milady» disse educatamente Alec, e il fatto che spalancasse per un attimo gli occhi confermò il sospetto di Selina che non aveva ascoltato la discussione precedente, ma era stato distratto da una fantasticheria privata. Quindi ripeté pazientemente ciò che aveva già detto ai loro ospiti, tutti troppo educati per non sembrare sorpresi, o che erano già a conoscenza di ciò che lei aveva scoperto da sola e solo di recente.

«Sembra che i vostri antenati avessero la tendenza a produrre un solo erede maschio per ogni generazione e che lo facciano da oltre duecento anni. Pensare che una famiglia continui ad avere un solo figlio maschio, senza fratelli o sorelle, nemmeno qualcuno che sia morto tragicamente alla nascita, oppure in giovane età per qualche malattia o altro, beh, nessuno che sia stato abbastanza significativo da essere registrato nella storia di famiglia, o annotato nella bibbia di famiglia, è, semplicemente, stupefacente.»

«Non c'è niente di semplice, milady» convenne Alec, con un'occhiata a suo zio che non lo stava guardando. «È notevole. Sono sicuro che i vostri calcoli siano corretti, ma lo chiederò comunque... Ne siete certa?»

«Sì. Anche se non dovrei, perché si può dire con sicurezza che la nascita di un maschio o di una femmina ha le stesse probabilità del risultato del lancio di una moneta. Quindi il fatto di avere un solo figlio, e che quel figlio sia maschio per cinque generazioni, non solo è sbalorditivo, ma completamente improbabile...»

«Non sono sicuro di seguire...» la interruppe Plantagenet Halsey con una smorfia di incomprensione.

«Vi chiedo scusa, zio» disse Selina con un sorriso. «Lasciate che ve lo spieghi in questo modo: se consideriamo che le probabilità che nasca un maschio o una femmina siano uguali, allora possiamo paragonarlo al lancio di una moneta. Ogni concepimento ha una possibilità al cinquanta percento che il neonato sia un maschio o una femmina, testa o croce. Eppure, con la famiglia Halsey, le probabilità sarebbero le stesse di ottenere croce cinque volte di fila, cosa altamente improbabile. È come se la famiglia fosse in possesso di una moneta con due croci e niente testa, quindi, indipendentemente dal lancio, la moneta cadrà sempre su croce e produrrà ogni volta un maschio.»

Plantagenet Halsey si strofinò le mani. «Brava! Allora, secondo i vostri calcoli, mi aspetto un nipote da un giorno all'altro.»

Tutti sorrisero e batterono le mani.

«Una moneta con due croci e niente testa suggerisce un'ingerenza di qualche tipo per assicurare il risultato desiderato, vero, milady?» chiese Alec a sua moglie, ignorando l'esuberanza di suo zio e i sorrisi di congratulazione dei suoi ospiti.

Selina annuì, così presa dal problema matematico da non rendersi conto di ciò che stava suggerendo suo marito, desiderosa di spiegare. «È un paradosso matematico che una famiglia produca un solo figlio e che sia un maschio, per tante generazioni. E visto che le probabilità sono talmente assurde, sono scettica sul fatto che possa essere un fatto puramente fortuito...»

Alec spostò lo sguardo da sua moglie a suo zio e lo guardò con un'espressione interrogativa. «Qualche idea, zio?»

Il vecchio alzò le spalle e fece una smorfia, perplesso. «Solo che sono abbagliato come il resto del tavolo dalla mente matematica di milady. Avrei pensato che saresti stato felice che le probabilità siano a favore di un maschio ed erede.»

Alec sostenne lo sguardo del vecchio, come se si fosse aspettato che dicesse qualcosa di completamente diverso.

«Le uniche probabilità che mi interessano sono quelle a favore della nascita di un figlio sano e che mia moglie sopravviva alla prova.» Poi chiese a Selina: «Presumo che l'improbabile sequenza di figli unici maschi si sia interrotta con la nascita di mio zio e suo fratello?»

Selina rifletté per un attimo mentre sceglieva una fragola succulenta dalla ciotola che le aveva messo di fronte un cameriere. Ciò che disse non sorprese Alec anche se desiderò che fosse così. «Dovete avere ragione, anche se non ho ancora trovato la registrazione della loro nascita… immaginavo di trovarla tra i documenti di famiglia…»

«Quei documenti non esistono?»

Selina scosse la testa. «Non li ho trovati… non ancora.»

«Strano che la prima registrazione di una nascita di gemelli maschi in oltre duecento anni sembra sia stata smarrita. Che cosa credete sia successo a quei documenti, zio?»

Plantagenet Halsey alzò di nuovo le spalle, indifferente. «Il documento deve esistere. Sua signoria dovrà solo cercare meglio.»

«Forse c'era qualcosa riguardo alla vostra nascita e a quella di vostro fratello che non era come le altre…?» suggerì Alec, fissando suo zio, senza nemmeno un'occhiata a lady Ferris.

Il vecchio non esitò a rispondere. Scoppiò in una risata e batté la mano sul tavolo. «Aye! Beh, è ovvio. Ce n'erano due di noi!»

Gli ospiti chiocciarono insieme. Alec ebbe la distinta impressione che fosse una risata forzata. Disse a sir Tinsley: «Sua signoria è confusa dall'improbabilità matematica di un simile risultato eppure voi, signore, non siete per nulla sorpreso. In effetti l'avete definita *un evento abbastanza comune*. Potreste dirmi perché?»

«Sì, Ferris» aggiunse Plantagenet Halsey, di nuovo ringhiando e con un'espressione feroce. «Ora che avete aperto quella trappola quanto potevate, perché non date a sua signoria la vostra esperta opinione sulla discendenza maschile della mia famiglia?»

Sir Tinsley fece sporgere il labbro inferiore, arrossendo penosamente. «Io… io non sono un matematico, né ho la presunzione di essere un esperto della vostra nobile famiglia, signore. Quindi, milord, preferire non azzardare un'opinione.»

«Questa è la dichiarazione più saggia che avete fatto oggi, Ferris» disse il vecchio in tono conclusivo. Bevve le ultime gocce di vino e tese il bicchiere al cameriere perché lo riempisse di nuovo, senza togliere gli occhi di dosso al magistrato. «Nessuno che abbia gli occhi può negare la bellezza di sua signoria, ma lei è molto di più di un bel faccino e non c'è un matematico in questo paese che non sarebbe d'accordo. Ma se è lo stesso per mio nipote e la compagnia preferirei cambiare argomento. Nella migliore delle ipotesi, i miei famigliari mi annoiano, esclusi i presenti.»

Ci fu un perdurante silenzio mentre gli ospiti sbirciavano furtivamente il marchese per vedere la sua reazione alla dichiarazione di suo zio. Alec stava pensando com'era stato abile suo zio a deviare la conversazione per impedire a Ferris di rispondere alla domanda sul perché ritenesse la nascita di figli unici maschi un evento comune, non limitata alla famiglia Halsey. Andava bene così. Avrebbe lasciato perdere, per il momento.

Nel silenzio che seguì la dichiarazione del vecchio, il reverende Purefoy vide l'occasione per fornire una spiegazione che era l'unica degna di considerazione: «Credo» disse in tono diffidente, asciugandosi gli angoli della bocca umida con la punta del tovagliolo di lino e poi controllando di avere l'attenzione di tutti quelli intorno al tavolo, «che la risposta, non solo al rompicapo matematico di sua signoria, ma alla presenza di una tale iscrizione nella piazza del mercato, sia semplice. È la volontà di Dio. Proprio come Dio ha benedetto lady Halsey con una mente matematica degna della sua bellezza, ha anche benedetto la famiglia Halsey con un figlio maschio sano per ogni successiva generazione. Prego che faccia lo stesso con la vostra preziosa prole, mia cara lady Halsey.»

«La volontà di Dio? Oh, sì» concordò senza fiato la signora Bailey. «È l'unica spiegazione possibile. E aggiungo umilmente la mia voce a quella di mio fratello. Tutti qui preghiamo perché abbiate un figlio sano, milady. Io stessa trovo conforto nella Sua divina volontà per la nostra stessa tragedia. Il colonnello e io abbiamo un figlio carissimo. Avevamo due altri bambini... ma, purtroppo, non sono rimasti a lungo con noi. Ma abbiamo il nostro prezioso Daniel, e devo essere grata a Lui per avermi concesso quell'unico figlio.»

«Mia carissima sorella, abbiamo parlato molte volte negli anni, e a lungo, riguardo alla perdita dei tuoi piccolini» disse in tono tranquillizzante il reverendo Purefoy. Mise il proprio fazzoletto in mano alla sorella. «Senza dubbio l'imminente lieto evento di sua signoria ti ha riportato ricordi dolorosi. Anche se ti consiglio di pensare ai tempi più felici, alla nascita di Daniel e a come è cresciuto fino a essere un bravo giovanotto…»

«Sì. Oh, sì. Hai ragione. Hai ragione» rispose la signora Bailey sussurrando, annuendo vigorosamente e soffiandosi il naso allo stesso tempo. Appallottolò stretto nel pugno il fazzoletto umido. «Devo pensare a Daniel, *non* ai due piccoli perduti per noi, ma a lui.»

«Dio è santo e giusto» continuò suo fratello. «Quindi dobbiamo confidare nel suo giudizio. Portandoci via i vostri bambini alla nascita, ha permesso loro di evitare le prove e i dolori di un'esistenza terrena. Nessuno tra il mio gregge è altrettanto fortunato. Possono strisciare sulla terra ma la natura peccaminosa della loro esistenza nega loro la vita eterna. Tu, mia cara sorella, rivedrai i tuoi piccoli in paradiso. Stanne sicura.»

«Sì, sì. Sono stata benedetta. Grazie, Adolphus.» La signora Bailey guardò gli altri commensali silenziosi, tirando su col naso e sorridendo, e i suoi occhi umidi si fissarono su Selina. «Per favore, perdonate le mie cattive maniere. Non avrei dovuto dar voce al mio turbamento alla vostra tavola, milady. È stato un lapsus momentaneo. Vi assicuro che non succederà più.»

«Signora Bailey, non è necessario che vi scusiate» rispose Selina con una calma che nascondeva la sua angoscia nel sentire della perdita della donna. Mise istintivamente la mano sulla pancia rotonda, come per proteggere il bambino che c'era dentro da simili tristi notizie. «Perdere un figlio è una cosa da cui un genitore non si riprende mai. Perderne due…» Guardò Alec in fondo al tavolo e represse un brivido di tristezza. «È un dispiacere inimmaginabile. Avete tutti i diritti di addolorarvi.»

«Vostra signoria è gentilissima» si intromise il colonnello Bailey. «Come ha detto il reverendo, abbiamo un bravo figlio in Daniel. E alla fin fine, e dobbiamo essere pragmatici, come siamo sempre noi contadini, siamo doppiamente fortunati ad avere un solo figlio, perché erediterà una tenuta intatta senza possibili divisioni.»

«Un esito fortunato e benedetto per voi, colonnello» disse il reverendo Purefoy, con un sorriso tirato. «Una circostanza da cui anche la vostra cara moglie, la mia carissima sorella, trae grande conforto.»

«Sì, oh sì» ammise la signora Bailey. «Ogni singolo giorno…»

Seguì un silenzio pesante, gli ospiti tenevano gli occhi abbassati in grembo o guardavano di sottecchi gli altri commensali. Alec scambiò un sorriso d'intesa con sua moglie, ed era incline a lasciare che il silenzio continuasse per un rispettoso momento prima di suggerire di trasferirsi a un gruppo di sedie un po' più avanti nella loggia per il tè e una partita a bocce. Ma il signor Ralph Ferris pensò bene di presumere che il silenzio fosse un'opportunità per lasciare il suo segno nella conversazione e contemporaneamente attrarre l'attenzione del suo nobile ospite.

Tossì nel pugno chiuso e procedette a rivolgersi ad Alec, punteggiando la sua conversazione con una serie di sbuffate nervose, senza quasi tirare il fiato.

«Anch'io sono grato alla provvidenza, milord e a Lui, per avermi dato il privilegio di essere l'erede legittimo di sir Tinsley. E dato che anch'io sono un figlio unico, la tenuta di mio cugino, come quella del colonnello Bailey, resterà intatta e non sarà spezzettata come sarebbe successo se avessi avuto dei fratelli a disputare l'eredità. Coloro che hanno delle proprietà in altre contee non devono preoccuparsi per un simile risultato, perché possono contare sul diritto di maggiorasco. Ma come ben sa vostra signoria, qui nel Kent, il diritto ereditario per coloro che hanno dei possedimenti, è una faccenda curiosa. È un argomento che ho avuto il privilegio di studiare da vicino, dato che mio padre fa parte delle Camere, e...»

«Grazie, Ralph» lo interruppe seccamente sir Tinsley. «Hai dato a sua signoria più informazioni di quanto gli importi sulla nostra famiglia e sei riuscito a mettere in luce il dispiacere della mia cara moglie e mio per il fatto di non avere un figlio nostro vivo che erediti le terre dei Ferris.»

Il signor Ralph Ferris si sarebbe mangiato la lingua se fosse stato possibile. Aveva le guance in fiamme e il pomo d'Adamo che andava su e giù. «Signore! Io... io non intendevo... stavo solo cercando di... Mia cara lady Ferris, perdonatemi...»

«Per favore, non incolpate il signor Ferris, sir Tinsley» lo pregò la signora Bailey, con le guance arrossate per l'imbarazzo. «È stata la mia egoistica tristezza che ha fatto precipitare l'intera conversazione in un pozzo di malinconia. È stato scortese da parte mia. Oh, povera me. Com'è stato indelicato da parte mia pensare solo ai miei sentimenti e osare menzionare la mia perdita, quando la povera lady Ferris...»

«Zitta! Stupida donna» ordinò lady Ferris sprezzante. «Ho accettato il mio destino decenni fa. Non ci penso più da anni. Quindi non diremo altro su un argomento che turba voi, non me. Inoltre» aggiunse, rivolgendo ad Alec un sorriso sinceramente caloroso, «ora ho un nipote come vicino e la sua carissima moglie sta per dargli il suo primo figlio, rendendomi prozia. Una prospettiva cui guardo con piacere!»

«Udite! Udite! Ben detto, mia cara» convenne sir Tinsley, picchiettando il tavolo con la punta delle sue grosse dita. «Questo non è il momento di annoiare i nostri ospiti con questa storia antica. È il loro tempo, un tempo in cui tutti possiamo guardare a un futuro luminoso. Sono sicuro che siamo tutti d'accordo!»

Ci fu un mormorio di consenso e Alec colse l'attimo per alzarsi dal tavolo, sperando che un cambio di scenario avrebbe comportato anche un cambio d'umore. «Se sua signoria è d'accordo, suggerirei di spostarci verso il carrello del tè, per osservare quelli di noi che desiderano giocare a bocce.»

DIECI

Plantagenet Halsey si diede un'occhiata alle spalle e vide che Alec era accanto al carrello del tè e stava conversando con la signora Bailey. Calcolò che gli desse qualche minuto per scambiare due parole con i suoi compagni di bocce, il colonnello Bailey e sir Tinsley, prima che Alec li raggiungesse. Erano dall'altra parte del prato, a controllare quale delle bocce era arrivata più vicina al boccino. Quindi lasciò il reverendo Purefoy che stava raccontando a Ralph Ferris la storia del gioco delle bocce, in tutti i suoi insopportabili particolari, e uscì al sole, con una boccia in mano.

Non era il momento di tergiversare.

«Che diavolo era tutta quella faccenda a tavola, eh?» sibilò. «Iscrizioni latine, eventi comuni e roba simile! Vi ho detto che gliene avrei parlato a tempo debito. E lo farò. Quando riterrò *io* che sia il momento, non voi. E non pensiate di potermi forzare la mano! Nessuno di voi!»

Il colonnello e il magistrato si rialzarono lentamente e si guardarono. Se erano scossi per la sfuriata del vecchio, non lo diedero a vedere. Fu il magistrato che parlò per entrambi.

«Siete stato avvertito l'anno scorso, di questi tempi, caro amico. Con la sfortunata morte del fratello di sua signoria e il passaggio di quella porzione di tenuta che è stata trasmessa a lui, dovevate dirgli la verità sulla sua eredità. Ma non l'avete fatto allora e non l'avete ancora fatto adesso. Quindi non siete voi, ma i Fivetrees Five che si vedono forzare la mano.»

«Non capisco ancora perché debba sapere tutto! Non è cambiato niente.»

I due uomini sbuffarono all'unisono e sir Tinsley disse: «Ma è cambiato. E lo sapete. Adams mi dice che sua signoria intende bandire la caccia...»

«Sta solo mettendo in pratica ciò che vado predicando nella Camera dei Comuni da trent'anni.»

«E come nostro membro del parlamento, non vi abbiamo mai detto di non sostenere le vostre convinzioni, per insensate che siano» rispose pazientemente sir Tinsley. «Ma sostenere una causa persa in parlamento è totalmente diverso dagli aspetti concreti della vita qui...»

«E questo è il motivo per cui io... *lui*... ha bisogno di tempo per integrarsi in questo posto» ribatté Plantagenet Halsey, spostando sovrappensiero la boccia da una mano all'altra. «È cresciuto in città. Qui è tutto nuovo per lui. Come vengono gestite le cose in campagna...»

«Non accettiamo volentieri le ingerenze» lo avvertì il colonnello. «Il precedente occupante sapeva di dover tenere il naso fuori dai nostri affari.»

«Teneva il naso fuori dai vostri affari perché io mi sono accertato che non ne sapesse un accidente di niente! Edward era uno sciocco vanaglorioso. Non gli importava niente della campagna o della tenuta e di certo non gliene importava un fico secco della sua gente. Tutto ciò che gli interessava era che gli desse un introito...»

«Più o meno come voi.»

Plantagenet Halsey lasciò cadere la boccia, sbalordito. Un attimo dopo afferrò il colonnello per il davanti del panciotto e lo tirò verso di sé, dicendo a denti stretti: «Ritiratelo!»

«Per l'amor del cielo, cercate di restare calmi» sibilò sir Tinsley, «Ci sono le mogli presenti e la marchesa ci sta guardando...»

Con uno spintone, il vecchio lasciò andare il colonnello, che perse l'equilibrio e ricadde con il tacco dello stivale su una delle bocce, storcendosi la caviglia. Barcollò e sarebbe caduto di peso se Plantagenet Halsey non l'avesse afferrato di nuovo per la manica della giacca, insieme al magistrato e insieme non l'avessero rimesso in piedi. Tutti e tre guardarono immediatamente dall'altra parte del prato, per vedere se si erano accorti dei loro movimenti. Ma le signore erano ancora sedute accanto al carrello del tè, all'ombra, e la signora Bailey stava riempiendo di chiacchiere le orecchie di Alec mentre il reverendo e il signor Ferris erano occupati ad allenarsi a far rotolare una boccia. I tre gentiluomini tirarono un sospiro di sollievo.

Plantagenet Halsey rilassò le spalle e rise forte, lieto che il loro spettacolo non avesse avuto un pubblico. Non stava più ridendo quando il magistrato scosse il braccio del colonnello.

«Scusatevi, Bailey. Halsey può perorare le sue cause ai Comuni, ma con noi, e con Fivetrees, si è sempre comportato correttamente. Sempre.»

«Oh, aye. È vero» borbottò il colonnello, con un'occhiata risentita al vecchio. Tese la mano. «Accettate le mie scuse. Non possiamo essere nemici. Dobbiamo ricordare che ciò che facciamo lo facciamo per il bene comune.»

Il vecchio gli afferrò la mano. «Aye, è vero. Mi ripeto continuamente che è meglio essere un ipocrita, paragonato a quello che avete fatto voi tutti, e tutto nel nome del bene comune. Nessuno può accusare me di aver interferito in ciò che intendeva la natura...»

«Cosa? Attento adesso!» esplose il colonnello, con un'occhiata cupa al magistrato. «Ritrattate la vostra calunnia, signore, altrimenti andrò direttamente da sua signoria e gli dirò tutto delle vostre nefande attività...»

«No, non lo farete» ripeté mellifluo Plantagenet Halsey, alzando il mento squadrato con un gesto convinto. «Non direte una parola. Ci sono le mogli, come ci ha appena ricordato Ferris. E lo stato mentale della vostra cara moglie è abbastanza fragile senza che debba sapere che cosa avete fatto per preservare i vostri confini per un unico figlio.»

Il colonnello lisciò una piega immaginaria sulla manica della sua migliore giacca nera di lana pettinata. Faceva decisamente troppo caldo per indossare un simile indumento in quel giorno d'estate, ma sua moglie aveva insistito che mettesse i migliori abiti della domenica per pranzare con il marchese. Contò fino a dieci. Goccioline di sudore imperlavano la sua fronte piatta. Non erano colpa del caldo. Sudava sempre quando menzionavano il passato e che cosa era stato obbligato a fare per mantenere intatta la sua tenuta. Era stato inorridito quando suo padre gli aveva confidato come stavano le cose, e com'erano state per generazioni. Era successo il giorno in cui era nata la sua prima figlia femmina. Era fuori di sé per la gioia. Avrebbe dovuto essere un giorno da festeggiare. Ma in tutta la sua vita non era mai stato più triste di quel giorno. Suo padre gli aveva rammentato che non era solo in quel sacrificio, che non era l'unico che aveva sofferto in nome della famiglia. Doveva fare il suo dovere nei confronti dei suoi antenati. Era così che si facevano le cose a Fivetrees. Era ciò che gli era stato detto e ciò che i Fivetrees Five onoravano e in cui credevano. Prima o poi avrebbe avuto un figlio per ereditare dopo di lui e la vita sarebbe continuata come sempre. Sacrificio, esami di coscienza e quasi impazzire, era tutto in nome di un bene superiore...

E così disse fiduciosamente e con sincerità. «Non sono l'unico ad aver fatto dei sacrifici e rifarei tutto per mio figlio. È un fardello che noi uomini dobbiamo sopportare. Non osate minacciare il sesso debole! Lasciate le nostre mogli fuori da questa storia. Non sono affari loro. E mai lo saranno. Inoltre, avreste fatto la stessa cosa, se foste stato al nostro posto, Halsey. Ammettetelo.»

«No. Non lo farei. Non l'avrei fatto. E non l'ho fatto.»

«Stupidaggini ipocrite!» sbottò sir Tinsley. «Gli Halsey sono immersi fino al collo in questo dilemma del *gavelkind* come il resto di noi.»

«Non il qui presente, e non mio padre, e nemmeno il prossimo Halsey, se so qualcosa di sua signoria» disse il vecchio con sicurezza. «E sono tre generazioni di coscienze pulite.»

«E chi può dire che sua signoria si comporterà diversamente una volta pienamente al corrente delle leggi ereditarie di questo piccolo angolo d'Inghilterra?» obiettò il colonnello.

«Chi può dire...?» Il vecchio guardò il colonnello come se gli fosse cresciuta una seconda testa. «*Io* lo dico. Io dico che non ha bisogno di conoscere la vergognosa storia di Fivetrees e ciò che i suoi antenati hanno fatto, tutto in nome dell'eredità. E mi assicurerò che non lo scopra mai!»

«E come vi proponete di tenerlo all'oscuro della legge quando...»

«Non è la legge che mi preoccupa, ma ciò che i nostri antenati hanno fatto per farsene beffe. Nemmeno per le caccole del mio bisnonno vorrei che scoprisse quanto erano sprofondati nel letame! Sua signoria mi assomiglia più di quanto potreste immaginare e se comincerà a fare domande, credetemi, non smetterà finché non avrà ottenuto le risposte. E a quel punto, gente, per voi sarà finita.» Il vecchio sbuffò e fece un sorrisetto. «Voi pensate che questo vecchio trombone sia un ipocrita bigotto, ma sua signoria non è un ciarlatano moralista. La sua coscienza è pulita e la sua anima incontaminata. Ed è abbastanza giovane da stanare e seppellire i fanatici bigotti come voi!»

Quando il magistrato e il colonnello si guardarono allarmati, Plantagenet Halsey aggiunse, in tono più conciliante: «Appena voi due vi toglierete dal sole e lascerete raffreddare le meningi, vi renderete conto che vi state facendo prendere inutilmente dal panico. Non cambierà niente qui in giro, che ci siamo io o sua signoria a capo di questa tenuta.»

«E la caccia?» brontolò il colonnello.

Il vecchio sbuffò e scosse la testa. «Quello dovrebbe essere l'ultimo dei vostri pensieri.»

«Riguarda tutti noi, Halsey» disse il colonnello. «E Adams dice che sua signoria ha ordinato di farla smettere.»

Plantagenet Halsey agitò una lunga mano, come se stesse scacciando un moscerino.

«Lasciategli fare a modo suo per questa stagione e nella prossima i vostri privilegi torneranno. Inoltre, non è che Adams vi farà rapporto per essere entrati nelle terre di sua signoria. L'ha mai fatto?»

Questa volta il colonnello e sir Tinsley si scambiarono un'occhiata speranzosa e il magistrato chiese: «Volete che continuiamo come al solito e violiamo l'editto di sua signoria che revoca il nostro diritto di passaggio nelle sue terre?»

«Violare è una parola grossa e non è che possiate ignorarlo, visto che siete il magistrato locale. E lui non ha detto niente sulla cattura delle lepri, solo della caccia ai cervi. Se, solo per ipotesi, un cervo dovesse vagare oltre i confini di questa proprietà, per arrivare nelle vostre, avreste il diritto di fermarlo con qualsiasi mezzo necessario, per evitare che distrugga i vostri raccolti, non è così?»

Sir Tinsley gonfiò le guance e scosse la testa.

«No, non è così. E qui sta il dilemma. Il cervo resterebbe proprietà di sua signoria, che sia sulle sue terre o sulle mie. E non possiamo fare un accidente di niente per i cervi, o le lepri o qualunque altra cosa che appartiene a lord Halsey che strisci, voli o si scavi una galleria per attraversare i confini. Dobbiamo avere il suo permesso per liberarci degli animali nocivi che li oltrepassano e dubito che veda i suoi cervi come animali nocivi, visto che ne ha vietato la caccia.»

«Bene, allora» rispose Plantagenet Halsey mordicchiandosi il labbro soprappensiero. «Se questa è la vostra ponderata opinione come magistrato, allora ci resta solo un'alternativa.»

«Cioè?» chiese sir Tinsley.

«Vi darò io il permesso, ma non dovrete farne parola con lord Halsey. Capito?»

«Può farlo?» chiese il colonnello Bailey a sir Tinsley.

Il magistrato ci pensò un momento e poi annuì lentamente. «Dato che ha una partecipazione in questa tenuta, sì. Se un cervo vagasse nelle vostre terre e voi gli sparaste e lo uccideste, si arriverebbe a un banale affare legale riguardo a chi possiede quel particolare animale che ha sconfinato, sua signoria o suo zio. E dato che Halsey qui ha ereditato una considerevole parte della tenuta prima ancora che lord Halsey nascesse, si potrebbe argomentare che aveva dei diritti sul cervo prima di suo nipote.»

«Ma non si arriverà a niente del genere perché da parte mia non ci saranno discussioni. Per quanto mi riguarda, lui possiede tutto quanto. Ed è ciò che sapranno tutti quanti, giusto?»

«Giusto» risposero all'unisono i due uomini davanti al tono minaccioso del vecchio. Il colonnello Bailey poi aggiunse: «E non ci saranno questioni da parte nostra! Anche se mi ha sempre sconcertato perché abbiate rinunciato a rivendicare ciò che è legittimamente vostro...»

«È continuerà a restare un mistero, Bailey. Tenete il naso fuori dai miei affari e io terrò il mio fuori dai vostri.»

«Quel che è giusto è giusto» convenne il colonnello, abbassando il mento nella cravatta.

«Che c'è, Ferris? Non sembrate convinto.»

«Il guardacaccia della tenuta è ancora al vostro soldo?»

«Quando mai non lo è stato? Ve l'ho detto. Non è cambiato niente.»

«Quindi niente interruzioni della fornitura di carne di cervo ai soliti mercati?»

«Perché dovrebbe? Avrete sempre la vostra fetta, scusate il gioco di parole, come tutti gli altri coinvolti.»

Il magistrato fece un respiro profondo, ma la ruga tra le sopracciglia rimase.

«Potremmo avere un problema. Piccolo, ma comunque un problema, specialmente se avete intenzione di continuare a tenere all'oscuro sua signoria...»

«Qual è il problema?»

«Il giovane Hugh. Il figlio di Turner.»

«E com'è possibile che il figlio del nostro sovraintendente sia un problema?» chiese Plantagenet Halsey, sorpreso.

«Mentre aiutava lady Ferris in giardino, le riempiva le orecchie con le stupidaggini che voi andate dicendo ai Comuni» gli riferì il magistrato. «Sembra che legga i giornali di suo padre. Le vostre opinioni sul Black Act e di come stia defraudando la gente dei villaggi dei mezzi per sopravvivere...»

«Ma vostra moglie conosce le mie opinioni e quindi non dovrebbero essere una sorpresa per lei.»

«Sì, è così» rispose seccamente il magistrato. «Ciò che turba lady Ferris è che non solo il ragazzo sta diffondendo le vostre stupidaggini tra i ragazzi del villaggio...»

«Quei ragazzi Turner sono una minaccia. L'ho sempre pensato» lo interruppe il colonnello, anche se non c'era calore nel suo tono di voce e quindi era poco convincente. «Hugh dovrebbe tenere le sue opinioni radicali e insensate per sé. Se i poveri vogliono i loro maiali, possono sforzarsi di trovare il modo di nutrirli...»

«Non sono i poveri che mi preoccupano...» cominciò a dire il magistrato.

«Mai dette parole più vere, dall'uno e dall'altro» brontolò il vecchio.

«... ma ciò che quel moccioso va dicendo a mia moglie su di noi» continuò il magistrato, come se Plantagenet Halsey non avesse parlato. «Ha chiesto nel modo più educato immaginabile se pensasse che lord Halsey fosse al corrente del bracconaggio nei suoi boschi e, la cosa, ne sono certo, vi divertirà entrambi, fatto da gentiluomini che *dovrebbero sapere che non si fa.*»

«Che impertinenza!» sbottò il colonnello. «Dovrebbero far entrare in testa un po' di buonsenso a frustate a quel ragazzo. Lord Halsey è uno di noi, quindi non ha senso...»

«Ma è proprio questo il punto, Bailey. Sua signoria non è uno di noi.» disse pacatamente sir Tinsley, fissando Plantagenet Halsey. «Penso che dovremmo lasciare che pensiate voi al giovane Hugh, Halsey. Cioè, a meno che vogliate che vostro nipote...»

«No. Ci parlerò io...»

«Se mai lo troveranno. È sparito, sapete.»

«Lo so, Bailey. E lo sa anche Turner. Se non sarà tornato per domani mattina, manderemo degli uomini a battere il bosco.»

«Può continuare a restare disperso, per quello che ci importa!»

«Ma a noi importa, George» disse sommessamente il magistrato. «Nel caso ve ne foste scordato, la famiglia Turner è una delle cinque, nonostante abbiano sperperato le loro opportunità...»

«Il che significa che non hanno seguito i nostri antenati nella loro pazzia criminale» si inserì Plantagenet Halsey.

«Ed è il motivo per cui resta loro ben poco delle loro terre e sono stati obbligati a diventare sovraintendenti per la vostra famiglia» obiettò il magistrato.

«Non c'è niente di male in un'onesta giornata di lavoro» borbottò il colonnello, imbarazzato. «E ovviamente non voglio che succeda niente al ragazzo, anche se è un moccioso, perché spezzerebbe il cuore a sua madre. E nessuno di noi lo desidera, vero?»

«No. Nessuno di noi. Anche se forse voi avete più motivi della maggior parte di noi per non voler vedere soffrire ingiustamente la signora Turner?» chiese Plantagenet Halsey, sollevando le sopracciglia cespugliose e fissando il colonnello. Quando le guance di Bailey divennero rosse come barbabietole il vecchio abbassò le sopracciglia e continuò pacatamente, rivolgendosi a entrambi: «Allora siamo d'accordo. Continueremo come abbiamo sempre fatto. Ferris, se voi continuerete a tenere la bocca chiusa, Fivetrees continuerà ad avere il tasso di bracconaggio più basso del paese.»

«E con questo intendete dire che Ferris qui continuerà a permettere ai poveri di raccogliere la legna da ardere, far pascolare i maiali e uccidere una lepre o tre nei boschi di sua signoria...»

«Dio non voglia che i poveri debbano riuscire a sbarcare il lunario!» sbottò il vecchio.

«Bailey, ricordate che i boschi sono anche di Halsey» li interruppe sir Tinsley.

«Oh, aye. Sì. E sono disposto a chiudere un occhio anche su questo.»

«E in cambio del fatto che chiuderete un occhio e che il nostro magistrato non farà rispettare la lettera della legge, entrambi otterrete di cacciare e attraversare questa tenuta come vi aggrada» dichiarò Plantagenet Halsey. «E, secondo me, è un accordo più che generoso. E anche se non la pensate così, sono le mie condizioni. Accettatele altrimenti io faccio un passo indietro e dovrete fronteggiare gli editti di sua signoria come meglio potrete.»

«Ciò che mi sorprende, Halsey, è che siate ancora in grado di offrire delle condizioni. Ma come gestite sua signoria non sono affari nostri, né di nessun altro. Purché continuiate a farlo» lo avvertì sir Tinsley. Raccolse la sua boccia e si voltò a guardare il prato, dicendo, mentre lo faceva: «Adesso torniamo alla partita prima che... ah! Ecco sua signoria che viene a raggiungerci. Milord!» disse a voce più alta e fece un passo avanti sorridendo per andare incontro ad Alec. «Come potete vedere dal fatto che stiamo temporeggiando, nessuno di noi riesce a decidere quale boccia è più vicina al boccino, quindi abbiamo smesso di discutere e abbiamo deciso che siamo pari. Vero colonnello? Halsey?»

Quando i due uomini annuirono, con un'espressione imbarazzata, Alec si chiese che cosa stessero tramando, tanto era colpevole l'espressione di suo zio. Ma tenne per sé i suoi pensieri, rimandando la spiegazione a un altro momento e stava per suggerire di cominciare un'altra partita, per includere il reverendo e il signor Ferris, quando voci alterate alle sue spalle lo fecero voltare verso la loggia.

Sul sentiero oltre il prato, camminando più in fretta che poteva senza correre, c'era la sua governante, la signora Turner, con le dita strette sulle pieghe del vestito. Qualche passo dietro a lei c'era suo marito, il sovraintendente di Alec, con il braccio teso. Turner stava pregando sua moglie di fermarsi e ascoltarlo. Ma lei non stava ascoltando. E non si fermava. Dietro i Turner c'era Adams, il guardacaccia.

Alec e i tre giocatori di bocce osservarono in silenzio la scena straordinaria che avveniva davanti a loro, senza sapere che cosa aspettarsi, non volendo interferire.

Il sovraintendente arrivò da sua moglie prima che avesse raggiunto la metà del prato e la tirò a sé. La donna si dimenò per liberarsi, ma lui la strinse più forte, con il volto tra i capelli della moglie, parlando in fretta, e cercando di consolarla. Alla fine lei smise di dimenarsi e restò ferma tra le sue braccia. Ma durò solo un istante. Si lasciò andare contro il suo petto, singhiozzando. Sarebbe crollata ai suoi piedi, con le ginocchia che si piegavano sotto il peso del dolore, se lui non l'avesse sostenuta in fretta. E poi il guardacaccia venne in suo aiuto.

Adams vide ciò che stava per succedere e in tre passi fu accanto al sovraintendente. Prese in braccio la governante e questa volta lei non si mosse, ma restò lì, accasciata, senza più la forza di ribellarsi. La fecero sedere gentilmente su una delle sedie accanto al carrello del tè. Turner si accucciò accanto alla sedia e prese la mano della moglie. Adams esitò un momento, fissandoli entrambi e poi lasciò la governante alle cure del marito e tornò sul prato.

Si inchinò davanti ad Alec, con il cappello stretto nelle mani.

Sopra la testa scoperta del guardacaccia, Alec osservò Selina che assumeva il controllo della situazione dalla sua *dormeuse*. Fece un cenno a un cameriere, parlò con Evans e poi alle due donne sedute accanto a lei. Poi ci fu un risveglio di attività intorno al carrello del tè. La signora Bailey e lady Ferris si alzarono e si avvicinarono alla coppia. Evans portò alla governante una tazza di tè e un cameriere si precipitò all'interno, senza dubbio per portare alla governante ciò di cui aveva bisogno per riprendersi. Alec sperò che Selina avesse mandato a chiamare Tam. Sicuro che sua moglie avesse tutto sotto controllo e che non ci fosse bisogno di lui, tornò a guardare il suo guardacaccia, che ora era in piedi davanti a lui e spostava il peso da un piede all'altro con gli occhi bassi.

«Che cos'è successo, Adams?» chiese, con Plantagenet Halsey, il colonnello Bailey e sir Tinsley alle sue spalle.

«È il giovane Hugh, milord. Il figlio minore dei Turner. Lo abbiamo trovato. È-è... morto.»

«*Morto?*»

«Sì, milord. Lo abbiamo trovato non lontano dalla capanna del vecchio Bill.»

Alec guardò i Turner oltre il prato. «Quei poveri genitori...» Si riscosse mentalmente e riportò lo sguardo su Adams. «Il vecchio Bill?»

«Vive nel bosco fin da quando posso ricordare» aggiunse Plantagenet Halsey quando il guardacaccia gli lanciò un'occhiata. «Innocuo. Non farebbe male a una mosca, men che meno al giovane Hugh...»

«Non stavo suggerendo che potesse farlo» disse Alec con calma, notando l'occhiata di sottecchi indirizzata verso suo zio, e che Adams aveva aspettato che rispondesse lui. «Il vecchio Bill sarà lieto per la vostra raccomandazione, specialmente perché sir Tinsley vorrà parlare con lui riguardo la morte del ragazzo...»

«Milord, come ha appena detto Halsey» si affrettò a dire sir Tinsley, agitato, «non riesco a immaginare che il vecchio Bill possa avere qualcosa a che fare con...»

«Se ha visto qualcosa di insolito. Se ha visto Hugh» spiegò Alec, voltandosi un po' per guardare il magistrato. «Non sappiamo com'è morto il ragazzo, se per cause naturali, diciamo un incidente, oppure qualcos'altro, e vorreste saperlo, lo vorremmo tutti.»

«Sì! Sì! Capisco» mormorò sir Tinsley e poi restò in silenzio.

«Chi può dire che non sia morto per cause naturali?» disse il vecchio. «Non sappiamo ancora che cosa gli è successo. Potrebbe aver avuto un incidente. Aver inciampato, essere caduto e aver battuto la testa su un tronco. Potrebbe essere stato preso in una delle tagliole, o aver mangiato bacche velenose o…»

«Adams» tagliò corto Alec. «Siete in grado di dirci qualcosa?»

Tutti e quattro i gentiluomini guardarono il guardacaccia. Nonostante la dichiarazione di Plantagenet Halsey, nessuno pensava che la morte di Hugh Turner fosse accidentale, anche se tutti lo speravano.

«Vorrei che fosse stato un incidente, milord» rispose solennemente Adams. «Non che abbia detto qualcosa ai suoi genitori, in un senso o nell'altro. Tutto ciò che ho detto è che avevamo trovato il loro ragazzo nel bosco e che era morto.»

«Che cosa non avete detto loro?» chiese Alec. «E sarà meglio che cominciate dall'inizio, in modo da non dover ripetere tutto a sir Tinsley. Anche se potrebbe avere delle domande per voi più tardi.»

«Stavo facendo i soliti giri con Peter e John accanto alla capanna del vecchio Bill» spiegò il guardacaccia, con un'occhiata circolare a tutti e quattro i gentiluomini prima di concentrarsi su Alec. «A circa una ventina di metri da là, i cani si sono lanciati nel sottobosco. All'inizio abbiamo pensato che avessero trovato una carcassa, o le viscere di una lepre o un cinghiale lasciato indietro dai bracc… da vagabondi che erano passati attraverso il bosco. In questo periodo dell'anno ci sono i gitani che cercano un posto per accamparsi. Ma le trappole dovrebbero tenerli lontani…»

«Pensavo che Turner vi avesse detto che cosa penso delle trappole per gli uomini… ma terremo quest'argomento per un altro momento.» Quando il guardacaccia rimase in silenzio, Alec lo invitò a continuare: «Che cosa hanno trovato i cani?»

«È venuto fuori che non si trattava di un cinghiale, ma i soliti segni che restano quando un cervo viene abbattuto senza permesso…»

«Intendete dire un cervo ucciso da un bracconiere?»

«Sì, milord. Non che abbiamo regolarmente dei bracconieri, come ho detto…»

«E i soliti segni? Che cosa sono?»

Adams guardò oltre le spalle di Alec e il suo sguardo si soffermò sul magistrato. Ma quando questi restò muto, il guardacaccia continuò, riportando l'attenzione su Alec. «Abbiamo trovato il palco di corna, rimosso dal cranio e nascosto. Era stato trascinato dietro un tronco. Dal numero di punte, direi che si tratta di uno dei vostri cervi maschi adulti, milord. Mi dispiace dire…»

«Un cervo maschio adulto? Che insolenza queste canaglie!» sbottò furioso il colonnello. «Di quante punte stiamo parlando, Adams?»

«Quattordici…»

«*Quattordici*? Buon Dio. Non è solo un maschio adulto, è una bestia possente!» esclamò sir Tinsley, meravigliato.

«Presumo che il palco sia stato lasciato indietro perché era troppo pesante da spostare con il resto della carcassa?» dichiarò, più che chiedere, Alec.

«È così, milord. Di solito viene recuperato una volta che la carne, la carcassa, viene smerciata tramite i soliti canali. Forse questa volta intendevano lasciarlo lì perché l'hanno usato per nascondervi dietro il corpo del ragazzo, gettandovi sopra delle foglie per buona misura. Abbiamo visto per primo il palco, e poi quando lo abbiamo trascinato fuori da dietro il tronco, è allora che abbiamo trovato il ragazzo. Abbiamo anche trovato una balestra e una faretra.»

«Le sue?»

«Più facile che appartengano a suo padre» rispose il guardacaccia.

«Non è possibile che si sia trascinato dietro il tronco dopo essere stato ferito, magari dal cervo?»

«Avrebbe potuto restare ferito mentre abbattevano la bestia» ammise Adams. «E il palco è pesante. Quindi se gli fosse caduto addosso… Ma no. Non l'ha ucciso il cervo.»

«Arrivate al punto, Adams» ordinò sir Tinsley, esasperato. «Che cosa pensate sia successo al ragazzo? I Turner vorranno delle risposte e che cosa possiamo dir loro se voi non lo dite a noi?»

«Sì, signore. È solo che sua signoria ha chiesto…»

«Sì! Sì! Andate avanti» ordinò il magistrato, sbuffando irritato e dicendo ad Alec, con un tono di voce completamente diverso: «Le mie scuse, milord. Non mi piace vedere una madre perdere un figlio… Vedere la vostra governante così sconvolta… I Turner sono a Fivetrees da tanto tempo, quasi quanto le famiglie Ferris e Bailey.»

«Una delle cinque famiglie originali in questa parte del Kent» aggiunse il colonnello. «Hanno una quercia con il loro nome, come il resto di noi. Sono qui fin da prima del Conquistatore.»

«Grazie a entrambi per la lezione di storia, ma non è ciò di cui ha bisogno sua signoria in questo momento» li rimproverò il vecchio, chiudendo loro la bocca.

«Sapete com'è morto il ragazzo, Adams?» chiese Alec. «O serve prima un medico…»

«Posso dirvi come l'abbiamo trovato, milord. Con la gola tagliata. Sarà annegato nel suo stesso sangue, e sarà stato veloce, ma…»

«Buon Dio!» mormorò Plantagenet Halsey, sbalordito in ugual misura dalla franchezza della spiegazione e da ciò che era successo al ragazzo.

«… non è stata solo quella la nostra macabra scoperta» si scusò il guardacaccia. «Con il corpo del ragazzo c'erano… delle parti.»

«Parti? Che tipo di parti?» chiese Alec perplesso.

«Parti umane, milord. Due mani tagliate.»

«Le mani del ragazzo sono state *tagliate*?»

«Sì e no.»

«Accidenti, Adams!» sbottò il colonnello. «O sì o no!»

«Al ragazzo è stata mozzata la mano destra» spiegò il guardacaccia.

«Solo una mano?» chiese il magistrato.

«Uomo o bestia?» chiese il colonnello.

Il guardacaccia guardò il magistrato, poi il colonnello e infine Alec.

«Direi con una lama.»

«Avete cercato un coltello?» chiese Alec.

«Sì, milord, ma non lo abbiamo trovato. Almeno non ancora, torneremo là domani mattina per cercare più a fondo. Il tempo sta cambiando.»

«Avete detto due mani tagliate» dichiarò Alec e aspettò.

«Ma se ci sono due mani, certo appartengono entrambe a Hugh Turner» disse il magistrato, impassibile davanti a una scoperta così raccapricciante. «Gli hanno tagliato la gola per ucciderlo e poi le mani per avvertire gli altri di non cacciare di frodo.»

«È una pratica comune?» chiese Alec sorpreso. «Mozzare le mani come avvertimento per gli altri bracconieri?»

«Non è comune, ma è già successo in passato» spiegò il magistrato. «È comune staccare gli zoccoli e la testa di un cervo cacciato di frodo. Rende più facile trasportare la carcassa. Non è così, Adams?»

«Esattamente, signore» convenne il guardacaccia. «Ma una sola delle mani apparteneva a Hugh Turner.»

Alec aveva un'idea abbastanza precisa di ciò che stava per dire il guardacaccia e avrebbe potuto dirlo lui stesso, anche se Selina avrebbe detto che la probabilità di essere nel giusto era come il risultato del lancio di una moneta. Quindi lasciò che il guardacaccia avesse la soddisfazione di informarli.

«E come fate a saperlo, Adams?»

«Perché quelle che abbiamo trovato erano due mani destre.»

«Due mani *destre*?» ripeté Plantagenet Halsey, sgomento. «Significa che…»

«… ci sono due ragazzi con ferite mortali» concluse il magistrato.

«Ma non un secondo corpo?» chiese Alec al guardacaccia.

«Non l'abbiamo ancora trovato, milord. Anche se domani potrebbe essere diverso…»

«Non menzionate le mani per ora» ordinò Alec. «Teniamolo per noi... finché ne sapremo di più. Dobbiamo fare una ricerca accurata nel bosco. Potete prendere con voi tutti gli uomini di cui avete bisogno, Adams. Sono sicuro che il capomastro vi assegnerà gli uomini che hanno smesso di lavorare in attesa delle indagini sulla buca nella Corte di Pietra.»

«Molto bene, milord. Saranno di grande aiuto. Partiremo alle prime luci.»

«Verrò anch'io con voi» disse Alec.

«Posso darvi alcuni dei miei uomini. Possiamo incontrarci vicino alla capanna del vecchio Bill.»

«Grazie, Bailey» disse Alec. Si rivolse al magistrato. «Presumo che avrete abbastanza da fare, aspettare il medico che esamini il ragazzo e poi ci sono le famiglie e altri che avrete bisogno di interrogare.»

«Interrogare?» Sir Tinsley sembrò perplesso.

Alec fu franco: «Avete un'indagine per omicidio tra le mani, sir Tinsley.»

«Il povero Hugh Turner e una mano destra mozzata, il cui proprietario è ancora sconosciuto» aggiunse cupo Plantagenet Halsey. Strinse per un attimo la spalla del magistrato e gli disse all'orecchio: «Confido che sia tutto ciò che scopriranno le vostre indagini...»

Il vecchio poi si voltò per salutare i Turner che stavano nuovamente risalendo il sentiero lungo il campo di bocce. Qualche passo dietro a loro c'era il reverendo Purefoy, cereo, che si strofinava le mani come per lavarsele. Il resto del gruppetto accanto al carrello del tè stava osservando, in silenzio, ansioso.

Alec li aveva visti avvicinarsi con la coda dell'occhio. E adesso tutti e cinque gli uomini si voltarono a salutarli, con un'espressione adeguatamente grave. Appena la coppia arrivò in cima al prato, la signora Turner si staccò da suo marito, sorprendendolo. Marciò sicura e affrontò quelle facce solenni. Aveva gli occhi rossi, il volto umido e gonfio per tutto il piangere. Ma non aveva più lacrime da spargere e quando parlò non fu la profonda tristezza che le spezzò la voce ma una furia assoluta, che scatenò contro quelli davanti a lei.

«Siete voi i colpevoli!» gridò. «Ognuno di voi maledetti!»

꙳

SELINA NON RIUSCÌ A SENTIRE LE PAROLE DELLA SIGNORA TURNER, ma non era possibile sbagliarsi sulle sue grida di disperazione. E quando si lanciò verso il gruppetto di gentiluomini, fu il colonnello Bailey che si fece avanti. Le prese i polsi, le spinse le braccia verso la schiena e la tenne stretta in modo che non potesse muoversi, con la gamba premuta contro i vestiti e il torace contro il petto ansante. Appoggiò la guancia ai capelli della donna e le sussurrò all'orecchio. Lei continuò a singhiozzare. Alla fine si staccò. Gli uomini si fecero avanti, circondandoli, nascondendoli agli occhi di Selina. E quando si divisero, il colonnello e la signora Turner non erano più abbracciati. Lui tornò nella cerchia degli uomini e lei ricadde singhiozzando nell'abbraccio confortante di suo marito.

L'interazione tra il colonnello e la signora Turner durò solo un momento, ma lasciò un'impressione indelebile in Selina. Riconosceva l'aggressione emotiva repressa quando la vedeva. La fece rabbrividire e ansimare. Facendo involontariamente un passo indietro dal bordo del prato, si passò inconsciamente la mano sulla pancia rotonda e la lasciò lì. Capì immediatamente che l'angoscia della donna l'aveva portata a inveire, ma il modo in cui il colonnello aveva reagito, come le sue mani forti avevano afferrato i polsi sottili, il modo in cui aveva spinto il suo corpo grande contro quello della donna e poi l'aveva tenuta prigioniera, erano tutti i segni di una relazione violenta. E quando aveva sussurrato qualcosa all'orecchio della governante, Selina era rabbrividita, sentendo il fiato caldo contro il proprio collo. Con quell'azione intima erano arrivati lampi indesiderati del ricordo dell'indicibile crudeltà che aveva sofferto per mano del suo primo sadico marito.

Agitata, nauseata e sconvolta, Selina cercò con tutte le sue forze di mantenere la sua dignità. E poi Evans le fu accanto, e le suggerì sottovoce di tornare alla sua *dormeuse*, o, se preferiva, avrebbe potuto ritirarsi per il pomeriggio: nessuno l'avrebbe biasimata se avesse voluto concludere la giornata, dopo notizie così sconvolgenti e nelle sue condizioni. Selina ringraziò Dio per la sua cameriera, che aveva vissuto con lei l'incubo del suo primo matrimonio ed era forse l'unica altra persona, se non si contava Alec, che sapeva esattamente che inferno aveva dovuto sopportare.

Decisa a essere più forte di quanto fosse veramente, fece un respiro profondo e scosse la testa. Non poteva lasciare Alec in un momento simile, né era pronta a trascurare i suoi doveri di padrona di casa. E poi c'erano i Turner e la perdita del loro figlio…

«Starò subito meglio» rispose sottovoce. «Potete mandare qualcuno ad assicurarsi che i Turner abbiano tutto ciò di cui hanno bisogno? Sono sicura che sua signoria abbia la situazione in pugno, ma non voglio che pensino di dover continuare a lavorare nonostante ciò che è successo. Hanno bisogno di essere a casa loro e con l'altro figlio. La signora Wilson può prendere il posto della signora Turner per il momento.»

«Sì, milady, provvederò direttamente io.»

Quando Evans esitò, Selina la guardò negli occhi. Non aveva bisogno di chiedere per sapere che cosa stesse pensando. Chiuse per un attimo gli occhi e disse piano, solo per le orecchie di Evans: «L'ho visto anch'io... la-la *possessività*...»

«A voi non potrà più succedere. Lo sapete. Ma quella povera donna... Milady, si deve fare qualcosa.»

«Sì. Sì. Parlerò con sua signoria... Tè, per favore, e magari caffè per gli uomini» aggiunse a voce più alta, perché la signora Bailey aleggiava lì vicino, sorseggiando ostentatamente il tè dalla sua tazza. «Se prima voleste offrirmi il braccio, per arrivare alla *dormeuse*...»

«Permettetemi, milady!» disse la signora Bailey, facendosi avanti. Ficcò la sua tazza e il piattino in mano a Evans, senza guardarla. «È in momenti simili che penso di essere fortunata ad avere le ossa forti e grosse. Posso sicuramente sopportare il vostro peso...»

Evans fissò dentro la tazza che aveva in mano, trovandola pulita. Senza un'altra parola, fece una riverenza, rimise la tazza non usata e il piattino sul carrello del tè e se ne andò in fretta.

«Che gentile» rispose Selina cortesemente e si appoggiò al braccio piegato della signora Bailey.

Non si mossero subito. Gli uomini stavano ancora parlando con il guardacaccia in cima al prato, ma fu lieta di vedere che il reverendo Purefoy era andato con i Turner. Tutti e tre si stavano dirigendo lungo il sentiero nella direzione opposta a quella della loggia. Portava alle scuderie e, appena oltre le scuderie, in un giardino recintato, c'era la grande residenza del sovraintendente.

La signora Bailey non perse tempo e fu diretta e ciò che le confidò riscosse Selina dai suoi pensieri privati. La donna ottenne tutta la sua attenzione.

«Non ho dubbi che siate rimasta sorpresa dalla reazione di mio marito alla desolazione della povera signora Turner» disse nel suo caratteristico tono ansimante. «Come nuova arrivata a Fivetrees, potreste chiedervi come mai si è comportato in modo così intimo con lei...»

«Signora Bailey, ammetto di aver avuto un pensiero simile, ma non è...»

«Ma è affar mio e desidero condividerlo con voi, perché non pensiate che il caro colonnello sia un bruto e un demonio. Facciamo due passi? Vedo che lady Ferris sta sonnecchiando nella sua poltrona, nonostante il dramma dell'ultima mezz'ora.» Sospirò, aggiungendo confidenzialmente: «Anche se non credo che stia dormendo. Lo fa quand'è in compagnia. Quando le cose prendono una piega che non le piace, lei chiude semplicemente gli occhi.»

Selina non sapeva che cosa la stupisse di più, la semplice accettazione da parte della signora Bailey del comportamento di lady Ferris o il comportamento in sé.

«*Che non le piace?* Un ragazzo che conosceva bene è stato trovato morto nel bosco. Non è una cosa spiacevole, è tragica!»

«Abbiamo tutti i nostri modi per affrontare una perdita» rispose tranquilla la signora Bailey. «Ma credo che lady Ferris abbia perso il suo istinto materno anni fa…»

Quando osò mettere la mano sul gomito di Selina, a indicare che avrebbero dovuto andare oltre il carrello del tè, Selina rimase ferma. Qualcosa di lady Ferris, seduta sulla poltrona con gli occhi chiusi, aveva attirato la sua attenzione. Lampi di luce brillavano sulla guancia della donna. Il suo volto era bagnato… c'erano lacrime che scorrevano lungo le guance. Lungi dal non provare emozioni, come suggeriva la signora Bailey, Selina vide che lady Ferris stava soffrendo a modo suo, tagliando fuori il mondo e i suoi dispiaceri chiudendo gli occhi. Con la gola secca e tremando, Selina si decise a voltarsi, permettendo alla signora Bailey di scortarla all'ombra della loggia.

«Per favore, non preoccupatevi per la freddezza di lady Ferris, Milady» le consigliò la signora Bailey. «Nelle vostre condizioni qualunque sconvolgimento in questo delicato stadio potrebbe portare a-a complicazioni o, peggio ancora, a un parto prematuro, e non voglio averlo sulla coscienza! Vi prego, ignoriamo i sentimenti di lady Ferris per il momento, perché devo spiegarvi come stanno le cose tra il colonnello e la signora Turner.»

«Non sono aff…»

Selina stava per dire nuovamente che non erano affari suoi e poi ci ripensò. Perché aveva deciso che ciò che tutti avevano appena visto erano affari suoi, eccome. Non solo perché la signora Turner era la sua governante, ma, da donna che aveva subito la violenza sadica di un marito geloso e aveva giurato di non permettere ad altre donne di soffrire per mano di un aguzzino, si sentiva responsabile per il suo benessere. Che la moglie del colonnello non sembrasse allarmata dalla possessività violenta del marito sfidava ogni logica. Si chiese se l'avanzata gravidanza non le avesse bacato il cervello. Ciò nonostante, riuscì a mantenersi calma e impassibile e disse pacatamente: «Come volete, signora Bailey. Avete tutta la mia attenzione. E non preoccupatevi per me. Sono molto più forte di quanto sembri, quindi starò bene e anche il mio bambino, qualunque cosa vogliate confidarmi. In effetti questa piccola passeggiata ha fatto meraviglie per farmi riprendere.»

La signora Bailey diede una lunga occhiata di sottecchi alla sua ospite e annuì lentamente. La marchesa poteva sembrare una delicata figurina di porcellana, con una massa di riccioli filata da oro antico, ma c'era qualcosa in lei, forse erano i suoi occhi scuri e il suo modo schietto di parlare, che le diceva che era una donna decisa, resistente, che non si sarebbe spezzata facilmente, né si sarebbe lasciata ingannare. Quindi arrivò immediatamente, anche se tortuosamente al punto.

«Mio marito e la signora Turner si conoscono.»

«Non credo di capire, signora Bailey.»

La moglie del colonnello ridacchiò coprendosi la bocca con una mano. Era una risatina forzata e tremolante.

«Oh, milady! Voi venite dagli strati più alti della società. Voi frequentate cerchie in cui l'infedeltà del marito è un fatto della vita che le mogli devono sopportare. Io vivo in campagna e sono un topo di campagna. O forse più un porcospino che un topo, perché non c'è niente di minuto in me! Sono cresciuta in una casa a Westminster. Mio padre era un medico e mia madre la figlia di un conte. Un'unione così sbilanciata, ma Adolphus e io, noi visitavamo i nostri nobili nonni e lo abbiamo fatto fino alla loro morte. Quindi penso che voi in effetti capiate che cosa intendo quando dico che *si conoscono*.»

Selina si fermò e si voltò a guardarla.

«Mi state dicendo che vostro marito e la mia governante sono sono… *amanti*?»

«Lo sono stati. Non credo che lo siano ora, anche se…»

«Ma un momento fa…»

«Sì. Forse…» La signora Bailey ci pensò un momento, con una ruga tra le sopracciglia chiare. Alla fine annuì, come se fosse giunta a una conclusione. «Sì. Sì, credo che abbiate ragione, milady. Dopo ciò che abbiamo visto succedere tra di loro, devono effettivamente essere ancora, o di nuovo, amanti. O forse lo sono sempre stati e il colonnello mi ha mentito…»

«Avete sempre saputo della loro… della loro relazione?»

«Beh, sì. L'ho accettata come una necessità. E poi, più tardi, quando pensavo che non avrebbe più avuto bisogno di lei, la cosa mi dispiaceva. Ora, alla mia età, non so se mi interessa abbastanza oppure no. Dovrò rifletterci sopra.»

Selina non sapeva che cosa dire davanti a una reazione così fredda. Se fosse stato Alec nei panni del colonnello, lei ne sarebbe stata distrutta, affranta, furiosa e ogni altra emozione possibile. Certamente non sarebbe stata così calma.

«Magnanimo da parte vostra, signora Bailey.»

La donna alzò le spalle. «Quando si tratta di questioni carnali, gli uomini non possono trattenersi. È lei da biasimare. Certe donne, specialmente quelle dei ranghi più bassi, hanno un modo di adescare gli uomini...»

«Ma è ovvio che lei non sia felice di quest'accordo!» esclamò Selina prima di riuscire a fermarsi.

Tutt'altro che sorpresa, o stupita o sconvolta, la signora Bailey raddrizzò le spalle. Sparita l'ossequiosità ansimante.

«Milady, se state insinuando che mio marito faccia violenza alla vostra governante, vi dico rispettosamente che non potreste sbagliarvi di più. Il loro *accordo* va avanti da molti anni. Lei gli ha permesso di prendersi delle libertà con il suo corpo, senza dubbio per una remunerazione che solo loro conoscono. Forse lui, il marito, sa che compenso riceva. In effetti deve saperlo, altrimenti questo *accordo* non avrebbe potuto procedere come ha fatto. Quindi com'è possibile che non ne sia contenta, come sembrate pensare? Che mio marito si sia permesso di mostrare in pubblico la sua preoccupazione per lei vedendola sconvolta mi dice che tiene a lei più di quanto mi faccia sentire a mio agio. Ma cercherò conforto nella mia fede e Adolphus mi aiuterà a pregare per l'anima di mio marito. E state sicura che questo spettacolo pubblico non si ripeterà.» Fece una breve riverenza. «Vedo che sua signoria e gli altri gentiluomini sono tornati al carrello del tè. Lord Halsey sarà ansioso di assicurarsi che non abbiate sofferto danni per i drammi di questo pomeriggio, quindi permettetemi di riportarvi da lui. Oh, e, per favore, non parliamo più di questo spiacevole incidente. Vi chiedo che ciò che vi ho appena detto sul caro colonnello e la vostra governante resti tra noi.»

«S-sì, certo» rispose Selina senza pensare. Ma appena fu da sola con Alec più tardi quella sera non esitò a infrangere la promessa.

DODICI

Alec era altrettanto desideroso di discutere con Selina i drammatici eventi di quel giorno. Anche se non aveva intenzione di raccontarle i macabri particolari dell'assassinio di Hugh Turner o il fatto che il guardacaccia aveva scoperto due mani destre, a indicare che anche uno degli altri ragazzi con Hugh molto probabilmente era stato ucciso. Ma chi avrebbe voluto uccidere due ragazzi, nel bosco a cacciare di frodo? Spaventarli, forse. Magari dar loro una mano di botte, se avevano invaso il territorio di un altro bracconiere, ma l'omicidio? No. C'era qualcosa di più del bracconaggio in ballo, glielo diceva il suo intuito. Ma cosa?

Obbligandosi a smettere di pensare al povero Hugh e al fato dei suoi amici mentre entrava nello spogliatoio di sua moglie, trovò Evans che faceva la treccia a sua moglie per prepararla per andare a letto. Quindi entrò e aspettò davanti a una finestra senza tende ammirando il chiaro cielo notturno, con le mani sprofondate nelle tasche della banyan di seta. Con l'aiuto di Evans, Selina si infilò un paio di morbide pantofole di capretto, poi raggiunse suo marito alla finestra, con una mano appoggiata alla schiena dolorante.

«Devo massaggiarvela?» le chiese Alec, baciandole la tempia e tirandola vicino.

«Sì, grazie. Ma... più tardi.»

Evans era ancora al tavolo da toeletta, a sistemare spazzole, forcine e nastri. Doveva essersi accorta che la stavano guardando, perché alzò gli occhi sullo specchio e colse il riflesso di Alec. Fu sufficiente per rendere i suoi gesti impacciati, poi si voltò in fretta e uscì dalla porta di servizio. Ma non fu abbastanza lesta. Sentì Alec augurarle buona notte. Si fermò, si voltò, fece una riverenza senza alzare gli occhi, mormorò un *buona notte* e poi scappò nel corridoio in un fruscio di sottane, e talmente in fretta da far sorridere Selina.

«Siete un demonio!» disse Selina, ridendo. «Povera Evans. Sapete che non riesce più a guardarvi, per paura che entriate qui nudo...»

«Una volta. È successo una volta. Ed è stata lei a entrare trovandomi qui.»

Selina lo guardò dall'alto in basso e fece il broncio. «Siete ancora vestito sotto quella banyan.»

«Sì. Sto facendo del mio meglio per comportarmi bene.»

Lei non si lasciò ingannare dalla sua espressione contrita.

«Preferirei che non lo faceste!»

Alec scoppiò a ridere.

«Così sia, ma più tardi. Prima lo zio e io berremo un bicchierino di brandy nella galleria dei ritratti.»

«Potrei essere addormentata prima che torniate.»

Alec le baciò la testa, godendosi il suo profumo. «Potrei svegliarvi...»

«Sì, fatelo. Ma non ce ne sarà bisogno perché ho mentito. Non dormirò.»

Si voltò nelle sue braccia e si premette contro di lui, baciandolo con insistenza e ardore. Quando sospirò, frustrata perché la sua gravidanza gli rendeva impossibile prenderla completamente tra le braccia, Alec sorrise, quasi fosse in grado di leggerle nella mente.

«Vi rendete conto che siamo già in tre. Che lui o lei sarà ora e per sempre con noi, in un modo o nell'altro...»

«Sì, e sono felice perché saremo presto una famiglia, ma qui, nelle nostre stanze, saremo solo noi due. Qui vi voglio tutto per me. Se è egoistico, non mi scuso. Oh, perché, perché non abbiamo potuto avere il nostro primo anno di matrimonio senza che fossi in queste condizioni! Tutto ciò che voglio è chiudere fuori il mondo e rotolarmi con voi nel nostro letto.»

Alec sorrise.

«È stato il nostro rotolarci che vi ha messo in queste condizioni e, oso dirlo, prima che fossimo sposati.»

«Se abbiamo la fortuna degli Halsey, potremmo avere un solo figlio maschio, anche se non mi dispiacerà passare il resto della vita cercando di averne un altro!»

«Che creatura peccaminosa siete! Battute a parte, certo non vorrete negare fratelli e sorelle a nostro figlio? Inoltre» aggiunse, camminando verso la stanza da letto con lei per mano, «dimenticate che anch'io avevo un fratello. Sicuramente significa che qualunque cattiva sorte ci fosse nella famiglia è svanita.»

«Se è cattiva sorte, allora non si è abbattuta solo sugli Halsey, ma anche sulle altre famiglie di proprietari terrieri nel distretto. Avete sentito che cos'hanno detto a pranzo. Tutti hanno accettato come un fatto compiuto che le loro famiglie generassero solo un figlio per generazione e che fosse un maschio ed erede.» Guardò Alec afferrare un paio di cuscini di piuma dal letto a baldacchino, sprimacciarli e poi metterli a un capo della *dormeuse*. «È assolutamente ridicolo che la loro argomentazione per delle probabilità così impossibili sia "è semplicemente così che vanno le cose qui". Non è possibile. Se non conoscessi questa gente, o vostro zio, o se voi non foste un Halsey, direi che ha l'aria di essere tutto così... così...»

«*Forzato...?*»

«Stavo per dire fantastico. Ma se preferite, potremmo dire forzato» rispose Selina raggiungendolo accanto alla *dormeuse*. «Che altra spiegazione c'è? Scegliete voi, che sia per magia o di proposito. È certamente più plausibile che non dire "è così che vanno le cose a Fivetrees", come se fosse una cosa normale per queste famiglie avere solo figli maschi, una generazione dopo l'altra. Per una cosa simile tanto varrebbe dare la colpa all'acqua, o al latte, o alle uova, che sono diverse in questa parte di campagna rispetto a tutte le altre! Tutte spiegazioni perfettamente accettabili per una simile anomalia se volete credere all'idea che è così che è... Che c'è?» aggiunse, preoccupata, quando lo guardò e vide che non stava più sorridendo. «Sono troppo razionale? O avete pensato a qualche altra spiegazione?»

«No, niente affatto. Mi piace che siate razionale. Ma potrebbe non piacervi la conclusione cui sono appena arrivato grazie alla vostra razionalità. Dovete solo fare il passo logico successivo e capirete che cosa intendo.»

Selina rifletté per un momento su ciò che aveva detto Alec e la scintilla morì nei suoi occhi. «No. Oh, no. No, certamente no» disse scuotendo la testa. «No. Non è possibile. È... è...»

«... una spiegazione plausibile.»

«... *diabolico*.» Le si riempirono gli occhi di lacrime, deglutì a fatica. «Pensate che queste coppie, generazione dopo generazione, abbiano deliberatamente scelto di avere un solo figlio, scartando le gravidanze non volute o che non erano maschi? Siete arrivato a questa conclusione per ciò che ho fatto, pur di non dare dei bambini a George?»

«No, ovviamente no, tesoro. Ciò che avete fatto non era basato sulla scelta del sesso di vostro figlio, per liberarvi di quelli che non erano maschi. Ciò che avete fatto, l'avete fatto per sopravvivere. Inoltre, quelle coppie come avrebbero potuto sapere in anticipo se avrebbero avuto un maschio o una femmina? Non potevano. Ma ciò che *potevano* fare era astenersi dal fornicare una volta che il tanto desiderato figlio maschio era arrivato.» Alec fece spallucce. «E poi c'è la possibilità, anche se mi dite che le probabilità sono al di là di quanto sia plausibile, che forse c'è la tendenza naturale per le famiglie di Fivetrees ad avere solo figli maschi. Forse c'è qualcosa nella linea femminile che è debole e le femmine non sopravvivono?» Raccolse una coperta che era caduta dalla *dormeuse* e la stese, ripiegando indietro la parte più vicina ai cuscini. «Se avete una spiegazione migliore, dato che siete voi il genio matematico in famiglia, vorrei proprio sentirla.»

Selina scosse la testa e giocherellò distrattamente con il nastro di seta bianca legato in fondo alla sua lunga treccia di capelli color albicocca. «Non voglio pensare oltre a ciò che mi avete detto. Non stasera. Domani.» Smise di giocherellare e puntò la treccia verso la *dormeuse*. «Che cosa state facendo?»

«Pensavo che avreste preferito dormire qui…»

«Perché dovrei volerlo fare, quando vi ho appena detto che non riesco a dormire senza di voi?»

Alec sorrise tra sé e sé al suo tono offeso.

«Non senza di me *tutta la notte*. Solo finché sarò di ritorno. Il letto è alto. Trovate difficile salire i gradini già così, e se voleste scendere di nuovo?»

«Perché? Perché dovrei volerlo?»

Alec cercò di non sorridere, ma fallì. Fu il suo turno di scuotere la testa. Non c'era motivo di essere ritrosi. Erano marito e moglie, dopo tutto. «Mia cara, nel vostro attuale stato, vi aiuto a salire e scendere da quei gradini almeno tre volte per notte.»

Selina arrossì, diventando scarlatta a quel riferimento indiretto alla sua vescica debole. E quando Alec andò dal suo lato del letto, aprì il cassetto in alto del comodino e ne tolse la sua bourdaloue di porcellana, rimase senza parole. Tanto valeva che avesse tirato fuori il pitale riposto nell'armadio dietro il paravento di gobelin nell'angolo in fondo alla stanza, tale fu il suo imbarazzo. Ma ritrovò la voce quando Alec appoggiò l'orinale portatile sul tavolino accanto alla *dormeuse*.

«Grazie. Mi aiutate e senza lamentarvi. E io vorrei che questo bambino non premesse su tutti i miei organi tanto da farmi sentire come se potessi scoppiare da un momento all'altro!» Mise una mano sotto la pancia come per sorreggerla. «Mi sento come se stessi per dare alla luce un-un ippopotamo! Non c'è niente da ridere» brontolò. «Voglio solo che esca. Ne ho avuto abbastanza di essere incinta. Ecco!

L'ho detto! Sono la donna peggiore immaginabile per avere un figlio. Che razza di madre sarò, non riesco nemmeno a immaginarlo!»

Poi scoppiò in lacrime e si coprì la faccia, sentendosi completamente esausta e sciocca. Quando Alec la tirò vicino, Selina gli crollò addosso, come meglio poteva, con la fronte sul suo petto.

«Sarete una madre meravigliosa» mormorò per tranquillizzarla. «Che sia un grasso allegro bimbetto o un ippopotamo. Sarà il nostro ed è tutto ciò che conta per me.»

Selina fece una risatina lacrimosa e si sentì meglio. Asciugandosi gli occhi con il fazzoletto di Alec, disse tirando su col naso: «Siete il più caro degli uomini e troppo esasperatamente gentile per il vostro stesso bene. So che l'ho già detto, ma è vero: io non vi merito.»

Alec le baciò la tempia. «Oggi è stata una giornata stancante per voi...»

«La mia spossatezza non è niente e nemmeno il mio petulante, egoistico desiderio di veder finire questa gravidanza, quando penso ai poveri Turner e alla loro perdita. Perdere il loro ragazzo in un incidente di caccia...»

«Sì, è molto triste per loro» la interruppe Alec, non volendo contraddirla sul fatto che fosse stato un incidente. «Da quanto dicono, Hugh era un ragazzo vivace, gentile, a cui piaceva il giardinaggio; me l'ha detto lady Ferris.» Le prese la mano e le baciò le dita. «Mi dispiace che abbiate dovuto assistere alla scena tra il colonnello Bailey e la signora Turner. Deve aver risvegliato ricordi penosi...»

«Sì. Non posso negarlo. Ma il senso di panico che a volte provo quando ricordo quegli anni con George... il terrore che una volta mi travolgeva mentre aspettavo la sua violenza... in questi giorni svanisce in fretta.» Gli sorrise. «È perché ho voi. Mi basta pensare a voi e so che non vivrò mai più quel tipo di crudeltà...»

«Mai. Lo giuro sulla mia vita.»

«Grazie. Lo so...» Selina si riprese e disse, ripensando alla giornata: «Ho avuto uno stranissimo *tête-à-tête* con la signora Bailey subito dopo lo spettacolo sconvolgente tra il colonnello e la signora Turner...» Gli fece un riassunto della conversazione, aggiungendo: «Quindi se ciò che mi ha detto è vero, sul fatto che suo marito e la signora Turner sono amanti, allora forse altri proprietari terrieri di Fivetrees avevano una mantenuta, scelta nelle classi inferiori in modo da...»

«La signora Turner è la nostra governante e la moglie del nostro sovraintendente. Non direi proprio che facciano parte delle classi inferiori...»

«Forse non per voi, o per me e per vostro zio. Ma per i proprietari terrieri di Fivetrees e per la maggior parte della gente che conosco a Westminster, se qualcuno non possiede delle terre e non può vantare un albero genealogico degno di nota, allora fa parte delle classi inferiori! Ed è da queste classi che uomini come il colonnello e quelli della sua razza trovano donne con cui fornicare in modo da non essere un peso per le loro mogli, con l'intimità fisica, o la procreazione. Così mi ha detto la signora Bailey in persona.»

Alec aiutò Selina a sdraiarsi sulla *dormeuse*. Poi si sedette accanto a lei, massaggiandole dolcemente la schiena.

«C'era qualcosa di viscerale nel modo in cui Bailey ha afferrato la signora Turner e non la lasciava andare» disse sommessamente Alec. «E c'era qualcosa di decisamente strano nella reazione di quelli intorno a loro. Nessuno ha mostrato sorpresa o fatto commenti, nemmeno suo marito. Perché Turner non ha fatto qualcosa, *qualunque cosa*, per impedire che sua moglie venisse maltrattata? Perché non l'ha difesa? Non conta che lui sia un sovraintendente e il colonnello uno squire locale, in questa circostanza, aveva tutti i diritti di scagliarsi contro di lui. Io non permetterei a nessuno di mettervi nemmeno un dito addosso!»

«Grazie, amore mio. Mi conforta la ferocia della vostra protezione. E vorrei che deste un pugno in faccia al colonnello. Proprio in mezzo agli occhi!»

«Ah! Turner non ha nemmeno mosso un dito.»

«Sapeva già della relazione. Dev'essere così» ragionò Selina. «È l'unica spiegazione plausibile per non aver difeso l'onore di sua moglie, e il proprio. È così oppure è un odioso codardo.»

«Sono d'accordo. Non può o non vuole farci niente. E dato che nessun altro ha mosso un muscolo, ciò che c'è tra quella coppia dev'essere una cosa risaputa. Lo sa perfino mio zio! Io ero l'unico che non ne aveva idea, e avrei dovuto fare qualcosa.»

«Che cosa potevate fare? Eravate sbalordito quanto me. E se sir Tinsley e lady Ferris lo sanno, allora potete stare certo che lo sanno tutti nel raggio di venti miglia o più. Perché non lo chiedete a vostro zio, mentre bevete un bicchierino con lui?»

Alec non rispose immediatamente. Avrebbe chiesto dei Turner e dei Baileys a suo zio, ma aveva una faccenda molto più pressante che voleva discutere con lui, prima, ed era la confidenza che gli aveva fatto lady Ferris a pranzo, che suo padre e suo zio erano gemelli identici. Non aveva dimenticato quella rivelazione, nonostante tutto ciò che era successo quel pomeriggio. E prima avesse chiarito con suo zio il motivo per cui glielo aveva nascosto e perché avesse ritenuto di doverglielo nascondere, prima avrebbero potuto voltar pagina. Voleva avere la testa sgombra il giorno successivo per la ricerca nel bosco, dove il suo guardacaccia aveva trovato i macabri resti di Hugh Turner.

Impedendosi di pensare a chi avrebbe potuto voler uccidere due ragazzi, e tagliare loro la mano destra e a che cosa era successo al terzo ragazzo, Alec finalmente si alzò in piedi. Guardò sua moglie, con le mani ficcate nelle tasche della banyan, le dita di una mano avvolte intorno alla custodia degli occhiali. Un ricciolo nero gli ricadde sugli occhi ma lo notò appena, tale era la sua concentrazione. E anche se la stava guardando, Selina capì che i suoi pensieri erano lontanissimi. Restò in silenzio e aspettò pazientemente, e poi Alec disse bruscamente: «Credo che ci siamo posti la domanda sbagliata.»

«Riguardo al colonnello e alla signora Turner?»

«No, riguardo alle famiglie di questo distretto e alla loro mancanza di prole... figli e figlie.»

«Oh, sapete il perché? Ditemi!»

Alec scosse la testa. «È questo il problema. Non lo so. Ma non ci serve proprio sapere *come* queste famiglie siano riuscite a limitare la loro discendenza a un solo figlio maschio e nessuna figlia femmina. La domanda che dovremmo fare è *perché* abbiano ritenuto necessario farlo.»

Selina sbatté le palpebre guardandolo, poi aprì lentamente le labbra.

«Oh! Siete astuto» disse, meravigliata. Aggrottò le sopracciglia mentre rifletteva su ciò che aveva detto il marito. «E poi c'è il fatto che questo stato di cose va avanti da talmente tanto tempo che sembra essere diventata una specie di tradizione di Fivetrees per le famiglie proprietarie terriere di questo distretto. E dato che adesso è una tradizione, nessuno fa domande. Ed è rafforzata dall'iscrizione nella piazza del mercato. Chi vorrebbe contestare parole scolpite nella pietra e in latino! È come se venissero direttamente dalle Scritture.»

«Ragionamento eccellente, tesoro. Anche se mi chiedo perché mio zio non abbia cercato di metterlo in discussione. Lui mette in discussione tutto!»

«Potrebbe averlo fatto e non essere arrivato a niente. Proprio come nessuno ha battuto ciglio quando il colonnello ha maltrattato la signora Turner. È dato per scontato. È sbagliato ma viene accettato...» Rabbrividì. «La vita in campagna a volte mi sconcerta.»

Alec non le fece notare che il rude trattamento del colonnello nei confronti della signora Turner aveva poco a che fare con il modo di pensare in campagna, ma piuttosto con il fatto che la società permetteva che le donne fossero un bene di proprietà dei loro parenti maschi, fossero essi padri, fratelli, zii o mariti, che potevano fare di loro ciò che volevano. Ma non voleva sconvolgerla ancora di più facendo rivivere ricordi dolorosi dei maltrattamenti che lei stessa aveva subito per mano di un misogino violento. Voleva allontanare quell'esperienza traumatica dalla sua mente il più possibile e sapeva che ciò che stava per dirle non le sarebbe piaciuto, ma l'avrebbe convenientemente distratta.

Si chinò e le baciò la fronte e quando si raddrizzò estrasse una lettera dalla tasca e gliela tese.

«Detesto essere il latore di cattive notizie, ma questo non può aspettare fino a domani. È di vostro fratello...»

«Talgarth?»

«Cobham.»

La luce speranzosa morì nei suoi occhi scuri. «Cobham?» Sorpresa, prese riluttante la lettera. Era indirizzata a lord Halsey e la grafia rigida era la solita di suo fratello. Il sigillo era rotto. «Che cosa vuole?»

«Non lo so... ancora.»

«Ma l'avete letta...»

«Sì. Ma non dice che cosa vuole. Solo che si è autoinvitato per restare...»

Selina si alzò a metà dai cuscini, agitata. «Oh no, Alec. Sapete che non lo sopporto nel migliore dei casi. Non posso assolutamente riceverlo in questo stato! Dovete scrivergli stasera e dirgli di restare lontano.»

«Vorrei poter rifiutare. Sono sicuro che sappia bene che tipo di accoglienza riceverà e non gli importa. Senza dubbio ha ricevuto una strigliata anche da Olivia. Ma non sarà servita a niente. Sta arrivando con lei e Sybilla.»

«Con zia Olivia? Perché non gli ha rifiutato un posto nella sua carrozza!? A lei dà retta.»

«Com'è giusto per un nipote rispettoso. Ma non poteva rifiutarsi in quest'occasione. Lui ha semplicemente indossato i panni ufficiali di capo del Ministero degli Esteri e le ha detto che la sua visita era importante per la nazione...»

«*Importante per la nazione*!?» Selina accartocciò la lettera nel pugno senza rendersene conto. «È un tale impiccione presuntuoso! Che cosa può esserci di significativo per la nazione quaggiù?»

«Forse sono io...?» Alec lo disse come se fosse una battuta di spirito.

«Voi?» Selina fece il broncio, troppo irritata per percepire il tono scherzoso. «Sono sicura che qualunque cosa sia può aspettare fino dopo il nostro lieto evento, che è molto più importante, per *noi*, di qualunque cosa quel sempliciotto di mio fratello abbia da dire a *voi*.»

Alec fece un profondo inchino, con il sorriso sulle labbra, poi le diede un buffetto sotto il mento.

«Non potrei essere più d'accordo, tesoro mio. Ma questa volta è riuscito a battere in astuzia tutti e tre: voi, me e Olivia. Dio solo sa come ci sia riuscito, ma è così.»

«Se c'è riuscito, dev'essere stata l'idea o l'incoraggiamento di qualcun altro che ha avuto la meglio» borbottò Selina. «Cobham non ha mai avuto una sola idea originale in tutta la sua vita.»

«Sì, penso che abbiate ragione. Ma non è così ignaro dei vostri sentimenti o dei miei come potete pensare. Ed è il motivo per cui ha mandato la lettera per mezzo di un corriere, e solo dopo che la carrozza di Olivia, con lui a bordo, aveva lasciato il Buckinghamshire. Sono già per strada e dovrebbero arrivare qua domani sul tardi.»

※

Quando mise piede nella galleria dei ritratti, Alec stava ancora sorridendo tra sé e sé alla sfilza di insulti che sua moglie riusciva a scagliare descrivendo il fratello maggiore. Stava anche pensando alla sua madrina, Olivia St. Neots e come fosse probabile che gli stesse facendo una ramanzina mentre era chiusa con lui in carrozza. L'unica persona per cui gli dispiaceva veramente era la figlia di Olivia, lady Sybilla. La povera donna doveva essere fuori di sé per l'agitazione e senza dubbio avrebbe passato gran parte del viaggio con le mani sulle orecchie, sperando di bloccare le eloquenti invettive di sua madre.

Arrivò a metà circa della lunga stanza prima di notare che l'intera galleria, con i suoi sofà rivestiti di velluto rosso sotto la fila di ritratti di famiglia, era immersa nella luce delle candele. Nelle loro pesanti cornici, i ritratti raccontavano la storia dell'ascesa della famiglia Halsey. Ritratti nei loro abiti migliori, i suoi antenati lo guardavano con un'espressione severa sulle loro facce bianche. Tutti erano abbigliati secondo la moda del tempo, dai gentiluomini con i cappelli dalla tesa stretta ornati di piume insieme alle loro dame con i nastri e le trecce raccolte nelle retine tempestate di gemme, alle nobildonne con i guardinfanti, alle coppie con i capelli lasciati al naturale, quelli di lei arricciati ai lati delle guance imbellettate, quelli di lui lunghi, con i baffi ben curati e incerati.

E c'era suo zio, che beveva un brandy e guardava verso un'enorme tela. Era il ritratto dei nonni di Alec, il conte e la contessa di Delvin, con i loro due figli. Uno dei ragazzi era il giovane Plantagenet, l'altro suo fratello Roderick, il padre che aveva rifiutato Alec prima ancora che nascesse. Tutti indossavano abiti di velluto nero e seta bianca, il conte con un'impressionante parrucca lunga e la sua contessa con un'elaborata acconciatura *frelange* di seta bianca.

Alec ebbe il tempo di osservare il ritratto prima che Plantagenet Halsey si riscuotesse. Quando il vecchio voltò la testa stringendosi forte il ponte del naso ossuto e trangugiando il suo brandy, Alec si chiese se suo zio non fosse stato troppo preso dai propri pensieri per accorgersi della sua presenza, ma quando alla fine si girò per salutarlo, con un sorriso appena accennato, il motivo della sua esitazione fu chiaro. Le ciglia del vecchio erano imperlate di lacrime.

TREDICI

«STATE BENE?»

Alec fece istintivamente la domanda, le parole uscirono prima di rendersi conto che suo zio non stava male fisicamente, le lacrime erano state provocate da qualcosa di completamente diverso. Forse era stato guardare il ritratto e riflettere sulla sua giovinezza, o la perdita dei suoi genitori o di suo fratello, o tutte e tre le cose. Alec non ne aveva idea e cercò di ricordare l'ultima volta in cui aveva visto suo zio in lacrime. Gli ci volle solo un momento: il giorno del funerale di sua madre.

Diede allo zio il tempo di riprendersi, frugando nella tasca della banyan per cercare gli occhiali. Poi si avvicinò alla grande tela, con gli occhiali dalla montatura d'oro appollaiati sul naso ossuto e diede un'occhiata più da vicino alla nobile famiglia. Con gli occhiali e a quella distanza, ogni pennellata era a fuoco. Non si era mai soffermato a studiare veramente il ritratto. E sua zia aveva ragione. I ragazzi avevano i capelli di colore diverso. Eppure, sotto ogni altro aspetto, avrebbero potuto essere lo stesso ragazzo. Era come se l'artista fosse stato troppo pigro per preoccuparsi di dipingerli come individui. Non lo sorprendeva. Gli artisti delle ere passate erano soliti dipingere i bambini come esseri identici, come se non meritassero di essere identificati come individui con una personalità separata finché non avessero raggiunto l'età adulta. Non c'era niente di nuovo in questo modo di trattare la prole. Molti morivano durante l'infanzia e alcuni molto prima di raggiungere l'età adulta, quindi non venivano ritratti affatto. Spesso venivano usati di nuovo i nomi dei fratelli o delle sorelle che erano morti; Alec sospettava che fosse nella speranza che quel bambino sopravvivesse e che il nome del parente scomparso vivesse con lui.

Guardando spassionatamente i fratelli, il primo pensiero di Alec non fu di pensare che erano gemelli identici. Tutto ciò che vedeva erano ragazzi vicini per età. Se sua zia non gli avesse detto il motivo per il diverso colore di capelli, non lo avrebbe mai saputo e non ci avrebbe più pensato. Ma ora che sapeva il motivo per cui erano stati differenziati i fratelli, era incline a chiedersi se non c'era qualcosa di più dell'ovvio, qualche significato nascosto, conosciuto forse solo ai genitori, o ai ragazzi stessi. Perché preoccuparsi di evidenziare la differenza quando dipingere l'identicità nei fratelli era più spesso la norma? No, non pensava che in quell'occasione l'artista fosse stato pigro, o i genitori indifferenti. I suoi nonni avevano scelto di evidenziare la differenza nei loro figli, e questo rendeva il ritratto ancora più affascinante. Stava per commentare quel gruppo di famiglia, sperando che lo zio si aprisse sulla sua infanzia, quando il vecchio parlò per primo.

«Come sta la nostra ragazza?»

Alec fece un passo indietro e si tolse gli occhiali. «Emotivamente esausta dopo i fatti di oggi. Ma l'ho lasciata con la notizia che Cobham sta venendo qua. È furiosa, e convenientemente distratta.»

«Ah, buon per te! Ha bisogno di distrazioni. Ciò di cui non ha bisogno è che quella piaga di suo fratello faccia storie. Anche se ho sempre pensato che un pesce lesso come Clive Vesey, conte di Cobham, preferirebbe visitare le Ebridi Esterne d'inverno piuttosto di avvicinarsi a un miglio da una virago testarda di sorella sul punto di partorire.»

«Credetemi, preferiremmo tutti che fosse per strada per andare su un'isola remota. Comunque non sta venendo qua per regalarci il piacere della sua compagnia, ma per vedere me.»

«Non poteva aspettare fin dopo il lieto evento?»

«Questa è stata la reazione offesa di Selina. Ovviamente no. Ho un'idea abbastanza precisa di cosa vuole perché ha menzionato Midanich. Si è raccomandato di tenere per me la faccenda dato che è di importanza nazionale. Quindi la terrò per me dicendola a voi.»

«Bravo! Maledettamente presuntuoso da parte sua mostrare la sua faccia dopo averti spedito nel bel mezzo di una guerra civile proprio in quel paese! Mi prudono le mani dalla voglia di dargli un pugno in faccia per aver messo a rischio le nostre vite.»

«Dato che condivide la carrozza con Olivia, non ho dubbi che sua grazia gli stia facendo una bella testa riguardo a Midanich, a me e a tutto ciò che l'ha messa in agitazione mentre eravamo all'estero.»

«Ha imposto la sua presenza a sua zia?» Il vecchio ridacchiò. «Buon Dio! Che imbecille! Dev'essere veramente ansioso di vederti. Olivia gli starà togliendo la pelle di dosso a ogni miglio di viaggio, puoi starne sicuro. Era pensare a che cosa avrebbe fatto a quel babbeo di suo nipote una volta tornati sulla terraferma in Inghilterra che l'ha tenuta su di morale durante tutto il viaggio nel mare in burrasca. Ecco» aggiunse, porgendo ad Alec un bicchiere di brandy. Alzò il proprio. «Un brindisi alle donne formidabili» disse con un sorriso dolce. «Possano sempre restare nelle nostre vite.»

Alec si unì al brindisi. Bevve un secondo sorso del liquido ambrato poi alzò lo sguardo sul ritratto. Senza occhiali le pennellate erano sfuocate, e anche l'espressione severa degli adulti. «Mia nonna era una donna formidabile?»

«Buon Dio se lo era! Olivia e la nostra ragazza dai capelli di fiamma sono caratterialmente delle amazzoni, è certo, ma nessuna delle due può reggere il confronto con mia madre. Rod e io eravamo un bel po' più che intimoriti da lei.» Il vecchio si voltò anche lui a guardare il ritratto. «Aveva un modo di guardarti quando non era contenta di te. Non aveva bisogno di parlare. E se lo faceva, non aveva bisogno di alzare la voce. Tutto ciò che serviva era quello sguardo. Ci terrorizzava! Non che fosse crudele o cattiva o senza cuore. Tutt'altro. Semplicemente non sopportava gli sciocchi o i furfanti. E non era tipo da tubare, chiocciare o coccolare un neonato o i bambini piccoli. Rod e io dovevamo rivolgerci altrove per quel tipo di affetto. In genere non aveva molto tempo per i bambini. Comunque, faceva il suo dovere nei nostri confronti.»

«E mio nonno, vostro padre? Com'era?»

«Ah, adesso arriva la frase fatta, ma è la verità: erano come il giorno e la notte! Ecco com'erano i miei genitori. Lui era la luce e lei il buio. Mio padre era un gigante gentile. Cortese, giusto. Un buon padrone. Credeva nella giustizia. Detestava i bigotti. Non ci parlava mai in modo supponente solo perché eravamo bambini. Ci guidava con l'esempio...»

«Voi avete preso da lui.»

«Davvero? Sì. Immagino di sì» mormorò il vecchio, imbarazzato, con lo sguardo fisso sul ritratto. «Almeno come temperamento, se non nelle azioni...» aggiunse in modo enigmatico.

«Si erano sposati per amore o era stato un matrimonio combinato?»

«Combinato. Ma avevano imparato ad amarsi. Mia madre era una moglie fedele; mio padre ebbe parecchie relazioni e un'amante di lungo corso, la figlia che un piantatore di cotone aveva avuto da una delle sue schiave. Era vissuta a Canterbury con la famiglia del padre finché mio padre non la installò in una casa sua. Lui, mio padre, ha messo al mondo parecchi mulatti con lei. Il mio valletto, Joseph Cale, era uno di loro. Quando la sua amante morì di parto, mio padre portò i suoi figli in questa casa e mia madre li allevò. Fino ad allora aveva ignorato quel lato della vita di mio padre: per quanto la riguardava, ciò che non vedeva non esisteva.»

Alec tenne gli occhi sul ritratto. «Vostra madre dev'essere stata veramente una donna formidabile per aver accettato i figli naturali del marito e averli allevati...»

«Questo mi ricorda una cosa!» lo interruppe Plantagenet Halsey con uno sbuffo di riso e cambiando argomento disse: «Vedevo mia madre ridere solo quando era in compagnia di mio padre. Non ricordo che cosa facesse o dicesse in particolare per farla ridere, ma ci riusciva solo lui.» Sorrise ad Alec e alzò di nuovo il bicchiere. «Ti ringrazio per avermi ricordato quel particolare di lei...»

«Prego. Grazie per avermelo detto. So talmente poco di loro, quindi sono grato per qualunque cosa vorrete dirmi. Parlatemi della vostra fanciullezza... mi piacerebbe sapere di voi e mio padre come fratelli.»

Seguirono diversi secondi di completo silenzio che mise in evidenza il fatto che la casa era silenziosa in modo inquietante. I lavori di restauro erano fermi per la notte. I servitori che non si erano ritirati nei loro alloggi svolgevano i loro compiti in silenzio, senza fare rumore, con un candelabro in mano, e facevano del loro meglio per non disturbare i loro padroni. C'era un silenzio tale, in effetti, che Alec avrebbe potuto lasciar cadere uno spillo e sentirlo colpire il pavimento. Ma ciò che l'assordante silenzio metteva in particolare evidenza era l'estrema riluttanza di suo zio ad essere più aperto riguardo a suo fratello. Eppure aveva parlato liberamente delle infedeltà di suo padre. Alec stava per spiegare i suoi motivi quando il vecchio ricominciò finalmente a parlare, e in una voce più fredda del vento di gennaio.

«È il motivo per cui hai chiesto di vedermi qui in particolare?»

«Non proprio. Ma sì, è uno dei motivi.»

«Quanti motivi hai, o dovrei dire quante domande?»

«Dipende da che risposte siete disposto a dare...»

«Maledizione, Alec! Smettila con quella parlantina diplomatica! Non sono uno stupido! Non sono Cobham.»

«Nessun altro, eccetto Cobham, potrebbe essere Cobham» ribatté Alec con un sorriso, cercando di alleggerire l'atmosfera perché la freddezza artica nella voce normalmente piena di calore di suo zio era una sorpresa.

Ma Plantagenet Halsey non aveva voglia di scherzare, né voleva lasciarsi placare. Buttò giù le ultime gocce di brandy e andò alla finestra dove aveva lascito la bottiglia. La prese e lanciò un'occhiataccia ad Alec. «Così ti ha convinto lei a farlo, vero? Beh? È stata lei?»

«No. Non di venire a parlarvi. Ma Selina mi chiede fin da prima del nostro matrimonio di scoprire di più sulla mia famiglia. Con il bambino in arrivo da un giorno all'altro, è ansiosa, come lo sono io, di trovargli un nome. Ma sospetto che desideri soddisfare una curiosità bruciante. Mi dice che è perfettamente naturale voler sapere dei propri nonni e bisnonni, zie e zii. Dice che sono io quello strano, non solo perché so così poco dei miei legami famigliari, ma anche perché non ho mai ritenuto necessario alla mia esistenza saperlo.» Sorrise amorevolmente al vecchio. «Voi siete tutta la famiglia che ho mai voluto o di cui abbia avuto bisogno.»

Il sorriso di Alec e la sua sincerità raffreddarono immediatamente l'ostilità del vecchio. Portò con sé la bottiglia e versò una dose generosa in entrambi i bicchieri. «Perdonami, ragazzo mio» disse, molto più controllato. «Era sbagliato da parte mia dirigere la mia ira verso di te. È naturale che lei voglia sapere tutto della tua famiglia. Nelle sue condizioni, la famiglia è tutto ciò a cui deve pensare. Ma la tua, la nostra, famiglia è-è diversa, più di quanto tu possa mai immaginare, o che ti serva sapere.»

«Così sembrerebbe, visto che il vostro valletto era il vostro fratellastro!» scherzò Alec.

«Quindi hai colto quel particolare, eh?» Quando Alec alzò un sopracciglio, come per chiedere come avrebbe potuto non farlo, il vecchio sbuffò, fece spallucce e cambiò discorso, aggiungendo: «Immagino che gli avvenimenti di oggi, in particolare l'orribile morte di quel ragazzo, mi abbiano impressionato più di quanto mi rendessi conto.»

«Come stanno i Turner?»

«Non bene, nessuno dei due. Lei è andata in pezzi, ed è comprensibile. E Turner non sa che cosa fare per sistemare le cose. Non che possa farlo, vero? Il ragazzo è morto. E il fratello del ragazzo se n'è andato da qualche parte a piangerlo in qualunque modo abbia bisogno di farlo. I due ragazzi Turner non erano molto legati, ma erano fratelli.» Plantagenet Halsey scosse la testa. «Non riesco proprio a capire perché qualcuno volesse uccidere Hugh. Era solo un ragazzo. Lo erano entrambi, perché Adams è convinto che ci sia un secondo corpo là fuori. Ma staccare loro le mani, beh, quello è un avvertimento per gli altri bracconieri.»

«Davvero?» Quando il vecchio annuì, Alec aggiunse: «Potrebbero essere stati viandanti che stavano attraversando il bosco? Forse i ragazzi li hanno scoperti a uccidere il cervo e sono stati uccisi per farli tacere?»

«Non c'è bisogno di far tacere un paio di ragazzi da queste parti. Sanno tutti che non c'è bracconaggio nel bosco...»

«Anche quando c'è?»

Il vecchio alzò il suo bicchiere. «Aye. Anche quando c'è» ammise. «Ci muoviamo su una linea di demarcazione molto sottile, che però esiste, e se si gioca secondo le regole, per il bene comune, allora nessuno sarà condannato, nemmeno i viandanti che attraversano il bosco, e tutti continueremo a vivere le nostre vite.»

«E come farà sua signoria a rispettare quel confine, se non conosce le regole, oppure non ha bisogno di...»

«Oh, io conosco bene quel confine. Tutti lo conoscono» insistette Plantagenet Halsey, aggiungendo in fretta, rendendosi conto troppo tardi che Alec si stava riferendo a se stesso: «Ma non volevo che tu dovessi preoccuparti delle stranezze della vita in questa parte del Kent, non ancora... hai cose molto più importanti di cui occuparti che non passare il tempo a preoccuparti dei confini, reali o immaginari! Ed è ciò che ho detto ad Adams e agli altri. Quindi siamo rimasti d'accordo di non seccarti finché Selina e il bambino avranno superato la prova e sarai meno annebbiato dalla preoccupazione.»

Alec decise che era meglio ignorare lo scivolone di suo zio, almeno per il momento. Se non altro, la replica del vecchio, al limite del vanaglorioso, confermava ciò che Alec sospettava da quando era entrato in possesso della tenuta: che i servitori, gli affittuari e tutti i suoi vicini, rispettavano innanzi tutto l'autorità di suo zio. Non lo aveva solo immaginato. Qualcosa, molte cose, erano successe alle sue spalle da quando aveva ereditato la proprietà. E anche se credeva che suo zio avesse a cuore i suoi interessi, e che desiderava non dargli inutili preoccupazioni mentre aspettava l'arrivo del bambino, non riusciva a cancellare l'idea che ci fosse sotto dell'altro. C'era qualcosa di fondamentale che non sapeva, ed era stato tenuto deliberatamente all'oscuro. Come scoprire che cos'era? Come aveva detto lady Ferris, non poteva chiedere se non sapeva che cosa chiedere.

Ma quella sera non voleva discutere quel particolare dilemma, o l'omicidio di Hugh Turner. L'intuito gli diceva che la morte di quei due ragazzi era in qualche modo legata all'accordo che avevano tutti nel distretto sul bracconaggio e i bracconieri e che Hugh e il suo amico erano stati uccisi per aver trasgredito quelle regole non scritte.

Quale fosse la regola e chi li avesse uccisi, beh, anche quello poteva aspettare il giorno dopo, quando fosse tornato a essere completamente razionale.

Quella sera si era recato nella galleria dei ritratti per cercare risposte su suo zio e suo padre. E sapendo che Selina avrebbe dormito solo a sprazzi, o niente del tutto, finché lui fosse tornato, decise di arrivare direttamente al punto e parlare a suo zio della conversazione avuta con lady Ferris. Plantagenet Halsey lo batté sul tempo.

«Quando ho detto che era stata lei a convincerti a farlo, la *lei* a cui mi riferivo non era Selina. Era lady Ferris.»

«Pensate che sia stata intenzionalmente maliziosa?» chiese pacatamente Alec. «Era sicuramente sorpresa dalla mia ignoranza della storia di famiglia ma, sembra, non del fatto che voi abbiate scelto di tenermi all'oscuro.»

«Scelto di tenerti all'oscuro?» ripeté sommessamente Plantagenet Halsey. Fece spallucce. «Aye, è vero. Ma non c'era niente di sinistro nelle mie intenzioni. Pensavo fosse meglio così, per la tua pace mentale, viste le circostanze. Rimango fedele alla mia decisione. Non aveva il diritto di disturbarti. Assolutamente!»

«Quali circostanze turberebbero la mia pace mentale?»

Il vecchio alzò nuovamente le spalle, ma questa volta fece sporgere il labbro inferiore, liquidando la domanda come se fosse faceta. Adocchiò pensosamente Alec. «Quindi non ha detto niente di specifico su quella iscrizione nella piazza del mercato?»

«L'ha menzionata, proprio come hanno fatto gli altri a pranzo. In effetti era indifferente, e ha detto che l'iscrizione, cui si è riferita come a una sorta di benedizione, era forse la cosa meno strana di Fivetrees.»

«Ah!»

«Preferirei sentirlo da voi piuttosto che da chiunque altro. Che cosa significa, esattamente, quell'iscrizione? Essere benedetti con un solo figlio e nessuna figlia è piuttosto specifico, e, sì, strano.»

Il vecchio alzò una mano. «Non abbiamo tempo adesso per questa roba. Sono stanco. E lo sei anche tu.»

Alec alzò un sopracciglio. Non aveva intenzione di andare da nessuna parte.

«Potevate riuscire a sviarmi in questo modo quando ero un bambino, anche un ragazzo, ma sembrate aver dimenticato che ho trentasei anni. Non potete liquidare questa faccenda, o me, in modo così arbitrario.»

«So quanti anni hai! Non è che potrei dimenticarlo a meno di diventare un vecchio rimbambito. Ma la tua età non conta un fico secco, che tu abbia quindici o cinquant'anni. Non permetterò che ti risucchino la vita, com'è successo a me, a mio fratello, a mio padre, e...» Fece un ampio gesto con un braccio per comprendere tutta la stanza, «... a ogni maschio nella nostra famiglia, fin dai tempi del Conquistatore. E non sto esagerando! È un fardello troppo pesante da portare per chiunque.»

Alec cercò di contenere il suo stupore. Sapevo che suo zio era incline al melodramma, ma la sua dichiarazione era ancora più magniloquente del solito.

«Non pensate, conoscendomi come sono, un adulto, e con tutto ciò che ho passato, che abbia le spalle abbastanza larghe da sopportare questo fardello? Voi lo avete fatto. E se lo ha fatto ogni altro Halsey maschio nella nostra famiglia, perché non io? E mio fratello? Edward è stato coinvolto?»

Plantagenet Halsey scosse la testa. «No, fortunatamente per lui, è morto prima di sposarsi.»

«Se il requisito per assumersi questo obbligo di famiglia è il matrimonio, allora sono assolutamente idoneo. La questione è: perché vi siete accollato questo fardello quando non siete mai stato sposato?»

Il vecchio strinse gli occhi, eppure era pieno di ammirazione per il ragionamento di Alec. «Astuto...» Prese entrambi i bicchieri vuoti e li appoggiò sul tavolino sotto il ritratto dei suoi genitori, prendendosi il tempo di costruire una risposta ponderata.

«Ma io ero un caso unico e questo ha messo mio padre in una situazione insostenibile. Si era sentito obbligato a informarmi, a informarci, sia mio fratello sia me, e quindi lo fece allo stesso tempo. Ma è stata mia madre a consigliargli che non poteva tenermi all'oscuro.»

«Mentre voi ritenete di potermi nascondere la verità?»

«Alec, io...»

«Lady Ferris ha detto che la scoperta sarebbe stata spiacevole... per me» continuò Alec come se suo zio non avesse parlato. «Ma ha detto che meritavo di conoscere la verità, la verità sulla mia-mia *nascita*, e su tutto ciò che era successo prima. Ora, è questa la parte che mi affascina: il *tutto ciò che era successo prima*. Posso solo desumere che intendesse che gli avvenimenti che hanno portato alla mia nascita siano addirittura il motivo per cui sono qui. Quindi mi chiedo che cosa volesse dire e, cosa ancora più importante, come sono collegati la mia nascita e questo onere di famiglia. E perché ritenete che sia indegno di conoscere la verità.»

«Che *tu* sia indegno? *Che tu sia indegno* di conoscere la... *verità*?» ripeté il vecchio. Fece un mezzo sorriso eppure stava guardando Alec con un'espressione triste. «A questo è facile rispondere. Tu non sei *indegno*. Tu sei più che degno. Di tutti gli uomini Halsey, direi che tu sei il più degno di tutti! Ma ciò che meriti è una vita bella, con un matrimonio pieno di amore e una famiglia felice. È tutto ciò che ho sempre voluto per te, lo sai, vero, ragazzo mio? Una vita felice.»

Alec sorrise e annuì. «Certo. E con voi ho avuto una vita felice. La vita con Selina ne è solo un prolungamento, e voi siete parte di questa vita, con noi.»

«È più di quanto meriti. Ma la accetterò perché è ciò che voglio. E ciò che voglio è che abbandoni questo bisogno di sapere, solo questa volta, per me. Ci sono dei segreti di famiglia che non vale la pena di riesumare. Devi fidarti di me, questo è uno di quelli. Saperlo cambierà tutto tra di noi...» Fece schioccare le dita. «... proprio così. In un istante...»

«Non c'è niente che possa cambiare ciò che provo per voi.»

«Alec! Alec!» Plantagenet Halsey lo afferrò per le spalle e lo guardò diritto negli occhi. «Devo ficcarti un po' di buonsenso in testa, ragazzo mio? *Cambierà* tutto tra di noi, come aveva cambiato tutto tra mio fratello e me. Devi credermi sulla parola.» Lasciò cadere le mani ma non si spostò e fece un respiro profondo. «Ascolta. Ci sono stati uomini nella nostra famiglia senza la capacità di sopportarlo. Tanto per cominciare non avrebbero mai dovuto essere obbligati a portare questo, ma era loro dovere, un dovere trasmesso nei secoli, un dovere che erano obbligati a compiere, ma quel fardello li piegò. Premeva troppo forte sul loro cuore. Sai che cosa fecero? Non se ne parla perché non sembra accettabile avere uomini deboli di spirito in una famiglia, viene considerata una vergogna. Ma io non li biasimo. Provo solo tristezza per la loro sorte. Ma ritengo sia una cosa da vigliacchi lasciarsi dietro una vedova in lutto e un figlio piccolo, senza che nessuno possa capire perché un marito e un padre apparentemente contento dovrebbe togliersi la vita. Alcuni riuscirono a sopportarlo finché il loro figlio fu abbastanza adulto da caricarsi lui stesso di quel peso. Altri furono spinti alla follia. Uno dei tuoi antenati si mise a camminare nello stagno delle anatre e continuò a camminare fino ad annegare. Un altro fu trovato appeso alla sua stessa cravatta, in cantina. Un terzo rifiutò cibo e acqua finché fu troppo debole per riuscire ad assumere l'uno e l'altra.»

«Pensate che se questo obbligo familiare mi fosse rivelato c'è la possibilità che anch'io non sia in grado di sopportarlo e impazzisca e-e... *mi suicidi*?» chiese Alec a bassa voce, con il volto cereo. «Buon Dio! Non riesco a immaginare che cosa potrebbe portare un uomo al suicidio. Ma non potrei mai compiere un atto così egoistico nei confronti vostri, di Selina e del bambino che deve ancora nascere.

Qualunque pazzia ci sia in questa famiglia, a questo punto dovrebbe essere ovvio che non l'ho ereditata!»

«Certo che non sei pazzo!» sbottò il vecchio. «Ma non credo che quegli uomini della nostra famiglia che si sono suicidati fossero matti. Furono spinti a farlo. Impazziti a causa del peso dell'obbligo familiare e dalla buia storia ancestrale.»

Lo sguardo di Alec tornò sui ritratti di famiglia bagnati dalla luce delle candele. Ciascuno degli antenati fissava dalla tela con un'aria sicura e di naturale superiorità, conscio del proprio posto nel mondo. Ricordava la prima volta in cui lui e Selina avevano passeggiato lungo la galleria, con il sole che brillava dalle finestre che davano sulla Corte di Pietra. Selina aveva commentato i vecchi mobili e i tappeti, dicendo che con una bella spolverata, una battuta e un po' d'aria, un po' di lucido e di vernice e forse una diversa disposizione, la galleria sarebbe potuta diventare una stanza gradevole in cui la famiglia si sarebbe potuta riunire nei giorni di pioggia. Aveva anche fatto notare che sarebbe stato un bene per i loro figli passare un po' di tempo con i loro antenati che li guardavano dall'alto, per capire da dove venivano. A quel punto Alec aveva sbuffato e scherzato dicendo che qualcuno nella famiglia doveva saperlo, perché di certo lui non riusciva a distinguere una faccia severa e senza senso dell'umorismo dall'altra. Avevano riso e continuato a camminare e lui non aveva più pensato alla galleria o ai suoi silenziosi occupanti. Benedetta l'ignoranza!

Riportò lo sguardo su suo zio, che lo guardava con una smorfia preoccupata.

«E quegli uomini che non riuscirono a sopportare questo fardello, sono in questa galleria?»

«Sì. Tutti quanti e nessuno seppe mai come erano morti.» Il vecchio accennò un sorriso. «Tu non sei egoista, ma io sì. Ho passato la vita ad accertarmi che non fossi mai tormentato dalla storia di famiglia. E, per Dio, non permetterò che tutti quegli anni in cui ti ho fatto da genitore vadano sprecati adesso, non con te sul punto di diventare a tua volta padre.»

Alec capì che non avrebbe ottenuto nient'altro dallo zio quella sera e che avrebbe probabilmente dovuto impiegare altri mezzi per scoprire il segreto sui suoi antenati che lo zio non aveva intenzione di condividere con lui. Quindi portò la conversazione allo scopo originale per cui aveva chiesto al vecchio di trovarsi con lui nella galleria dei ritratti.

«Allora parlatemi di vostro fratello.»

Si sentì chiaro il sospiro di sollievo di Plantagenet Halsey.

QUATTORDICI

«Perché il ritratto di vostro fratello non è tra quelli degli antenati degli Halsey?» chiese Alec. Quando lo sguardo di Plantagenet Halsey volò al ritratto di famiglia, Alec alzò gli occhi e scosse la testa. «Non indicate quel quadro. Ho detto ritratto. Era un uomo fiero. Certo c'è un suo ritratto con l'ermellino, come c'è quello della sua contessa, al piano di sotto, accanto al camino. E se ogni altra famiglia ha il suo ritratto, allora perché non di quel conte e quella contessa di Delvin e quello del loro figlio ed erede?»

«Non hai mai mostrato il minimo interesse né ti è mai importato un fico secco di...»

«Che tenessi o meno a lui non è importante. Sono curioso di sapere perché in questa galleria non ci sono suoi ritratti oltre l'età di otto anni. È perché, come pensa lady Ferris, volevate nascondermi che voi e vostro fratello eravate gemelli identici?»

«La cara lady Ferris doveva proprio infilare quel piccolo boccone nella conversazione a pranzo, come se fosse la cosa più naturale al mondo, vero?» borbottò il vecchio. «Sì, Rod e io eravamo gemelli identici. E allora?»

Alec sbuffò ridendo. «A parte il fatto che voi eravate uno dei due gemelli identici sotto tutti gli aspetti? Non potete essere così indifferente. È straordinario. Ma ciò che lo è ancora di più è pensare che voi e vostro fratello eravate, in tutto ciò che conta, la stessa identica persona, eppure due uomini non avrebbero potuto essere così diversi! Sono stato rifiutato da lui, amato da voi. Lui era un aristocratico egocentrico cui importava solo dei propri interessi. Voi vi battete a favore dei poveri e dei diseredati. Lui il buio, voi la luce.»

«Immagino che a te debba sembrare così, visto ciò che hai passato a Midanich, dato che il margravio e la sua folle sorella erano gemelli…»

«Mi avreste rivelato di essere un gemello identico se Ernst e Johanna non si fossero rivelati folli?»

Plantagenet Halsey scosse la testa. «No, te l'avrei tenuto nascosto il più a lungo possibile, a prescindere da tutto. Per sempre, se ci fossi riuscito. Quella faccenda a Midanich mi ha solo dato una scusa in più per non dirtelo. Non perché Roderick fosse pazzo, o malvagio, o il buio contro la mia luce. Non eravamo i due lati della stessa medaglia, con lui il cattivo e io il buono. Per un tempo lunghissimo, per tutta la nostra gioventù, in effetti, eravamo quella stessa moneta, e inseparabili. Lui era me e io ero lui ed eravamo ottimi amici.»

«Quando sono cambiate le cose tra voi?»

«Non molto dopo la morte di nostro padre, fu quello l'inizio del nostro estraniamento. La tua nascita fu il colpo di grazia del nostro legame come fratelli.» Fece un sorriso triste. «Eh sì, come ha detto tua zia, ciò che avvenne prima.»

«Dovevate temere il giorno in cui avrei incontrato lady Ferris.»

Gli occhi azzurri di Plantagenet Halsey si alzarono per guardare quelli di Alec. «Oh, temo lady Ferris da molto più tempo… Ma quella storia può aspettare. Mi hai chiesto perché non ci sono ritratti di mio fratello nella galleria. Una volta c'erano. Ma solo due. E hai ragione. Uno con l'ermellino e la coroncina, il gemello del ritratto di tua madre con gli stessi orpelli. E uno di loro due con Edward sulle ginocchia di tua madre.»

«Che cosa ne è stato? E dove sono?»

«Tua madre li fece rimuovere quasi subito dopo la morte di Rod. Su dove siano… immagino che siano stati immagazzinati nelle soffitte, o in cantina. In un modo o nell'altro, avrebbero bisogno di un bel restauro se intendi appenderli di nuovo…»

«Perché li ha fatti togliere?»

«Vuoi che siano rimessi a posto?»

«Non ci ho ancora pensato. A prescindere dalla mia mancanza di affetto per lui, era il conte di Delvin e quindi ha il diritto di essere qui nella galleria. Se l'abbia meritato o meno… Ma il fatto che mia madre abbia fatto togliere entrambi i ritratti, in effetti esiliandolo da questo posto tra i suoi illustri parenti, mi dà da pensare. Perché l'ha fatto?»

«Diceva che quei ritratti erano un costante promemoria del *proprio* fallimento.»

«Che cosa le dava il diritto di tenere il proprio ritratto in ermellino e coroncina sulla parete e non quello di suo marito? Perché doveva avere lei il diritto di mostrare gli orpelli del titolo e della ricchezza quando le sue mancanze...»

L'amarezza e la causticità nel tono di Alec toccarono un nervo e il vecchio reagì.

«Tua madre era la creatura più dolce, più gentile e più amorevole che abbia mai camminato su questa terra di Dio e tu la conoscevi appena, quindi non osare arrogarti il diritto di diffamarla o parlare delle sue mancanze!»

«Avete ragione. La conoscevo appena. Ma non per colpa mia. E proprio come i ritratti del conte, lei mi ha scacciato dalla sua vita, lontano dagli occhi e dal cuore, senza dubbio per poter dormire la notte. Sono le azioni di una creatura dolce e amorevole? Io penso che i vostri sentimenti annebbino il vostro giudizio.»

«Pensi che avesse scelta? Pensi che volesse rinunciare a te? Ti ho mai detto che l'abbia fatto?»

«No. Ma...»

«No! Non una sola volta in tutti i tuoi anni ho mai incolpato tua madre per ciò che era successo.»

«Perché l'amavate e siete un brav'uomo e non volevate che pensassi male di lei perché, dopo tutto, era mia madre.»

«Stupidaggini! L'amavo, sì. E lei amava me. Ma non so perché abbia continuato ad amarmi dopo ciò che avevo fatto. Ma come ho detto, era una creatura dolce e gentile... e ti sbagli. Non perché voglio che tu non pensi male di lei, ma che non pensi male di *me*. Te l'ho detto, sono egoista.»

«Eppure ha rinunciato a me. Non ha lottato per tenermi perché non poteva, vero? E perché avrebbe dovuto farlo quando non ero il figlio di mio padre ma il frutto della sua relazione con il vostro valletto, che, ho scoperto solo stasera, era anche il vostro fratellastro...»

«Questa è una completa baggianata!»

«Ma ho la sua lettera. Quella nella quale si definisce un'adultera. Dove si incolpa per ciò che mi era successo...»

«Oh, per l'amor del cielo, Alec. Piantala di fare il moralista e assegnare colpe! Ma pensa a quello che stai dicendo! Ti dico che non è stata colpa sua ma mia, eppure ti rifiuti di credermi... peggio ancora! Continui a pensar male di lei. Nessuna madre *sceglie* di rinunciare al proprio neonato. Le è stato imposto da circostanze al di fuori del suo controllo. Al di fuori del controllo di chiunque. Quindi non osare... non *osare* infangare la sua memoria.»

«Se lo dite voi.»

«È così.»

«Allora, se volete che vi creda, ditemi la verità sulla mia nascita.»

Il vecchio si passò una mano sul viso e su tra i capelli brizzolati, con le mascelle serrate e occhi chiusi, come facendosi forza per ciò che stava per dire e le sue conseguenze.

«Non lascerai perdere finché non avrai ottenuto fino all'ultima goccia di verità da me, vero?»

Alec fece una smorfia, scrollando le spalle, rassegnato. «Non posso. Ho bisogno di sapere. Non lo credevo. Ma più Selina si avvicina al parto, più grande diventa il mio desiderio di sapere di me stesso.»

Plantagenet Halsey annuì. «Olivia l'aveva detto che ci saremmo arrivati...»

«Olivia?» chiese Alec, sorpreso. «Avete parlato con la mia madrina della-della... mia *nascita*?»

«Ti sorprende? Sei spesso in cima ai suoi pensieri.»

«Sì, ma certamente non per questo?»

«Perché no? Non riguarda solo te, sai?»

«Ma... le avete confidato la verità?»

«Sì. Ma come parte di una confessione più completa» dichiarò il vecchio con un po' di ritrosia. «Doveva conoscere tutti i sordidi particolari del mio passato.»

Per qualche motivo, Alec era offeso, e perplesso. «Perché dirlo a lei e nasconderlo a me?»

Plantagenet Halsey sembrò imbarazzato. «La tua madrina è una brava donna. Lo è sempre stata. Non mi avrebbe accettato senza una piena e franca confessione dei miei passati peccati.»

Alec sbatté gli occhi, senza capire. «Accettarvi...?»

«E dato che non stiamo diventando più giovani, e lei significa moltissimo per me, le ho detto tutto... fino all'ultimo particolare.» Quando Alec continuò a fissarlo, perplesso, sentì il calore salirgli al volto. «Oh, per l'amor del cielo» aggiunse, esasperato. «Non dirmi che non avevi idea di come stanno le cose tra noi!»

«Stanno tra... voi, voi e-e *Olivia*? Buon... Dio!»

«Cosa? Pensavi che fossimo troppo vecchi per rotolarci tra le lenzuola?»

«Sapevo che eravate affezionati l'uno all'altra, ma... ma non questo... Mi chiedo se Selina ne abbia idea?»

«Più di te, scommetto!» ribatté Plantagenet Halsey. «Quindi adesso lo sai. Ma lo terrai per te perché vuole essere lei a dirtelo. E lo farà, domani, quando arriverà qua.»

«E che cosa annuncerà precisamente la mia madrina?» chiese Alec con una risatina. «Che lei, una nobildonna della più alta fibra morale, e un membro del parlamento, un arruffapopoli con tendenze repubblicane, sono amanti?» Si mise un pugno davanti alla bocca per nascondere un sorriso. «Io-io… non vedo l'ora!»

Il fatto che fosse divertito offese Plantagenet Halsey. E dato che il vecchio aveva detto più di quanto intendesse sulla sua relazione intima con la duchessa di Romney-St. Neots e perché era stanco e perché voleva farla finita con quella confessione, le sue parole successive furono schiette e intransigenti. Con poco riguardo per le conseguenze che avrebbero avuto su colui che le avrebbe ascoltate, trentasei anni passati a costruire con cura e coltivare il passato andarono in fiamme e diventarono cenere.

«Hai chiesto la verità riguardo la tua nascita, quindi permettimi di parlartene chiaramente in modo da poter andare entrambi a letto. Domani mattina dovremo alzarci presto se vogliamo andare con Adams e scoprire che cos'è successo al povero ragazzo dei Turner.» Quando Alec perse il sorriso e aspettò in silenzio, il vecchio continuò: «La prima verità è che ti ho mentito. Ti ho mentito per tutta la tua vita riguardo alla tua nascita. E per tantissimo tempo, mi sono permesso di credere io stesso alla bugia. Perché era più facile che dirti la verità.

«Basta bugie, da ora in poi. Dev'essere così, per il mio bene oltre che per il tuo. La verità, e l'ho detta a Olivia, quindi potrai controllare con lei, è che ti ho tolto a tua madre appena un'ora dopo le sue fatiche per metterti al mondo. Le sue aiutanti avevano tagliato il cordone, ti avevano ripulito e fasciato. E poi ti ho portato via… con nelle orecchie il suono dei suoi singhiozzi che mi spezzavano il cuore. È stata la cosa più spaventosa che abbia mai fatto in vita mia e non ho mai dimenticato il suono del suo assoluto dolore nel dover rinunciare a te.

«Ma conosceva i termini dell'accordo tra mio fratello e me, e sapeva che se dovevi vivere, allora dovevo prenderti immediatamente e portarti via da qui il più in fretta e il più lontano possibile. Ti ho portato al nord, da uno degli affittuari. Quella donna aveva una nidiata di bambini e fu lei ad allattarti e a curarti per i primi due anni della tua vita. E in quel periodo, venne al mondo Edward e lei si consolò, ma non dimenticò mai, *mai* te, il suo primogenito.

«E sapeva che se non ti avessi portato via, ora non saresti qui, sul punto di diventare tu stesso padre. Non mi pento di ciò che ho fatto. E nemmeno lei. Non ce ne siamo mai pentiti. Questa è la semplice, innegabile e sconvolgente verità. Ma rimpiango aver dovuto continuare a mentire per tutti questi anni. A quel tempo non ci pensavo. Tutto ciò a cui pensavamo era tenerti in vita. E ho fatto ciò che ho fatto perché amavo tua madre, e abbiamo fatto ciò che dovevamo perché ti amavamo. Sono troppo stanco per dirti altro, quindi vado a letto. E c'è di più, molto di più, ma dovrà aspettare. Buona notte, ragazzo mio.»

ALEC SI MISE A LETTO E SI ACCOCCOLÒ CONTRO IL CALORE DI Selina, senza ricordare come avesse lasciato la galleria dei ritratti. La rivelazione di lady Ferris a pranzo lo aveva lasciato stordito, ma la schietta confessione di suo zio lo aveva svuotato e lasciato emotivamente paralizzato. Forse era così che sua madre era riuscita a convivere con la sua perdita, quasi alla nascita: pensandolo morto. Era stato solo verso la fine della sua vita che si era finalmente messa in contatto. Ma anche allora si era sempre sentito un estraneo, tutt'al più un lontano parente. Non aveva menzionato una sola volta il fatto che le fosse stato portato via, non perché volesse rinunciare a lui, ma perché era stata obbligata. Non una volta aveva addossato colpe ai fratelli Halsey. Forse aveva preferito lasciarsi alle spalle quell'episodio angoscioso, tagliando ogni legame emotivo. E aveva avuto un altro figlio e senza dubbio gli aveva dato tutto l'amore e le attenzioni, e il ricordo del primogenito era diventato più lontano mese dopo mese. Ma la questione di primaria importanza per Alec, sulla quale suo zio non aveva fornito una spiegazione, era perché i fratelli avessero innanzi tutto avuto bisogno di un accordo che stipulava che Alec dovesse essere tolto a sua madre alla nascita. E se non era il frutto della relazione di sua madre con il servitore mulatto, Joseph Cale, come suo zio ora negava strenuamente, allora, chi era suo padre?

Mentre stava rimuginando, sentì Selina che si muoveva. Mezza addormentata, cercò la mano di Alec sotto la coperta. Con le dita intrecciate, lei borbottò qualcosa che Alec non capì, ma fu sufficiente a distoglierlo dai suoi pensieri e riportarlo al presente per concentrarsi su di lei. Era sdraiata sulla schiena, appoggiata ai cuscini. Erano oramai molte settimane che non riusciva a dormire sul fianco. La luce delle candele cadeva sulle coperte e sulla silhouette della sua pancia rotonda, una gobba nelle coperte. Alec fu improvvisamente sopraffatto dal bisogno di proteggere lei e il loro bambino non ancora nato. E sapeva che Selina dormiva profondamente quando era accanto a lui, sicura che l'avrebbe protetta a ogni costo. E mentre scivolava in un sonno agitato, dentro di lui cominciò a ribollire un risentimento bruciante verso l'uomo che amava come un padre ora che sapeva essere stato un volontario complice nel derubare sua madre di suo figlio e lui dell'amore di sua madre.

GLI SEMBRÒ DI AVER DORMITO SOLO CINQUE MINUTI QUANDO FU svegliato. In effetti erano passate parecchie ore, ma il sole non era ancora sorto e Selina continuava a dormire accanto a lui.

Il suono dell'acqua che veniva versata nella bacinella di porcellana del portacatino rinforzò il suo bisogno di alzarsi e vestirsi immediatamente, se voleva essere in tempo per unirsi ad Adams e agli altri uomini, pronti per dirigersi nei boschi. Era grato per il silenzio del suo valletto mentre si vestiva, ma i due servitori che assistevano Hadrian camminavano in punta di piedi per lo spogliatoio come se il minimo rumore potesse turbare la delicata costituzione del loro padrone. E questo lo portò a chiedersi se avesse l'aspetto di qualcuno che aveva bevuto eccessivamente la sera prima, perché anche se era sveglio, era troppo presto per lui per funzionare correttamente. Ma quando Hadrian spedì gli assistenti fuori dalla stanza, e i due si affrettarono a uscire come se temessero per la loro vita, Alec non era così annebbiato da non capire che c'era qualcosa in ballo. Non dovette aspettare molto per scoprirlo.

Vestito con calzoni da cavallerizzo di maglia, aderenti alle cosce, i lunghi piedi negli stivali, gli restava solo da infilare la giacca di lino sopra il panciotto per essere pronto a scendere e raggiungere la squadra di ricerca. Per risparmiare tempo aveva mangiato un panino e bevuto una tazza di caffè mentre si vestiva, e ora era davanti al grande specchio per un'ultima occhiata al suo riflesso prima di partire. Ma quando il suo valletto lasciò la giacca sul suo gancio e chiese a sua signoria di tornare a sedersi al suo tavolo da toeletta, Alec si voltò a guardarlo con le sopracciglia aggrottate.

«C'è qualche problema?»

Hadrian deglutì e annuì, indicando lo sgabello. «Per favore, sedetevi, signore. Sarebbe meglio se foste seduto.»

Alec non si mosse. «Non può aspettare fino a quando...»

«No, signore. Devo parlarvi adesso, prima che usciate. Abbiamo circa un'ora prima che gli uomini si riuniscano nella scuderia.»

«Davvero?»

«Sì, signore. Vi ho svegliato prima per potervi parlare.»

Alec fece un passo avanti. «Voi *cosa?*»

«Per favore, signore, sedetevi.»

«Non mi meraviglia che Phillips e Putnam si siano precipitati fuori da qui.»

«Sì, signore.»

Alec si sedette sullo sgabello imbottito e aspettò. E poi il suo valletto lo soprese ancora.

Invece di dirgli qualunque cosa avesse in mente che non poteva aspettare, Hadrian andò alla porta che conduceva alla scala di servizio e al corridoio dove erano spariti i due servitori. Dall'oscurità emerse l'ultima persona che Alec si aspettava di vedere. Nella stanza entrò Tam. Lui e Hadrian parlarono sottovoce accanto alla porta di servizio chiusa e poi entrambi andarono a mettersi in piedi davanti ad Alec.

Alec sarebbe caduto dallo sgabello se lo avessero spinto con una piuma. Vedere quei due insieme, così a stretto contatto, che si comportavano amichevolmente fu quasi troppo per il suo cervello annebbiato, a quell'ora del mattino. Ma la sensazione maggiore fu di sollievo che i due giovani non si stessero più scornando. E questo fatto lo mise di buon umore abbastanza da ascoltare qualunque cosa fosse gli volessero dire, perfino se significava che gli avevano rubato un'ora di sonno di cui aveva avuto molto bisogno. Ma prima doveva porre la domanda.

«Come stanno i Turner?»

«Non stanno reggendo bene, signore» rispose Tam, scostando i riccioli rossi dagli occhi e tirando le punte del panciotto di lino blu scuro. Sembrava essersi vestito di fretta, come se si fosse ricordato solo all'ultimo momento che doveva essere da qualche parte prima dell'alba. Che spostasse il peso da un piede all'altro era un segno del suo nervosismo. «Ho dato del laudano alla signora Turner. Abbastanza da sperare che dorma per la maggior parte della giornata. Si sveglierà pensando che ieri sia stato un brutto sogno. Ma non lo era e non ho dubbi che si sentirà peggio, e mi maledirà per aver interferito con il suo dolore.»

«E il signor Turner?»

Tam scosse la testa. «Dice di non avere bisogno di niente. E dato che vuole essere lui quello che recupererà il povero Hugh dal bosco, è meglio che mantenga la testa sgombra. Anche se vedo che soffre non meno di lei.»

«E il fratello di Hugh... perdonami, come si chiama...?»

«Roger, signore. Non vedono Roger da prima dell'ora di cena. E dato che i Turner non sono in uno stato tale per cui glielo si possa chiedere e nessuno vuole sconvolgerli ulteriormente dicendo loro che l'altro loro figlio è scomparso anche lui, speriamo che torni a tempo debito. A dire il vero è probabile che si nasconda nella lavanderia. È lì che passa il suo tempo, gli piace una delle lavandaie... Ma di questo parleremo un altro giorno...»

«Forse è il caso di mandare un servitore a controllare in lavanderia...»

«L'ho fatto prima di venire qua, signore.»

«Grazie. Il ragazzo dovrebbe stare con i suoi genitori in un momento simile... E possiamo solo sperare che la ricerca nel bosco porti qualche risposta. Anche se temo che nulla potrà lenire il loro dolore.»

«Sì, signore. È così. Mio cugino Hugh era un furfantello, ma aveva un gande cuore ed era il preferito di sua madre. Lui credeva in quelle che il signor Halsey chiama *cause*. Non gli piaceva la caccia e voleva che fosse messa fuori legge. E gli importava ciò che accadeva ai nomadi che raccolgono ciò che possono nel bosco.»

«Hai un'idea di chi potesse volergli far del male?»

«No, signore. Volevano tutti bene a Hugh. Era un ragazzo che si faceva voler bene. Ora, se si fosse trattato di mio cugino Roger...» Tam alzò le spalle. «Ma no, non ho idea di chi potesse voler far del male a Hugh, men che meno ucciderlo! O i suoi amici del villaggio, se è per quello. Ci sono un sacco di chiacchiere al piano di sotto, gente che spera che sia tutto un errore e che troveranno Hugh vivo, ma è solo un pio desiderio...»

«Sì, è ciò che temo. Non ho motivi per dubitare che Adams abbia identificato il corpo come quello di Hugh, e tu?»

«No, signore. Nessuno. Tutti qui intorno conoscono... voglio dire *conoscevano*, Hugh.»

Quando Tam lanciò un'occhiata a Hadrian, e Alec rimase muto aspettando che uno dei due parlasse, Tam aggiunse, in tono di scusa: «Ma non siamo qui per parlarvi di Hugh o di Roger, signore, e nemmeno del dolore dei Turner.»

«No? Allora che cosa posso fare per voi... per entrambi?»

«Non si tratta di cosa potete fare per noi, signore» rispose Tam, con un'occhiata al valletto. «Ma di cosa possiamo fare noi per voi.»

QUINDICI

«Fare per *me*?»

«Sì, signore.»

Hadrian e Tam si scambiarono un'occhiata e con un cenno il valletto lasciò che Tam continuasse.

«Signore, il signor Jeffries ha bisogno di dirvi che cos'ha scoperto riguardo alla Corte di Pietra. È venuto da me per un consiglio e gli ho detto di dirvi… tutto. E ora sono qui perché ho bisogno che sappiate che credo a ogni parola che mi ha detto. Nessuno dei due vuole pensare che sia la verità, ma è così, anche se all'inizio riterrete che non sia possibile. Quindi, per favore, signore, ascoltatelo prima di respingerle come stupidaggini senza senso. Come me, il signor Jeffries ha a cuore solo i vostri interessi. Lo credo veramente.»

«Grazie, signor Fisher» mormorò Hadrian, con il volto rosso per l'imbarazzo a una lode così franca, specialmente proveniente da uno che fino a poco tempo prima era stato un avversario.

«Prego, signor Jeffries. Ma ciò che dico e perché lo sto dicendo, è per aiutare sua signoria. Altrimenti non sarei qui.»

«Lo so, signor Fisher. Ma grazie comunque per avermi creduto.»

Entrambi i giovanotti a quel punto guardarono Alec, che si era messo comodo, con le braccia conserte e stava sorridendo. Quando restarono in silenzio, si rese conto che stavano aspettando che lui confermasse la loro sincerità, e lo fece.

«Signor Fisher, signor Jeffries. Farò ciò che chiedete e ascolterò con la mente aperta. Allora che cos'è questa storia riguardo la Corte di Pietra?»

«Posso solo aggiungere, signore, prima che il signor Jeffries vi dica ciò che sa, che crediamo che anche il signor Halsey abbia a cuore i vostri interessi. Potrà non sembrarvi così quando sentirete ciò che ha da dirvi il signor Jeffries, ma non ci possono essere altre spiegazioni sul perché ha fatto ciò che ha fatto. Credete abbia senso?»

«Non ancora» rispose Alec, senza capire assolutamente nulla. «Ma farò ciò che dici e lo terrò a mente mentre ascolto il signor Jeffries, se pensi che servirà.»

Tam sorrise e annuì, soddisfatto. «Sì, signore.»

«Allora, signor Jeffries, che cosa avete da dirmi riguardo la Corte di Pietra?»

Il valletto diede un'occhiata Tam, deglutì e poi dichiarò senza preamboli: «Dovete sapere che sotto la Corte di Pietra, dove è crollata la pavimentazione lasciando una buca, c'è una cripta segreta e il signor Halsey non vuole che lo sappiate.»

«Beh, siete andato direttamente al punto» rispose pacato Alec. Ma l'espressione sul suo viso diceva a entrambi che sua signoria non aveva idea che ci fosse una cripta sotto il cortile e che Plantagenet Halsey era riuscito a mantenere il suo segreto. «Come fate a saperlo?»

In poche brevi frasi, Hadrian gli disse come fosse strisciato sotto la scrivania nella biblioteca e come avesse origliato la conversazione tra Plantagenet Halsey e il sovraintendente della tenuta.

«E avete saputo di questa cripta segreta origliando la loro conversazione?»

Hadrian non esitò. «Sì, signore.»

«E non potete sbagliarvi perché avete mandato a memoria la conversazione. È così?»

«Sì, signore. L'ho fatto. Per voi, perché ho ritenuto importante farlo.»

Alec lasciò andare il fiato e annuì. «Molto bene, continuate.»

«Potete veramente farlo? Mandare a memoria una conversazione?» li interruppe Tam, guardando Hadrian meravigliato. Quando il valletto annuì, ribatté: «E funziona anche per gli elenchi di cose? Non avevate mai un pezzo di carta nascosto su di voi quando vi chiedevano di ripetere un elenco?»

«No. Per me è facile imparare a memoria un elenco…»

«Come fate?»

Hadrian era un po' ritroso. «Non sono solo gli elenchi… ma le conversazioni, se mi serve. E posso imprimermi una scena nella mente e poi ricrearla.»

«Ed è il motivo per cui il mio tavolo da toeletta è sempre in ordine» aggiunse Alec.

«Giusto, signore» rispose Hadrian. «Tutto ha il suo posto e in questo modo si può mantenere l'ordine.»

«Ma perché dovreste...»

«Più tardi, Tam» lo interruppe gentilmente Alec. «Non abbiamo tutta la mattina...» Poi rivolse la sua attenzione a Hadrian. «Perché il signor Halsey vuole tenere segreta la cripta? E, per favore, non ho bisogno di sentire parola per parola tutto ciò che avete sentito. Ditemelo con parole vostre.»

«Sì, signore. Ma quando è necessario, userò le parole che ho sentito, perché allora saprete che sto dicendo la verità...»

Alec sostenne lo sguardo del valletto. «So che non mi mentireste mai, Hadrian.»

Hadrian deglutì e annuì, meravigliato. Fu solo quando Tam gli diede una spintarella amichevole che ritrovò la voce, tossicchiando prima nel pugno chiuso e poi dicendo sommessamente: «Il signor Halsey non ha detto apertamente perché vuole tenervi nascosta la cripta, signore, solo che aveva passato tutta la vita cercando di dimenticarne l'esistenza e che si sarebbe accertato restasse segreta e sigillata anche per voi.»

«Hanno menzionato lo scopo della cripta? Perché è lì? Chi ce l'ha messa. Qualcosa sulla sua natura?»

«Solo che la cripta è lì da molto tempo. Hanno menzionato il Conquistatore. E che i capi della famiglia Halsey avevano usato la cripta per generazioni. Il motivo per cui è lì ha qualcosa a che fare con ciò che il signor Halsey chiamava *onorare l'antica pratica di famiglia della tumulazione...*»

«Tumulazione?»

«Sì, signore.»

«Il signor Halsey ha usato la cripta?»

«Perché avrebbe dovuto, signore? Il signor Jeffries non ha mai detto che il signor Halsey abbia avuto qualcosa a che fare con quella, non è così, signor Jeffries?» aggiunse Tam e poi chiuse la bocca quando Alec lo guardò severo.

Quando Alec ripeté la domanda, Hadrian rispose con calma: «No, signore. La cripta è stata chiusa per molto tempo. Il signor Halsey ha detto che era stato suo padre a farla murare. Ed era stato il fratello del signor Halsey a farla riaprire per poter, come ha detto il signor Halsey, *far rivivere l'antica pratica di famiglia della...*»

«... tumulazione. Capisco.» Alec si mosse sullo sgabello e disse, nel tono più indifferente che riuscì ad assumere: «E il signor Turner? Com'è coinvolto?»

«Il signor Turner ha detto al signor Halsey che aveva saputo della cripta solo quando era subentrato come sovraintendente alla morte di suo padre. C'è un documento nella sua cassaforte...»

«Nella cassaforte del sovraintendente?»

«Sì, signore.»

«Che riguarda la cripta e il suo scopo?»

«Esatto, signore.»

«E che cos'ha scoperto il signor Turner riguardo alla cripta quando è diventato il sovraintendente?»

Il valletto fece una pausa, sospirò e poi rispose senza più esitare: «Ha detto che non toccava a lui né al signor Halsey giudicare gli antenati del signor Halsey per aver praticato la tumulazione. Il signor Turner ha detto che era l'unico mezzo della famiglia per sperare di eludere una legge, in vigore da prima del Conquistatore...»

«Eludere una legge?» lo interruppe Alec. «È quello che hanno detto riguardo allo scopo della cripta, per permettere ai miei antenati di sfidare la legge?»

«Non solo i vostri antenati, signore, ma anche le altre famiglie di proprietari terrieri di questo distretto del Kent eludono questa legge.»

«Hanno detto di quale legge si tratta?»

«No, signore. Ma hanno menzionato il fatto che questa cripta li aiutava a eludere la legge e che eluderla permetteva loro di mantenere intatte le loro tenute.»

Ci fu una lunga pausa e poi Alec si rivolse a entrambi: «Vi rendete conto che nessuna parte di questa conversazione tra il signor Halsey e il signor Turner avrà un senso compiuto per me finché non ne avrò parlato con loro...»

«No! Non potete farlo, signore!» esclamò Tam, aggiungendo in fretta quando Alec fece una smorfia nel sentirsi rivolgere la parola in modo così diretto: «Ovviamente potete parlare con loro, non possiamo impedirvelo, né lo faremmo mai, ma non credo che sarebbe nel vostro interesse farlo, ecco tutto.»

«Perché no...?»

Tam lasciò che fosse Hadrian a spiegare.

«Il signor Halsey non vuole che sappiate della cripta, o di quello che c'è dentro o per che cosa è stata usata. Ha detto, il signor Halsey, che niente giustifica l'omicidio, e che è ciò che la sua famiglia ha praticato per secoli...»

«È ciò che ha detto? Ha usato quella parola? Ha usato la parola *omicidio*?»

Il valletto non batté ciglio davanti all'incredulità di Alec. «Sì, signore. Ha usato quella parola. Ha detto che la vostra famiglia, la sua famiglia, ha praticato l'omicidio per secoli e così hanno fatto le altre famiglie di proprietari terrieri. E che il signor Turner non ha bisogno di indovinare che cosa è stato tumulato nella cripta.»

«Capisco…» mormorò Alec, anche se non voleva assolutamente capire, né fare ipotesi riguardo al criminale contenuto della cripta sotto la Corte di Pietra. Lo disse Tam per lui.

«Ma non era lui quello che aveva commesso gli omicidi e si era liberato dei corpi in quella cripta, no?» obiettò Tam.

«È ciò che credete ci sia nella cripta?» Disse Alec, in tono pacato. «I corpi di uomini uccisi dai miei antenati?»

«Io-io francamente non so che cosa pensare, signore» disse sotto-voce Tam. «Ma il signor Halsey ha usato la parola omicidio…»

Alec si alzò, talmente in fretta che lo sgabello imbottito ondeggiò sulle gambe. I due giovanotti fecero involontariamente un passo indietro, trattenendo il fiato e guardarono Alec che camminava avanti e indietro nello spazio tra il tavolo da toeletta e lo specchio a tutt'altezza, stringendo i pugni. Era cambiata anche la sua espressione. Sparita la luce amichevole negli occhi. Si fermò e guardò Tam e Hadrian.

«Potrà non aver compiuto l'atto, ma il fatto stesso che sappia che sono stati commessi omicidi e che sia pronto a mantenerlo segreto lo rende colpevole quasi quanto quelli che li hanno commessi.»

«Signore! Non potete pensare che il signor Halsey…»

«Tam, non so perché voglia tenermi all'oscuro di questo orribile segreto di famiglia, ma ora che non è più un segreto, è necessario fare indagini, scoprire la verità e, se possibile, assicurare i colpevoli alla giustizia.»

«Con tutto il rispetto, signore, come intendete assicurare alla giustizia i vostri antenati?» chiese con calma Hadrian,

Alec alzò una mano, esasperato. Era irritato con se stesso. «Ovviamente non è possibile. Ciò che posso fare è assicurarmi che non succeda mai più.»

«In sua difesa» disse Hadrian nel silenzio che si protraeva, «il signor Halsey ha detto che voleva che la cripta e il suo contenuto restassero segreti specialmente in questo periodo poiché lady Halsey è così vicina al parto… Quindi forse intendeva dirvelo dopo il lieto evento?»

«Forse…» mormorò Alec, credendo alla prima parte ma non alla seconda. Si riscosse e chiese: «Cosa intendevano fare il mio sovraintendente e mio zio per tenermi nascosti la cripta e il suo contenuto? In particolar modo visto che ora c'è un grosso buco nel suo soffitto e metà dei miei operai non vede l'ora di gettare delle corde e calarsi nell'oscurità?»

«A dire il vero, signore, il loro piano sembra più un pio desiderio che non un pensiero razionale.»

«Un pio desiderio?» Alec non riuscì a nascondere un breve sorriso. «Intendete dire che si sono reciprocamente convinti di potermi tenere all'oscuro senza avere un vero e proprio piano per farlo?»

Hadrian si ritrovò a sorridere anche lui. «Qualcosa del genere, signore. Sì. Anche se speravano di poter contare sul fatto che non è facile entrare nella cripta dal suo ingresso originale, a prescindere dal buco nel tetto. E dato che il soffitto ora è instabile, non avreste mandato degli uomini a fare un lavoro così pericoloso, temendo per le loro vite. Quindi era più una questione di aspettare e sperare per il meglio...»

«Cioè?»

«Il ragionamento del signor Halsey era che con la nascita del vostro bambino sareste stato sufficientemente distratto da dimenticarvi del buco. E che una volta che vi foste riscosso dalla... uhm, distrazione, il buco sarebbe stato rabberciato e la cripta sarebbe rimasta inesplorata.»

Alec arcuò lievemente le sopracciglia. «Questo, signor Jeffries, è un pio desiderio all'ennesima potenza.»

«Infatti, signore.»

«Quindi, come si entra in questa cripta segreta, se non attraverso il buco aperto nel suo instabile soffitto?»

Hadrian gli parlò dell'entrata murata, nelle cantine, nascosta dietro un vecchio arazzo ammuffito appeso sulla parete. Descrisse il vestibolo che avrebbero trovato dietro questa entrata murata nascosta e, una volta nel vestibolo, che c'era una porta di quercia, chiusa a chiave e con un lucchetto. E poi gli disse chi aveva le chiavi.

Alec sbuffò per la sorpresa. «Le chiavi sono negli uffici di Yarrborough e Yarrborough?»

«Sì, signore. Quel nome è stato menzionato due volte.»

«Signore...» disse bruscamente Tam, con un'occhiata a Hadrian. «Dato che sono stati i vostri antenati e non il signor Halsey o voi ad avere a che fare con questa cripta, certamente potete lasciar perdere? Far solo rattoppare il tetto e lasciare intatto l'interno. In questo modo lady Halsey e tutti gli altri non saprebbero nulla di cosa contiene e anche voi potrete dimenticarne l'esistenza.»

Alec gli sorrise comprensivo. «Ma non è così semplice, vero? E siete stati tu e Hadrian a parlarmi dell'esistenza di questa cripta. Siete venuti da me per dirmi ciò che Hadrian aveva sentito per caso in biblioteca, offrendovi di aiutarmi.»

«Sì, io... noi l'abbiamo fatto» disse Tam. «Ma... ma non voglio che voi e il signor Halsey abbiate a discutere su qualcosa che dev'essere accaduto decenni o perfino secoli fa e che non ha niente a che vedere con nessuno di voi due!»

«Pensi che sia possibile per noi continuare a vivere le nostre vite sapendo che sotto i nostri piedi c'è una cripta con... chissà quanti corpi e come sono finiti lì sotto... proprio sotto di noi?»

Tam fece spallucce e sembrò avvilito. «È ciò che succede da secoli, fino ad ora, no? Voglio dire, i vostri antenati hanno continuato con le loro vite sapendo benissimo che c'era una cripta sotto la Corte di Pietra, no? E a quanto pare la cosa non li ha toccati e forse era perché ritenevano di aver fatto ciò che pensavano fosse meglio nell'interesse della famiglia e delle famiglie qui nel distretto?»

«E questo giustifica il loro comportamento? Giustifica l'omicidio? Perché era nel loro interesse?»

«No! No! Niente giustifica l'omicidio!» dichiarò con veemenza Tam. «Non intendevo dirlo in quel modo. Non so che cosa volevo dire. Ciò che so è che il signor Halsey non è un assassino. E non lo siete nemmeno voi e quindi per me è impensabile che possa esserlo stato uno dei vostri antenati.»

Alec pensò immediatamente a suo fratello Edward e alla facilità con cui aveva ucciso il suo miglior amico in un duello, e senza provarne rimorso. E poi ricordò ciò che gli aveva detto suo zio nella galleria dei ritratti la sera prima: che era meglio che alcuni segreti di famiglia restassero sepolti e che alcuni antenati si erano suicidati, o perché non riuscivano a continuare con una tradizione di famiglia che trovavano ripugnante, o perché il rimorso per averlo fatto li aveva portati alla pazzia.

«Hai ragione, Tam. Niente giustifica l'omicidio. Ma l'unico motivo per cui la cripta rimane un segreto è che i miei antenati si vergognavano troppo per ammettere le azioni criminali dei loro padri oppure perché erano loro stessi degli assassini e hanno fatto tutto ciò che era in loro potere per assicurarsi che questo indicibile comportamento non vedesse mai la luce del giorno. Non riesco a vivere con un simile segreto sotto i miei piedi, né può farlo sua signoria. Né permetterò che i miei figli debbano accollarsi una storia vergognosa di cui non hanno colpa. Loro, noi tutti, dobbiamo poter vivere in questa casa, in questa tenuta, con la mente e il corpo liberi. E, purtroppo, penso che alcuni dei miei antenati non fossero così immuni dalle azioni dei loro padri come forse la storia vuole farci credere. Non tutti hanno camminato in pace per queste sale e questi cortili una volta appreso il segreto di famiglia e lo scopo di quella cripta.»

«Pensate che Hugh abbia scoperto qualcosa della cripta e che sia il motivo per cui è stato ucciso?»

Alec fu sorpreso. «Hugh? Non ne ho idea, Tam. Ma mi sembra difficile collegare la morte di Hugh nel bosco, mentre stava cacciando di frodo con i suoi amici, a una cripta di famiglia e a chi o che cosa può essere sepolto tra le sue mura.»

«A meno che Hugh abbia scoperto qualcosa sulla cripta e sia stato messo a tacere» suggerì Hadrian, più per offrire il suo sostegno a Tam che non perché ritenesse che ci fosse un collegamento. «Dopo tutto è il figlio del sovraintendente... Forse aveva sentito anche lui per caso una conversazione...»

«Questo ragionamento suggerirebbe che o mio zio o il suo stesso padre lo abbiano ucciso per farlo tacere» rispose Alec, più bruscamente di quanto intendesse. «Sono gli unici che sanno dell'esistenza della cripta, secondo quanto voi stesso avete sentito, e quindi sembra ragionevole che...»

«Il signor Turner e il signor Halsey non commetterebbero mai un crimine così atroce!» dichiarò Tam, con un'occhiata furiosa a Hadrian. «E non contro Hugh!»

«Non puoi biasimare Hadrian per aver tratto una conclusione da un'idea che hai espresso tu per primo» lo rimproverò bonariamente Alec. «E tornando al povero Hugh, arriverò tardi alla scuderia se non finirò di vestirmi. Ma prima mi devo occupare della cripta. E voi potete aiutarmi entrambi.»

«Volentieri, signore!» esclamarono Hadrian e Tam all'unisono e poi si sorrisero per aver espresso a voce alta lo stesso pensiero.

«Grazie. E anche per essere venuti da me. C'è voluto un grande coraggio e tratterò con la massima discrezione ciò che mi avete raccontato. E apprezzerei che entrambi lo teneste per voi. Nessuno deve sapere ciò che noi sappiamo. E ora ho bisogno che entrambi facciate una cosa mentre sarò lontano da casa questa mattina. Tam, voglio che tu consegni una lettera a Yarrborough e Yarrborough, chiedendo che uno degli avvocati ti riaccompagni qui, con le chiavi per aprire la porta di quella cripta, e qualunque documento di famiglia possano avere nel loro ufficio. Prendi la carrozza di città a St. James Place. Permetterà a te e all'avvocato un viaggio di ritorno più confortevole.»

«Sì, signore. Lieto di accontentarla. E se il signor Halsey o qualcun altro dovesse chiedere perché vado a Londra?»

«Avrai certamente qualcosa da discutere con il tuo assistente nel tuo negozio di St. James Street, no? Rifornimenti per gli scaffali della farmacia che abbiamo qui, magari. Piante dall'orto medico di Chelsea che devi controllare prima di prenderne possesso. Lo lascerò alla tua immaginazione.»

Tam sogghignò. «Non c'è bisogno di usarla, signore, dato che ho veramente tutte quelle cose che mi aspettano.»

«Se non c'è niente di specifico che volete che faccia questa mattina, signore, andrei ad aiutare sua signoria in biblioteca» disse Hadrian, aiutando Alec a infilarsi la giacca.

«Siete mai stato nella lavanderia?»

Hadrian si irrigidì e gli tremarono le narici. Alec vide quei segni dell'affronto percepito riflessi nello specchio mentre il suo valletto gli sistemava le maniche della giacca. E, a giudicare dal suo sorriso, li vide anche Tam, ma voltò in fretta la schiena, per evitare che anche Hadrian se ne accorgesse.

«Beh?» chiese Alec, incrociando lo sguardo del valletto nello specchio. «Ci siete stato?»

«No, signore. Phillips e Putnam vanno in lavanderia, non io.»

«Oggi ci andrete … Tam? Come si chiama la lavandaia su cui ha puntato gli occhi Roger?»

«Sally, signore.»

«Hadrian, voi andrete a visitare la lavanderia oggi e farete la conoscenza di Sally. Quando tornerò dai boschi, mi darete la vostra valutazione della ragazza e ciò che sa di Roger e di dove si trova.»

«Come desiderate, signore.»

Con il valletto momentaneamente assente dalla stanza, Alec aprì il primo cassetto del tavolo da toeletta. Ne tolse l'astuccio degli occhiali e se lo infilò in tasca. Poi frugò in fondo al cassetto e ne tolse una scatolina ricoperta di velluto, delle dimensioni e del tipo di quelle che contengono un anello e, con quella, una lettera con il suo sigillo. Consegnò entrambe a Tam.

«Mi chiedevo come farle arrivare a Londra. La tua visita mi fornisce una perfetta copertura. Tienile nascoste finché non sarai in città. Consegnale alla persona indicata nell'indirizzo sulla lettera e prima di andare nell'ufficio degli Yarrborough. E dovrai consegnare la scatola e la lettera nelle mani della dama in persona. Insisto. A nessun altro.»

Tam annuì, curioso sull'identità della dama e su che cosa poteva esserci nella lettera. Per non dire della scatolina. Non vedeva l'ora di leggere l'indirizzo, ma frenò l'istinto di dare un'occhiata e ripose in fretta entrambe nella tasca della giacca. «Sì, signore. Potete contare su di me.»

«È un sollievo sapere di poterlo fare. Sei l'unico di cui mi fidi per questo, Tam.»

«Certo, signore. Devo aspettare una risposta scritta?»

«Non c'è bisogno. Appena aprirà la scatola saprai che cosa pensa, o te lo dirà lei. Ne sono certo. E, Tam… nessun altro… e voglio dire *nessun altro* entro queste mura deve sapere di questa particolare visita.»

Tam sostenne lo sguardo di Alec e annuì di nuovo. Capì immediatamente a chi si stava riferendo. Sua signoria non desiderava che sua moglie scoprisse che il marito aveva mandato un anello a una dama misteriosa a Londra. Incuriosito, Tam non vedeva l'ora di fare la sua conoscenza. E mentre cavalcava verso Westminster, continuava a pensare a lei e a quale sarebbe stata la sua reazione alla scatolina proveniente dal marchese Halsey. Quanto al legame tra Alec e questa dama, non voleva azzardare un'ipotesi, anche se lasciò vagare la mente a tutte le possibilità, poiché conosceva bene il passato turbolento di sua signoria e le sue relazioni con una sfilza di belle donne, lì in Inghilterra e sul continente. Si era lasciato tutto alle spalle ora che era un marito devoto e un futuro padre. Comunque, speculare sull'identità della dama e sul suo legame con lord Halsey era un modo più piacevole di incanalare i suoi pensieri e far passare il tempo a cavallo, che non lasciare che vagassero a quali indicibili orrori aspettavano di essere scoperti nella cripta segreta, o chiedersi dello stato dei resti del suo povero cugino Hugh, che in quel momento venivano esumati da una fossa poco profonda coperta di foglie nei boschi della tenuta.

SEDICI

Il corpo del ragazzo era dove lo aveva lasciato indisturbato il guardacaccia il giorno prima, in una depressione poco profonda piena di foglie morte tra un tronco cavo e un palco di corna staccato da un grande cervo. Diversi sacchi di tela di juta assicurati con dei pioli coprivano il corpo, messi lì da Adams e dai suoi uomini per assicurarsi che i resti rimanessero indisturbati o non fossero portati via nella notte dagli animali spazzini.

Era appena dopo l'alba. La luce tenue filtrava tra le cime degli alberi che frusciavano nella brezza fresca del mattino e c'era una nebbia bassa sui sentieri battuti che attraversavano l'antica foresta. Il canto degli uccelli annunciava una nuova giornata estiva, che sarebbe stata calda e luminosa e senza nuvole. Ma non ci sarebbe stato un altro giorno d'estate per Hugh Turner. Tre notti erano venute e passate da quando aveva alzato il volto per l'ultima volta al calore del sole. Ora quel giovane volto stava illividendo a ogni ora che passava e la sua figura una volta sottile era gonfia e cominciava a decomporsi.

Gli uomini a cavallo erano smontati ma erano rimasti a rispettosa distanza mentre Adams si avvicinava, con Paul Turner e Plantagenet Halsey.

Alcuni degli uomini del guardacaccia erano già in posizione accanto al tronco, pronti a fare ciò che era necessario per rimuovere il corpo e deporlo su una lettiga di tela per essere riportato a casa. Ma anche loro restarono indietro. E tutti si tolsero il cappello e tennero la testa china e gli occhi bassi finché non ricevettero gli ordini.

Il sovraintendente era eretto, gli occhi puntati davanti a sé e camminava a passo fermo, come se fosse sul punto di esaminare una tagliola, non i resti del figlio morto. Ma bastò una sola occhiata alla suola consumata di uno degli stivali di suo figlio, che sbucava da sotto la juta, perché crollasse e si appoggiasse di fianco a Plantagenet Halsey. Non fosse stato per i riflessi pronti del vecchio, il sovraintendente sarebbe caduto sul letto di foglie. Plantagenet Halsey gli mise un braccio intorno, gli sussurrò qualcosa all'orecchio e sostenendosi a vicenda, si avvicinarono per mettersi accanto al guardacaccia. Passarono parecchi secondi. Non c'erano rumori, tranne il canto degli uccelli e l'abbaiare della muta di cani e le urla degli uomini che frugavano i boschi per trovare i compagni ancora mancanti di Hugh. E poi Paul Turner non riuscì più a contenere il dolore. Si gettò sui sacchi e ululò come un animale ferito. Le sue grida strazianti ferirono i cuori degli uomini raccolti intorno a lui, distruggendo la calma apparente.

Era quasi troppo da sopportare. Eppure dovevano, con coraggio, per il sovraintendente della tenuta del Parco dei Cervi che conoscevano da tutta la vita e per suo figlio che ora sarebbe stato per sempre giovane. Sarebbero forse rimasti in silenzio e immobili più a lungo se le loro solenni riflessioni non fossero state disturbate dalla squadra di ricerca che si avvicinava.

Il contingente di operai e un gruppetto dei servitori di Alec che lavoravano all'esterno della casa erano guidati da una muta di cani da caccia e dai loro addestratori e si erano allargati a ventaglio, arrancando tra le foglie e le felci, sollevando il sottobosco, all'erta, cercando qualunque cosa fosse fuori dal normale. Erano ancora a una certa distanza, eppure i loro movimenti e il rumore erano abbastanza vicini da far entrare in azione gli uomini in piedi accanto al sovraintendente affranto.

Fu Plantagenet Halsey a convincere Paul Turner ad allontanarsi dal figlio in modo che Adams e i suoi uomini potessero rimuovere con cura il corpo per trasportarlo alla casa grande. Ma quando il sovraintendente si dimostrò riluttante, non permettendo agli uomini di continuare con il loro compito, fu il colonnello Bailey, non Alec, che si fece avanti. Suggerì ad Alec di offrire il loro aiuto a Plantagenet Halsey.

«Dovremmo aiutare vostro zio» gli disse all'orecchio il colonnello.

«Sì, dovremmo» rispose seccamente Alec, con lo sguardo fisso su suo zio che era curvo sul sovraintendente sconvolto, con una mano sulla sua schiena. Eppure non si mosse e a quel punto esitò anche il colonnello.

«Milord, forse sarebbe meglio che vi avvicinaste a Turner da solo. Turner e io non ci intendiamo e potrebbe non apprezzare...»

«Perché?» chiese Alec, voltando le spalle alla scena strappalacrime e fissando duramente il colonnello. «Perché il mio sovraintendente non vuole avere a che fare con voi?»

«Eh? Io-io penso, *so*, perché. Ma preferirei non parlarne, non qui e non *adesso*, perché-perché...»

«... riterrebbe insincera la vostra offerta di aiuto perché andate a letto con sua moglie?»

«*Cosa?*» Il colonnello non avrebbe potuto essere più stupito se Alec lo avesse preso a pugni in faccia. «Andare a letto con... Voi pensate... voi pensate che Eliza e io... Voi pensate che siamo *amanti*?»

«Beh, è così?»

«Oh mio Dio!»

Il colonnello si coprì il volto con le mani e gli voltò le spalle. Fece qualche passo pesante, come se stesse camminando sul greto di un fiume che scorreva impetuoso, e si allontanò barcollante. Alec lo seguì. Attraverso i rami intravide un cottage. Un sottile filo di fumo si alzava pigramente dall'unico comignolo. Dicendosi che doveva essere il cottage del vecchio Bill, Alec tornò indietro verso il magistrato, disse a sir Tinsley che lui e il colonnello sarebbero andati dall'occupante del cottage per vedere che cosa potevano scoprire. Prima che il magistrato potesse rispondere, Alec era andato a raggiungere il colonnello, che stava ancora camminando verso il cottage. Ma non aveva più le mani sopra la faccia, erano lungo i fianchi ed erano strette, i pugni chiusi.

«Bailey! Colonnello! Aspettate!»

Il colonnello si fermò, ma non si voltò.

Alec diede un'occhiata alle sue spalle. Tutte gli altri erano occupati e lui e Bailey erano abbastanza lontani da non essere sentiti se avessero tenuto la voce bassa. Si mise di fronte al colonnello e aspettò che l'uomo alzasse gli occhi su di lui.

«Negate che voi e la signora Turner siete amanti?»

Il colonnello aveva le mascelle serrate, i pugni ancora stretti.

«Certo che lo nego, maledizione!» sibilò tra i denti.

«Ma ieri, a pranzo... Il vostro comportamento e il suo. Non avrei detto una parola ma quello spettacolo...»

«Maledetto stupido!»

Alec trasalì. «Chiedo scusa?»

«Non voi, milord. Io. Sono io il maledetto stupido.» Il colonnello sospirò pesantemente e smise di stringere i denti. Qualcosa sembrò divertirlo perché fece un sorriso sghembo. Alzò le spalle. «Mi sono tradito, eh? Ma non sono riuscito a farne a meno, vedendo la mia povera ragazza così sconvolta. L'ho sentito in fondo all'anima. Troppo...» fissò Alec. «La signora Bailey pensa che Eliza e io siamo-siamo...»

«... amanti? Sì. L'ha confidato a lady Halsey. In effetti, sembra che lo pensi da parecchio tempo.»

Il colonnello annuì, per niente sorpreso. «Se la memoria non m'inganna, direi che la mia cara moglie potrebbe indicare la data esatta, se dovessero porgerle un'agenda, di quando ha cominciato a sospettare che Eliza e io eravamo diventati... ehm... amanti. Era il suo quattordicesimo compleanno...»

«*Quattordici anni!*» esclamò Alec. Fece un passo avanti e abbassò la voce. «Avete frequentato la signora Turner...»

«... Fisher. Allora era una Fisher. Lo erano tutti. Sì. Il suo quattordicesimo compleanno... Era il giorno in cui nacque mio figlio Daniel. Loro... Eliza e Daniel, condividono quel giorno memorabile.» Fissò lo sguardo turbato di Alec con gli occhi vitrei. Con la mente, era tornato a quel giorno. «Avrebbe dovuto essere il giorno più felice della mia vita... la nascita di un figlio maschio! Avrei dovuto essere con mia moglie. Ma abbandonai lei e il bambino quasi immediatamente. Tutto ciò a cui riuscivo a pensare era Eliza e cosa le avevo fatto.»

Alec non avrebbe voluto chiedere, ma lo fece. «Che cos'era successo alla signora... a Eliza?»

«Mi credete quando vi dico che non ho violato quella povera ragazza *in quel modo*?»

«Sì. Sì» disse Alec senza esitare, perché gli credeva.

Il colonnello annuì e continuò a camminare di fianco ad Alec verso il cottage.

«Siete un uomo per bene e un gentiluomo, Halsey. Non ci sono molto uomini al mondo che lo sono. Ma voi... vostro zio ha ragione nel valutare il vostro carattere... Non che sia d'accordo con alcune delle vostre idee, porre fine alla caccia, ad esempio... ma questo è irrilevante. Proprio come non la vediamo allo stesso modo su molte delle cose contro le quali si scaglia Plantagenet, ma siete entrambi gentiluomini. E dato che lo siete, vi dirò ciò che non ho mai detto ad anima viva perché so che lo terrete per voi. Non voglio che Eliza debba soffrirne. Lei, Eliza, sa la verità. Lo sa da quando aveva quattordici anni. Fu allora che me lo chiese direttamente. Non potevo mentirle. Anche se ho mentito a tutti gli altri. Oso dire che brucerò all'inferno per ciò che ho fatto.» Di colpo le sue spalle sussultarono con una risata silenziosa e il colonnello scosse la testa. «Sarò in buona compagnia. Ci saranno tutti i Fivetrees Five con me!»

Avevano quasi raggiunto la porta del cottage quando Alec si fermò e si voltò, impaziente che il colonnello si confidasse con lui prima che li interrompessero. Guardò l'uomo con un'espressione pacata che sperava mascherasse la sua apprensione.

«Avete idea di che cosa sto parlando?» gli chiese il colonnello quando Alec restò in silenzio.

«Non sarei così scortese da fare ipotesi su ciò che volete confidarmi.»

Il colonnello annuì e fece un respiro profondo. Dopo tutto, non sapeva quale sarebbe stata la reazione del marchese alla sua confessione. Anche se ragionò che l'opinione del nobiluomo non poteva peggiorare, dato che aveva creduto che lui ed Eliza Turner fossero amanti.

«Ogni giorno della sua giovane vita ho lottato con la mia coscienza, chiedendomi se avevo preso la decisone giusta, non nei confronti di Eliza, ma per i miei padri, che avevano sacrificato tanto. Ero un codardo, perché le avevo permesso di vivere quando avrei dovuto lasciarla sul versante della collina, a morire come era stato fatto alle generazioni prima di lei? Com'era capitato a innumerevoli figlie e figli non voluti, nati dai Fivetrees Five. Ma un'occhiata a quella piccola creatura, carne della mia carne, e avevo capito che dovevo trovare un altro modo, un modo migliore. E mentre lottavo con la mia coscienza, le mie preghiere furono esaudite. I Fisher vennero a trovarci.»

Il colonnello spalancò gli occhi. Alec non osò chiedere chi fossero i Fisher. Sapeva che l'uomo non vedeva l'ora di confessare tutto.

«A tutt'oggi non so come facesse la signora Fisher a sapere che mia moglie aveva appena messo al mondo una figlia, ma era così. Ripensandoci, sospetto che glielo avesse detto il medico che era stato presente al parto. Ma non posso saperlo con certezza, e dato che lui è andato a trovare il suo creatore, non lo saprò mai. Ma il giorno dopo la nascita, la signora Fisher, con tre dei suoi figli al seguito, arrivò a casa mia cercando un rifugio. Il loro carro aveva rotto un'asse e il tempo stava peggiorando. Abitavano a Delvin, il vostro Parco dei Cervi, ma non era possibile che ce la facessero a tornare al loro cottage in una notte simile. Li lasciai stare nella scuderia. Quando se ne andarono il mattino dopo, la signora Fisher portò Eliza con sé, e nessuno notò che c'era un'altra bocca da sfamare che non era con loro al loro arrivo.»

«Avete consegnato la vostra figlia neonata a questa signora Fisher?» Alec non riusciva quasi a credere alla sua stessa domanda. Cercò di nascondere l'orrore che provava. «E vostra moglie… che cosa-che cosa pensa sia accaduto alla neonata?»

«A mia moglie dissero che la neonata era morta. I neonati

muoiono di continuo. E così ho fatto ciò che dovevo fare. L'alternativa era perfino più spaventosa. Altri uomini, con uno stomaco più forte e volontà di ferro, il mio stesso padre, hanno fatto ciò che io non riuscii a fare. Rendo onore al loro coraggio. Ma io non ci riuscii. E non rimpiango il fatto che viva. Rimpiango di aver mentito a mia moglie e di non aver potuto dare a Eliza la vita che meritava come mia figlia. Ma alla mia morte avrà ciò che è suo di diritto. Ho deciso che sarà così, e l'ho assicurato a Paul Turner, anche se lui non mi crede.»

«Paul Turner sa che siete il padre di sua moglie?»

«Gliel'ha detto lei e lui ha mantenuto il segreto, come volevamo. Anche se so che dentro di sé prova disgusto per me... non credo che lei abbia avuto una vita infelice, specialmente dopo aver sposato Turner che, nonostante la sua animosità nei miei confronti, è un uomo per bene. Ma questa tragedia... la morte di Hugh...»

«Avete detto che Eliza sa che siete suo padre fin dal suo quattordicesimo compleanno... Da chi l'aveva saputo? Dai Fisher?»

«No. Non glielo aveva detto nessuno. È una ragazza sveglia. Vedete, Halsey, non c'è mai stato un signor Fisher, eppure la prole della signora Fisher aumentava regolarmente, figli e figlie che non assomigliavano in nulla a lei o a sua sorella e che erano spesso troppo vicini per età per essere nati da una o dall'altra.» Il colonnello fece un sorriso spento. «E c'è il fatto indiscutibile che Eliza assomiglia ai Bailey.»

«Perdonate la mia ignoranza, ma perché avete dovuto abbandonare vostra figlia?»

Sorpreso, il colonnello fissò Alec come se la risposta fosse palese. «L'iscrizione: *Et benedicta tu quae uno filio tantum, non et filiabus nomen tuum*. Possa tu essere benedetto con un solo figlio, e non avere figlie a tuo nome... È la benedizione di Fivetrees. Fin dalla conquista. Un figlio. Nessuna figlia. Solo in questo modo le nostre proprietà possono restare indivise ed essere trasmesse a un solo figlio.»

«Liberandosi della prole superflua?» disse Alec ironico.

«Esatto. Vedo che capite.»

Ma Alec non capiva e non avrebbe mai capito. Abbandonare un neonato sarebbe stato come ficcare una lama nel cuore del suo vero amore. Quanto a toglierle un figlio e lasciarle credere che era morto, e permetterle di piangere una simile insormontabile perdita per l'eternità? Di sicuro solo un mostro sarebbe stato capace di un atto così terribile e riprovevole. Ma guardando l'uomo in piedi davanti a lui, Alec non ritenne il colonnello un mostro, né pensò che fosse intenzionalmente malvagio. In verità non sapeva che cosa pensare, tale era il suo sgomento. Eppure, ora che il colonnello si era sfogato, usando l'iscrizione nella piazza del mercato per giustificare le sue azioni di tanti anni prima, Alec aveva il presentimento che gli nascondessero qualcosa, qualcosa di fondamentale, molto peggiore e completamente malvagio. Voleva che il colonnello gli dicesse di più dell'iscrizione e del suo rapporto con l'abbandono di sua figlia, eppure capì che quello non era il momento né il luogo. Ma fece un'unica domanda che lo assillava e che sperava avesse una risposta molto più semplice: «Che cosa intendevate quando avete detto che Eliza *allora era una Fisher. Lo erano tutti?*»

«Tutti i bambini consegnati alla signora Fisher portavano il cognome Fisher. È logico, no?»

«Sì?» chiese Alec con una smorfia di incomprensione. E poi i suoi occhi si illuminarono quando capì. Diede un'occhiata al colonnello. «L'iscrizione: *e non avere figlie a tuo nome...*»

«Eliza non poteva avere il mio nome ed essere una Bailey. Per vivere diventò una Fisher.»

«Tutti i figli e le figlie indesiderati, quelli non lasciati a perire sulla collina, erano accolti dai Fisher» dichiarò Alec più per se stesso che perché il colonnello confermasse il suo sospetto. Ebbe un pensiero improvviso. «Tam... Thomas Fisher, lo speziale...»

«È uno dei marmocchi Fisher.»

«Sapete chi sono i suoi genitori?»

«Nessuno chiede e quindi nessuno lo sa. Lo sapevano solo le signore Fisher. E a volte non lo sapevano nemmeno loro. Come quando i bambini vengono abbandonati da genitori senza nome sulla soglia della parrocchia. Vengono accolti, curati e la maggior parte di loro non sa da dove viene, men che meno chi potrebbe essere il loro padre.»

«Di quanti ragazzi Fisher stiamo parlando?»

Il colonnello fece spallucce. «È una domanda a cui nessuno di noi può rispondere. Eliza ha vissuto con la signora Fisher fino al suo matrimonio, quando aveva diciassette anni. Ma non è detto che lei abbia tenuto il conto. E ora non è il momento di chiederglielo.»

«No» mormorò Alec. Chiese, anche se immaginava già la risposta: «Come faceva la signora Fisher a nutrire e vestire tutti quei bambini?»

Il colonnello fece un sorrisetto. «I Fivetrees Five fanno donazioni regolari alla chiesa. C'è uno speciale fondo parrocchiale. Le donazioni venivano passate ai Fisher. Un lavaggio collettivo della coscienza.»

«Il prete della parrocchia era al corrente di questo... questo *espediente?*»

«Non mio cognato. Purefoy è un tipo strano. Veemente nei suoi sermoni e zelante quando si tratta di salvare il suo gregge dal male, ma sono tutte chiacchiere dal pulpito. Non c'è niente di male in lui. Ma i vicari prima di lui? Devono averlo saputo altrimenti come avrebbero fatto tutti quei ragazzi Fisher a essere nutriti e vestiti?»

Alec rifletté per un momento. «Immagino, data l'età dei miei vicini e dato che i loro figli non sono ancora sposati, che non ci siano dei nuovi Fisher da un bel po'?»

«E avreste ragione, milord.» Il colonnello si permise un piccolo sorriso. «Ma vi sbagliereste se pensaste che sono solo i figli di coloro di noi che sono sposati che sono stati accolti dai Fisher. Ci sono delle voci secondo cui vostro fratello abbia generato almeno due Fisher in gioventù.»

«*Edward*? Edward, il conte di Delvin?»

«È l'unico fratello che avete. Ma riguardo al numero e al nome dei suoi marmocchi, vostro zio potrebbe saperlo.»

«Aggiungerò anche questo alla lista» ribatté Alec; la lista che stava diventando più lunga di ora in ora. Aveva un'ultima domanda. «Che cosa voleva dire la signora Turner ieri quando ha urlato, rivolta a voi "Siete tutti colpevoli. Ognuno di voi dannati?" Avevo immaginato che si stesse riferendo alla morte di suo figlio…»

«Eliza ha ragione. Siamo tutti dannati. Siamo dannati per ciò che noi e i nostri antenati abbiamo fatto alla nostra prole, e alle nostre mogli, e ci incontreremo tutti di nuovo all'inf…» disse il colonnello, senza finire l'ultima parola quando fu distratto dalla porta del cottage che si aprì scricchiolando.

Dall'oscurità apparve una ragazza che li guardò sbattendo gli occhi.

«Ah! Buongiorno. Sii tanto gentile da dire al vecchio Bill…» iniziò a dire Alec. «No! No, niente da fare!»

Alec si sarebbe visto la porta sbattere in faccia e poi chiudere a chiave se non avesse allungato una gamba e infilato uno stivale nello spazio tra la porta e lo stipite. Poi appoggiò la spalla al pannello di legno. La ragazza non aveva la forza di opporre resistenza. Fece un passo di lato e la porta ruotò sui cardini arrugginiti, sbattendo contro la parete.

Dall'interno del cottage arrivò un ringhio.

«Il vecchio Bill non riceve visite!»

DICIASSETTE

Il colonnello non seguì Alec nel cottage. E quando Alec si voltò per vedere perché, indicò alle sue spalle.

«Potrebbero aver bisogno del mio aiuto…»

«Giusto» rispose Alec, curvo sotto l'architrave. «Vi raggiungerò appena avrò scoperto che cosa sa o non sa il vecchio Bill. E non occorre dirlo ma lo dirò lo stesso: ciò che mi avete confidato resterà tra noi.»

«Grazie milord. È meglio così. Specialmente per la signora Bailey. La sua mente crollerebbe di sicuro se mai scoprisse che cos'ho… Grazie» ripeté borbottando e la tristezza negli occhi di Alec fu sufficiente a farlo deglutire per scacciare il groppo che aveva in gola.

Quando il colonnello si incamminò lungo il sentiero, Alec entrò nel cottage. Fu piacevolmente sorpreso da quanto fosse accogliente. Quando i suoi occhi si adattarono alla luce scarsa, mise a fuoco un piccolo tavolo accanto a una finestra senza tende. Era apparecchiato per il pasto, con posate ricavate da corna di cervo e un paio di piatti e boccali di stagno. Al centro c'era una pagnotta croccante, parzialmente avvolta in un tovagliolo di lino.

«Pane fresco? E stufato. Carne di cervo?» chiese retoricamente, con un'occhiata al contenuto in lenta ebollizione di una pentola di ferro sospesa sopra un fuoco scoppiettante.

«Sì» rispose un giovanotto con le spalle strette, seduto a gambe incrociate dall'altra parte del tavolo. «La miglior carne di cervo che si può avere dalla pregiata mandria di sua signoria.»

«Allora l'assaggerò di certo…»

«Mi dispiace, amico, ma non ce n'è abbastanza per tutti.»

Alec fece qualche passo avanti nella stanza e guardò il giovanotto che non aveva alzato gli occhi da un coltellino con il manico di legno lucido che stava facendo roteare, la punta della lama ricurva ancorata in un nodo del tavolo. Era benvestito, con una giacca senza rammendi, e calzoni al ginocchio puliti. E nonostante tutto il fango, gli stivali erano stati lucidati di recente. Aveva le mani pulite, non abituate al lavoro manuale, unghie corte e lisce. Quindi non era uno dei braccianti di Alec o uno degli operai importati per lavorare su alla casa. In effetti, non si presentava come un servitore e la sua cadenza suggeriva che fosse stato educato lontano dal Kent.

«Presumo che anche il pane appartenga a sua signoria e porti il simbolo degli Halsey?» chiese Alec in tono tranquillo.

«Non potete essere di queste parti se dovete chiederlo» rispose il giovanotto con un sospiro annoiato. Il suo sguardo rimase fisso sul coltellino roteante. «Ma non serve che ci sia il simbolo per considerarlo di sua signoria. Quella caraffa accanto alla pagnotta è piena di vino di fiori di sambuco. I fiori di sambuco sono stati raccolti dalle siepi che appartengono a sua signoria e distillati nella sua distilleria. Questo significa che anche quello gli appartiene.» Alzò gli occhi, sogghignando, tenendo il coltello in equilibrio sulla punta con un dito. «Quindi, giusto per essere assolutamente sinceri, tutto questo è stato procurato senza il permesso di sua signoria. Generalmente viene chiamato rubare. Quindi, se mangerete o berrete con noi, starete rubando anche voi.» Tornò a far roteare il coltellino.

«Grazie per la vostra sincerità, accetterò il rischio…»

«Non mi avete sentito, amico. Ve l'ho detto: non ce n'è abbastanza per tutti.»

«Ce n'è più che a sufficienza in quella pentola.»

Il giovanotto sbatté il coltello sul tavolo e tenendovi sopra la mano si alzò a metà dalla sedia. «Guardate, amico…!»

«È proprio così. *Voi* dovete guardare. E non sono un vostro amico, non ancora.»

A quel punto il giovanotto rimise le terga sulla sedia, sospirando e alzò lentamente lo sguardo. Dato che sembrava che per lui fosse uno sforzo fare perfino quel piccolo movimento, Alec resistette al desiderio di sorridere e sbuffare a un simile comportamento adolescenziale. Invece abbassò gli occhi, con un'espressione di disapprovazione, sul pavimento di terra battuta sotto i piedi del ragazzo, che sospirò di nuovo e fece una gran scena spingendo indietro lo sgabello e allungando le gambe per mettersi eretto. Se aveva dato una bella occhiata ad Alec rendendosi conto di chi o che cos'era, lo nascose bene con un mezzo sorriso tranquillo.

Ma il rimprovero silenzioso di Alec riguardava le buone maniere e il rispetto verso una persona più matura e non, come sospettava stesse pensando il giovanotto, il bisogno di veder riconosciuta la sua condizione sociale superiore. Se, in effetti, il ragazzo si era reso conto di essere alla presenza di un nobile e non di uno qualsiasi, ma del padrone di tutto ciò che poteva vedere in ogni data direzione. Alec sospettava che non fosse così perché tenne le mani strette davanti a sé, ancora con il coltello in mano e non abbassò rispettosamente gli occhi, ma guardò francamente gli occhi azzurri di Alec, se non come un uguale, almeno come uno che stesse sfidando lo status quo.

«Giusto perché conosciate l'opinione di sua signoria sul furto» disse pacatamente Alec, ignorando l'aperta insolenza quando il ragazzo aprì la bocca e alzò gli occhi al cielo, «se il cibo preso dalla sua dispensa, o dalla sua distilleria o un animale ucciso in questa tenuta, viene usato per nutrire quelli sotto la sua tutela che hanno fame, allora non è rubare. Ma se il cibo viene rubato per essere venduto o per profitto, o se i suoi cervi sono macellati solo per sport, allora sì, quello è rubare e lui procederà contro i colpevoli nel pieno rispetto della legge.»

Lungi dall'essere rassicurato, il giovanotto incrociò le braccia, dando un'occhiata dall'altra parte della stanza prima di guardare Alec con scetticismo. «Dovrete perdonarmi se mi mangio la lingua per l'incredulità.»

Alec vide l'occhiata e si chiese se la spavalderia del giovanotto non fosse alimentata dal suo pubblico, una ragazza e un ragazzo rannicchiati insieme su una branda di fronte al tavolo. La ragazza aveva aperto la porta ad Alec e una volta che lui era entrato, era tornata di corsa dal ragazzo. Nessuno dei due aveva osato emettere un suono o guardarlo, o guardare il giovanotto con il coltello. Alec ora si chiedeva se la paura non fosse dovuta al fatto che era arrivato lui o ai rumori di attività appena oltre il cottage, le urla degli uomini e l'abbaiare dei cani che stavano setacciando il bosco alla ricerca dei due ragazzi del villaggio che erano scomparsi, ma perché il giovanotto forse li stava trattenendo contro la loro volontà. Questo pensiero diede ad Alec un ulteriore incentivo per far intendere ragione al giovanotto e togliergli il coltello che stava gelosamente custodendo.

«A quale parte non credete?» gli chiese Alec, ignorando per il momento la ragazza e il ragazzo. «Le opinioni di lord Halsey o che io le conosca?»

«Entrambe le cose. Potreste essere il suo miglior amico. Non lo so.

Siete di sicuro vestito come il migliore amico di un lord. E potrebbe avervi detto ciò che avete appena detto a me, ma così saremmo solo in tre, sua signoria, io e la mia mamma, che la pensano in quel modo.»

«*Io e la mia mamma*? Confesso di essere un po' ottuso a quest'ora del mattino. Quindi se voleste cortesemente spiegarvi...»

Il giovanotto chiuse gli occhi e deglutì, come se spiegarsi fosse la cosa più difficile al mondo per lui. Eppure, pochi secondi dopo aprì gli occhi e obbedì. «Io e mia *madre*, non siamo coinvolti nei traffici a spese di questa tenuta. No! Mi correggo. Il cugino di mamma non è un ladro nemmeno lui, anche se è lo speziale leccapiedi di lord Halsey.»

«Sono lieto di saperlo.» Alec inarcò le sopracciglia. «E lord Halsey? Se siete scettico riguardo alla sua parola, allora forse pensate che anche lui sia coinvolto in questi traffici?»

Il giovanotto soffiò facendo sporgere le labbra, incredulo. «Adesso so che vi state prendendo gioco di me! Siete sicuro di essere un suo amico?» aggiunse, fissando Alec. «Perché se devo credere a mio cugino, sua signoria è il tizio più moralista da questa parte dell'Atlantico! Inoltre, che vantaggio avrebbe cacciando di frodo i suoi stessi cervi per poi venderli? Non ha senso.»

«Potrebbe dire una cosa e farne un'altra?» suggerì Alec.

«Che cosa significa?»

«Potrebbe chiudere un occhio...»

«Come il vecchio?»

«Il vecchio?»

«Suo zio.»

Ci fu una breve pausa prima che Alec chiedesse una conferma.

«Plantagenet Halsey sta chiudendo un occhio sul bracconaggio nella tenuta?»

Il giovanotto annuì senza esitare.

«Così dice mia mamma. Dice che sua maestà ha fatto di lord Halsey un lord, ma che qui intorno è il vecchio il lord di tutto.»

«Se, come dice vostra madre, Plantagenet Halsey è il lord di questa tenuta in tutto eccetto il nome, perché dovrebbe chiudere un occhio sul bracconaggio?»

Il giovanotto fece spallucce e poi una smorfia. «Forse non sta chiudendo un occhio. Forse, come il vostro lord Halsey non considera bracconaggio uccidere per nutrirsi. È quello che diceva mio fra... è quello che si dice nel villaggio.»

«Ma vostra madre continua a non approvare Plantagenet Halsey?»

«Non è per niente contenta che il vecchio abbia in pugno mio papà. Dice che se sua signoria dovesse mai avere sentore di che cosa sta succedendo sotto il suo fine naso, sarà mio padre che finirà sulla forca, non il signor Plantagenet Halsey, Esquire.»

«Per essere chiari, state dicendo che lo zio di sua signoria e la maggior parte degli abitanti di Fivetrees sono immersi fino al collo in attività illecite?»

«*Attività illecite*? Se è un modo elegante di dire bracconaggio e furto, allora sì.» Il giovanotto si chinò in avanti e disse confidenzialmente, picchiettando il dito sul tavolo per scandire il suo discorso. «E se sua signoria ha intenzione di porvi fine non dovrà solo radunare l'intero villaggio, ma quegli egoisti che pretendono di essere cittadini rispettosi delle leggi. Ve lo dico io, quella gente è la peggiore, e sono *loro* quelli che dovrebbero essere chiamati a rispondere, non la gente del villaggio che fa ciò che chiedono loro. Come se i poveri potessero farsi valere con gente come quella. Come se qualcuno di noi potesse farlo!» sbuffò. «Fingere di essere membri onorevoli della società quando sono loro che gestiscono le *attività illecite*, e che ne traggono i maggiori profitti...»

«A parte Plantagenet Halsey, sapete chi sono questi membri onorevoli?»

Il giovanotto sbatté gli occhi, di colpo diffidente.

«Perché? Chi vuole saperlo?»

Alec mantenne un'espressione impassibile e si sforzò di non sorridere, perché la franchezza del giovanotto gli ricordava suo zio. Era confortante vedere una tale indignazione morale in un poco più che adolescente. Guardò il ragazzo preoccupato con un'espressione di curiosità e disse pacatamente: «Voglio saperlo. E sono d'accordo con voi. Se, come dite, questi membri onorevoli della società sono coinvolti nei traffici a spese di sua signoria, allora non sono poi così onorevoli, no? Non solo stanno dando il cattivo esempio a coloro che guardano a loro per essere guidati, ma stanno rubando e dovrebbero essere assicurati alla giustizia.»

Il giovanotto non si lasciò convincere così facilmente. Anche se era entusiasta di essere preso sul serio e che gli facessero sentire che le sue opinioni avevano valore, e da qualcuno che era vestito e sembrava proprio un lord, conosceva il mondo. Gli uomini che si definivano gentiluomini, che nascevano in una certa classe, che erano legati per nascita e ricchezza e dal fatto di possedere delle terre, si sostenevano a vicenda. Un'accusa di reato veniva trattata all'interno della loro cerchia, se mai veniva trattata. E se quell'accusa arrivava dall'esterno della loro cerchia, non veniva presa in considerazione o veniva rigettata senza che coloro che cercavano giustizia ricevessero soddisfazione. Quindi era inutile fin dall'inizio cercare di ottenere giustizia. Poteva anche inveire contro ciò che accadeva a Fivetrees, amareggiarsene e desiderare che si potesse fare qualcosa, ma non era pronto a esporsi. Perché parlare significava parlare contro il magistrato locale e sir Tinsley lo avrebbe fatto impiccare prima di permettere che si scoprisse che anche lui era un ciarlatano egoista.

E così aveva detto a suo fratello. Aveva avvertito più e più volte Hugh che le proteste, per quante fossero, non avrebbero migliorato la vita dei più poveri tra gli abitanti di Fivetrees perché il magistrato locale, il vecchio e Adams, per non dire poi del loro stesso padre, erano i capibanda. Non li avrebbero mai trascinati di fronte a un tribunale per nessuna malefatta. Se Hugh avesse fatto storie, gli unici a essere puniti sarebbero stati quelli che cercava di difendere. Non che gli interessasse un fico secco dei vagabondi o dei nomadi che cercavano di trarre una magra esistenza in quel bosco. Ma a Hugh era importato, e non solo il bracconaggio e il furto e il maltrattamento di quei poveri cristi, ma anche l'ipocrisia dei cosiddetti superiori. E dove l'avevano portato le sue proteste? Morto a tredici anni e il cuore di sua madre spezzato.

Non voleva pensare a Hugh, o al crepacuore di sua madre, o al demonio assassino che aveva tagliato la gola al suo fratellino, lasciandolo annegare nel suo stesso sangue, da solo e terrorizzato. Ma voleva vendetta e che l'assassino di Hugh fosse assicurato alla giustizia e il fratello di Sally, Nic, avrebbe raccontato tutto ciò che sapeva perché era con Hugh, e quindi sapeva qualcosa. Ma se Nic avesse continuato a tenere la bocca chiusa, allora sarebbe potuto restare a digiuno e sarebbero rimasti lì, in quel cottage, finché fossero morti di fame e fossero marciti.

E di colpo, non pensò più a Hugh quando una mano gli premette gentilmente sulla spalla e gli dissero di sedersi. Così si sedette. Qualcuno gli mise in mano un fazzoletto di lino bianco e gli disse di asciugarsi il volto. E così si pulì la faccia, senza rendersi conto che era bagnata. E dopo qualche minuto di silenzio, mentre si calmava e ascoltava lo scoppiettio del fuoco, quel qualcuno gli mise davanti una ciotola di stufato e una fetta di pane. Non c'era bisogno che qualcuno gli dicesse di mangiare.

Stava morendo di fame e quindi cominciò a raccogliere cucchiaiate di stufato prima di rendersi conto che la sua filippica non era rimasta solo nella sua testa, ma l'aveva detta a voce alta e al gentiluomo che ora era seduto davanti a lui e sorseggiava vino di fiori di sambuco da un boccale.

«Devo fare i complimenti al mio cuoco» disse Alec, che trovava il vino sorprendentemente delicato e rinfrescante. «È eccellente.»

Diede un'occhiata alla branda. La ragazza e il ragazzo stavano mangiando avidamente, godendosi il brodo denso e il pane bianco morbido. Ma ripensando a ciò che stava succedendo appena oltre la porta del cottage, Alec non aveva appetito e aveva rifiutato l'offerta di una ciotola di stufato. Accettò il vino per cortesia, e si rivolse alla ragazza, parlando oltre il bordo del boccale.

«Siete stata voi a portare lo stufato e il vino dalla casa grande?» Quando lei ingoiò il boccone e annuì senza esitazione, aggiunse con un sorriso: «E siete la Sally che lavora nella mia lavanderia?»

DICIOTTO

La ragazza spalancò gli occhi castani e lanciò un'occhiata al giovanotto seduto al tavolo prima di annuire di nuovo senza parlare. Mai in tutti i suoi anni si sarebbe sognata che il suo lord e padrone le parlasse, e lì, nel cottage del vecchio Bill, di tutti i posti possibili! E avrebbero potuto farla cadere con uno sbuffo di fumo al pensiero che sua signoria conoscesse il suo nome.

Ovviamente lei sapeva chi era *lui*. Ciò che non riusciva a immaginare era che Roger Turner, il ragazzo più intelligente che conoscesse, che aveva frequentato l'università e che un giorno sarebbe stato il sovraintendente di quella tenuta, non avesse la minima idea che lo sconosciuto che era venuto a trovarli era in realtà lord Halsey. Lei l'aveva riconosciuto immediatamente, perché una volta aveva dovuto presentarsi al valletto di sua signoria, che aveva delle precise istruzioni sulla cura della biancheria di sua signoria. Nessuna delle altre lavandaie era stata tanto coraggiosa da andarci, ma Sally era curiosa. Non le era nemmeno importato che il signor Jeffries le facesse una predica, non quando le dava l'occasione di una vita di stare in un ambiente così magnifico. E poi lord Halsey era entrato nello spogliatoio, vestito com'era adesso. Sally lo aveva fissato. Non aveva potuto farne a meno. Ma ciò che l'aveva colpita di più, era che si fosse scusato per averli interrotti e fosse uscito senza dire una parola al signor Jeffries. Non riusciva nemmeno a ricordare come fosse finito il colloquio, perché si era ritrovata dabbasso, al tavolo della cucina con un cordiale al limone mentre riferiva alla cuoca ciò che era successo, prima di tornare in sé, chiedendosi se non fosse stato un sogno.

Ma adesso non stava sognando e non poteva permettersi di farlo. Doveva proteggere suo fratello. Ne andava della vita di Nic.

«E il vostro compagno... questo è vostro fratello?» chiese Alec. Sorrise quando la ragazza si chinò istintivamente verso il ragazzo. «Avete lo stesso naso e lo stesso colore di occhi e capelli. Potrebbe essere vostro cugino, ovviamente...»

«Fratello!» esclamò Sally, poi aggiunse con un tono meno nervoso: «Nic è mio fratello, milord. Ha nove anni. È troppo spaventato per parlare. Non ha detto una parola da quando è successo. Quindi dovrete scusare le sue cattive maniere.»

«Nic farà meglio a ricordarsi le sue buone maniere» lo minacciò il giovanotto. «E che ha una lingua! Altrimenti dovrò pensarci io a fargli ricordare!»

Fece per afferrare il coltello per sventolarlo in giro ma non era più sul tavolo. Fece una smorfia, chiedendosi dove fosse finito. Forse l'aveva lasciato cadere. Ma un'occhiata veloce dall'altra parte del tavolo e vide che l'aveva in mano Alec. Arrossì scarlatto. Disarmato in più di un modo, detestava ammetterlo ma era contento di non averlo più. Non aveva intenzione di far del male a Nic, e non voleva spaventare o deludere Sally. Ma si doveva fare qualcosa per far parlare Nic. Si rimise seduto e incrociò le braccia, fingendo di essere offeso; non era il caso di mostrarsi ancora più debole di fronte a Sally. Aveva già sproloquiato come un bambino, e come faceva un uomo a riprendersi da una cosa simile?

«Nic è rimasto nel cottage del vecchio Bill da quando è successo il fatto?» chiese Alec alla ragazza, ipotizzando che "il fatto" fosse la morte di Hugh e dopo la lacrimante confessione del giovanotto sapeva che il fratello di Sally era il terzo ragazzo del trio che era sparito. Quando Sally annuì, le chiese: «E a parte perdere la sue buone maniere e la voce, ha patito qualche danno fisico?» Quando Sally scosse la testa, Alec sorrise, lanciando un'occhiata al fratello. «Sono lieto di saperlo.»

Alec poi fece mostra di spostarsi sulla sedia per guardarsi intorno nella piccola stanza, prima di rivolgere la sua attenzione al giovanotto che ora sapeva (e lo aveva supposto fin dal momento in cui era entrato nel cottage) essere il figlio del sovraintendente, e il fratello maggiore di Hugh Turner, Roger. «Dato che questo è il cottage del vecchio Bill, siete voi il vecchio Bill?»

«*Io*? Il vecchio Bill?» sbuffò il giovanotto. «Dovete avere bisogno di occhiali se pensate...»

«Si dà il caso che porti veramente gli occhiali. Per leggere e per vederci da vicino. Ma vi vedo abbastanza chiaramente, Roger Turner.» Aggiungendo poi con un sorriso sghembo quando il giovanotto trasalì, fu sul punto di protestare, ma poi chiuse stretta la bocca: «Ma eravate voi, non è vero, che avete ringhiato fingendo di essere il vecchio Bill?»

«Aye, è così» disse Roger con un sorriso imbarazzato. «Per dirvi di stare alla larga.»

«Perché?»

«Perché cosa?»

«Nic non è l'unico ad aver dimenticato le buone maniere» mormorò Alec, aggiungendo fermamente: «Perché cosa, *signore.*»

«Ma voi siete lord Halsey, e dovrei rivolgermi a voi chiamandovi milord, come minimo.»

«Quindi, ora che abbiamo stabilito chi siamo, se lo desidero, ho tutti i diritti di dirvi di rivolgervi a me come "signore", come fa vostro cugino Tam. Ma se volete essere perfettamente formale…»

«No. No. Farò come chiedete… signore» disse Roger, come se lo stessero obbligando. Il fatto che si sedesse più eretto e non riuscisse a togliersi il sorriso dalla faccia al pensiero di avere ricevuto lo stesso privilegio di suo cugino raccontava una storia diversa.

«Perché farmi stare alla larga?» ripeté Alec.

Invece di rispondere alla domanda, Roger disse: «A giudicare dalla vostra domanda, immagino, signore, che non abbiate idea che non esiste nessun vecchio Bill?»

«Esatto. Non lo sapevo» rispose sinceramente Alec. «A maggior ragione, se avessi saputo che un simile personaggio non esiste, perché avreste tentato di farmi stare alla larga fingendo di essere il vecchio Bill? Certo mi avrebbe incuriosito ancora di più, spingendomi a scoprire chi stava impersonando un fantasma.»

Il giovanotto scosse la testa, accettando la logica di Alec. Confessò.

«C'era un vecchio Bill. Papà dice che c'è stato un vecchio Bill in questo cottage per duecento anni o più. Ovviamente non lo stesso uomo. Ma uomini che usavano il nome di vecchio Bill venivano e andavano. L'ultimo vecchio Bill è morto una ventina di anni fa.»

«Sapete perché l'ultimo vecchio Bill non è stato sostituito?»

«Non saprei dirlo…»

«Un ragazzo sveglio come voi, un laureato? Sono sicuro che potreste fare almeno un'ipotesi plausibile.»

«Se volete il mio parere esperto, signore, la mia opinione è che non so esattamente perché l'ultimo vecchio Bill non è stato sostituito. Ma dopo essermi trascinato dietro ad Adams e ai suoi fannulloni per un mese e più, mi sono fatto un'idea piuttosto precisa di che cosa succede qui nel cottage. Tutto ciò che mi serviva per confermare i miei sospetti era andare a frugare tra gli attrezzi nella capanna sul retro…»

«Sul *retro*?»

«C'è un cortile dietro il cottage» spiegò Roger. «È quello che chiamano retro qui nel Kent. Comunque, come stavo dicendo… c'è una capanna sul retro che è tenuta chiusa con un lucchetto. Un giorno non era chiusa, quindi ho dato un'occhiata. Ci sono una catena e un gancio e un pozzetto di scarico…»

«Una dispensa improvvista per la selvaggina, simile a quella in fondo agli orti della cucina?»

«Sì, è esattamente così. Ma questa non è di mattoni con un tetto ben fatto e un pavimento piastrellato, come quella nella vostra casa. Dall'esterno non si capirebbe che cos'è, se non una capanna diroccata, ma dentro ha tutto ciò che serve per fare a pezzi una carcassa.»

«Non serve pensarci troppo per capire da dove hanno preso l'attrezzatura i nostri bracconieri… Quindi, quando un cervo viene abbattuto senza permesso, viene portato qui per essere fatto a pezzi e poi mandato alla vendita?»

«È quello che penso. E immagino che il vecchio Bill fosse il macellaio in questa operazione.»

«È ciò che penso anch'io» rifletté Alec, di colpo, e intensamente, mentalmente stanco.

La sua giornata era cominciata prima del sorgere del sole con Tam e Hadrian che gli parlavano dei suoi antenati assassini, la possibilità che ci fossero dei corpi in una cripta sigillata sotto la Corte di Pietra e che suo zio stesse facendo del suo meglio per tenerglielo nascosto. Poi il colonnello aveva fatto la sua sconvolgente confessione che la signora Turner era in realtà sua figlia, che aveva ripudiato da neonata e consegnato alle cure di una signora Fisher, una donna che aveva l'abitudine di accogliere i neonati indesiderati e allevarli come se fossero suoi. E poi c'era l'orrenda morte di Hugh Turner. Che mostro poteva tagliare la gola a un ragazzo e mozzargli una mano e quella del suo amico? Il bracconaggio imperante e il furto sembravano le minori delle sue preoccupazioni.

Ma il suo pensiero più immediato fu come tenere al sicuro quei bambini. Non potevano restare lì, nel cottage del vecchio Bill, eppure non sapeva di chi poteva fidarsi. Se doveva credere a Roger, allora di sicuro non poteva fidarsi degli uomini attualmente nel bosco. Si chiese se il colonnello avesse riferito agli altri che il cottage del vecchio Bill era occupato. Il pennacchio di fumo dal comignolo era già un'indicazione sufficiente, ma non rivelava esattamente chi risiedeva lì. Ed era solo questione di tempo prima che quelli coinvolti nel sezionamento e nella distribuzione della cacciagione illegale tornassero con una carcassa fresca.

Alec era sul punto di chiedere a Roger quante volte venivano nel cottage i bracconieri quando un battere insistente sulla porta fece trattenere il fiato ai bambini. E poi Roger e Sally scongiurarono Alec di non far entrare chiunque fosse e di non rivelare assolutamente che il fratello di Sally era stato trovato, con lei che pregava: «Per favore, milord, per favore, non fateli entrare. Vi prego. Nic ha paura. Ha il cervello sottosopra. Ma tornerà in sé. Ma gli uomini lì fuori...»

«... stanno cercando Nic, come staranno cercando Will» la interruppe Roger Turner.

Alec li rassicurò che nessuno avrebbe fatto del male a Nic, o a nessuno di loro. Erano sotto la sua protezione. Era lui il lord e padrone di Parco dei Cervi. Nessun altro. Tutti dovevano obbedirgli. Li calmò a sufficienza da far loro fare un cenno di assenso. Si aspettavano che lui mandasse via chiunque fosse che stava battendo sulla porta. E Alec era sul punto di farlo, quando ebbe un'idea...

Chiese a Roger di aprire la porta. Il giovanotto esitò, preoccupato, e indugiò. Ma al sorriso di incoraggiamento di Alec alla fine attraversò la stanza e la spalancò. Senza alzare gli occhi, fece un passo indietro e lasciò entrare i visitatori.

Lo sguardo di Alec era fisso su Nic. Il ragazzo non lo deluse.

⚘

Il colonnello Bailey, Paul Turner e Adams, il guardacaccia, entrarono sicuri nel cottage, poi si fermarono di colpo. Turner vide immediatamente suo figlio e sarebbe andato da lui, ma una vita di deferenza lo trattenne. Si tolse il berretto e aspettò Alec. Il sovraintendente sembrava invecchiato di dieci anni; aveva la faccia tirata, gli occhi grigi spenti ed era curvo, come dolorante. Fu troppo per Roger, che superò il colonnello e si gettò tra le braccia di suo padre che lo strinse amorevolmente.

«Abbiamo trovato l'altro cor...» cominciò a dire il colonnello ad Alec, poi si fermò. Era stato sul punto di dire il corpo, ma con i Turner a portata d'orecchi ci ripensò, si avvicinò ad Alec e disse sottovoce: «È stato trovato accanto a un tronco caduto. Un ramo gli è entrato diritto nell'orbita...»

«Gesù...» mormorò Alec. Passandosi una mano guantata sopra la bocca e chiudendo per un attimo gli occhi. «È quello che l'ha ucciso?»

«Aye. Sembra che sia inciampato e sia caduto.»

«Probabilmente mentre scappava... E la mano?»

«Manca.»

Alec rimase di sasso. «Staccata dopo che è rimasto impalato?»

«Così pare. Stanno portando entrambi i cor... i ragazzi a casa dei Turner. Hanno mandato a prendere sir Tinsley e il dottor Riley. Mi sono offerto di andare con loro, ma Turner ha ragione. La signora Turner non ha bisogno che la casa sia piena di gente. Tornerò dalla signora Bailey. Vorrà avere notizie... Spero che vostra signoria mi farà sapere se e quando ci saranno sviluppi.»

Alec annuì, continuando a tenere Nic e Sally nel suo campo visivo. Nessuno dei due si era mosso. Meglio ancora, Nic non aveva reagito alla presenza di Adams, Turner o del colonnello. Il ragazzo restò apatico accanto alla sorella. Se mai fece qualcosa, fu di rannicchiarsi più vicino. La sua mancanza di reazione fu un sollievo. Se avesse reagito alla loro presenza in qualunque altro modo, se avesse mostrato paura o fosse stato terrorizzato, Alec avrebbe potuto essere più vicino a conoscere l'identità dell'assassino. Ma non era così e quindi doveva guardare altrove. Sperava anche che con Nic e sua sorella nella casa grande, dove si sarebbero sentiti al sicuro, la lingua del ragazzo si sarebbe sciolta e sarebbe stato in grado di dirgli che cosa aveva visto mentre era nel bosco con i suoi compagni.

Alec si detestava per aver pensato il peggio di quegli uomini, che uno di loro potesse essere l'assassino. Ma dopo le rivelazioni di quella giornata, non era nemmeno sicuro di conoscere suo zio, l'uomo che lo aveva allevato e che amava come un padre. Avevano passato quasi ogni giorno dei primi vent'anni della sua vita insieme, eppure era come se il Plantagenet Halsey che conosceva a Londra fosse un diverso Plantagenet Halsey da quello a cui tutti nella tenuta e nella comunità di Fivetrees si rivolgevano per avere istruzioni. Quel Plantagenet Halsey era un estraneo per Alec. E quello strano pensiero lo face sentire malissimo.

Doveva essersi visto sul suo volto, o nei suoi occhi, perché quando suo zio lo chiamò dalla porta con un sorriso ansioso e lui non reagì, il vecchio perse il sorriso e abbassò gli occhi.

Lo raggiunse accanto alla branda e sorrise al ragazzo e alla ragazza, dicendo in tono amichevole: «Spero che il signorino e la signorina Fisher si siano comportati bene in compagnia di sua signoria.»

«Fisher? Perché non mi sorprende?» borbottò Alec. «Abbiamo fatto conoscenza davanti a un piatto di stufato di cervo» aggiunse a voce alta. «Tanto che in effetti Sally e suo fratello Nic torneranno alla casa grande come miei ospiti. Se non vi dispiace portare Sally con voi, zio, io porterò Nic. Cioè, se i Turner non hanno bisogno di voi.»

«No. Tornerò a cavallo con te. Ma ci sarà bisogno di te a casa del sovraintendente più tardi, oppure puoi sempre mandare a chiamare il dottor Riley e Ferris...»

«Sì» rispose Alec, più bruscamente di quanto intendesse. Diede un'occhiata a Nic e poi tornò a guardare suo zio. «E ora che tutti e tre i ragazzi sono stati trovati, si può annullare la ricerca.»

Il vecchio seppe immediatamente a cosa alludeva Alec: che Nic era il terzo ragazzo che era con Hugh e Will quella fatidica mattina, e spalancò gli occhi capendo. Quando lo chiamarono, si guardò alle spalle. Era il sovraintendente. Ma esitò con un'occhiata imbarazzata ad Alec.

«Per favore. Andate da lui» disse Alec con un sorriso compassionevole. «Ha bisogno di voi. È un padre che ha appena perso un figlio e nelle circostanze più atroci.»

Plantagenet Halsey annuì ma non si mosse. Sostenne lo sguardo di Alec. «Aye, non c'è niente al mondo più straziante della perdita di un figlio.»

«Avete omesso due parole dopo *la perdita: non intenzionale*.»

Gli occhi del vecchio divennero spenti e il suo tono di voce perse il calore: «Ti avevo detto come sarebbe stato. Ti ho detto che sapere avrebbe cambiato tutto tra di noi. E così è stato.» Alzò una mano, come per rifiutare. «Non è colpa tua, è mia. Così sia.» Abbassò la testa. «Scusate, milord.»

Con la gola di colpo secca, Alec guardò Plantagenet Halsey tornare da Paul Turner e con Roger tra di loro, uscirono dal cottage. Non aveva idea di quanto fosse rimasto stordito dal commento di suo zio finché si sentì tirare la manica e guardò in basso. Era Sally, e gli stava sorridendo timidamente.

«Dicevate sul serio, milord, riguardo a Nic e me che siamo vostri ospiti?» Quando Alec annuì, la ragazza disse ingenuamente. «Mi dispiace solo che non abbiamo i vestiti della domenica per voi e sua signoria.»

Per qualche sconosciuta ragione, non sapeva se fosse per il sorriso fiducioso della ragazza, o il suo disappunto per averlo deluso, o una tardiva reazione alla freddezza di suo zio, ma si sentì stringere il petto e sentì un'enorme responsabilità, non solo nei confronti della ragazza e di suo fratello, ma quella di dover sistemare le cose nella tenuta, specialmente nella sua famiglia e tra lui e suo zio. E con questo sentimento arrivò il bisogno di tornare da Selina, per assicurarsi che stesse bene e così anche il loro nascituro. Più di tutto, voleva un'ora di tregua, da solo con lei, sapendo che i pianeti di quel piccolo mondo domestico erano allineati, anche se tutto il resto intorno a loro era nel caos.

DICIANNOVE

Al loro ritorno nella scuderia trovarono il caos, ma un caos ben organizzato. Mentre i mozzi di stalla correvano dappertutto, i cavalieri smontarono, i cavalli furono accompagnati nei loro stalli, la muta di cani radunata dagli addestratori per essere riportata nel canile per bere e mangiare. In mezzo a tutta questa attività frenetica, e da un lato della vasta estensione del cortile delle scuderie, c'era la carrozza schizzata di fango e impolverata della duchessa di Romney-St. Neots; stallieri che staccavano cavalli stanchi, il maniscalco della tenuta che ispezionava i loro zoccoli prima che fossero condotti via. E, cercando di fare del suo meglio per non essere d'intralcio a persone e animali, c'era Hadrian Jeffries.

Si avvicinò a dove Alec e suo zio erano smontati con i due bambini, e diede al suo padrone la notizia sibillina che gli uomini erano riuniti e aspettavano la sua presenza. Alec capì che cosa intendeva dire. Prima di dirigersi verso il bosco, aveva lasciato parecchi compiti a Hadrian, uno dei quali era far sì che Stephens scegliesse cinque dei suoi operai più robusti e gli attrezzi necessari per demolire un muro di mattoni. Dopo colazione dovevano scendere in cantina. Quegli uomini erano là adesso. Avevano staccato l'arazzo umido che copriva quella particolare parte della parete di mattoni. Se sua signoria voleva raggiungerli al più presto...

Alec voleva. E voleva assicurarsi che gli uomini cominciassero il lavoro prima di dare il benvenuto agli ospiti appena arrivati. Ma prima doveva assicurarsi che Sally e suo fratello fossero in buone mani e non voleva lasciarli con un servitore qualsiasi, non con il ragazzo ancora ammutolito dalla paura.

«Se hanno bisogno di te altrove, li porterò io al sicuro nella sala della servitù» si offrì Plantagenet Halsey, ignorando il fatto di aver interrotto una conversazione tra padrone e servitore che, dall'espressione preoccupata di Alec, non era destinata alle sue orecchie. Mascherando la sua tristezza con un sorriso, disse al ragazzo e alla ragazza, che stavano così vicini alla schiena di Alec che non si sarebbe sorpreso di trovarli aggrappati alle falde della sua redingote: «Gli ospiti di sua signoria devono essere puliti, e questo significa una strigliata in una vasca di acqua saponosa per entrambi voi, e niente discussioni.» Guardò Alec. «La signora Dawson può trovare anche indumenti puliti per loro.» Voltò di scatto la testa in direzione della carrozza. «Meglio che rimangano dabbasso per il momento; non si sa mai che cosa potrei riuscire a farmi dire mentre andiamo verso la casa...»

«Se qualcuno può tirar fuori delle chiacchiere da un bambino, quello siete voi» disse Alec con un sorriso. «Avete un vero talento per mettere a suo agio un bambino.»

Il vecchio avrebbe voluto ribattere che desiderava di non aver perso quel talento con *lui*, ma si limitò a sorridere e annuì, guardando in silenzio Alec che attraversava il cortile con Hadrian Jeffries al suo fianco e i levrieri che saltellavano intorno a loro. Doveva essere rimasto lì per parecchi minuti, perché padrone, servitore e cani riapparvero mentre attraversavano il prato digradante verso la casa. Non si diressero verso l'arcata che ospitava la scala esterna che portava agli appartamenti che Alec divideva con sua moglie, ma verso quella sotto la galleria della nursery, che attraversava la Corte di Pietra. Lo portò a chiedersi se non fosse crollata nella cripta sottostante un'altra parte di pavimentazione.

Il suo primo pensiero fu di far avvertire Turner perché si assicurasse che gli uomini restassero vigili, che Alec continuasse a credere che era troppo pericoloso investigare il buco. E poi ricordò che il sovraintendente stava piangendo la perdita del figlio più giovane, un ragazzo di tredici anni cui avevano tagliato la gola. Quella tragica circostanza riportò di colpo in prospettiva tutto il resto. L'ansia svanì, lasciandolo curiosamente insensibile. E proprio come il povero Hugh Turner non era stato in grado di difendersi dal suo aggressore, Plantagenet Halsey si rese conto di non potersi difendere dal fato. Né poteva controllarlo quando si trattava di Alec, non più. Ironicamente, la situazione si era capovolta. Il suo destino, il destino di Parco dei Cervi, il futuro degli Halsey, ora non dipendeva più da lui, ma da suo nipote... *suo nipote*! Scosse la testa. Mentiva a se stesso e a tutti gli altri da tanti anni che aveva convinto loro e se stesso che la bugia era vera. Anche quello, adesso, era fuori dal suo controllo.

Prese per mano fratello e sorella e lasciò le scuderie per entrare nella casa in cui era nato ogni Halsey sin dai tempi di Enrico Tudor. Solo che questa volta si diede il permesso di entrare senza un solo pensiero al mondo. La donna che amava lo stava aspettando e aspettava di rimproverarlo: che i battibecchi comincino, pensò con una risatina.

⚑

LA CANTINA ERA BUIA, UMIDA E ABBASTANZA FREDDA DA impedire ai blocchi di ghiaccio di fondere. Ma nell'angolo più in fondo, oltre i barili, le casse e le file di bottiglie di vino, c'erano abbastanza torce accese da illuminare l'area come un giorno d'estate. Stephens aveva ancora la giacca, ma i suoi uomini erano rimasti in maniche di camicia con vari attrezzi ai loro piedi. Si fecero da parte, togliendosi i berretti quando Alec si avvicinò con Hadrian Jeffries.

Il capomastro diede ad Alec una valutazione della parete di mattoni, ora che avevano rimosso l'arazzo. Era sua opinione che ci fossero due file di mattoni per la maggior parte della sua lunghezza, eccetto la sezione coperta dall'arazzo, lo rivelavano le piccole dimensioni dei mattoni e il tipo di malta. Ciò che fu immediatamente chiaro per Alec, senza bisogno che lo indicasse Stephens, anche se il capomastro lo fece, era che l'arazzo riusciva solo a coprire parzialmente il passaggio murato. Quanto al momento in cui il passaggio a volta era diventato una parete, Stephens azzardava che fosse successo non prima dell'inizio del secolo, o forse il martedì precedente. La seconda alternativa era un patetico tentativo di umorismo, che fece ridacchiare gli uomini per educazione, e fece annuire Alec, tanto era distratto. Stephens tossì e lasciò perdere la frivolezza: «Anche se non riesco assolutamente a capire né a immaginare perché l'arazzo sia stato inchiodato qui, milord, perché, come possiamo vedere tutti, il passaggio a volta e il muro si estendono sopra e sotto.»

«Forse l'intenzione non era di nascondere ma di indicare l'entrata verso la stanza successiva?» opinò Alec, sfiorando con una mano guantata una sezione di parete dove i vecchi mattoni incontravano i nuovi. «Una sola torcia non fa molta luce, ma mostrerebbe in fretta la differenza tra il muro e un arazzo...»

«Aye, sono d'accordo. E sarebbe più invitante di, diciamo, un buco nero dove alcuni uomini potrebbero aver paura a entrare» ammise Stephens. «L'arazzo potrebbe essere servito come una specie di sipario.»

Alec si guardò attorno, vide l'arazzo scartato vicino a una porta di legno e si avvicinò, con uno degli operai che lo seguiva con una torcia. Spostò l'ammasso dell'arazzo con la punta dello stivale. «Voglio che sia arrotolato con cura e portato in lavanderia. Forse le donne potrebbero essere in grado di togliere la muffa.»

Il resto degli uomini si fece avanti e due di loro stesero l'arazzo sul pavimento, preparandosi ad arrotolarlo per portarlo via. Esitarono quando Hadrian Jeffries, che si era avvicinato ad Alec, si accucciò accanto all'arazzo. Indicò a uno degli uomini di portare più vicino una torcia per poter vedere meglio. C'era della muffa in alcuni punti ed era sporco, ma restavano abbastanza colore e metallo nei fili che brillavano attraverso la sporcizia perché Hadrian riconoscesse immediatamente il disegno. Tastò il tessuto tra le dita, poi si alzò, soddisfatto.

«Signore, l'ho già visto. Non questo in particolare, ma un dipinto a *gouache* in una cartella sulla storia della vostra famiglia. Sua signoria stava ispezionando il contenuto della cartella l'altro giorno e me l'ha fatto notare. Non è un arazzo, è un baldacchino.»

Tornò ad accucciarsi accanto ad Alec, che stava ispezionando il tessuto attraverso gli occhiali, con uno degli operai vicino con la torcia. Qualcosa brillava nella trama e Hadrian continuò: «Lo ricordo in particolare perché lady Halsey aveva letto l'iscrizione a voce alta. Aveva detto che il baldacchino era stato realizzato appositamente per la visita reale della regina Elisabetta in questa casa. E che era stato usato di nuovo quando la regina Anna era venuta in visita, un anno dopo la sua ascesa al trono.»

«E l'avete chiamato baldacchino?»

«Esatto, signore. Lady Halsey dice che questo tipo di baldacchino è fatto in particolar modo per essere sospeso sopra un trono e che questo era usato con il sofà Delvin, che si trova nel salone.»

«Quindi la casa ha il suo trono… Povero me, al signor Halsey non piacerà per niente!» Alec fece allontanare l'operaio e si alzò in piedi, imitato dal valletto. «Ma oserei dire che non gli dispiacerebbe sapere che è finito qui, in cantina. Anche se nessuno sa ciò che vorrà farne milady ora che è stato trovato.»

«Forse per la prossima visita reale?»

«Dio non voglia, Hadrian! Comunque sarà meglio recuperarlo, dato che fa parte della storia della casa. Andate con gli uomini in lavanderia e spiegate loro la sua importanza, in modo che lo trattino con particolare cura.»

«Sì, signore. Adesso so dov'è la lavanderia…»

«Bene, ma Sally non c'era, vero? Anche se da allora l'abbiamo trovata. E non c'è bisogno che torniate qui. Sono sicuro che abbiate abbastanza da fare, ora che la casa è piena di ospiti. E sarà meglio che io torni di sopra» aggiunse, voltandosi per rivolgersi a Stephens. «Presumo che siate sicuro di poter rimuovere i mattoni dal passaggio ad arco senza disturbare il resto della parete o del soffitto.»

«Aye, milord. Non ci saranno problemi. E non sarà difficile. La malta è di scarsa qualità. Direi che il passaggio è stato murato in fretta e furia. Ma ci prenderemo tutto il tempo necessario dato che non sappiamo che cosa c'è dietro, se vostra signoria è d'accordo.»

«Sì. Fatelo. E secondo fonti attendibili, c'è un vestibolo dall'altra parte di quel passaggio e oltre quello c'è una pesante porta di quercia chiusa da un lucchetto, che si apre sulla stanza il cui tetto è crollato, di sopra, nella Corte di Pietra.»

«Quando arriveremo alla porta, volete che rompiamo il lucchetto?»

«Non ce n'è bisogno. Avremo le chiavi, tra un giorno o due. E fino ad allora, voglio che questa demolizione resti tra noi. Mettete due uomini all'entrata delle cantine, giorno e notte. Nessuno deve entrare qui. E intendo dire nessuno, inclusa la mia famiglia.»

«Molto bene, milord. C'erano due ragazzi di guardia all'entrata della cantina quando siamo arrivati, ma sono scappati via quando abbiamo mostrato loro i nostri… muscoli.»

«Per ordine di chi?»

«Li aveva messi di guardia all'entrata il signor Turner, milord.»

«Il mio sovraintendente e i suoi uomini non vi infastidiranno più. E Turner ha altri problemi in questo momento.»

«Abbiamo sentito del suo figlioletto, milord, e siamo tutti molto dispiaciuti per la sua perdita. Immagino di potermi prendere un po' di tempo per partecipare al funerale…?»

«Sì. Sì, ovviamente. È un gesto toccante, Stephens. Grazie. Oh, e, Stephens, se doveste trovare qualcosa di diverso da un vestibolo vuoto e una porta di legno con un lucchetto dietro quella parete, per quanto insignificante possiate pensare che sia, mandatemi a chiamare immediatamente.»

E con quello, Alec richiamò i levrieri e tornò al pianterreno. Pensò di salire nei suoi appartamenti privati per cambiarsi d'abito. Ma aveva mandato Hadrian in lavanderia e non voleva far aspettare i suoi ospiti. Più importante ancora, non poteva lasciare Selina in compagnia di suo fratello, nemmeno per un'ora. Se qualcosa o qualcuno poteva indurre un parto prematuro, quello era Clive, lord Cobham.

Ma fu piacevolmente sorpreso di trovare i membri della sua famiglia estesa che si godevano una conviviale mattinata di tè e dolci nel salone.

Selina aveva i piedi appoggiati su uno sgabello imbottito e rivestito di velluto, con la mano che accarezzava il pancione, come d'abitudine. Gli ospiti appena arrivati erano stati spogliati dei mantelli di viaggio e dei cappelli e si rilassavano sui divani e sulle poltrone sistemati intorno a un camino gigantesco che, per la prima volta in quell'umida calda estate, non aveva il fuoco acceso. Stavano bevendo il tè e mangiucchiando crostatine alle fragole. La sua madrina, la duchessa di Romney-St. Neots, sua figlia, lady Sybilla, e suo cognato e capo del Ministero degli Esteri, lord Cobham, con la bocca piena di torta, stavano tutti aspettando di salutarlo.

VENTI

«Oh, ragazzo mio, eccoti qui finalmente!» esclamò Olivia St. Neots, alzandosi dalla poltrona. Andò da Alec in un fruscio di sottane di cotone dipinto, con le pantofole in tinta che ticchettarono sul pavimento di pietra quando scese dal tappeto orientale e lo raggiunse a metà strada dello spazio cavernoso. E lì si fermò, con una mano appoggiata sul panciotto di lino beige. «Ho fatto tutto ciò che potevo per deviare la conversazione dal motivo della visita di Cobham» gli disse sottovoce, mettendosi in punta di piedi per ricevere il suo bacio. «Ma Selina è troppo astuta per il suo stesso bene. E Cobham è ottuso come un pezzo di legno, quindi finirà per dire tutto, se non gli tengo la bocca piena di quelle eccellenti delizie alle fragole.»

«Applaudo alla vostra genialità, mia cara Olivia» rispose Alec con un sorriso. «Ma il risultato era inevitabile dal momento in cui gli avete permesso di salire sulla vostra carrozza. Oramai è fatta, e mi occuperò delle conseguenze come meglio potrò.»

«Certo che lo farai. Tu sai sempre che cosa fare, ma...» lo guardò pensosa. «Pensi che sia saggio che tua moglie, prossima al parto, sappia chi ti sta aspettando ansiosamente a Londra?»

Alec le diede un colpetto sulla mano ingioiellata. «Saggio? Non avevo idea che questa parola entrasse ancora nel vostro lessico, visto che ora vi intrattenete apertamente con un repubblicano dichiarato...»

«Mi intrattengo?» Olivia St. Neots sbuffò, con le guance che si macchiavano di rosa e borbottò: «Non è niente del genere! È... è...»

«... solo affar vostro. E avete tutti i diritti di rinfacciarmelo.» Le sollevò una mano per baciarla. «Grazie per aver fatto il viaggio. Saremmo entrambi persi senza di voi... senza voi e Sybilla. Selina sarà meno apprensiva ora che siete qui.»

La duchessa sorrise coraggiosamente.

«Non devi preoccuparti nemmeno tu. Il primo parto di ogni donna è il più traumatico perché ci sono tante cose che non sa. Ciò che so io è che lei e il bambino se la caveranno benissimo; sono decisa.»

«Vi credo, Olivia, ma questo non mi rende meno apprensivo. Cerco di fare del mio meglio per sembrare fiducioso, per il bene di Selina. E per essere completamente sincero, ho tenuto la mente lontana dalle insidie del suo parto con delle preoccupazioni egoistiche. Dovrei allontanarle dalla mente fin dopo la nascita. Niente dovrebbe annebbiare la nostra felicità, ma ho pensato a quando partorì mia madre e ho questo brutto presentimento...»

«Presentimento?» chiese la duchessa, cercando di non far trasparire che sapeva a che cosa stesse alludendo.

Ma non poteva ingannare Alec, che fece un mezzo sorriso a quella recita.

«Il vostro spasimante repubblicano ha confessato di avermi strappato dalle braccia di mia madre, ma si è rifiutato di dirmi perché. Ma voi lo sapete, vero?»

La duchessa fece del suo meglio per restare impassibile. Plantagenet le aveva parlato in confidenza della triste storia e della nascita di Alec, e lei aveva singhiozzato tra le sue braccia a lungo e forte, finché le avevano fatto male i polmoni. Plantagenet non le aveva risparmiato nemmeno il più piccolo particolare, tale era il suo bisogno di confessarsi. Erano stati a bordo della nave, mentre tornavano in Inghilterra dalla Danimarca. Lei non piangeva così da decenni, e sperava di non farlo mai più.

«Sì» confessò e quando Alec annuì, aggiunse: «Ma ho fatto un giuramento a tuo... a Plantagenet e non posso infrangerlo, nemmeno per te.»

«Né dovreste farlo. Ma non può restare un codardo per tutta la vita. Dovrebbe dirmi le cose in faccia invece di lasciare che metta insieme io i pezzi.»

«Sono d'accordo, e gliel'ho detto. Non che sia un codardo, perché non è vero. È l'uomo più coraggioso che conosca, lo siete entrambi. Ma è anche idealista e testardo in modo così esasperante! Accidenti a lui!»

Si allontanò con la testa bassa, lasciandolo sperso in mezzo al tappeto orientale. Non restò da solo a lungo. Lady Sybilla si avvicinò, presentandogli per un bacio una guancia arrossata. E Cobham ingoiò l'ultimo pezzetto di crostatina, pulendosi le dita appiccicose sui calzoni prima di tendergli la mano.

Alec raggiunse sua moglie accanto al camino e si chinò per baciarle la fronte, dicendole all'orecchio: «Perdonatemi per essere venuto direttamente dalla scuderia e per non essermi cambiato prima di unirvi a voi.»

«Siete qui. È tutto ciò che conta» mormorò Selina. «Inoltre» disse con un sorriso malizioso, «siete ancora più desiderabile quando siete scarmigliato...»

«Selina!» sibilò Alec, imbarazzato. Aveva le guance in fiamme mentre Selina nascondeva una risatina dietro il ventaglio. «Comportatevi bene, signora moglie!»

«Oppure milord? Farete di me ciò che volete? Mi piacerebbe. *Quello* è un lontano ricordo.»

Alec allargò le falde della giacca per sedersi sullo sgabello e si mise i piedi di Selina in grembo. «Non direi così lontano, amore mio» la contraddisse con un sorriso sornione e le strinse leggermente le dita.

Selina era sul punto di fare un'altra battuta ma ci ripensò, con il sorriso che si trasformava in una smorfia di preoccupazione davanti alla stanchezza negli occhi di Alec.

«State bene? Avrei dovuto chiedervelo subito, e non stavo dimostrandomi insensibile, ma facevo del mio meglio per distogliervi la mente dagli orribili avvenimenti di questa mattina. Ed è stato orribile, vero? Avete... avete trovato ciò che stavate cercando?»

«Sì. E starò bene, vedrete.»

Selina non gli chiese di approfondire, chiedendosi se le stesse nascondendo i particolari a causa della sua gravidanza. In ogni altro momento lei avrebbe insistito che gliene parlasse, ma lo capiva e quindi non chiese.

«Ovviamente... Ma dov'è vostro zio?» gli chiese, cambiando argomento e a voce abbastanza alta perché tutti gli altri sentissero.

«Arriverà appena avrà sistemato gli altri nostri ospiti: due bambini del villaggio. Hanno bisogno di un bagno e di vestiti puliti.»

«Marmocchi del villaggio?» chiese Cobham fissandolo come un allocco, con le sopracciglia rosse cespugliose che svettavano verso l'alto. «Cosa? Niente genitori?»

«Non che io sappia.»

Lord Cobham era scettico. «Pfui, bella scusa! Mendicanti! Accetta il mio consiglio, Halsey. La carità comincia a casa. La tua casa, con la tua famiglia. Non con i marmocchi di qualche mendicante senza nome che si intrufolano nelle tue grazie. Cominceranno in cucina, ti svuoteranno la dispensa e poi li troverai al piano di sopra che stanno saccheggiando la biancheria buona per poi sparire con l'argenteria. Comincia così, Halsey, e non riuscirai a fermare le orde. Si spargerà la voce che sei un sempliciotto.»

«*Sempliciotto?*»

La parola fu pronunciata in tono inorridito dalle tre dame presenti, il che sollevò considerevolmente il morale di Alec. Non si offese alla predica non richiesta di suo cognato, e per evitare che gli fornisse altri consigli inutili, gli chiese del suo viaggio da Londra. Era l'ultima cosa che voleva sentire, dato che Cobham era un conversatore estremamente noioso. Ma con suo cognato che si dilungava su ogni miglio di viaggio, Alec sperava di avere un attimo di tregua dai suoi pensieri. Era piuttosto esperto, sapeva quando annuire e sembrare interessato. Era un'abilità che aveva sviluppato mentre era un membro di basso livello del Ministero degli Esteri ed era stato obbligato ad ascoltare i pomposi monologhi di anziani statisti che non volevano consigli, solo un pubblico servile.

Alec inoltre conosceva sua moglie. Selina stava facendo mostra di fraterna decenza, ma non poteva durare. Essere incinta senza dubbio giustificava la sua insolita compiacenza caritatevole. Ma quando l'aveva vista trasalire al suggerimento del fratello, Alec aveva capito che sarebbero bastati cinque minuti del monologo sul viaggio di Cobham e lei avrebbe cominciato a strappare i fili del rivestimento della poltrona. Dieci minuti e l'avrebbe fatto smettere, usando la sua gravidanza come scusa per scappare, portando la zia e la cugina nel suo salottino per parlare di tutto ciò che riguardava il nascituro e il parto. Alec sarebbe rimasto da solo a intrattenere Cobham, punizione giustificabile agli occhi di sua moglie, per aver dato via libera alle chiacchiere a vanvera di suo fratello.

Era l'esito su cui contava Alec perché a quel punto avrebbe potuto portare Cobham nell'intimità della biblioteca. Lì avrebbe potuto aver luogo la conversazione che sua maestà aveva incaricato Cobham, nella sua qualità di capo del Ministero degli Esteri, di avere con Alec e che era lo scopo del suo viaggio da Londra al Kent.

Ma i piani ottimamente studiati di Alec furono sconvolti da lady Sybilla. Quando lord Cobham dovette fermarsi a metà di una frase per tirare il fiato, o svenire per mancanza d'aria, lei vide l'opportunità di contribuire al suo monologo.

«Lina, non indovinerai mai chi abbiamo incontrato alla periferia di Fivetrees» disse senza fiato, con un'occhiata ad Alec.

«Non tenterò nemmeno, quindi dimmelo» rispose Selina, afferrando forte i braccioli della poltrona. Ma quando Alec le fece l'occhiolino, lei gli fece una boccaccia, facendo del suo meglio per allentare la tensione che suo fratello riusciva sempre a provocarle.

«Quel ragazzo, lo speziale che una volta era il valletto di lord Halsey. Terrence Fisher, o è Theodore?»

«Thomas Fisher, ma noi lo chiamiamo Tam» la corresse Selina, aggiungendo con una smorfia sorpresa quando Alec restò in silenzio: «Sei sicura che fosse Tam, perché era qui con noi...»

«Oh, sì, sicurissima, Lina. L'ho riconosciuto immediatamente, nonostante il cappello tirato quasi sugli occhi. Ha una coda rossa, e quindi gli stessi colori tuoi e di lord Cobham» continuò lady Sybilla. «Anche se i suoi capelli sono più color carota, come quelli di lord Cobham, mentre i tuoi capelli sono di un morbido color albicocca...»

«Maledettamente scortese a fingere di non averci visto, cappello o non cappello» la interruppe Cobham, con un occhio fisso sull'ultima crostatina alle fragole. Sentirsi obbligato a dimostrare un po' di buone maniere in casa di un altro uomo e lasciarla sul piatto lo rese più irritabile del solito. «Quel tizio ha costretto sua grazia ad agitare il ventaglio dal finestrino nel modo meno dignitoso possibile, e tutto per ottenere la sua attenzione. E con un gregge di pecore tra di noi mentre lei si sporgeva talmente tanto che il suo ventaglio praticamente gli toccava il muso, alla fine non ha potuto fare altro che ammettere di averla vista! Immagina! Una duchessa che deve farsi riconoscere da un venditore di pozioni!»

«Tam è uno speziale qualificato, Cobham» rispose Selina irritata. «E anche molto bravo.»

«Ammetto di essere stata particolarmente ansiosa» confessò Olivia St. Neots quando Alec alzò un sopracciglio, sorpreso. Conosceva i metodi di Olivia per estrarre informazioni di prima mano, dato che l'aveva colta a interrogare Tam quando era il suo valletto. «Naturalmente ho immaginato che se il ragazzo era per strada per andare in città, Selina doveva aver già partorito, perché altrimenti l'avrebbe abbandonata? E volevo notizie...»

«E avete ottenuto le notizie?» chiese Selina, con un'occhiata sospettosa di sottecchi ad Alec. «Spero che non sia stato chiamato per qualche faccenda urgente.»

«È ciò che ho detto alla mamma» li interruppe lady Sybilla. «Ho detto che se il signor Fisher stava andando in città, allora doveva essere urgente, perché non avrebbe lasciato Selina così vicino al parto, non senza una buona ragione. Sappiamo tutti quanto sia richiesto come *accoucheur* da quando ha assistito la duchessa di Cleveley. Tutte le giovani dame incinta di Westminster vogliono farsi visitare da lui. È la cosa di moda da fare...»

«*Di moda*?» lord Cobham fece una smorfia di disgusto. «È-è da *degenerati*, ecco che cos'è!»

«Non essere ridicolo, Clive!» disse la duchessa, stridula. «Come ha fatto notare Selina, Thomas Fisher è uno speziale qualificato. E come dice Sybilla, anche un *accoucheur* molto richiesto. E se i Cleveley hanno riposto fiducia in lui come loro *accoucheur*, allora è ragionevole che lo facciano anche tutti gli altri. Il ragazzo evidentemente sa che cosa fa.»

«Sa che cosa fa?» lord Cobham sbuffò gonfiando le guance. «Se volete il mio parere, quelle... *parti* di una donna non sono posto per uomini, per qualificati che siano!»

Selina scoppiò in una risatina e si portò la mano alla bocca e Alec sorrise. Fu un momento di allegria che spezzò la tensione nella stanza, ma non distolse Selina dal chiedere dolcemente a suo marito, una volta calmatasi: «Che commissione ha richiesto che Tam mi abbandonasse e andasse al galoppo in città?»

«Non vi ha abbandonato, mia cara. E starà via due notti al massimo» rispose Alec.

«Questo non risponde alla mia domanda, tesoro» affermò Selina con un sorrisino appena accennato.

Alec sorrise. «No, vero?»

Selina aprì la bocca ma la duchessa la interruppe, asciugandosi gli occhi umidi, dopo essere finalmente riuscita a controllare le risa.

«Buon Dio! Non mi meraviglia che tu e Caro non vi siate ancora riprodotti, Clive! No! Non voglio sentire un'altra parola al proposito o su Thomas Fisher o sul perché se ne sia andato a zonzo. E perché, ditemi, Selina ha bisogno dei servigi di un *accoucheur*, quando ha me? Avete dimenticato che ho avuto *una dozzina* di parti? Non c'è uomo o donna a questo mondo che ne sappia più di me delle *parti* di una donna *e* del parto.»

«Per favore, vi prego, zia, non dite altro» esclamò lord Cobham, che sentiva un po' di nausea. Si asciugò la fronte umida con il fazzoletto. «Ci sono alcune... *faccende*... che è meglio che gli uomini ignorino. Il parto è una di quelle.»

«Oh, sono d'accordo, lord Cobham» rispose sinceramente lady Sybilla. «Gli uomini che non sono *accoucheur* non hanno posto nel...»

«Io sono tutt'altro che d'accordo!» intervenne Selina in tono acuto. «Gli uomini che vogliono essere padri, che vogliono degli eredi, dovrebbero sapere esattamente che cosa devono sopportare le mogli per mettere al mondo la loro prole. Mi dicono che tutto quel sangue, sudore e fatica, per non parlare delle urla mentre spingono fuori il bambino da... Cobham? Cobham? Oh povera me» disse, senza la minima traccia di simpatia, scambiando un sorriso malizioso con la zia e la cugina. «Che cos'ho detto per farlo scappare in quel modo?»

VENTUNO

«Buon Dio, Halsey, non ti sono mai stato più grato per avermi seguito fuori da là!» annunciò lord Cobham, con un lungo sospiro di sollievo quando due servitori in livrea spalancarono le porte della biblioteca. Alec lo lasciò entrare per primo. «Non che io sia un codardo, assolutamente. Sulle cose da *uomini*. Ma questa faccenda del parto...» Rabbrividì e chiuse brevemente gli occhi. «Chi vorrebbe essere una femmina, eh?»

«Dubito che avrei il coraggio di sopportare un parto...»

«Bene! Bene! Quanti vecchi libri polverosi hai» esclamò lord Cobham per cambiare argomento, con il mento sfuggente puntato in alto per vedere gli scaffali a tutta altezza di un'altra stanza enorme. «Le stanze di ricevimento sono tutte ugualmente grandi e ben arredate?»

«Temo di sì» si scusò Alec, sorridendo tra sé e sé alla malcelata invidia di Cobham. «Stiamo sostituendo la maggior parte dell'arredamento perché è scomodo. Ma ciò che vedi qui l'ho portato dalla casa di città. Quanto all'argenteria...» aggiunse, osservando suo cognato allungare il collo in tutte le direzioni per cercare di vedere tutto il vasto soffitto decorato con stucchi, «non l'ho ancora contata, ma ce n'è un bel mucchio ed è chiusa a chiave nella stanza del maggiordomo, insieme al vassoio d'oro.»

Cobham abbassò il mento. «Argenteria?» ripeté, perplesso. Aveva dimenticato di aver praticamente accusato gli ospiti del piano di sotto di Alec di essere dei ladri. «Non vale la pena di chiedere un mio consiglio. Non so niente di simile roba domestica.»

Seguì Alec a un gruppetto di divani e poltrone intorno a un tavolo basso e si sedette pesantemente in fondo a un divano, solo per alzare un gluteo ed estrarre un cuscino rigonfio rivestito di tappezzeria da sotto il sedere. Lo lasciò cadere sul pavimento oltre il bracciolo prima di risistemarsi.

«Lady Cobham ha fin troppi di questi affari con le frange sparsi dappertutto. Maledettamente irritanti.» Sbuffò e fece una smorfia, come per dire che Alec, essendo un maschio, avrebbe simpatizzato con lui. «Non capirò mai tutte le baggianate che le donne insistono siano necessarie in casa. Da quando mi sono sposato, il numero di cuscini sui sofà si è moltiplicato. E nella casa di Londra, continuo a trovare piccoli vasi di porcellana con il coperchio aperto sparsi in tutta la casa. Sono pieni di fiori secchi e spezie che lady Cobham mi dice essere una qualche maledetta stupidaggine francese chiamata *potpourri*. Dice che quella robaccia francese sprigiona un odore gradevole in casa. Mai sentito una cosa simile? Certo che no! Assolutamente impossibile, quale uomo potrebbe averla sentita?

«Ma se questo *potpourri* fa in modo che la moglie passi le sue giornate ordinando ai servitori di riempire quegli inutili vasi con foglie secche e roba simile, tenendola occupata con queste futili cose domestiche, e io posso continuare a fare le cose importanti, senza ingerenza da parte sua, allora chi sono io per discutere? Ovviamente non devo preoccuparmi per questa stupidaggine del *potpourri* quando siamo in campagna. C'è parecchio per occupare il suo tempo nella fattoria. È nata e cresciuta nella proprietà confinante, sai.»

«Così mi ha detto Selina…» fece per dire Alec, ma fu interrotto; Cobham si era fermato solo il tempo necessario a riprendere il fiato.

Alec si morse la lingua e aspettò pazientemente in silenzio, sperando che ci fosse qualcosa di utile in quel monologo zigzagante. Ricordando il tempo passato al Ministero degli Esteri, quando era obbligato ad ascoltare i suoi lunghi e sconclusionati discorsi, ed era diventato chiaro in fretta che il capo del Ministero degli Esteri misurava la sua padronanza di un argomento non dal contenuto, ma dal numero di frasi che pronunciava e ripeteva. E lo sapevano anche quelli intorno ad Alec. Anche loro erano obbligati a tenere a freno la lingua, e alla fine del monologo si scambiavano furtive occhiate divertite. Poi continuavano con il loro lavoro malgrado il pontificare del loro superiore. Più di una volta, nella camera dei comuni, Plantagenet Halsey aveva usato la sinecura di lord Cobham come esempio supremo dell'idiozia di quel sistema, perché avrebbe dovuto essere abolito, sostituito da una struttura basata sul merito all'interno degli uffici governativi. E anche se Alec era d'accordo con suo zio sulle sinecure, non disprezzava completamente Cobham, se non altro perché tra i suoi detriti verbali, e senza che lui stesso se ne rendesse conto, a volte c'era una perla d'intelligenza che valeva la pena di estrarre.

Alec seguì la vecchia prassi, mentre suo cognato continuava il suo monologo riguardo a lady Cobham e alla proprietà terriera in generale.

«Un mezzo per un fine, possedere della terra, per quanto mi riguarda. Ed è il motivo per cui ho sposato lady Cobham. Non che non sia una donna attraente. Ma se non avesse avuto in dote tutti quegli ettari, che ragione avrei avuto di installarla nel mio salotto? Ci ho pensato a lungo prima di impegnarmi, te lo posso dire, Halsey. Il matrimonio è un'impresa maledettamente difficile, ma sarei stato un completo idiota se non l'avessi accettata. È figlia unica e non c'erano parenti maschi che potessero sottrarle la terra. Quindi ha ereditato tutto quanto, senza discussioni. Ovviamente, se avesse avuto dei fratelli, dote a parte, allora l'unico pezzo di terra cui avrebbe avuto diritto sarebbe stata la proprietà qui nel Kent. Ma è un pezzo di terra inutile. È stato diviso tra fratelli per tante generazioni che sarei sorpreso se la porzione di mia moglie fosse più grande di una zolla, adatta solo a far crescere una pianta di fagioli! Una situazione maledettamente scandalosa. Uno scandaloso spreco di belle proprietà, ma non c'è niente da fare.»

Di colpo guardò fisso Alec, come se lo vedesse per la prima volta. Agitò un grasso dito verso di lui e le sue labbra ondularono come se avesse un mucchio di cose da dire, ma la sua bocca non volesse collaborare e far uscire le parole. Finalmente sbottò: «Buon... Dio! La tua proprietà è nel Kent! *Questa* tenuta è nel Kent.»

«Sì, Cobham» confermò Alec, cercando di non sorridere. «Siamo nel Kent...»

«Quanti ettari hai, Halsey? Qui. Qui nel Kent. Non altrove. Qui. Questa tenuta.»

Alec scrollò le spalle. «Cinque, forse seimila ettari...»

«Sei *mila* ettari. Diavolo! Ma come hai fatto... come sono riusciti i tuoi antenati a tenerli tutti?»

«Immagino nel solito modo. Il figlio maggiore eredita dal padre, terra donata al momento di redigere un contratto di matrimonio...»

Lord Cobham scosse violentemente la testa, tanto da far scivolare verso sinistra la parrucca. Non se ne accorse nemmeno.

«No! No! No! Non può essere. Questo è il Kent, amico. Non funziona così qui. Non puoi tenere insieme una proprietà nemmeno se vuoi. Fidati. Ho tentato. È una dannata assurdità ma i primogeniti non hanno più diritti dei fratelli minori e, saperlo ti farà inorridire quanto il resto di noi, delle loro *sorelle*. Già. Le *femmine* hanno *diritto* alla *terra*, nel Kent. *Tutti* i figli si dividono ugualmente l'eredità terriera, secondo un'arcaica e francamente maledetta stupida legge chiamata *gavelkind*. Sicuramente ne avrai sentito parlare? Devi averlo sentito! *Gavelkind*!» ripeté, come se lo stesse dicendo a un bambino. «È un ordinamento fondiario particolare del Kent. Sicuramente ti avranno parlato delle leggi ereditarie quando sei entrato in possesso di questo mucchio di sassi. I tuoi avvocati, il tuo sovraintendente, tuo zio, non ti hanno dato la cattiva notizia?»

«È una cosa tanto brutta che i figli ereditino in ugual maniera?» chiese Alec pacatamente, pensando immediatamente a Selina che era meritevole quanto i suoi due fratelli, ed era certamente più capace di loro.

Eppure la sua mente stava correndo, cercando di ricordare se avesse mai sentito pronunciare la parola *gavelkind*, men che meno se gli avessero spiegato quella legge, in qualunque momento da quando aveva ereditato la proprietà. Forse quando era venuto lì la prima volta dopo la morte di Edward, quando era stato accusato dell'omicidio di suo fratello ed era stato un recluso che evitava ogni invito. Gli avvocati venivano e andavano, lo informavano di certi particolari e questioni legali e lui aveva annuito, confermando senza ascoltare. C'era suo zio. E anche il sovraintendente. Gli avevano detto di non preoccuparsi. Ed era quello che aveva fatto, non si era preoccupato. Tutto ciò a cui aveva pensato a quel tempo era che gli era caduta addosso un'enorme, indesiderata responsabilità, che le riparazioni della casa sarebbero state una montagna insormontabile e che le spese per rendere la casa abitabile e la tenuta di nuovo in attività sarebbero state esorbitanti. Ci aveva pensato come a un masso legato al collo. L'ultima cosa che aveva in mente era il matrimonio, i figli e, ben lontano nel futuro, la loro eredità. E adesso, due brevi anni dopo, le sue prospettive e la sua vita erano cambiate radicalmente, in meglio. Lui e Selina avrebbero allevato lì la loro famiglia…

«Una cosa tanto brutta?» ripeté Cobham con un filo di voce. Tossì forte nel pugno, obbligando Alec a riportare l'attenzione su di lui, e disse severamente, ma con il tono di voce che si usa con un cucciolo che ha nascosto una calza e non vuol dire dov'è: «Stammi a sentire, Halsey. Non sei più un dipendente minore del Ministero degli Esteri. Non puoi più esserlo. Non adesso che sua maestà ha deciso di farti entrare nei nostri ranghi. Sei un pari del regno. Capisci che cosa significa, vero? E sei un proprietario terriero, considerevole anche. E la cosa più importante per me è che sei sposato con mia sorella. Selina e io possiamo anche non intenderci, tra te e me, a volte lei mi spaventa a morte, ma è mia sorella e tant'è. E dato che sei sposato con lei, siamo legati per sempre, nel bene e nel male. Quindi ciò che pensavo di te e ciò che ho detto di te in passato e ciò che sei...»

«Un selvaggio mezzosangue di lignaggio indefinito?»

Cobham non ci fece caso. «Non conta più. Dimenticato tutto. Il fatto è che sei mio cognato e questo...»

«... annulla la mia men che stellare estrazione?»

Cobham si toccò il naso e sorrise. «Esattamente! Sapevo che avresti capito. Bravo! Come mio cognato hai certi privilegi ma significa anche che il resto dei tuoi pari ha delle aspettative nei tuoi confronti. Ci sono regole non scritte cui ti devi attenere. E dato che adesso abbiamo un legame di sangue e io sono il capo del Ministero degli Esteri e godo dell'attenzione di sua maestà e della sua fiducia, e tu sei un pari del regno, non puoi dire quelle idiozie sovversive.»

«Ed esprimere il desiderio che i miei futuri figli godano in egual misura di un'eredità è un'idiozia sovversiva?»

«Da squilibrati, Halsey» rispose cupo Cobham e con un'espressione così seria che Alec avrebbe voluto ridergli in faccia. Non lo fece e suo cognato continuò nello stesso tono solenne: «Di' una cosa del genere nei club o ai Lord e ti troverai su una carretta diretta a un letto di paglia a Bedlam. E c'è di peggio, gli sguardi si volteranno nella mia direzione. Si domanderanno perché diavolo non ho detto qualcosa per fermarti ed evitarti di fare la figura dello stupido.» Si chinò in avanti sul divano per quanto glielo permetteva la pancia e si picchiettò la tempia. «Pensa, Halsey. Una cosa è che quel pallone gonfiato di tuo zio declami i suoi vaneggiamenti sovversivi da maledetto pazzo ai Comuni. Può farlo perché non è un pari. È libero come l'aria di dire e fare come gli pare, per quanto ridicolo. Ma tu no, e non lo sarai mai più. Non puoi voltare le spalle al tuo titolo e pretendere che non sia mai esistito. Chi mai lo farebbe, se fosse sano di mente? Solo un pazzo. Devi tenere a mente che il titolo continuerà dopo di te. Lo erediterà tuo figlio e poi suo figlio e così via. È così che funziona il sistema e sempre funzionerà. È così che manteniamo l'ordine. È come i pezzenti si aspettano che lo manteniamo. Hai una responsabilità nei confronti del tuo primogenito di assicurarti che erediti questo mucchio di sassi. Ma come possa farlo quando hai questa faccenda insidiosa del *gavelkind* da affrontare, maledizione, proprio non lo so.» Scoppiò in una breve risata, poiché aveva appena avuto un'idea che trovava estremamente ridicola. «Se sei fortunato, magari Selina ti darà solo un unico figlio maschio e non avrai femmine a intorbidire le acque dell'eredità; risolverebbe il problema.»

«Possa tu essere benedetto con un solo figlio, e non avere figlie a tuo

nome» ripeté Alec, ricordando immediatamente l'iscrizione in latino nella piazza del villaggio di Fivetrees.

«Esatto! Se fossi in te, aggiungerei quella frase alle tue preghiere serali.»

Ma Alec non stava pensando ai suoi futuri figli, ma a quelli nati lì in passato e a suo zio nel presente, ed espresse i suoi pensieri a voce alta.

«Stando al tuo ragionamento, se questa proprietà ricade sotto la legge del *gavelkind* e figli e figlie ereditano la terra in ugual maniera, allora mio zio, essendo uno di due gemelli, ha ereditato una parte di questa tenuta da suo padre. E quando suo fratello è morto e mio fratello Edward ha ereditato, io devo aver ereditato con lui, in quanto suo fratello. Edward è morto, ma mio zio è vivo e vegeto. E questo significa che possiede ancora una parte di questa tenuta con me. E quindi io non sono l'unico proprietario e non ho la facoltà di trasmettere la proprietà in toto al mio primogenito, anche se volessi e potessi, con qualche miracolo legale, rimuovere questa legge del *gavelkind*.»

«Stammi a sentire Halsey. Non so di che cosa stai parlando, ma mi sembra una faccenda complicata e che farai meglio a chiarire con tuo zio e alla svelta. Non so tutti i dettagli della legge, ma la zia Olivia è categorica che questa proprietà è tua e solo tua.»

Cobham aveva la completa attenzione di Alec. «Olivia? Che ne sa lei di…»

«No! Non sono autorizzato a dirlo. Una promessa che devo mantenere o sua grazia avrà le mie palle per colazione… ehm, parole sue non mie. Non che mi abbia detto molto. Può essere più chiusa di una tagliola quando vuole. Ma dato che tu e io adesso siamo parenti, e dobbiamo far fronte comune contro la cospirazione delle femmine, ti dirò che sono stati presi dei provvedimenti…»

«Da parte di chi?»

«Stai al passo! Stai al passo! Da tuo zio, riguardo l'eredità di questa tenuta» enunciò Cobham, sbuffando. Quando Alec fece per parlare, scosse la testa e agitò una mano, mentalmente esaurito. «No! Non posso dirti altro. Te l'ho detto. La zia Olivia mi staccherà le palle. Parla con tuo zio. Cioè, se riuscirai a farti dire da lui una dannata parola che non sia un vaneggiamento. Ma io ho finito. Non sono venuto qua per sistemare i tuoi affari. Perché, francamente, non sono affari miei, ma tuoi. E per essere schietto, i miei affari sono molto più importanti. Riguardano la nazione e l'onore di sua maestà, e hanno una certa urgenza.»

«Allora sarà meglio che ci fortifichiamo» disse Alec andando verso la credenza.

Tornò con un decanter di brandy e dei bicchieri e cominciò lentamente a versarlo. Guardare il liquido ambrato scendere nel bicchiere gli diede un momento per mettere mentalmente da parte tutte le domande che aveva in testa su ciò che gli aveva appena rivelato Cobham. Sapeva che non avrebbe ottenuto altro da suo cognato, che ora indossava la parrucca di capo del ministero, anche se pendeva su un orecchio. Le domande avrebbero dovuto aspettare finché avesse potuto affrontare suo zio e, nel caso non avesse parlato, c'era sempre l'avvocato di Yarrborough e Yarrborough che Tam era andato a prendere a Londra. In un modo o nell'altro avrebbe avuto le risposte nei giorni successivi. Riportando i suoi pensieri al presente, porse il bicchiere a Cobham e alzò il proprio. Suo cognato lo imitò.

«Normalmente, non berrei fin dopo cena» confessò Cobham, trangugiando avidamente il contenuto in un sol sorso. Tese il bicchiere per farselo riempire di nuovo e Alec lo accontentò. «Ma ciò che ti devo dire lo richiede.»

«Allora perché il capo del Ministero degli Esteri ha bisogno del mio aiuto?» chiese Alec tranquillamente.

«Perché? Maledizione, ti dirò io il perché!»

Lord Cobham aveva quasi strillato le parole. Il brandy lo aveva fatto riprendere. Si mise diritto, raddrizzò la parrucca e agitò il bicchiere verso Alec come fosse una spada. Tutte le sue rassicurazioni che Alec non era più un membro di basso livello del suo ministero scomparvero come neve al sole. Si rivolse a lui come faceva con tutti quelli che considerava indegni della sua attenzione, cioè tutti eccetto se stesso.

«Halsey, hai messo nei guai questa nazione, quindi, maledizione, ce ne tirerai fuori!»

VENTIDUE

«Guai?»

Alec depose il bicchiere vuoto e mise le braccia conserte. Non era per nulla scosso dall'accalorata scenata di Cobham e aspettò che si spiegasse come se avesse tutto il tempo del mondo.

«Sai, una-una difficoltà» borbottò alla fine lord Cobham, abbassando considerevolmente la cresta sotto lo sguardo fisso di Alec.

«Conosco la terminologia. È stata sua maestà a suggerire che sia io il responsabile per le difficoltà in cui si troverebbe il paese o qualcuno ha suggerito a sua maestà che fossi io la causa?»

Lord Cobham fece un gesto indifferente. «Non sua maestà. A sua maestà.» Sbuffò, esprimendo la sua superiore incredulità. «Come farebbe il re ad avere idea di che cosa succede se non glielo dicessi io, eh?»

«Così sei stato tu a dirgli che era colpa mia.»

«Ascolta, Halsey. Chi ha detto cosa a chi non ha importanza adesso. Il problema c'è e tu sei l'unico che può risolverlo. Ed è il motivo per cui sono venuto fin qua per accertarmi che lo faccia.»

Alec finse di non capire. Piegò di lato la testa, come riflettendo. «Sembra che ci siano due affermazioni contrastanti qui. Una è che ho causato difficoltà al paese; l'altra è che il problema, qualunque esso sia, può essere risolto solo da me, che, come dici tu, l'ho causato in prima istanza. Qual è quella giusta?»

Lord Cobham fece una smorfia, senza minimamente capire di che cosa stesse parlando Alec. Ma per coprire la sua ignoranza e perché aveva un'opinione ipertrofica delle proprie capacità di negoziatore, dato che nessuno nel suo ministero aveva mai osato dirgli il contrario, disse, con un sorrisetto di superiorità: «Sai come sono queste corti straniere e i loro governanti. Ci invidiano. Direbbero e farebbero qualunque cosa per diventare nostri amici, mentre ci pugnalano alle spalle con l'aiuto dei nostri nemici.»

«Tenendo il piede in due scarpe, quindi.»

«Precisamente!»

«Come il nostro governo teneva il piede in due scarpe riguardo l'esito della guerra civile a Midanich?»

«Esattamente! Sapevo che avresti capi... No! No! Non era ciò che stava facendo il nostro governo, assolutamente!»

«Oh? Allora non hai descritto tu personalmente il margravio di Midanich come ehm... *un maledetto nessuno*, e non hai chiamato Midanich *un insignificante principato nel mezzo di chissà dove in Europa?*»

Le terga di lord Cobham si alzarono dal divano mentre i suoi piedi restavano fermamente ancorati al tappeto. Ondeggiò. «Chi ti ha detto... Perché avrei dovuto...»

«Che non ti importava chi avrebbe vinto la guerra civile, il principe Ernst o il principe Viktor, purché risultasse che il governo di Sua Maestà aveva sostenuto la parte vincente fin all'inizio?»

«Dove hai sentito...?»

«Una lettera indirizzata a me che descriveva te e le tue opinioni su Midanich e il suo margravio. Non credo di aver citato male la lettera, o te.»

«Ma come...»

«Ovviamente sai che il fatto di essere il capo del Ministero degli Esteri non ti rende immune a essere spiato anche tu. Andrei oltre e direi che probabilmente sei l'uomo più spiato nel governo.»

«Ma quegli stranieri non capiscono l'inglese, men che meno capiscono cosa...»

«Chi ha parlato di spie straniere?»

Lord Cobham si alzò in piedi di colpo. «Questo è tradimento e cadranno delle teste!»

«Siediti, Cobham. Questa non è l'Inghilterra dei Tudor. Il nostro monarca non si metterà a decapitare le sue stesse spie per avergli riferito cosa dice e fa il capo del Ministero degli Esteri nel nome della corona. E ciò che hai detto sul margravio di Midanich e il suo principato ha contrariato il re perché ha contrariato il margravio. Non è così?»

Alec non aveva bisogno di una risposta, perché la conosceva già. Aveva ricevuto lettere da parecchi suoi corrispondenti nel corso delle ultime sei settimane, più che altro da Midanich. E una era arrivata dal conte di Salt Hendon, a cui il re aveva chiesto di presiedere il comitato di benvenuto a Londra durante la visita del margravio che aveva assunto recentemente il potere, prevista per più tardi quell'anno, la prima visita da parte di un governante di quel paese in Inghilterra. La lettera di lord Salt spiegava che le trattative per la visita erano a un punto morto e l'atteggiamento del capo del Ministero degli Esteri non stava aiutando a sbloccare la situazione.

Quindi Alec era al corrente della crisi diplomatica che stava fermentando tra l'Inghilterra e Midanich. E anche se non sapeva che cosa ci fosse nella testa del suo re, godeva della fiducia del conte di Salt Hendon e del margravio di Midanich. Entrambi volevano una soluzione, e in fretta. E il margravio voleva che fosse Alec a risolverla, e nessun altro. Stava riponendo la sua fiducia nel barone Aurich di Midanich, ed era il motivo per cui aveva mandato a Londra un emissario, in segreto. Ma Alec era anche il marchese Halsey dell'Inghilterra, e la sua lealtà andava a re George. E così gli aveva ricordato il conte di Salt Hendon.

Stava per incamminarsi sul filo di un rasoio diplomatico, cioè, *se* era pronto a scendere nell'agone e ad agire come intermediario diplomatico. Come se non avesse già abbastanza problemi nella sua vita in quella tenuta! Ma Cobham adesso era suo cognato, il conte di Salt Hendon un amico fidato e lo era anche il margravio. E poi c'era la visita privata a Londra della contessa Rosine, alla quale aveva mandato una lettera tramite Tam. Come poteva rifiutare?

Prima di tutto doveva porre fine alla malriposta fiducia di Cobham nelle proprie insignificanti capacità. Perché sapeva anche che il re era furioso con il capo del suo Ministero degli Esteri e aveva minacciato di spogliarlo non solo delle sue sinecure ma di qualunque altra alta carica rivestisse.

Alec versò il brandy nel bicchiere vuoto di Cobham e gli disse di bere. Poi prese il controllo della situazione.

«Vediamo di chiarire i fatti. Il pasticcio, come lo chiami, in cui il nostro governo si trova con una potenza straniera, non l'ho creato *io*, ma tu...»

«Ehi, ascolta, Halsey, io...»

«L'hai creato *tu*» ripeté Alec, fissandolo impassibile.

Indicò il sofà, perché Cobham depositasse saldamente le terga sul cuscino. E quando suo cognato obbedì, Alec continuò.

«Le tue malinformate e, oserei dire, provocatorie, opinioni su Midanich e il suo governante hanno lasciato sua maestà in una situazione imbarazzante. Il margravio, che aveva già accettato l'invito di sua maestà a visitare l'Inghilterra, scopre poi che la sua nazione e la sua persona sono state diffamate nientemeno che dal capo del Ministero degli Esteri inglese. Che cosa deve fare?»

«Dimenticarlo! Dimenticare che ho detto anche una sola parola. È ciò che dovrebbe fare se vuole che noi...»

«Non ho bisogno che risponda alla domanda, Cobham. I tuoi commenti sono scritti nero su bianco perché tutti li leggano. Non è una semplice voce che il margravio può trascurare, sono fatti.»

«Nessuno può dire che sia la mia grafia, men che meno quel *parvenu* tedesco.»

«Sappiamo tutti che l'hai detto tu, Cobham. Il margravio, i membri della sua corte, della nostra, lord Salt, il capo delle spie e sua maestà. E dato che lo sappiamo tutti, il margravio ha tutti i diritti di cancellare la visita al nostro paese e sua maestà non può ritenersi offeso, altrimenti ci sarà un incidente diplomatico. Ma c'è un'*impasse* diplomatica, ed è opera *tua*.»

«Perché quell'uomo dovrebbe fare una cosa così maledettamente stupida, come non venire in Inghilterra, eh?» ribatté Cobham in tono belligerante. «Essere invitato qui è un grande onore, in effetti. Ed è la prima volta che un vicino degli Hannover è stato invitato, quindi un doppio onore per lui.»

«Questo potrebbe ancora salvare te e il ministero e anche permettere al margravio di salvare la faccia.»

«Eh? Come?»

«Perché sua maestà inviterà il margravio non nella sua veste di maestà britannica di Gran Bretagna e Irlanda, ma come duca di Brunswick ed elettore di Hannover. Il che significa che intratterrà il margravio come suo cugino tedesco e amico.»

«Sembra ragionevole. Il margravio non potrà obiettare, no?»

«Significa che sua maestà sarà libero da tutti i soliti lacciuoli parlamentari e ministeriali ai quali sono di solito soggetti i monarchi della Gran Bretagna. Significa anche che coloro che saranno coinvolti nella visita da parte nostra saranno i consiglieri tedeschi del re, e non le loro controparti inglesi.»

Quando lord Cobham non fece commenti, Alec glielo spiegò: «Non ci sarà posto per il capo del Ministero degli Esteri o per il ministero stesso, nella visita, né durante le trattative per...»

«Cosa?! È oltraggioso! Questa è la dannata Inghilterra! Io sono il capo del dannato ministero. Non...»

«Non sarai a capo del ministero molto a lungo se continuerai con questo atteggiamento belligerante. È un fatto, Cobham. Se non ti fai da parte per la visita del margravio di Midanich, se non ti prendi un po' di tempo per visitare le tue tenute e recitare la parte dell'attento proprietario terriero, potresti trovarti relegato a riempire piccoli vasi di porcellana con il *potpourri* per il resto dei tuoi giorni. Sono sicuro che non è ciò che vuoi, vero?»

Lord Cobham scosse la testa, con il labbro inferiore che sporgeva, il bicchiere vuoto tra le ginocchia e il doppio mento infilato nella cravatta. Un modello di contrizione. L'unico segno del suo tumulto interiore era il movimento dei suoi piccoli occhi scuri, che guizzavano da una parte all'altra. E poi le parole che disse spensero ogni speranza di Alec che suo cognato si stesse finalmente assumendo la responsabilità delle proprie azioni. Ma ciò che non lo sorprese fu che Cobham si dimostrasse all'altezza della sua reputazione come la persona meno qualificata per gestire un ministero votato alla diplomazia.

«Quel tipo dev'essere veramente suscettibile, direi permaloso come un tacchino, per essersi risentito per le mie parole! Inoltre, sappiamo tutti che non può permettersi di ritenersi offeso. Non con il suo paese nel caos dopo quella guerra civile con il suo folle fratello, e con la necessità di avere il conquibus per ricostruire. Deve farsi crescere il pelo sullo stomaco e dimenticare di essere stato insultato, perché se non lo farà, chi dice che prenderemo i suoi dannati soldati, eh?»

«Cobham, penso che tu non riesca a capire che cosa c'è in gioco qui. Non tocca al margravio venire da noi con il cappello in mano. Può facilmente trovare un'altra potenza straniera fin troppo pronta ad assumere i soldati ben addestrati e rispettati che fornisce Midanich. Quel paese ha i migliori combattenti in Europa. Potrà avere bisogno dell'introito per ricostruire il suo paese, ma può ottenerlo da qualunque altra parte. Noi, l'Inghilterra e sua maestà, non possiamo trovare truppe simili ovunque. Per dirla senza mezzi termini: l'Inghilterra ha bisogno di Midanich più di quanto Midanich abbia bisogno di noi.»

Lord Cobham annuì, ma non sembrava convinto. «Francamente, tutto ciò che conta è ottenere la firma del margravio su quei documenti, e che ci dia i suoi mercenari. Se significa che dovrò andare in campagna e sguazzare nel letame, così sia. Ma non lo farò, sai...»

«Non farai cosa?»

«Non andrò da nessuna parte. Starò a Londra, dove c'è bisogno di me.»

Alec fece un respiro profondo e digrignò i denti prima di dire con calma, ma fermamente: «Perché sei venuto qua se non eri pronto ad ascoltarmi?»

«Te l'ho detto: c'è bisogno del tuo aiuto. Il margravio non vuole parlare con nessuno di noi, nemmeno sua maestà. Parlerà solo con te.

Dice che non verrà a Londra a novembre a meno che ci sia tu di fianco a sua maestà a riceverlo.»

Alec avrebbe voluto alzare le mani al cielo e gridare *Alleluia!* Il capo del Ministero degli Esteri aveva finalmente chiesto il suo aiuto per un problema che si era reso conto poteva risolvere solo Alec.

«Ti aiuterò, Cobham...»

«Bene! Era ora che accettassi di venire in aiuto al re e alla nazione...»

«... ma ti aiuterò solo a due condizioni.»

Lord Cobham depose il bicchiere vuoto sul cuscino accanto a lui e si alzò in piedi. Alzò una mano, come se particolari simili fossero robetta insignificante.

«Nomina le tue condizioni e sarà fatto. E adesso, se non ti dispiace, vorrei cambiare questi vestiti e mettermi qualcosa di più presentabile per la cena. Devo mantenere le apparenze, specialmente per le nostre donne, anche qui in campagna. Spero che lo farai anche tu. Lo dico per mia sorella. È sempre attraente, dovunque sia... Beh? Stai al passo! Non restare lì, dimmi quali sono le tue condizioni! Il mio uomo mi starà aspettando.»

«Starai fuori dalle trattative con il margravio. E tu e i tuoi subordinati e il capo delle spie e i suoi accoliti seguirete i miei ordini.»

Alec tese la mano.

Lord Cobham fece una smorfia, con le sopracciglia rosse cespugliose che si muovevano su e giù e scrollò una spalla. Poi tirò il pizzo ai polsi e allungò il grasso collo nella cravatta di lino, tanto che Alec si chiese se intendesse rifiutarsi di stringergli la mano. Ma alla fine lo fece, aggiungendo con aria imbronciata: «Va bene. Non che non fossi già sul punto di suggerire che tutti seguissero i tuoi ordini. Dopo tutto, tu parli la *lingua franca* meglio di me. Non sono mai stato così bravo in francese a Eton... e tu parli anche tedesco, che mi offende le orecchie; suona come un mucchio di orribili espressioni gutturali senza senso.»

Alec si morse la lingua e fece un cenno ai servitori perché aprissero la porta. Quando lo fecero, entrarono Plantagenet Halsey e sir Tinsley Ferris, che stavano discutendo animatamente. Furono interrotti bruscamente dal capo del Ministero degli Esteri, che impedì loro di avanzare nella biblioteca.

«Sir Tinsley, questo è lord Cobham, il fratello di lady Halsey» dichiarò Plantagenet Halsey con un profondo sospiro, come se fosse uno sforzo fare una simile presentazione. I due estranei si inchinarono educatamente, salutandosi. «Cobham, questo è sir Tinsley Ferris, il magistrato locale e nostro vicino. Questo è tutto il tempo che abbiamo, quindi puoi andare per la tua strada. E dato che puzzi di cavallo e carretto, sarà meglio che entri in una vasca e ti dia una strigliata, altrimenti offenderai le signore… Ora, milord» disse ad Alec, oltrepassando lord Cobham che era stato ridotto al silenzio, «sir Tinsley e io abbiamo bisogno di parlare.»

«No, non *noi*» dichiarò sir Tinsley, sbuffando irritato.

Il magistrato non badò al fatto che l'uomo in piedi davanti a lui, con la testa a forma di merluzzo e una pancia che lo proclamava un ghiottone, fosse un eminente membro del consiglio privato e capo del Ministero degli Esteri. Era tale la sua presunzione nel suo ruolo di tutore della legge locale che si considerava l'uomo più importante nella stanza, seguito dal suo ospite, lord Halsey. Quindi seguì Plantagenet Halsey nella stanza senza una seconda occhiata a lord Cobham, che aveva la bocca semiaperta dopo essere stato sommariamente liquidato da un uomo e ignorato dall'altro.

«Io e solo io nella mia veste di magistrato devo parlare con lord Halsey, e senza vostre interferenze in questa indagine per omicidio.»

«Interferenze?» esplose Plantagenet Halsey, un passo dietro ad Alec che era tornato al gruppo di poltrone da cui si era appena alzato. «Avreste dovuto ascoltare il mio suggerimento e forse il ragazzo sarebbe stato più disposto a parlare.»

Sia il magistrato sia il vecchio erano così presi a discutere che furono sordi alla ramanzina che lord Cobham fece ai due sventurati servitori sull'attenti accanto alla porta aperta. Non Alec. Osservò Cobham precipitarsi fuori dalla biblioteca e indicò loro di chiudere la porta. Sarebbe stata una lunga giornata…

VENTITRE

«GLI HO DETTO CHE IL RAGAZZO NON AVREBBE PARLATO» DISSE Plantagenet Halsey ad Alec con un tono di voce molto più contenuto di quando era entrato nella biblioteca con sir Tinsley. «Se non si è aperto con sua sorella, non dirà un bel niente a un magistrato, non credi?»

«Ho preso nota del vostro consiglio, Halsey, ma, come magistrato, ho certi doveri da compiere. Il ragazzo Turner è stato ucciso e anche se la morte del figlio del fabbro può essere stata accidentale, hanno infierito sul suo corpo; una o più persone sconosciute gli hanno mozzato la mano. E l'unico testimone di entrambi i crimini è Nicholas Fisher. Quindi deve parlare e parlerà. E se non a me, allora sarà consegnato a un'autorità superiore per essere interrogato. Il fatto che rifiuti assolutamente di parlare può portare a ipotizzare che sia implicato nell'omi...»

«Questa è un'assoluta scempiaggine e lo sapete!» sbottò Plantagenet Halsey, sbuffando. «Quel ragazzo non è niente più di un fuscello. Hugh Turner era un ragazzo robusto e aveva tre anni più di Nic Fisher, le cui braccia non sono più grosse del manico di una scopa. Mi dite come avrebbe potuto un ragazzino come quello sopraffare e tagliare la gola a un amico, e quando l'altro amico è scappato dalla scena, raggiungerlo, trovarlo impalato e poi, così, come se niente fosse, tagliargli via una mano? Non è semplicemente possibile. Inoltre, perché avrebbe dovuto farlo ai suoi due migliori amici e in un modo così raccapricciante e significativo? No. Nic non ha avuto niente a che fare con l'omicidio. E il motivo per cui non sta parlando, è che è spaventato a morte e in uno stato di enorme agitazione. E resterà così se continuerete a tormentarlo. Parlerà al momento giusto.»

«Sono d'accordo che il ragazzo non abbia avuto niente a che fare con questo orrendo misfatto» rispose sir Tinsley, con un improvviso voltafaccia. «La mia ipotesi è la conclusione che *altri* possono trarre dal suo continuato silenzio. Ma se non aprirà bocca, sarò obbligato a consegnarlo ad altri che non lo conoscono. E saranno pronti ad addossare l'omicidio a qualcuno per soddisfare i genitori addolorati e per tranquillizzare un villaggio che è spaventato a morte sapendo che c'è un assassino libero nei boschi, che se la prende con degli innocenti. Dato che Nicholas Fisher era lì quando i ragazzi sono stati aggrediti, è l'unico che può dirci qualcosa; potrebbe anche conoscere l'identità dell'assassino o degli assassini. Quindi, no, non possiamo aspettare che il ragazzo si decida a parlare. Ed è il motivo per cui sono qui, milord, per chiedervi di permettermi di prendere in custodia Nicholas Fisher e...»

«Sir Tinsley, a meno che abbiate un motivo per credere che Nicholas Fisher abbia commesso quei crimini, temo di non poter accettare la vostra richiesta» disse Alec, senza scusarsi. «Il ragazzo e sua sorella resteranno qui, sotto le mie cure e la mia protezione.»

Sir Tinsley chinò la testa. «Molto bene, milord. Comunque, non mi lasciate altra scelta se non mandare a chiamare gli agenti di Bow Street a Londra, e permettere ad altri di occuparsi di questa faccenda.»

«Perché siete così pronto a tirarvi fuori dal caso, eh?» chiese Plantagenet Halsey. «Normalmente siete ansioso voi stesso di puntare il dito, ma non ora. Perché?»

«Zio, Nic e Sally hanno fatto un bagno e hanno vestiti puliti?» Quando il vecchio annuì, gli chiese: «E i loro vestiti scartati sono stati messi da parte come ho ordinato?» Il vecchio annuì di nuovo. «E quando avete esaminato i loro vestiti, che cosa avete trovato?»

«Stracci. I loro vestiti erano logori, rammendati fino all'impossibile e quelli del ragazzo erano pieni di pidocchi. Direi che il grembiule della ragazza era più pulito e senza parassiti perché ha un lavoro e passa la maggior parte delle sue giornate immersa fino alle ginocchia nell'acqua della lavanderia!»

«Che cosa c'entra questo, milord?» chiese sir Tinsley esasperato.

«Se, come avete ipotizzato, Nic Fisher è stato coinvolto in un orrendo omicidio, mi sarei aspettato che i suoi indumenti fossero pieni delle prove di questa attività criminale.»

«Cioè?» chiese il magistrato, perplesso.

«*Sangue*, Ferris» li interruppe il vecchio. «Non c'era sangue, nemmeno una goccia sui vestiti dei ragazzi. Potete esaminare voi stesso quegli stracci. Non sono stati toccati, o alterati o puliti. È ovvio che se tagliate la gola a un animale c'è un mucchio di sangue *dappertutto*. E avendo una fattoria, sappiamo tutti come va, vero?»

«Il ragazzo manca da giorni… potrebbe essersi cambiato i suoi stracci» ribatté sir Tinsley in tono poco convinto, ripensando a ciò che il vecchio aveva detto sulla mancanza di macchie di sangue sui vestiti di Nicholas Fisher e sentendosi stupido per non aver pensato a controllare lui stesso.

«Cambiato con cosa?» sbuffò Plantagenet Halsey. «È un Fisher! Scommetterei che gli stracci che porta sono di seconda o terza mano già così.»

«Ha passato quei giorni nascosto nel cottage del vecchio Bill» disse Alec a sir Tinsley. «E da quanto ho potuto vedere lì, non c'erano macchie di sangue.»

«Vostra signoria è stata nel cottage del vecchio Bill?» chiese con circospezione il magistrato.

«Ciò che mi ha sorpreso di più, a parte il fatto che non esiste attualmente un vecchio Bill che risieda lì, è che per essere il cottage di un boscaiolo è notevolmente ben tenuto… troppo ben tenuto.» Alec fissò entrambi gli uomini quando aggiunse con un sorriso ironico: «E presumo che sia perché tenerlo in buono stato fa parte dell'accordo tra tutti voi, ma è il capanno chiuso con un lucchetto dietro… *sul retro*? Sì, fuori sul retro che è l'edificio più importante. Ma sto divagando e ciò che voglio sapere adesso, sir Tinsley, è come ha reagito Nic alla vostra presenza.»

«Milord? Non ha reagito diversamente da come mi aspettavo» ripeté lentamente il magistrato, perché stava ancora lentamente digerendo la notizia che lord Halsey non solo aveva visitato il cottage del vecchio Bill ma conosceva lo scopo del capanno. «Perché lo chiedete?»

«Forse, dato che voi eravate troppo preso a fare il vostro dovere per notarlo, sarebbe meglio se me lo dicesse mio zio, da spettatore.»

«Il ragazzo ha perso la lingua» rispose Plantagenet Halsey. «Si teneva vicino a sua sorella. E anche quando lei ha cercato di convincerlo a parlare, non l'ha fatto. Ma perché avrebbe dovuto aprire bocca con Ferris, qui, che gli alitava in faccia e minacciava di mandarlo sulla forca se non avesse collaborato.»

«Quindi era spaventato, ma non allarmato?»

«Allarmato? No. Niente fuori dall'ordinario. Nic e sua sorella sanno che Ferris è il magistrato locale, quindi naturalmente hanno paura di lui; quale abitante del villaggio non ne ha? Si aspettavano di essere interrogati. La sorella ha parlato spontaneamente, mentre il fratello è rimasto muto.»

«Quindi se non era allarmato, era terrorizzato?» insistette Alec, spostando lo sguardo da suo zio al magistrato per poi tornare dallo zio.

«No, nemmeno terrorizzato» affermò Plantagenet Halsey. «A essere sinceri, non era niente. Cioè, non mostrava emozioni. Ferris avrebbe potuto interrogare un muro di mattoni e avrebbe ricevuto la stessa reazione, cioè niente.»

«Questo mi dice molto di più di quanto possiate capire al momento.»

Il vecchio e il magistrato si guardarono in faccia, poi guardarono Alec, sconcertati dal tipo di domande, e dalla reazione di Alec, che decise di chiarire.

«Lo chiedo perché se Nic fosse stato allarmato o terrorizzato alla presenza di sir Tinsley, mi avrebbe portato a pensare che il ragazzo sapesse che lui era nel bosco quando Hugh e Will sono stati aggrediti. E se quello fosse stato il caso e avesse visto sir Tinsley tagliare la gola a Hugh, allora sir Tinsley lo saprebbe anche lui, e spererebbe di metterlo a tacere.»

«Ma-ma è… oltraggioso! Oltraggioso!» Balbettò sir Tinsley. «A che scopo avrei ucciso due ragazzi nel bosco? Mio Dio, milord, ma sono offeso dalla vostra supposizione e vi chiedo di ritrattarla immediatamente altrimenti…»

«… altrimenti cosa? Sua signoria sta solo facendo due più due, ottenendo più di quanto avete ottenuto voi! Chi può dire che non *foste* nel bosco, a inseguire un cervo? A ripensarci, Bailey avrebbe potuto essere con voi e voi due avete aggredito quei tre ragazzi perché non volevate che sapessero che stavate cacciando i cervi di sua signoria.»

«Non siate ridicolo, Halsey!» disse sprezzante sir Tinsley. «Tutti a Fivetrees, dal fabbro al vicario, ad Adams il guardacaccia e ai nomadi e ai gitani che passano di qui, sanno che cacciamo i cervi di sua signoria; inclusi quei ragazzi. E questo include anche voi. Avete bevuto troppo brandy!»

«Lo sanno tutti, sembra, tranne me» disse Alec a bassa voce e poi sorrise appena quando entrambi gli uomini lo guardarono di colpo come se avessero appena divulgato il più grande segreto che fosse mai stato rivelato loro. Alec avrebbe riso davanti all'espressione colpevole sui loro volti, ma l'occasione era solenne. Pensando a Hugh e Will disse senza mezzi termini: «Avete ragione, sir Tinsley. Dato che la caccia di frodo ai miei cervi è una cosa risaputa, non è un motivo per cui qualcuno ucciderebbe. Ma vi ringrazio per avermi confermato ciò che avevo già capito da solo…»

«Alec, io...» fece per dire il vecchio, ma Alec lo interruppe senza guardarlo.

«Come avete appena detto, sir Tinsley, tutti sanno della caccia sulle mie terre. Quindi presumo che tutti, dall'idiota del villaggio al vicario, al mio stesso guardacaccia e i miei vicini proprietari terrieri, e mio zio, siano coinvolti in qualche modo nel bracconaggio dei miei cervi e nella vendita e distribuzione illegali della carne...»

«Alec, non è come pensi! Io...»

«Halsey ha ragione, milord. Non è ciò...»

«Il tempo delle spiegazioni e delle scuse è passato. Avete avuto entrambi ampie possibilità di spiegarvi.» Alec finalmente guardò direttamente suo zio. «E voi avete avuto più tempo di chiunque altro e più ragioni per dirmelo. No! Permettetemi di finire e poi potrei darvi l'opportunità di parlare. A essere sincero, il bracconaggio organizzato nella mia proprietà è la minore delle mie preoccupazioni. Il figlio del mio sovraintendente è stato assassinato, il suo amico è morto, entrambi bambini...» Si fermò a riflettere e fece una smorfia. «Zio, posso presumere che Turner sapesse del bracconaggio? Ovvio! Doveva essere pesantemente coinvolto perché lo schema funzionasse...»

Plantagenet Halsey aprì la bocca per rispondere, poi la richiuse e strinse le labbra quando l'espressione di Alec divenne più cupa.

«Pensate... pensate, milord, che il coinvolgimento di Turner in quell'impresa sia in qualche modo collegato all'assassinio di suo figlio?» chiese timidamente il magistrato.

Alec scosse la testa. «No. Cioè, sono ragionevolmente sicuro che non sia quello il motivo.»

«Dopo tutto quei ragazzi stavano anch'essi cacciando di frodo il cervo, e avevano abbattuto uno dei vostri cervi maschi» continuò mellifluo sir Tinsley, incoraggiato dal fatto che Alec continuava a pensare, e dall'insolito silenzio di Plantagenet Halsey. «Non è una cosa semplice. La bestia aveva quattordici punte o più. Che non stessero seguendo il solito procedimento avrebbe causato malcontento tra i residenti di Fivetrees che sentivano, secondo loro almeno, di essere derubati del ricavato... Forse Adams, o qualcuno del villaggio, o Turner stesso, era furioso che quei tre avessero osato sfidare i sistemi di Fivetrees. E l'avete detto voi stesso, milord: Nicholas Fisher era nel capanno del vecchio Bill, che è interdetto a tutti tranne pochi selezionati...»

«Oh no, Ferris, no!» esclamò Plantagenet Halsey. «Non tentate di accollare la colpa a quelli cui non sarà mai dato il diritto di difendersi da quelli come voi! Come sarebbe conveniente se tutto potesse essere cancellato accusando dell'omicidio un qualunque abitante del villaggio, o Adams o perfino il sovraintendente! Adams e Turner non parleranno perché sono leali e non vorranno implicare gli altri. E chi darebbe ascolto alle farneticazioni di un povero abitante del villaggio contro la parola del rispettato magistrato locale? Conosco la vostra storia. Vi preoccupa che se sarete obbligato a portare la faccenda a Bow Street, verrà fuori che non solo avete chiuso un occhio sul bracconaggio e quello che succede nel capanno del vecchio Bill, ma che prendete anche voi la vostra libbra di carne, o meglio di cervo, per chiudere quell'occhio. Siete coinvolto anche voi, e siete un ladro comune e un bracconiere come chiunque altro a Fivetrees. Avete un bel fegato! Vi prenderei a pugni, ma non voglio scendere ancora più in basso nella stima di sua signoria. Quindi lascerò che sia lui a mettervi a nudo e prendervi metaforicamente a pugni...»

«Povero me, Halsey, non vi capirò mai» lo interruppe sir Tinsley, schioccando la lingua e scuotendo la testa. Guardò Alec, come aspettandosi che fosse d'accordo con lui. «Vi tolleriamo tutti per via della vostra famiglia, e io perché siamo imparentati tramite mia moglie. Lei ha sempre dichiarato che era diventato conte il fratello sbagliato, cosa che non ho mai capito perché per quanto riguarda il resto dei nostri vicini, vostro fratello era un bravo conte di Delvin che capiva la *noblesse oblige* e la dignità di mantenere le tradizioni e la posizione. Voi, d'altro canto, siete un'aberrazione.»

Il magistrato guardò di nuovo Alec e, imbaldanzito dal fatto che non lo aveva interrotto ma che stava guardando fisso il vecchio, continuò con una nota di superiorità: «Ciò che non avete mai capito, per quante volte ve l'abbiano ripetuto, è che il colonnello Bailey, io e gli Halsey non siamo bracconieri, ma sportivi. I bracconieri uccidono per mangiare o per vendere. Noi, d'altro canto, cacciamo il cervo per sport, per l'emozione dell'inseguimento e il piacere dell'uccisione, non per ragioni commerciali. Che ci sia della carne di cervo sulle nostre tavole è il risultato dello sport, non lo scopo.»

«Permettetemi, zio» ordinò pacatamente Alec, vedendo il vecchio che fletteva le dita e stringeva i denti.

Gli occhi azzurri di Alec si posarono sul magistrato e si fissarono sul sorrisetto condiscendente che appariva quando parlava di quelli inferiori a lui con quelli che considerava suoi uguali. Alec lo disilluse in fretta ed ebbe la vuota soddisfazione di vedere il sorriso di sir Tinsley sparire e la sua faccia impallidire solo per arrossire l'istante successivo in un misto di indignazione, imbarazzo e senso di colpa.

«Bracconiere o sportivo, entrambi uccidono per guadagno o gratificazione. Eppure vengono puniti coloro che uccidono perché stanno morendo di fame? Dov'è la giustizia? Capisco il contadino che sfoltisce la sua mandria per assicurarne la sopravvivenza o perché deve proteggere i suoi raccolti o quelli dei suoi vicini, quel fine giustifica i mezzi. Il vostro fine no, e non li giustificherà mai. Conoscevate anche il mio desiderio di far cessare la caccia nella mia proprietà e che sarebbe stata permessa solo durante l'abbattimento selettivo, eppure avete sfidato il mio editto. Con quale diritto pensate di essere al di sopra della legge? No! Lasciatemi finire!

«Sapevate che nelle mie terre si cacciava di frodo eppure voi, come magistrato, non avete fatto niente. È imperdonabile per un difensore della legge. Come magistrato, è vostro dovere far rispettare le leggi sulla caccia e il Black Act, qualunque siano le vostre opinioni personali sulla questione. Che non l'abbiate fatto è una benedizione sotto mentite spoglie per me, che, come mio zio, trovo quella legge ripugnante. Molti in questo paese hanno la stessa opinione. Voi pensate che poiché ho vissuto la maggior parte della mia vita nella metropoli, non sappia che cosa succede nelle contee? I giornali sono pieni di argomentazioni pro e contro il Black Act e per anni ho ascoltato mio zio discutere delle sue ineguaglianze e brutalità. Perché i proprietari terrieri dovrebbero avere il diritto di cacciare quando al novantanove percento della popolazione non è consentito nemmeno possedere un fucile o tenere un cane da caccia? So anche che c'è una vasta evasione del Game Act e che è solitamente tollerata. In che altro modo fagiani, pernici e carne di cervo finiscono sulle tavole di coloro che si possono permettere di acquistarli sottobanco, ma che non possiedono selvaggina e men che meno hanno la possibilità di cacciare creature simili?

«Se pensassi che stavate chiudendo un occhio sul bracconaggio per correggere questa ingiustizia o per permettere ai poveri di mettere cibo in tavola, sarei il primo a sostenervi. Ma come proprietario terriero e sportivo, avete considerato una vostra prerogativa uccidere i miei cervi, e procedere contro i bracconieri quando andava bene a voi?»

«Milord, con tutto il rispetto non sono d'accordo. La vostra sintesi è scorretta in parecchi punti. E protesto nel modo più deciso e devo smentire una falsità che...»

«Non pensate di aver già detto abbastanza per incriminarvi agli occhi di sua signoria, Ferris?» si intromise Plantagenet Halsey con un'occhiata significativa al magistrato.

Ma il senso di oltraggio di sir Tinsley e il suo bisogno di riabilitare il suo buon nome con il marchese Halsey gli fecero ignorare l'avvertimento del vecchio. E nella fretta di riparare il suo buon nome e la sua posizione, scavò più in profondità la metaforica fossa, non solo per sé, ma anche per il vecchio.

«Per favore, sir Tinsley» dichiarò Alec, ignorando suo zio. «Prego, persuadetemi del contrario.»

«Intendo farlo, milord» rispose rigidamente il magistrato, con un'occhiata di traverso a Plantagenet Halsey. «A parte le vostre... mmm... particolari opinioni sul Game Act e su quelli di noi che amano la caccia, non posso permettervi di continuare nell'errata convinzione che i vostri vicini caccerebbero i cervi in queste terre senza che il proprietario lo sapesse e collaborasse. Siamo gentiluomini, dopo tutto e, da gentiluomini, non cacceremmo mai senza permesso. Farebbe di noi dei comuni bracconieri. Ma abbiamo avuto il permesso di cacciare. Non da vostra signoria, ma da...»

«... mio zio.»

«Esatto, milord. Noi, il colonnello Bailey, il reverendo Purefoy e io, volevamo farci avanti e portare alla vostra attenzione il nostro caso, ma Halsey ci ha assicurato che ci avrebbe pensato lui. Ci ha persuasi a continuare come avevamo sempre fatto.»

«Alec, io...»

«Allora vi devo delle scuse, sir Tinsley» dichiarò Alec, interrompendo il vecchio prima che potesse dire altro. «Dato che avevate avuto il permesso, e vi era stato detto di ignorare i miei desideri, capisco perché abbiate continuato come se niente fosse cambiato in questa tenuta. La vostra indignazione davanti alla mia predica è comprensibile. La presa di posizione molto esplicita di mio zio sul Black Act ai Comuni e le sue opinioni sulla caccia sono largamente riportate sui giornali e io sono d'accordo con quelle opinioni. Eppure, qui nel Kent, in questa proprietà, lui ha permesso ai suoi vicini di cacciare impunemente. Dovete veramente considerarlo un ipocrita, e me uno sciocco per aver creduto alla sua parola.»

«Alec! Ragazzo mio! Posso spiegare la mia...»

«*No*. E non sono *il vostro ragazzo*» sibilò Alec tra i denti mentre passava davanti a Plantagenet Halsey per riportare i bicchieri usati alla credenza. Restò lì un momento per raccogliere i pensieri e raffreddare la sua ira, con la testa china e le mani appoggiate sulla superficie lucida. Quando si voltò e tornò dagli altri uomini non riuscì a trovare la forza di guardare suo zio, temendo di essere sopraffatto dall'emozione e di non essere in grado di parlare; non sapeva che cosa fosse quell'emozione, se ira, confusione, delusione, schiacciante tristezza... non lo sapeva. Tutto ciò che sapeva era che aveva un centinaio di parole sulla punta della lingua, parole che si rimangiò e non avrebbe pronunciato finché non fosse stato da solo con lui. Prima doveva liberarsi del magistrato.

«Suggerisco di limitare le nostre indagini alla morte di Hugh

Turner e Will Bolen» disse pacatamente. «Il nostro obiettivo è catturare il loro assassino, trovare giustizia per quei poveri ragazzi e pace mentale per le famiglie Turner e Bolen in questo momento di dolore. La caccia in questa proprietà e tutto ciò che la riguarda possono aspettare che ne discutiamo in un altro momento.»

Il magistrato annuì, ma non era indifferente alla tensione tra Alec e Plantagenet Halsey. Si avvicinò ad Alec e gli disse, con un accenno di contrizione: «Farò come suggerite, milord, ma devo fare un ultimo commento, perché non mi consideriate completamente corrotto, cosa che non sono. Dovete sapere che ho fatto del mio meglio per assicurarmi che ogni uomo, donna o bambino di Fivetrees portati davanti a me non fossero condannati per bracconaggio o per qualunque altro della moltitudine di reati stipulati nel Black Act, se si poteva trovare una giusta causa per le loro azioni, se, come avete detto voi, avevano catturato un uccello, non un paio, o ricevuto un pacchetto di carne di cervo da un vicino per nutrire la loro famiglia. Ed è dovuto all'accordo con vostro zio. Il signor Halsey si attiene ai suoi principi e non ha mai titubato, per quanto… *strani*, li troviamo noi, i suoi vicini. In cambio del permesso di attraversare questa proprietà, ho dato la mia parola di essere caritatevole e ignorare il Black Act ove possibile. Ho mantenuto la mia parola. Non è così, Halsey?»

«Aye. È così che vanno le cose, Ferris. Avete mantenuto la vostra parola e siete stato benevolo nei confronti degli abitanti del villaggio di Fivetrees.»

«Apprezzo che mi abbiate spiegato le cose, sir Tinsley» rispose Alec, con la gola secca e senza guardare il vecchio. «Se questo accordo continuerà o meno, beh, potremo deciderlo un altro giorno. Avete faccende più pressanti di cui occuparvi, con questa indagine per omicidio e sono a vostra disposizione, per qualunque cosa possa fare per aiutarvi.»

«Grazie, milord.»

«Spero che permetterete alle famiglie di seppellire i loro ragazzi appena possibile.»

«Sì, milord. Con lo spietato caldo estivo, prima è meglio è.»

«Sarà una piccola consolazione per i genitori. Oh, e sir Tinsley, intendo pagare per entrambi i funerali, le tombe e i costi relativi. È il meno che possa fare per alleggerire il fardello di quelle famiglie.»

«Molto generoso da parte vostra, milord. Sarà particolarmente gradito ai Bolen, che hanno una famiglia vasta e quindi ben poco che avanza ogni settimana.» Il magistrato guardò Plantagenet Halsey prima di chiedere, diffidente: «Presumo che l'invito che era stato gentilmente esteso alla mia cara moglie e me per domani sera sia ancora valido? Ovviamente capiremmo se vostra signoria decidesse di rimandare, viste le odierne circostanze, che devono essere sconvolgenti per lady Halsey, in particolare nelle sue delicate condizioni.»

«No, sir Tinsley. Lady Halsey e io saremo lieti della vostra compagnia, come anche sua grazia di Romney-St. Neots. Sarà un affare sottotono, dato il lutto dei Turner, ma il tavolo sarà completo, con alcuni ospiti che resteranno con noi fin dopo il lieto evento. Il colonnello e la signora Bailey e il reverendo Purefoy hanno accettato l'invito.»

«Lady Ferris e io saremo onorati. E non vediamo l'ora di fare la conoscenza di sua grazia. Lady Ferris è particolarmente desiderosa di conoscerla…»

«Ci scommetto!» lo interruppe Plantagenet Halsey con una risata aspra. «Il sentimento è reciproco.» E con quell'oscuro commento e un piccolo cenno della testa al magistrato, si allontanò.

Sir Tinsley non sapeva che cosa pensare di quel commento ed esitò finché Alec lo congedò, poi se ne andò in silenzio.

Fu solo quando i servitori chiusero la porta che Alec si voltò verso la stanza. Trovò suo zio in piedi accanto al lungo tavolo dietro il sofà sul quale si sedeva Hadrian Jeffries quando aiutava Selina con le sue ricerche sugli antenati degli Halsey.

⚘

PLANTAGENET HALSEY TENNE IN MANO PARECCHI FOGLI CHE aveva raccolto dal tavolo per avere qualcosa da fare mentre il magistrato si congedava, e tempo per raccogliere i pensieri. Dopo ciò che sir Tinsley aveva appena divulgato riguardo al loro accordo sulla caccia, sapeva che Alec aveva tutti i diritti di essere infuriato per il sotterfugio e l'ipocrisia delle sue azioni. Gli doveva un po' di spiegazioni, e sarebbe stato meglio farlo prima possibile.

E poi qualcosa di ciò che c'era scritto sui documenti che aveva in mano attirò la sua attenzione. Era un albero genealogico. Oltre ai rami dell'albero c'era lo schizzo a matita di un fiore e due volti sorridenti, rozzamente disegnati da un bambino, anche se l'albero genealogico e la scrittura erano nella grafia di un adulto. Fissò i rami, guardò i nomi e capì esattamente che cosa significava. Cominciarono a tremargli le mani. Senza pensarci due volte, piegò frettolosamente in quattro il foglio e lo infilò nella tasca interna della giacca. Poi tirò senza necessità l'orlo delle falde della giacca, come per sistemare le pieghe.

Rimanevano due fogli di carta. Con un respiro profondo, diede un'occhiata a quello in cima. Era piegato in due e lo aprì. Era ciò che aveva cercato negli scaffali quando era sulla scala e Selina aveva chiesto di parlare con lui. Si chiese chi l'avesse trovato e suppose fosse stato Hadrian Jeffries perché era sopra la sua agenda. La domanda scottante era: sua signoria l'aveva visto?

Era il disegno di un quadrato come quelli fatti da un disegnatore sotto le direttive di un architetto. All'interno, c'erano tre linee dall'alto al basso e tre da sinistra a destra in modo che la griglia formasse sedici quadrati più piccoli. Alcuni dei riquadri contenevano due croci, altri tre. Le croci non erano disposte secondo uno schema particolare, alcune erano negli angoli e altre in mezzo, tanto che sembrava che fossero state aggiunte in seguito e indicassero semplicemente che ciascun quadrato conteneva almeno due di qualcosa.

Lungo un lato di questo quadrato c'era una linea tratteggiata e la parola "muro" scritta in una grafia precisa. E fuori da un lato del quadrato c'era un altro piccolo riquadro con l'indicazione "entrata".

A Plantagenet Halsey prudevano le mani dalla voglia di fare ciò che aveva fatto con il primo foglio, metterselo in tasca. Ma sapeva che Alec lo stava osservando. Con tutta l'indifferenza che riuscì a mostrare, lo piegò di nuovo e lo infilò sotto il terzo e ultimo pezzo di carta.

Era una lista di nomi di battesimo maschili e in una grafia femminile che riconobbe: quella di Helen, contessa di Delvin. La prima annotazione era per il 1215, l'anno della Magna Carta, con il nome Linus, e l'ultimo nome, Ralph, era scritto accanto alla data 1689, un anno dopo la Gloriosa Rivoluzione.

Non aveva idea di che cosa significasse l'elenco, ma poi, mentre continuava a guardarlo perplesso, ebbe un lampo di lucidità così accecante che barcollò. Aprì in fretta il disegno del quadrato, con la sua griglia e le croci. Poi guardò di nuovo la lista. C'erano trentotto nomi. Un veloce conteggio delle croci e arrivò a trentotto.

Non riusciva a credere ai suoi occhi. Ma era lì, nero su bianco. Il quadrato grande rappresentava sicuramente la cripta Halsey. Ogni croce rappresentava una vita, una vita spenta subito dopo aver fatto il primo respiro. Era la conferma di ciò che gli era stato detto, ma che non aveva mai voluto credere fosse vero: discendeva da una lunga linea di antenati che praticavano il figlicidio.

VENTIQUATTRO

Plantagenet Halsey pensò che avrebbe potuto vomitare proprio lì. Tese una mano per afferrare il bordo del tavolo per evitare di cadere in avanti.

Perché, si chiese, quelle croci e quell'elenco di nomi dovevano colpirlo in quel modo quando sapeva, sin dal suo ventunesimo compleanno, di essere nato in una famiglia di assassini? Suo padre non lo aveva chiamato omicidio, né, supponeva, lo avevano fatto i suoi antenati. Ma per lui, e quelli tra i suoi congiunti che non erano stati in grado di affrontare la cognizione e si erano tolti la vita pur di non toglierla a qualcun altro, era semplicemente omicidio. Lo avevano praticato i greci, esponendo i neonati non voluti su cumuli di letame e mucchi di spazzatura. Ed Euripide non aveva scritto di Medea che aveva ucciso i suoi due figli per vendicarsi, quando era stata abbandonata dal loro padre? I romani avevano legiferato sul figlicidio: un padre aveva il diritto, ed era protetto dalla legge della *patria potestas*, di uccidere i suoi stessi figli. Erano civiltà che avevano raggiunto la grandezza, eppure avevano condonato l'omicidio di innocenti.

Ma erano anche barbari e pagani mentre la loro era una nazione cristiana con valori cristiani. L'omicidio non era sancito per nessun motivo e l'omicidio degli innocenti era particolarmente esecrato. L'aveva detto a suo padre. Suo padre era d'accordo e gli aveva assicurato che i suoi genitori non avevano mai seguito la tradizione di famiglia. Suo padre aveva anche fatto giurare sulla bibbia lui e il suo gemello di non farlo nemmeno loro e di non aprire mai la cripta di famiglia. Doveva restare murata e, col tempo, sarebbe stata dimenticata dalla storia. Plantagenet e Roderick avevano accettato volentieri. Nessuno dei due voleva esplorare la storia criminale della famiglia. E poi i suoi genitori erano morti, e tutto era cambiato.

Perché, si chiese, Helen aveva ritenuto di fare quell'elenco di nomi e perché questa lista era con la pianta della cripta? I bambini non avrebbero avuto un nome, come quelli esposti sui cumuli di letame, ed erano tutti maschi, come gli aveva detto suo padre, per assicurarsi che un solo figlio ereditasse una proprietà che rimaneva intatta e non veniva divisa tra i fratelli. Cosa succedesse alle figlie restava un mistero. Secondo suo padre, non esistevano nascite di femmine registrate ufficialmente in famiglia per oltre quindici generazioni. Suo padre non lo trovava strano? Sì. Ma non aveva dato ulteriori spiegazioni o risposte riguardo a quella anomalia. Era stato solo più tardi, molto più tardi, che aveva scoperto la verità dietro l'iscrizione nella piazza del villaggio e il destino delle femmine nate nelle famiglie dei proprietari terrieri di Fivetrees.

Il vecchio poteva solo pensare che Helen non avesse voluto che quei neonati abbandonati fossero dimenticati dalla storia, quindi aveva dato un nome a ciascuna di quelle trentotto croci. E le croci sulla mappa erano solo figurative o vere croci? I neonati erano sepolti nella cripta e c'era una croce sopra di loro, oppure le croci indicavano dov'era stato lasciato un bambino, derelitto? E chi avrebbe disegnato una simile mappa e perché? Ma i suoi pensieri prevalenti erano per Helen e come doveva essere stato traumatico per lei trovare una mappa simile. E il pensiero che il suo primogenito avrebbe potuto essere la trentanovesima croce senza nome, destinato a unirsi a quei neonati senza nome che erano morti senza essere amati, e soli nella gelida oscurità sotto terra, gli era insopportabile. Andò in pezzi. Le sue ginocchia artritiche cedettero, le mani scivolarono dal tavolo e crollò sul pavimento. Il suo mondo divenne buio.

❦

ALEC STAVA OSSERVANDO SUO ZIO SMUOVERE LE CARTE E guardarle da vicino, chiedendosi come meglio vincere la sua riluttanza a parlare. Sir Tinsley aveva confermato i suoi sospetti che suo zio fosse coinvolto nel bracconaggio sistematico e diffuso nella tenuta. In effetti, era a capo delle operazioni, e aveva chiuso un occhio sul magistrato locale e i suoi vicini quando cacciavano impunemente i cervi. Alec aveva creduto che suo zio fosse sincero quando denunciava la caccia come un atto barbaro, il Black Act una barbarie ripugnante non degna di una nazione civile, e la legge sulla caccia come una calamità per il diritto dei poveri di cacciare e raccogliere quanto serviva per nutrire la loro famiglia. Quello non era bracconaggio, era sussistenza, pura e semplice. La maggior parte dei membri del parlamento considerava suo zio una spina nel fianco e liquidava le sue parole di condanna della sua stessa classe e il suo sostegno dei poveri come farneticazioni di un folle. Cobham lo aveva definito pazzo.

Alec non riusciva a ricordare un tempo in cui suo zio non fosse ridicolizzato ai Comuni e sui giornali, spesso ritratto in modo caricaturale per le sue idee e per le sue cause. Eppure restava fermo nelle sue convinzioni e aveva consigliato ad Alec di fare lo stesso. Alec era pieno di ammirazione per la sua fermezza. Ricordava bene gli uomini che mettevano le gambe sotto la loro tavola. Da giovane aveva ascoltato con ingenuo interesse mentre i gentiluomini discutevano e declamavano e facevano ciò che la buona società riteneva dichiarazioni sovversive o spesso blasfeme, mentre si passavano il manzo e le patate e versavano il vino fino a farlo traboccare, come se venisse dalle loro cantine. E c'erano sempre uno o due uomini che non dicevano niente, mangiavano avidamente e indossavano indumenti che avevano visto giorni migliori. Alec si era chiesto se quegli uomini fossero mendicanti che suo zio spesso raccoglieva sul marciapiede e invitava a scaldarsi accanto al fuoco e godere un pasto decente. E qualche volta era così. Il più delle volte, quegli uomini con gli abiti sformati erano studiosi che la pensavano come lui, senza mezzi indipendenti; incapaci di trovare un impiego regolare, vivevano della carità dei loro amici.

E a otto anni, Alec aveva chiesto perché quegli uomini non avessero una famiglia a cui rivolgersi. Suo zio gli aveva detto che le loro famiglie non li volevano, perché erano considerati un imbarazzo per il loro anticonformismo. E Alec aveva risposto che quegli uomini allora erano come loro, perché suo zio era un anticonformista e anche loro non avevano una famiglia. «Siamo un imbarazzo per la nostra famiglia, zio?» gli aveva chiesto facendo dondolare le sue gambe sottili dai cuscini impilati sulla sedia in modo da essere all'altezza giusta a un tavolo di uomini rumorosi e ostinati. E suo zio gli aveva risposto che, nel loro caso, era la loro famiglia che era imbarazzante; stavano meglio senza di loro. Aveva ammiccato e sorriso e detto che Alec era tutta la famiglia di cui aveva bisogno e Alec si era stretto nelle spalle per il piacere e aveva risposto che suo zio era tutta la famiglia di cui aveva bisogno anche lui. Poi avevano fatto tintinnare i bicchieri e suo zio si era unito nuovamente alla conversazione mentre lui tornava a mangiare le fette di manzo che aveva nel piatto, con i riccioli neri che gli ricadevano negli occhi e le orecchie ben aperte.

Per tantissimo tempo erano stati solo loro due come famiglia e nessuno dei due aveva avuto bisogno o voluto che altri si unissero a loro. E adesso, anche se era sposato e lui e Selina erano sul punto di dare il benvenuto al loro primo figlio, non riusciva a immaginare la sua famiglia completa senza suo zio.

Plantagenet Halsey, MP, poteva aver sfidato i desideri di Alec e aver permesso a sir Tinsley e al colonnello e agli altri vicini di cacciare, ma Alec sapeva che suo zio non era un ipocrita. Era sicurissimo che avesse dato il suo permesso in cambio della clemenza del magistrato verso i poveri del luogo. Lo aveva detto lo stesso sir Tinsley. E poteva solo pensare che suo zio avesse usato il denaro ricavato dalla vendita illegale della carne per scopi caritatevoli. Non era nella natura di suo zio approfittare delle disgrazie degli altri. Non sarebbe stato per niente sorpreso di scoprire che quel sistema continuava da decenni, e che fosse talmente radicato nelle abitudini della popolazione locale da essere diventato uno stile di vita; nessuna meraviglia che Fivetrees avesse il più basso tasso di criminalità del paese!

Non era adirato con lui per aver preso quegli accordi con sir Tinsley e la sua risma, ma perché non lo aveva informato su come stavano le cose nella tenuta. Il suo guardacaccia, il suo sovraintendente e chissà quanti servitori erano al corrente di quello che succedeva, quindi, perché tenere lui all'oscuro? Di certo suo zio sapeva che approvava il fatto di chiudere un occhio o anche entrambi sul Black Act per permettere ai più poveri tra i poveri di continuare a sopravvivere con ciò che offrivano i boschi. Che sir Tinsley facesse scorribande sulle terre degli Halsey era tutta un'altra faccenda, ma si sarebbe potuto provvedere in qualche modo.

Che suo zio avesse giudicato opportuno tenerlo all'oscuro e agire alle sue spalle, e comportarsi come se fosse lui il padrone di quella tenuta gli fece ricordare ciò che gli aveva detto Cobham sulla legge del *gavelkind,* facendogli sospettare che suo zio avesse ereditato metà della proprietà alla morte del padre e che quindi avesse tutti i diritti di essere considerato anch'egli un padrone. Quel fatto non lo preoccupava minimamente. In effetti, Alec ne era lieto. Non aveva certamente bisogno degli introiti della tenuta per sopravvivere. Sua madre gli aveva lasciato una fortuna considerevole e questo voleva dire che era ricco di suo. Ciò che non riusciva a immaginare era perché suo zio fosse ansioso di vedere Alec come l'unico proprietario del Parco dei Cervi e perché avesse cospirato con gli impiegati e i servitori della tenuta per mantenere la finzione. Perché quel bisogno di segretezza? E cominciò a chiedersi che cos'altro gli stava nascondendo.

E mentre stava riflettendo e osservando suo zio dall'altra parte della stanza, vide le ginocchia del vecchio cedere, le carte che aveva in mano svolazzare per aria e lui cadere pesantemente a terra. La testa di Plantagenet Halsey colpì il tappeto con un tonfo prima che Alec riuscisse a raggiungerlo. E tutto ciò che Alec riuscì a pensare mentre si lanciava al suo fianco, fu che suo zio non doveva morire, non adesso, non quando erano sulla soglia di un futuro come famiglia estesa. Come avrebbe potuto andare avanti senza di lui?

❦

QUALCHE PASSO VELOCE E ALEC FU IN GINOCCHIO ACCANTO A Plantagenet Halsey privo di sensi. Gridò ai servitori in piedi accanto alla porta, che erano già corsi fino a metà della stanza, di far chiamare il medico. Chiese una bacinella, una brocca d'acqua fredda e asciugamani, e di portare il decanter del brandy e un bicchiere. Poi riservò la sua completa attenzione al vecchio. A giudicare dal suo pallore cereo sembrava che il suo malore fosse serio. Alec si chiese se avesse sofferto di gravi palpitazioni del cuore, se il suo cuore stesse in effetti ancora battendo. Controllò e fu sollevato di sentire il polso; era veloce ma non irregolare e lo zio stava ancora respirando. Poteva aver perso i sensi battendo la testa, ma non c'erano tagli e non sembrava essersi fratturato qualche osso, anche se probabilmente aveva un brutto bernoccolo dietro la testa.

Lo mise più comodo sul tappeto, poi scostò gentilmente i capelli arruffati dalle tempie. Parlando sottovoce, con una mano fresca sulla sua fronte, gli disse che era caduto, chiedendogli di svegliarsi. Gli disse che le sue ginocchia artritiche avevano alla fine avuto la meglio su di lui e lo rimproverò amorevolmente, accusandolo di non applicare assiduamente le gocce come gli aveva ordinato Tam. A quel punto le palpebre di suo zio fremettero e lui aprì lentamente gli occhi. Quando vide Alec sorrise, ma un forte pulsare nella testa gli fece fare una smorfia e mettere la mano dove il dolore era più forte.

«Maledizione! Domani ci sarà un bel bernoccolo …»

«Non mi sorprende. Siete caduto come un sasso. Riuscite a muovervi?»

Quando suo zio annuì, Alec lo aiutò a sedersi. Una volta sistemato, sicuro che suo zio non sarebbe barcollato e caduto, Alec gli versò un brandy e lo invitò a bere piccoli sorsi.

«Vi fa male?» gli chiese, guardando preoccupato il vecchio per assicurarsi che non tentasse di essere più forte di quanto veramente si sentisse. «Mi avete spaventato a morte.»

«Te e me, ragazzo mio… ehm, scusa, non vuoi che ti chiami ra…»

«Sono stato un somaro. Ero adirato. Ma non avrei mai dovuto scagliarmi contro di voi in quel modo. Io-io...»

«Ne avevi tutti i diritti» aggiunse il vecchio quando Alec non riuscì a proseguire. Si addossò alla gamba del tavolo, attento a non appoggiare la testa dolorante contro il legno intagliato, e chiuse per un momento gli occhi, dicendo, con un sospiro rassegnato: «Sono io il somaro e un completo idiota. Ti ho trattato come un bambino. Lo abbiamo fatto tutti. Pensavo di proteggerti mentre ciò che stavo facendo era non affrontare io stesso la verità. Sono un maledetto vigliacco egoista, e non ti biasimerei se non riuscissi a trovare in cuor tuo la forza di perdonarmi...»

«Povero me, dovete aver preso un bel colpo se è ciò che pensate!» ribatté Alec, cercando di riportare un po' di luce nei suoi occhi. Quando il vecchio fissò il contenuto del suo bicchiere, Alec perse il sorriso e gli strinse il braccio, con un gesto affettuoso. «Sapete che posso perdonarvi tutto, perché agite sempre a fin di bene. Siete un brav'uomo. In tutti i miei anni non vi ho mai visto una volta essere vendicativo, frivolo o insincero.»

«Ma sono un bugiardo e un codardo e ti ho portato via da tua madre.»

«Sì, è così. Ma una volta passato lo sgomento iniziale per la vostra confessione dell'altra sera, ho immaginato che siate stato obbligato a farlo per il mio stesso bene.»

«Dovevo portarti via da qui il più in fretta possibile, prima che mio fratello cambiasse idea. Ma dopo la sua morte, anni più tardi, quando tua madre era ancora in vita e desiderava vederti, ti ho tenuto lontano.» Plantagenet Halsey guardò francamente Alec negli occhi. «È stato egoistico e crudele.» Fece un sorrisino sghembo. «Ti ho detto l'altra sera che le bugie sarebbero finite, ed è così. Chiedimi qualunque cosa; farò del mio meglio per risponderti.»

«Perché mi avete tenuto lontano?»

«Ah! E io che pensavo che la prima domanda sarebbe stata perché ti ho portato via da tua madre quando eri appena nato.»

«Voglio sapere anche quello. Ma prima ditemi perché non volevate che visitassi mia madre durante la sua vedovanza.»

«Non pensavo che fossi pronto per sapere la verità. Ma lei, tua madre, non te l'avrebbe detta. Su quello eravamo d'accordo. Ma se ti avessi portato qui quando eri più giovane, c'erano buone possibilità che incontrassi la sorella di tua madre e non potevo lasciare che ti bisbigliasse all'orecchio...»

«Lady Ferris? Perché?»

«Perché niente le avrebbe fatto più piacere che parlarti dei tuoi genitori. Non potevo correre quel rischio. Non tocca a lei parlartene. Se qualcuno deve farlo, quello sono io.» Tese il bicchiere e Alec versò ancora un po' di brandy. Plantagenet Halsey assaporò il liquido mentre gli scivolava in gola raccogliendo i pensieri. «Non mi sarei mai aspettato di parlartene seduto sul tappeto nella biblioteca di questa casa! Ma in qualche modo è giusto che siamo sul pavimento. Non posso scendere più in basso.»

«Perché lady Ferris era così ansiosa di parlarmi dei miei genitori?»

«Per ferire tua madre. Per ferire me.»

«Questo implica che riteneva che voi le aveste fatto un torto...»

«Gli unici torti erano nella sua mente. Non ha mai capito perché io preferissi Helen, quando lei era più carina e, così riteneva, più intelligente. Ma solo perché tua madre era una creatura dolce con un cuore d'oro non significa che non fosse intelligente. Solo non era il tipo da mettersi in mostra come faceva sua sorella. E anche quando la sorella di Helen fu informata della verità sulla nostra... sui nostri... *rapporti*, e che era impossibile che tua madre e io stessimo insieme, lei, lady Ferris, era decisa a sostituire Helen nel mio affetto. Ed era assurdo. *Lei* era assurda.»

Alec era perplesso, non completamente sicuro di capire quali fossero stati i rapporti tra le sorelle e suo zio, ma era sicurissimo di sapere che cosa guidava le azioni di lady Ferris.

«Ti ho detto che l'amore è inspiegabile e strano» disse Plantagenet Halsey, interrompendo il silenzio preoccupato di Alec. «Non c'è logica nella ragione per cui tua madre e io ci innamorammo. Successe e basta. Ci rendevamo felici a vicenda. È un peccato che noi... che lei... che non potesse durare...»

«Dite che vi rendevate felici a vicenda e che eravate innamorati, eppure lei è diventata la contessa di Delvin?»

«Sì.»

Alec mantenne lo sguardo fisso su suo zio. «Posso provare io a fornire una spiegazione? Ci ho pensato parecchio dopo ciò che mi avete detto nella galleria dei ritratti.»

Plantagenet Halsey sorrise. «Non ne dubito. Forza, spiega!»

«Ha sposato vostro fratello perché si aspettava di diventare la contessa di Delvin? Quando avete respinto il titolo per i vostri principi e vostro fratello è diventato lord Delvin, lei ha sposato lui. Dite che era dolce e aveva un cuore d'oro, ma questo non significa che capisse i vostri principi. Forse pensava che fossero stupidaggini astratte per le quali non valeva la pena di rinunciare alla vostra posizione e al titolo. Forse pensava che, dato che vostro fratello era un gemello identico, lui non sarebbe stato così diverso da voi e forse non lo era. Dopo tutto, sembra che entrambi abbiate fatto lo scambio senza tante trage-die. Devo supporre che i servitori dei piani alti, il sovraintendente e chiunque fosse intimamente legato a entrambi fossero al corrente dello scambio. Senza dubbio lo era anche mia zia. E perché non vole-vate che me lo dicesse? Forse a quei servitori non interessava chi dei due sarebbe diventato il conte, purché lo diventasse uno dei due.» Alec fece un sorriso ironico. «Come sono andato?»

«Sono meravigliato! Come hai fatto a capire che avevo rinunciato al mio diritto di nascita?»

«Non lasciatevi impressionare. Devo ringraziare Cobham per avermi fornito questa perla.»

Le guance di Plantagenet Halsey si soffusero di colore. Era troppo stupito per parlare. Alec sorrise, lieto di vedere tornare il colore sul volto di suo zio. Lo illuminò.

«Ogni tanto, se si ascolta attentamente, c'è una perla di saggezza nelle prolisse concioni del nostro capo del Ministero degli Esteri...»

«Che solo tu potevi trovare, ragazzo mio! Ti ammiro per la tua pazienza. Quell'uomo è un babbeo. Non mi sorprende che tu abbia parlato di una perla, perché un'ostrica è più interessante di lui! Non ti stupisce che lui e la nostra ragazza d'oro siano usciti dallo stesso grembo? Io quasi non ci credo!»

Alec sorrise. «Sono sicuro che passi per la testa di Selina ogni volta che è obbligata a sopportare la compagnia di suo fratello.»

«Come ha fatto l'ostrica a darti questa perla?»

«Mi ha offerto un consiglio...»

«Il mio stupore cresce di minuto in minuto.»

«... dicendo che dato che sua maestà mi ha concesso un marche-sato, non posso più fare o dire ciò che mi pare. Che mi devo confor-mare ed essere come uno dei miei confratelli lord. Che non posso, anche se lo desiderassi, voltare le spalle al mio titolo e fingere che non sia mai esistito. E che chiunque avesse un'idea simile non aveva la testa a posto. Che solo un pazzo avrebbe osato comportarsi in quel modo. E ciò mi ha fatto pensare a voi...»

«... perché sono un pazzo? Ah!»

«In un certo senso sì. Perché per Cobham e quelli come lui le vostre convinzioni sono roba da Bedlam. Ma ciò che ha detto era che voi potete blaterare le vostre stupidaggini sovversive perché non siete un pari e quindi siete libero come l'aria di dire e fare ciò che vi pare. E quindi ho pensato che se fossi stato in voi e avessi avuto un gemello identico e lui avesse avuto il desiderio bruciante di essere un conte, e io avessi avuto il desiderio bruciante di sostenere le mie cause ai Comuni, allora sarebbe stato facile invertire l'ordine di nascita. Lui avrebbe avuto il titolo e io avrei avuto la libertà di dire e fare come volevo, e saremmo stati entrambi soddisfatti.»

«Sono pieno d'ammirazione per l'acume di Cobham, anche se sospetto che lui ne sia inconsapevole, ed è un bene perché farebbe disastri usandolo, e sarebbe ancora più insopportabile di quanto sia ora.»

Plantagenet Halsey lanciò un'occhiata ad Alec e appoggiò il bicchiere sul tappeto tra di loro e scelse con cura le parole: «La tua valutazione non è troppo lontana dalla verità, ma permettimi di correggerti. E forse potrei anche sorprenderti, e non è un'inezia perché non credo di essere riuscito a sorprenderti da quando eri un adolescente. Eppure, tu riesci continuamente a sorprendermi. E sai come sono fiero di te, ragazzo mio...»

«Come lo sono io di voi. Restare fermo sulle vostre convinzioni, rinunciare al vostro diritto di nascita, e al titolo di conte poi! Ci vuole coraggio.»

Il vecchio fece una smorfia. Non aveva niente a che vedere con il dolore pulsante dietro la testa. «La faccenda è... che avevo sposato Helen.»

«Voi e mia madre eravate-eravate... *sposati*?» esclamò Alec, incredulo.

«Ah! Così alla fine ti ho sorpreso. Certo che l'ho sposata. L'amavo. Eravamo innamorati. Devi vergognarti per aver pensato male di noi!» aggiunse scherzosamente. «Una volta ti ho detto che tua madre e io non eravamo amanti, ed è così. Almeno non ti ho mentito su *quello*.»

«Zio... io... Lasciate qui e andate. *Andate*!» ordinò bruscamente Alec, irritato per l'interruzione da parte dei due servitori che deposero una bacinella di porcellana, asciugamani e una brocca di acqua gelata sul tappeto accanto a loro. «E chiudete la porta. E non fate entrare nessuno... nessuno!»

«Quello è il tono più brusco che ti abbia mai sentito usare con un servitore» commentò Plantagenet Halsey, scuotendo tristemente la testa. Ma lo scintillio nei suoi occhi azzurri smentiva la critica. «E io che pensavo di averti cresciuto meglio. Dopo tutto, sai che non possono ribattere.»

«Lo so, ma... maledizione! Questo è molto più importante» ribatté Alec, con il volto in fiamme per la mortificazione.

Andò a prendere la caraffa per versare l'acqua nella bacinella, ma il vecchio gli fece segno di lasciar perdere e l'appoggiò di nuovo. Lo soprese scoprire che gli tremava la mano. Non era colpa delle sue insolite cattive maniere nei confronti dei suoi servitori, ma della risposta a una domanda bruciante che lo tormentava da tutta la vita e che non aveva mai fatto per paura che non fosse la verità. Non riuscì ancora a essere schietto.

«Se eravate sposato con mia madre, perché è rimasta qui con vostro fratello quando è diventato conte di nome, se non per legge, e non è venuta a Londra con voi?»

«Ho sposato Helen quando i nostri genitori erano ancora vivi. Si opponevano all'unione, da sempre, senza mai darci una spiegazione adeguata del motivo della loro opposizione. Helen era un'ereditiera e una cugina, quindi, teoricamente era una scelta eccellente. Ma non permettemmo alla loro opposizione di fermarci. Ci sposammo in segreto. Trovai un prete anglicano nella parrocchia vicina e lo pagai. Successe prima del Marriage Act del 1753, quindi era tutto legale. L'unica persona che lo sapeva era mio fratello. Non lo dicemmo nemmeno alla sorella di Helen... passami quel panno, ragazzo mio. Penso di averne bisogno adesso.»

Alec si affrettò a versare l'acqua fredda nella bacinella di porcellana, con la testa piena di domande senza risposta. Inzuppò un panno, lo strizzò, lo piegò e ne fece un cuscinetto che passò a suo zio, che se lo premette cautamente dietro la testa dove il dolore era più forte.

«Si rifiutò di venire con voi perché avevate rinunciato al titolo per i vostri principi? Come potete dire che vi amava?»

Il vecchio scosse la testa e si rilassò per un momento, con il panno freddo che attutiva il dolore. Eppure sentiva un senso d'urgenza, di dover finire la sua confessione, dire tutto ad Alec, prima che lo facesse qualcun altro, prima che li interrompessero. E non gli aveva ancora detto nulla della cripta e di che cosa avrebbero trovato lì.

«Devo dirti qualcos'altro, una cosa fondamentale. Una cosa che credo ora sarai in grado di accettare e capire, come non avresti potuto quand'eri più giovane. Non avrà molto senso finché non ti avrò detto tutto, quindi lasciami finire. Inoltre, direi che non abbiamo molto tempo prima che i nostri famigliari arrivino a battere sulla porta chiedendosi dove siamo.» Quando Alec annuì, continuò: «Ti ho detto che tua madre e io ci siamo sposati con una cerimonia in chiesa. Ma tenemmo segreta la nostra unione perché mio padre non era tornato da Londra e volevamo che entrambi i genitori ascoltassero la notizia allo stesso tempo. In verità avevamo un po' paura della loro reazione, specialmente di quella di mia madre che, come ti ho detto, era una donna formidabile. Non si era mai affezionata a Helen e a sua sorella quando vennero a vivere con noi. Mio padre faceva del suo meglio per essere un genitore per loro, ma mia madre teneva le distanze. Helen diceva che aveva sempre pensato che mia madre ritenesse lei e sua sorella delle intruse.»

«Passarono parecchi mesi e poi la sorella di Helen scoprì il nostro segreto. Andò immediatamente da mia madre e mio padre tornò subito dalla città. Erano furiosi e inorriditi, e ci dissero che c'era ciò che loro ritenevano un *impedimento insormontabile* al nostro matrimonio. Ma quando non vollero dirci quale fosse, mi rifiutai di credere loro. Era solo un altro pregiudizio di mia madre nei confronti di Helen. E dato che eravamo stati davanti al parroco, non c'era niente che potessero farci. Helen e io eravamo sposati, ed era tutto.»

Quando tolse il panno dal gonfiore, perché era diventato caldo e fece per inzupparlo di nuovo, Alec lo fece per lui. Strizzato e freddo di nuovo, Plantagenet Halsey mise con cautela il panno sulla testa tenendolo lì, e continuò, con Alec in silenzio che non osava interromperlo.

«Mio padre tornò malato dalla città, e molto presto anche mia madre si ammalò, entrambi di influenza. La notizia del nostro matrimonio li fece peggiorare, così come la nostra determinazione a restare sposati. Mia madre non si alzò più dal letto. Mio padre pretendeva che sconfessassi quell'unione; Helen e io dovevamo comportarci come se non fosse mai successa. Se l'avessimo fatto, allora ci avrebbe perdonati e tutto sarebbe tornato com'era prima, senza che nessuno al di fuori della famiglia sapesse qualcosa. Chiamò me e Roderick al suo capezzale e ordinò che le registrazioni della parrocchia fossero distrutte. Ci fece promettere di mantenere il segreto su tutto l'episodio. Ovviamente non volevo saperne dei suoi editti. Eravamo marito e moglie agli occhi di Dio. Ero sicuro che niente ci potesse dividere.»

«Ma mio fratello, da figlio bravo e obbediente qual era, fece segretamente a nostro padre la promessa solenne di obbedirgli. Sperava che avrebbe aiutato nostro padre a riguadagnare la salute. Ciò che Rod non mi disse era che nostro padre, per il sollievo o forse era il delirio della febbre, poi gli confidò che nostra madre aveva ragione, avrebbe dovuto lasciare le ragazze dov'erano, perché fossero accudite da altri e non portarle in questa casa. Poi confidò a Rod qual era l'*insormontabile impedimento*.

«Mio fratello aspettò la sua occasione. Arrivò solo poche settimane dopo, quando nostro padre morì. Io mantenni la mia promessa a Rod e lui divenne il conte di Delvin al mio posto. Il suo primo atto come lord Delvin fu di realizzare i desideri di nostro padre. Fece distruggere le registrazioni della parrocchia. Pagò il vicario che aveva sposato Helen e me e lo inviò in una remota parrocchia nel nord del Galles. Ma la cosa più devastante di tutte, e una cosa per la quale non lo perdonai mai, fu che disse a Helen la ragione per cui i nostri genitori si erano opposti al nostro matrimonio... E poi la disse a me. Quella fu la fine... di tutto... del mio matrimonio, delle nostre speranze e sogni per il futuro, e della serenità di Helen... E fu la fine dell'amore fraterno tra Rod e me.»

Il vecchio fissò per un attimo lo sguardo immobile di Alec. L'emozione gli chiuse la gola, arrochendogli la voce.

«Rod mi prese tutto ciò che amavo a questo mondo. E io pensavo che avrebbe preso anche te. Lottai disperatamente per tenerti, lo facemmo insieme Helen e io. Fu solo dopo mille promesse da parte nostra che finalmente accettò di consegnarti a me.»

«Quali promesse?»

«Che non avrei mai permesso a tua madre di vederti. Che accettassi la finzione che Helen e lui erano sposati...»

«Ma se i vostri genitori erano contrari al vostro matrimonio con Helen, e lo era anche vostro fratello, e c'era questo insormontabile impedimento, allora come ha potuto mantenere la finzione di essere sposato con lei? Presumo, dato che il vostro matrimonio con lei era ancora legale, nonostante le misure prese per annullarlo, che fingessero di essere marito e moglie? Era innamorato anche lui di mia madre?»

«Il loro matrimonio era una finzione e lo rimase per il resto delle loro vite» rivelò senza mezzi termini Plantagenet Halsey. «Erano marito e moglie solo di nome. Vivevano vite separate sotto ogni aspetto eppure mantenevano la finzione di essere sposati quando lo richiedevano le occasioni pubbliche. Risultò che quell'accordo, per quel che era, andava bene per entrambi e anche per me. Lui era il conte di Delvin, lei la contessa di Delvin e io avevo accettato di mantenere le distanze.»

«Se era una finzione, allora da dov'è venuto mio fratello Edward? Forse, se il loro era un matrimonio solo di nome, lei aveva commesso un adulterio. Nella sua lettera diceva che era stata obbligata a rinunciare a me come penitenza per il suo adulterio, e...»

«Stupidaggini! Tutte quante! L'adulterio faceva parte della finzione più grande, il fatto che lei e mio fratello fossero sposati e il motivo per cui tu vivevi con me e non con loro... Credimi, tua madre considerava essere marchiata come adultera un piccolo prezzo da pagare per la tua vita. Quanto alla paternità di Edward...» Fece un respiro profondo e scrollò le spalle. «Non ho mai chiesto e non me l'hanno mai detto. E, francamente, visto tutto il resto, non mi importava, né in un modo né nell'altro. Rod aveva diritto a un figlio ed erede e dato che avevo rovinato già abbastanza vite, che cosa importava come lo avesse avuto. E ho rovinato la vita di Joseph Cale...»

«Cale aveva accettato la finzione di essere l'amante di mia madre perché era il vostro fratellastro e glielo avevate chiesto voi?»

«Qualcosa del genere... Nessuno conosceva gli stretti legami che aveva con noi. Mio padre li aveva tenuti nascosti. E dato che Joseph assomigliava più al figlio di uno schiavo di quanto assomigliasse a un Halsey, mio padre non lo riconobbe mai. Anche se Joseph sapeva, e mi raccontò molto tempo dopo, quando diventò il mio valletto, delle visite alla casa che nostro padre condivideva con la sua amante e degli anni che avevano avuto come famiglia finché la madre di Joseph morì dando alla luce il loro terzogenito, una figlia.»

Il vecchio sospirò, sopraffatto dalla tristezza.

«Joseph era una brava persona. Per molti versi mi ricordava nostro padre. E non una sola volta ha addossato colpe, o mostrato la sua rabbia per ciò che era accaduto tra Helen e me. E permise a mio fratello, nostro fratello, di umiliarlo pubblicamente e accusarlo di essere il padre del bambino di Helen.»

«Spero che sia stato adeguatamente compensato per il suo sacrificio!» esclamò amaramente Alec.

«Lo pagai perché potesse avere una vita migliore oltre la frontiera, a Edimburgo.»

«Ci furono altre promesse fatte, vite rovinate, tutto per ottenere che vostro fratello mi consegnasse a voi?»

Il vecchio sentì la sofferenza e il sarcasmo, ma continuò a ignorarli. Si sforzò di mantenere lo sguardo su Alec e la voce pacata.

«Diedi a Rod la mia parola che non ti avrei mai detto la verità sui tuoi genitori durante la sua vita o quella di suo figlio ed erede. Se Edward non fosse stato ucciso, se fosse vissuto fino alla vecchiaia, almeno tanto da sopravvivermi, avrebbe voluto dire che tu avresti potuto non scoprire mai la verità sulla tua nascita, e non avremmo mai avuto questa conversazione.»

«Perché avreste mantenuto la vostra parola» disse semplicemente Alec. «Nel bene e nel male, nonostante tutte le accuse e le voci nei miei confronti. Non me l'avreste detto nonostante una vita di dubbi, lasciando che ignorassi la verità sulla mia nascita, o, come ha detto lady Ferris, *ciò che è venuto prima*... che ora capisco significava ciò che ha portato al mio concepimento.»

«Alec, una volta data, non potevo venir meno alla mia parola. Non quando l'avevo data per salvarti la vita. Lo capisci, vero?»

«Vorrei poter dire di sì. Ma non è così.»

Plantagenet Halsey lasciò cadere le spalle e il suo respiro divenne corto. Il pallore malsano tornò. Alec avrebbe dovuto smettere subito di interrogarlo, ma non avrebbe potuto riposare finché non avesse saputo tutto. La domanda che fece non era quella che il vecchio si aspettava.

«Come fece lady Ferris a scoprire che avevate sposato sua sorella?»

VENTICINQUE

ALEC ASPETTÒ LA RISPOSTA DI PLANTAGENET HALSEY, CON un'espressione ferma ma il cuore che batteva forte. Aspettava che gli dicesse ciò che aveva sempre voluto sentire, ciò che aveva sempre creduto in cuor suo essere la verità, ma che nessuno aveva osato dire a voce alta, e che suo zio aveva negato in numerose occasioni. E, così sembrava, avevano fatto un mucchio di altre persone; nessuno aveva mai nemmeno accennato alla verità in tutti i suoi trentasei anni.

«A scoprire che Helen e io eravamo sposati?» ripeté Plantagenet Halsey, come se avesse frainteso la domanda. Ma il calore sul suo viso raccontava una storia diversa e si rimproverò da solo per quel recente pudore. Ne dava la colpa a Olivia. O forse, come gli rammentò il dolore pulsante dietro la testa, un po' di buon senso gli era entrato in testa quando era svenuto e l'aveva battuta sul tappeto. Sorrise impacciato. Buon Dio! *Stava* diventando pudico alla sua tarda età. «Quando due persone sono innamorate ci sono conseguenze, e non potevamo nascondere per sempre la gravidanza di Helen...»

«*Finalmente*. Ecco! E non riuscite *ancora* a decidervi a dirlo!» esclamò Alec, quasi gridando. «Non vi ho dato abbastanza opportunità per dirmelo di vostra volontà senza il bisogno di estrarvelo come un dente sano da una testa giovane?»

Alec si rimise in piedi e fissò il vecchio sul pavimento come se fosse un fantasma, prima di coprirsi la faccia con le mani tremanti e cercare di controllare l'emozione che lo stava travolgendo. Ficcò le lunghe dita tra i riccioli disordinati stringendo forte gli occhi e respirando a fondo. E poi lasciò cadere pesantemente le braccia lungo i fianchi, senza sapere se ridere o piangere. Pensava di aver ripreso il controllo, ma riuscì a malapena a tirar fuori le parole: «Tutti questi anni. Tutte quelle notti da ragazzo, a pregare che ciò che volevo di più al mondo, per qualche miracolo si dimostrasse vero. Sognavo che sareste venuto da me con la più stupefacente delle notizie, che avreste fatto l'annuncio a colazione, che c'era stato un malinteso o un errore o roba simile, e mi avreste detto così semplicemente, come se fosse la cosa più normale nella mia giornata, che non ero vostro nipote e voi non eravate mio zio. Non mi interessava un fico secco come fosse successo. Tutto ciò che contava per me eravamo noi, voi e io. Tutto ciò che ho mai voluto che mi diceste era la verità, la verità che credo qui, nel mio cuore. Eppure non riuscite a dirmela in faccia, nemmeno adesso, perfino dopo tutti questi anni… E la cosa ridicola è che non riesco a dirlo a voce alta nemmeno io finché non lo direte voi per primo. Ho questa paura irrazionale che, se lo facessi, scoprirei che è falso e quel sogno morirebbe dentro di me e quella parte del mio cuore morirebbe con lui. Dovete dirlo. Se non lo farete non potrà mai…»

«Alec, come posso dirti…»

«È una frase abbastanza semplice da dire, no?»

«Nel nostro caso non c'è niente di semplice.»

«Per l'amor del cielo! Volete continuare ad accampare scuse? Continuare a farmi credere alla ragnatela di bugie che voi, vostro fratello, mia madre e il vostro fratellastro avete tessuto per impedire agli altri, compreso me, di conoscere la verità?» Quando il vecchio abbassò la testa, Alec si accigliò. Nella sua voce l'amarezza fu evidente: «Se non potete dirmelo adesso, allora almeno ditemi che avete intenzione di non dirmelo mai, perché allora saprò che non *volete* dirlo!»

Plantagenet Halsey tergiversò e fu troppo per Alec. Alzò una mano, come per dire che ne aveva avuto abbastanza, e si allontanò. Non sapeva che cosa voleva fare o dire o perfino se voleva continuare quella conversazione. Ma mentre attraversava la biblioteca, gli ritornò in mente il ricordo di quando era un ragazzino seduto a un tavolo molto lungo, da solo con suo zio… *suo zio, ah!…* che gli insegnava come rompere il guscio di un uovo alla coque con il dorso di un cucchiaio. Lo fece sorridere e tutta la rabbia svanì. Si sedette su una poltrona lì vicino, esausto, si prese la testa tra le mani e si abbandonò a un'opprimente tristezza.

Plantagenet Halsey si rimise faticosamente in piedi e stava per seguire Alec quando vide le carte che aveva avuto in mano prima di cadere e perdere i sensi. Erano sul margine del tappeto. Le raccolse e le rimise nell'agenda aperta di Hadrian Jeffries, sapendo che aveva ancora il foglio con l'albero genealogico nascosto in tasca. Aveva fatto appena qualche passo quando la porta si spalancò, nonostante Alec avesse dato ordini che restasse chiusa.

La duchessa di Romney-St. Neots si precipitò all'interno, con il ventaglio che si muoveva veloce, sorda alle preghiere dei due servitori imbarazzati che le saltellavano alle spalle. Andò diritta dal vecchio e gli batté le stecche del ventaglio chiuso sul davanti del panciotto.

«Perché hanno chiamato un medico?» chiese, guardandolo fisso. Con la coda dell'occhio colse la caraffa, la bacinella, i panni messi da parte e si voltò per dare un'occhiata più da vicino a quegli articoli appoggiati in mezzo al tappeto. «Che cos'è successo? Non state bene? Dov'è Alec?»

«Caduto. Ma niente da...»

«Chi è caduto?» Si voltò a guardarlo in faccia, in un fruscio di sottane. «Voi? *Voi* siete caduto? Fatemi vedere!»

Prima che potesse protestare, Olivia lo afferrò per il risvolto della giacca e lo tirò verso il sofà, dove lo spinse sui cuscini. Quando Plantagenet si mise cautamente una mano dietro la testa, Olivia lo tirò in avanti per poter guardare oltre la spalla e controllargli la testa. Non vedendo niente, passò gentilmente la punta delle dita tra i capelli sale e pepe finché trovò un bernoccolo.

«Che cosa vi ha fatto cadere... Buon Dio! È un bel bernoccolo! Dovete aver colpito forte il pavimento. Non avete rotto la pelle, quindi non c'è sangue. Grazie al cielo. Una compressa fredda aiuterà a far diminuire il gonfiore.» Si rimise in piedi diritta e lo spinse gentilmente a sedere eretto. «Ciò di cui avete bisogno è una dose delle polveri di James e sdraiarvi prima che arrivi il medico. Peccato che Thomas non sia qui per...»

«Vostra Grazia, Olivia» la interruppe il vecchio a voce bassa e quando riuscì ad avere la sua attenzione disse, con un tono di voce che usava solo con lei: «Livvy, Livvy, non è la mia testa che è ammaccata. Non sono riuscito... non gliel'ho detto, ma lui lo sa...»

Olivia St. Neots sgranò gli occhi e quando il vecchio se la tirò in grembo non resistette, ma restò seduta in una nuvola di sottane sgualcite, tenendosi salda con un braccio intorno alle sue spalle. «Di noi? Glielo avete detto?»

Plantagenet Halsey scosse la testa con un sorriso, ma poi si contraddisse. «Non quello. Gli ho detto qualcosa di noi, ma voi mi avete fatto promettere di aspettare, e l'ho fatto. No. Di lui e me. Di Helen…»

Olivia si raddrizzò, rigida come una tavola. Era inorridita. «Sa di voi e-e Helen? Come? Quell'impicciona di vostra sorella è finalmente riuscita a dirgli…»

«Livvy, no. Non lei. Io. Non riesco… non riesco a farlo. Non l'ho fatto. Sono-sono un vigliacco» sussurrò angosciato. «Pensa che non lo voglia riconoscere. È possibile sbagliarsi più di così? Ma se non riesco a dirgli la verità dopo tutti questi anni in cui gli ho mentito, che cosa può pensare se non che io sia un miserabile bastardo che…»

«Stupidaggini! Non siete niente del genere!» Olivia sorrise rassegnata. «Non vi avevo forse consigliato di dirglielo appena foste venuti qui per restare? Sapete che dovete dirglielo, quindi che cosa state aspettando?»

«Ma se gliene dirò una parte, dovrò dirgli tutto. E io-io non credo di riuscirci perché come ora sapete, la verità è molto peggiore che se lui fosse stato il frutto di una relazione adulterina…»

«Sciocchezze, sciocco che non siete altro!» lo rimproverò amorevolmente. Gli sussurrò all'orecchio: «Ditegli quello che *ha bisogno* di sapere. È tutto ciò che ha *mai* voluto da voi. Il resto può aspettare.»

Plantagenet Halsey si tirò indietro e la guardò con una tale angoscia che Olivia trattenne il fiato per non singhiozzare. Nessuno dei due era consapevole che ci fosse qualcun altro nella stanza, men che meno Alec che era tornato per unirsi a loro, in tempo per sentire le parole successive di Plantagenet Halsey.

«Forse… forse avete ragione. Quello può aspettare.»

«Ho aspettato finora, quindi perché no?» disse seccamente Alec, senza scusarsi.

La coppia trasalì, si guardò attorno e Alec era lì, in piedi davanti a loro, e uno degli operai di Stephens, con il cappello in mano, entrò nella stanza quando Alec gli fece segno.

«Vi prego, non muovetevi a causa mia» aggiunse impassibile. Fece un inchino alla sua madrina. «Mi pare di capire di dovervi fare le mie congratulazioni?»

La duchessa sembrò cocciuta e imbarazzata allo stesso tempo, se possibile. Fece il broncio. «Speravamo di dirlo a te e a Selina e al resto della famiglia una volta riuniti per la cena.»

«Allora tratterrò la mia impazienza» rispose Alec, senza ancora uno sguardo al vecchio. «La cena con la famiglia renderà il vostro annuncio molto più divertente. Specialmente con Cobham presente. Ora, dovete scusarmi.»

«Dove stai andando?» gli chiese la duchessa. E quando Alec alzò un sopracciglio come per dire che non erano affari suoi ma era troppo educato per dirlo, lei si mise più diritta in grembo a Plantagenet Halsey e cercò di apparire imperiosa. «Tua moglie sta per partorire da un giorno all'altro, quindi è essenziale che io, che *noi* tutti, sappiamo dove sei in modo da poterti trovare al minimo segnale.»

A quel punto Alec guardò Plantagenet Halsey prima di dire enigmaticamente: «Se dovessero cercarmi, potete mandarmi a chiamare nelle cantine.» Fece un cenno all'operaio perché si avvicinasse. «Che cos'ha da dirmi il signor Stephens?»

L'uomo si inchinò nervosamente, senza uno sguardo alla coppia sul sofà.

«Il signor Stephens dice di far sapere a vostra signoria che il passaggio è stato aperto. C'è qualcosa di inaspettato e quindi aspetta le vostre istruzioni. Le mie scuse, milord, ma ha detto di chiedere a vostra signoria di fare in fretta.»

«Dite al signor Stephens che arriverò subito.» Voltò sui tacchi e si rivolse al vecchio. «Beh, *zio*, non so voi, ma io personalmente voglio sapere che cosa combinavano i nostri antenati. Vi interesserebbe unirvi a me?»

«Giù nelle cantine?» La duchessa era allibita. Si rimise in fretta in piedi e scosse le sottane. Qualunque imbarazzo avesse provato per essere stata colta seduta sulle ginocchia di Plantagenet Halsey svanì, e tale era la sua preoccupazione per il suo stato di salute che fu brusca con Alec. «Ha fatto una brutta caduta, ha un bernoccolo grosso come un uovo dietro la testa e vuoi che venga con te in una vecchia, umida cantina? No! Deve...»

«Olivia...»

«Ho detto no!» rispose Olivia, furiosa perché il vecchio l'aveva interrotta e rivolgendosi di nuovo ad Alec: «Aspetterà il medico qui con me e...»

«Livvy» tentò di nuovo Plantagenet Halsey. «Sto bene. E questo è molto più importante di un colpo sulla mia testaccia.» Quando le afferrò la mano, lei non gli permise di prenderle le dita e lo cacciò via. «Vostra Grazia...»

«Non cominciate con il *Vostra Grazia* in questo modo! Chi dice che non perderete di nuovo i sensi? E se succedesse in una cantina buia, dove il pavimento è sconnesso? Sarebbe molto peggio che non crollare su un morbido tappeto. Come farebbero a portar fuori da lì la vostra lunga carcassa? È sconsiderato e proprio da voi... No! Non tentate di abbracciarmi! Non qui. Non prima-prima di... Accidenti a voi!»

Plantagenet Halsey la tenne stretta per un lungo momento, finché la sentì rimanere immobile e poi le sussurrò che sarebbe stato attento, le baciò la testa e si allontanò. La duchessa si sistemò il corpetto, giocherellò con il ventaglio e tenne la testa bassa, senza guardare nessuno dei due uomini. Plantagenet Halsey la guardò con una smorfia preoccupata, ma Alec sorrise, trovando toccante la scena. Fece svanire il tono aspro dalla sua voce.

«Desidero che veniate con me solo se ve la sentite» disse gentilmente a Plantagenet Halsey.

«Mi sento bene e verrò.»

Alec mise un braccio sulle spalle della duchessa e si chinò per baciarle la guancia. «Mi prenderò cura di lui e lo riporterò qua in tempo per la visita del medico. Lo prometto.»

Olivia St. Neots annuì, ma non riuscì ancora ad alzare la testa. Quando ci riuscì, la porta si stava chiudendo alle spalle dei due uomini che contavano più di tutto al mondo per lei.

VENTISEI

Nessuno dei due disse una parola finché non raggiunsero la cima delle scale della cantina e poi Plantagenet Halsey bloccò Alec mettendogli una mano sul braccio. Alec pensò immediatamente che non stesse bene ma il vecchio scosse la testa, anche se appoggiò le spalle contro la parete per sostenersi. Uno dei due uomini di Stephens che erano di guardia all'entrata di sotto, cominciò a salire le scale con una torcia, ma Alec gli fece segno di scendere di nuovo, capendo che Plantagenet Halsey desiderava parlargli in privato.

«Ho cercato con tutte le mie forze di non farti scoprire che cosa c'è in quella cantina» confessò il vecchio in tono di scusa. «Pensavo che fosse meglio per la tua serenità.»

«Ma finché non lo sapremo, quell'incognita incomberà su di noi come una nuvola nera» rispose Alec con sicurezza. «E non lo voglio né per noi né per la mia famiglia. Non sono arrabbiato con voi per aver cercato di proteggermi. Mi rendo conto che è solo uno dei vostri sforzi di proteggermi dai nostri terribili e, oserei dire, spregevoli antenati. Ma voi non sapete che cosa c'è in quella cripta più di quanto lo sappia io, vero?»

«Se intendi dire se ho mai esplorato quel posto orribile, no! Ho saputo la storia della famiglia da mio padre, che l'aveva saputa dal suo e così via. Per me è stato sufficiente.»

«Allora, eccetto essere stato informato che c'è una cripta nella cantina che veniva usata per… qual era la frase? Ah sì! *Onorare l'antica pratica di famiglia della tumulazione…* non sapete con certezza…»

«Alec! Non avevo bisogno di andarci per sapere che cosa avevano fatto i miei antenati. Quella frase sull'onore e sull'antica pratica di famiglia sono chiacchiere eleganti per giustificare il fatto che stavano commettendo...» Si chinò verso Alec e sussurrò la parola *omicidi*, prima di appoggiare nuovamente le spalle alla parete. «E ci sono documenti e mappe a sostegno. Il sovraintendente ha alcuni antichi documenti chiusi nella sua cassaforte. E oggi ho trovato una mappa della cripta in biblioteca. Ci sono segnate trentotto croci. E non sono per caso. Sono *croci*, per l'amor di Dio! Penso che diano un'indicazione precisa di cosa possiamo aspettarci, non credi?»

«Trentotto?» Quando Plantagenet Halsey annuì cupo ma restò in silenzio, Alec fece un respiro profondo, aggiungendo pacatamente, anche se era tutt'altro che calmo: «Se ci sono trentotto corpi, allora dovremo occuparcene. E dato che vostro padre non ha usato la cripta e, sembra, nemmeno il mio bisnonno, allora non vengono tumulati corpi in quella cripta da un centinaio di anni.»

«Non dopo il 1689» mormorò il vecchio.

Alec lo guardò stupito. «Che precisione.»

«Non chiedermi *adesso* come lo so, ma te lo mostrerò quando torneremo in biblioteca. C'è una lista.»

«Quindi nemmeno vostro fratello ha usato la cripta, anche se aveva minacciato di farlo e aveva fatto smantellare il muro davanti all'entrata del passaggio.»

«Non è una gran consolazione, ma l'accetterò.»

«Allora sono settantacinque anni, tre generazioni, da quando i nostri antenati hanno sopportato quel fardello che, come mi avete detto, per alcuni fu troppo pesante da reggere. Un eufemismo per giustificare l'omicidio...»

«C'è di più, oltre al fatto che erano un branco di assassini» sbottò Plantagenet Halsey, e poi abbassò la voce. «I nostri antenati commettevano un particolare tipo di omicidio, talmente orrendo che riesco a malapena a comprenderlo. E vorrei che tu non dovessi saperlo!»

«Tutti gli omicidi sono orrendi. Pensate ai poveri Turner. Hugh aveva solo tredici anni. E anche il suo amico Will. L'omicidio è omicidio e quei ragazzi sono stati portati via per sempre alle loro famiglie ed è successo solo pochi giorni fa! I Turner e i Bolen dovranno sopportarlo come meglio potranno, e per il resto delle loro vite. I nostri antenati hanno commesso omicidi per decenni, dietro una facciata di apparente rispettabilità, fingendo di essere gentiluomini e usando parole come onore e fardello. Come avete giustamente detto, sono un mucchio di chiacchiere eleganti. Ma siamo in grado di prendere le distanze dai crimini dei nostri antenati e dal fato di quelle povere anime, perché il tempo guarisce tutto. Ci sono settantacinque anni tra noi e gli omicidi. Per i Turner e i Bolen non è così.

«E noi non siamo come i nostri antenati e la nostra famiglia non lo sarà mai più. Voi mi avete portato via alla nascita. Avete voltato le spalle ai vostri antenati criminali e avete passato tutta la vita cercando di alleviare sofferenze e iniquità. Voi e io dobbiamo aggrapparci al fatto che siamo brave persone e continueremo a fare del bene. E lo faranno anche i miei figli perché impareranno dall'esempio che darò loro e che ho imparato da voi...»

«Ah! Ragazzo mio! Non merito le tue lodi, non dopo quello che ti ho fatto passare. E questo...» Fece un gesto verso i gradini. «In qualunque modo lo guardi, doverci avere a che fare è un peso, nonostante ci sia un arco di tempo che ci permette un po' di distacco. Devi sentirlo ancora più intensamente, dato che sei sul punto di diventare padre. Ma non dovrai sopportarlo da solo. Sarò lì, accanto a te.»

«Grazie. È perché sono quasi un padre che provo il desiderio di chiudere questo capitolo della storia della nostra famiglia e una volta per tutte» gli disse gentilmente Alec. «Dovrei avvertirvi... Se questa cripta contiene i resti di trentotto dei nostri familiari, allora intendo farli rimuovere per dar loro una degna sepoltura...»

«Alec, Alec, non hai ancora capito di quali familiari si tratta? Non puoi parlare di loro come *resti*, non sono resti. Quelle trentotto croci appartengono a-a *neonati*. Ogni croce rappresenta un bambino, maschio... un *neonato*. Sono stati sacrificati... *sacrificati*... sull'altare dell'eredità da parte dei nostri antenati, e tutto per assicurarsi che un unico figlio ereditasse questa proprietà. Tutti i fratelli maschi sono stati eliminati... *assassinati*... per impedire che la terra fosse suddivisa tra di loro. È talmente abominevole che non riesco quasi a immaginare gli antichi compiere una tale barbarie, men che meno che i nostri antenati la praticassero per tenere insieme qualche zolla di terra. Non mi meraviglia che alcuni uomini si siano suicidati pur di non compiere un'azione così orribile! Che razza di famiglia *mostruosa* la fa diventare una tradizione macabra, perpetuata nei secoli? Ha un nome questo tipo di omicidio... figlicidio. E dev'essere una delle parole più orrende nella nostra lingua.»

«Sì. È così» ammise Alec con la voce spezzata e si schiarì in fretta la gola da un'ostruzione fantasma. «Non posso parlare per i nostri antenati e nemmeno cominciare a capire che cosa li spingesse, come si auto-convinsero a commettere gli omicidi, per giustificare nelle loro menti che fosse perfettamente accettabile uccidere un neonato. Una vita preziosa, indifesa, un dono di Dio. È una vita che un padre deve amare e curare e proteggere con tutte le fibre del suo essere. Come proteggerò io mio figlio, e come voi avete protetto me...»

«Oh. Ah! Mio caro, caro ragazzo» esclamò angosciato Plantagenet Halsey. «E che razza di bel protettore sono risultato essere... mentendoti e permettendoti di crescere senza conoscere tua madre o tuo padre. Permettendo ad altri di pensare che tu fossi un reietto, immeritevole di questo posto, tuo per diritto di nascita, e il titolo. La verità è che quella parte di te che ti viene dalla tua cara madre, dal suo sangue, dai suoi antenati, è molto più nobile e onesta di qualunque cosa potesse fornirti la linea maschile. Non dimenticarlo. Io non ti merito...»

«Sciocchezze!» lo interruppe Alec cercando di convincerlo. Ma anche se riuscì a tenere salda la voce, il rossore sulle guance magre e le lacrime nei suoi occhi rivelavano la profondità del suo tumulto interiore. «Siete troppo duro con voi stesso, come sempre.» Con un sorriso gentile dichiarò semplicemente: «Voi siete e sarete sempre il mio esempio.»

Il vecchio crollò e, in una nebbia di lacrime, tirò a sé Alec e lo abbracciò come se la sua vita dipendesse dal tenerlo tra le braccia e non lasciarlo andare. Quando allentò la stretta lo fissò negli occhi, dicendo con la voce piena di emozione: «Sei il figlio migliore che un uomo possa desiderare. Ho sognato questo giorno per tanti anni che pensavo sarebbe sempre rimasto un sogno, poterti finalmente chiamare figlio. Perché è quello che sei: *mio figlio*, e lo sarai sempre. E ti voglio bene con tutto il mio cuore.»

«Padre!»

Si abbracciarono di nuovo, questa volta talmente sopraffatti dal momento che non si resero conto del tempo che passava. Sarebbero rimasti abbracciati in quel modo molto più a lungo se non fosse stato per un'interruzione dalla base dei gradini, quando Stephens li chiamò. Poi mandò uno dei suoi uomini con una torcia in cima alle scale.

Stephens si scusò per l'urgenza. La luce stava svanendo e presto sarebbe sparita del tutto dietro alle nuvole nere che stavano arrivando da sud, insieme al brontolio dei tuoni. C'era un temporale in arrivo, spiegò loro Stephens quando Alec e Plantagenet Halsey scesero i gradini per andargli incontro. E dato che sembrava che la pioggia sarebbe arrivata da un momento all'altro, dovevano rimettere a posto il telone e assicurarlo appena possibile sopra la buca nella Corte di Pietra. Quindi se sua signoria desiderava vedere dentro la cripta senza le torce, era possibile ora, mentre era illuminata dall'alto.

«*Dentro?*» Alec era sorpreso. Quando il capomastro annuì, diede un'occhiata a suo padre, chiedendo a Stephens: «Com'è possibile che vediate la luce? Non c'è una porta, chiusa con un lucchetto oltre a tutto, tra il vestibolo e l'interno della cripta?»

«C'è una porta. Ma è meglio se lo mostro a Vostra Signoria. Capirete che cosa voglio dire.»

Quando Alec annuì, il capomastro si voltò e fece un cenno all'operaio con la torcia di precederli. Alec prese il braccio di Plantagenet Halsey, nel caso fosse poco stabile sulle gambe e, a braccetto, seguirono in silenzio Stephens dentro le cantine. Quando arrivarono al passaggio a volta, i mattoni che erano stati rimossi erano impilati da entrambi i lati dell'entrata, alcuni messi ordinatamente uno sopra l'altro, alcuni più disordinatamente. Il capomastro spiegò che una volta evidente che la luce del sole entrava da sopra, il che indicava uno spazio aperto agli elementi, e quando da sopra li avevano informati che il tempo stava cambiando, c'era stato un senso di urgenza di finire il lavoro prima che i cieli si aprissero. Da lì il disordine.

«Le forti raffiche stavano facendo disastri con il telone» spiegò il capomastro. «I miei uomini hanno scoperto che si era staccato da uno dei picchetti, senza che nessuno degli uomini di Turner tenesse d'occhio le cose...»

«Il telone?» lo interruppe Alec, ansioso.

«Una volta aperta una breccia nel muro, quando abbiamo potuto vedere all'interno, siamo stati presi di sorpresa da un raggio di luce, a tratti intensa e che in altri momenti spariva completamente» spiegò Stephens. «È stato allora che mi sono reso conto che il telone doveva svolazzare. E ora che è stato rimosso completamente, dovreste avere abbastanza luce per esplorare quella stanza senza bisogno di torce. Ma ne porterò una con noi nel caso in cui le nuvole temporalesche coprano il sole. Prevedo che sarà una bella bufera...»

«Allora sbrighiamoci» lo interruppe bruscamente Plantagenet Halsey. «Non possiamo restare qui a chiederci quando arriverà la pioggia. Succederà comunque, e in fretta, se continuate a ciarlare!»

«Sì, signore» disse tranquillo Stephens, senza offendersi per la scontrosità del vecchio. «Se volete seguirmi entrambi.»

Il capomastro entrò nel passaggio e Alec e Plantagenet Halsey lo seguirono. Nessuno dei due disse una parola né si scambiarono un'occhiata, percependo la tensione dell'altro.

Il vestibolo era insignificante e, come ogni altra stanza della cantina, aveva le pareti grezzamente intonacate e imbiancate, un soffitto basso e un pavimento di mattoni coperto da un sottile strato di polvere, sollevata e disturbata per la prima volta da decenni dagli stivali di Stephens e dei suoi uomini. Ed era buio. Non fosse stato per la torcia sarebbe stato buio pesto.

Ma ciò che fissò Alec era la parete diritta in fondo al passaggio a volta. Non lo meravigliava che Stephens avesse ordinato ai suoi uomini di sbrigarsi a smantellare il muro. Una lama di luce penetrava dalla buca aperta nel cortile e in una stanza oltre il vestibolo. La luce del sole illuminava una pila di detriti in mezzo al pavimento. E poi la luce svanì, come se avessero spento una candela. Il raggio di luce riapparve altrettanto in fretta e più luminoso di prima. Fu chiaro ad Alec perché era possibile vedere il sole brillare dentro la cripta. Plantagenet Halsey lo disse per primo.

«Non credo che quel colpo in testa mi abbia compromesso la vista... quella porta è aperta!»

VENTISETTE

La pesante porta di quercia era socchiusa, il lucchetto e la catena non si vedevano da nessuna parte. Alec represse un'esclamazione di rabbia, pensando che avessero disobbedito ai suoi ordini, per dire, brusco ma controllato: «Signor Stephens, ero stato chiaro che avremmo aspettato l'arrivo del mio avvocato con la chiave.»

«È così, milord. E non abbiamo toccato niente» spiegò Stephens. «Così è come abbiamo trovato la porta quando abbiamo sfondato il muro e siamo entrati nel passaggio. Era aperta e non c'erano né il lucchetto né la catena, come avevate descritto. Guardate meglio, milord. Vedrete che non ci sono impronte di stivali oltre la soglia. Ho detto ai miei uomini di restare indietro. E lo abbiamo fatto. Siamo venuti immediatamente a cercarvi.»

Alec e Plantagenet Halsey si guardarono in faccia, con lo stesso pensiero in mente. Chi aveva la chiave della cripta e perché avevano aperto la porta lasciandola socchiusa?

«Vostra signoria vorrebbe dare un'occhiata? Il tempo non reggerà ancora per molto...»

All'entrata della volta, Alec si voltò verso suo padre e disse sottovoce: «Qualunque cosa troviamo lì dentro, ricordatelo: noi non siamo i nostri antenati.»

Poi gli tese la mano ed entrarono insieme nella stanza, mano nella mano, il padre dietro il figlio.

C'ERANO PICCOLE NICCHIE RICAVATE NELLA PIETRA, UNA FILA sopra l'altra, che correvano lungo due delle pareti imbiancate. A chiunque non conoscesse lo scopo di quella stanza, sembrava un'estensione della cantina dei vini. Forse era ciò che era stata molto tempo prima, pensò Alec, perché le nicchie erano scomparti in mattoni in grado di contenere più di una dozzina di bottiglie di vino e non erano diverse, per forma o dimensioni, da quelle dall'altro lato della parete. Ciò che era diverso in quella stanza era che non c'erano portacandele e nessuna delle attrezzature che di solito accompagnavano lo stoccaggio del vino. In effetti, la stanza era misteriosamente vuota, con un pesante odore di muffa che permeava le pareti e l'aria, che indicava che era stata sigillata per anni, con la porta di quercia chiusa con il lucchetto contro gli intrusi.

L'unico segno di vita veniva dalla luce del sole che arrivava attraverso il soffitto crollato, direttamente dal cielo, a illuminare lo spazio con una luce eterea e sovrannaturale. Il sole brillava su una pila di macerie, formata dal soffitto quando era crollato e dalle lastre e mattoni frantumati e spezzati quando avevano colpito il pavimento di pietra. Alec immaginò che fosse l'unica attività che la stanza vedeva da decenni perché le nicchie di mattoni non solo erano intatte, erano vuote.

Per Alec fu un enorme sollievo. Plantagenet Halsey ebbe una reazione completamente diversa.

Camminò lungo la fila di nicchie, guardando in ciascuna. Lo fece con una scrupolosità che suggerì al capomastro e agli operai che stesse cercando qualcosa di specifico. Arrivò fino al punto di ficcare la testa in alcune, di allungare la mano lungo altre e addirittura ad accucciarsi per guardare sotto la parte superiore di alcune, come se potesse trovare nascosta lì qualunque cosa stesse cercando.

Alec non fu sorpreso di trovare gli uomini ammucchiati intorno alla porta, ansiosi di sapere che cosa c'era nella stanza dopo aver lavorato per smantellare un muro di mattoni in un brevissimo tempo. E quando il raggio di luce scomparve di nuovo e uno degli uomini si fece avanti con una torcia, ricordò che si aspettavano un acquazzone da un momento all'altro. Quindi andò da Plantagenet Halsey, che stava ripetendo la sua ricerca nelle nicchie vuote e gli toccò gentilmente il braccio.

«Devo lasciare che Stephens e i suoi uomini assicurino il telone prima che il cielo si apra...»

«Cosa? Sì!» rispose Plantagenet Halsey, trasalendo. Era talmente pensieroso che non aveva idea di che cosa avesse detto Alec. Era distratto ed era furioso. «È stata tutta una maledetta bugia! Non ci sono mai stati dei corpi! È un mito. Deve essere così! Di tutti i trucchi per servire...»

«Avreste preferito che ci fossero dei corpi?

«Cosa? Ovviamente non voglio corpi» sibilò il vecchio, tirando da parte Alec in modo che il capomastro non li sentisse. «Quello che voglio è la verità. C'erano trentotto croci su quella mappa e per secoli gli Halsey hanno obbedito a quell'orrendo editto inciso nella piazza del mercato e la nostra famiglia non era la sola! Stupidi noi, e mio padre, ad aver creduto a ciò che gli aveva detto suo padre!»

«I nostri antenati che si sono suicidati lo hanno fatto per un buon motivo» ribatté Alec. «E c'è un motivo per cui quel detto è stato inciso nella piazza. Dimenticate: i numeri non mentono.»

«I trentotto...»

«Non i trentotto. Ciò che avrei dovuto dire è la *mancanza* di numeri. Avete sentito Selina a pranzo. È praticamente impossibile che una famiglia abbia solo un figlio e nemmeno una figlia, generazione dopo generazione. È un *artificio*.» Alec si guardò alle spalle, verso il paziente e silenzioso capomastro, e poi tornò a suo padre. «Non abbiamo ancora nemmeno accennato a ciò che succedeva alle figlie nate nella nostra famiglia, anche se io ho una teoria in merito.»

«Sì? Anch'io.»

«Bene. Ci scambieremo le nostre teorie più tardi. Ma per ora, potete scordarvi che sia un mito o di essere stato abbindolato. Solo perché non abbiamo trovato ciò che ci aspettavamo di trovare qui non significa che ciò che pensiamo non sia realmente successo. Ricordate che la porta era aperta...»

Le sopracciglia cespugliose del vecchio scattarono verso l'alto. «Pensi che siano stati rimossi?»

«C'è qualche altra spiegazione plausibile?»

«Non me ne viene in mente nessuna in questo preciso momento» disse Plantagenet Halsey in tono molto più sommesso. Accennò un sorriso. «A dire il vero, non mi sento proprio al massimo. Questo dannato colpo in testa sta minacciando di trasformarsi in un'emicrania, quindi se per te è lo stesso, sarebbe meglio che ci ritrovassimo quando avrò fatto un riposino...»

«... ed essere stato visitato dal medico. Olivia insiste. E anch'io.»

Lasciando suo padre che brontolava bonariamente sottovoce di famigliari impiccioni, Alec andò dal suo capomastro.

«Se va bene per vostra signoria, farò portar via le macerie. Una volta che il telone sarà assicurato, cominceremo a mettere l'impalcatura. Ho degli uomini pronti a lavorare tutta la notte per riparare il soffitto. Ma ciò che riusciremo a fare dipenderà dall'intensità dell'acquazzone.»

«Grazie, Stephens. E ringraziate i vostri uomini da parte mia per la loro premura. Possono avere tutti una doppia razione di sidro per la loro fatica, e una pagnotta extra.»

«Sarà apprezzato, milord. Ho saputo dalla casa dei Turner che il funerale del loro ragazzo ci sarà domani…»

«Darò il permesso ai membri senior della mia servitù di partecipare al funerale, quindi se volete prendere il carro con loro per arrivare in chiesa, fate pure.»

«Speriamo che il temporale passi stanotte e che domani per quel ragazzo brilli il sole.»

⚜

LO SPERAVA ANCHE SELINA, QUANDO ENTRÒ NELLO SPOGLIATOIO di Alec un'ora dopo, con una mano a metà della schiena dolorante e un fascio di carte nell'altra. Trovò suo marito che sonnecchiava, immerso fino al collo nell'acqua saponosa della vasca da bagno, con un braccio che pendeva oltre il bordo. Si chiese come riuscisse a dormire con il rumore della pioggia battente, le raffiche di vento e lo scoppio dei tuoni. Lei trasaliva ogni volta che c'era un lampo di luce, aspettando l'inevitabile scoppio del tuono, pregando che il temporale fosse lontano e non, come insisteva a dire suo fratello, direttamente sopra di loro.

Ci fu un altro forte tuono e non solo Selina, ma anche il valletto e i due domestici sobbalzarono un po'. Poi sparirono in fretta, lasciando da sola la coppia. Selina andò direttamente alla vasca, raccolse uno degli asciugamani piccoli e lo passò leggermente sul braccio di Alec, per svegliarlo dolcemente. Quando aprì gli occhi, gli disse: «Clive pensa che la casa brucerà fino alle fondamenta con tutti questi fulmini.»

«Cosa? In mezzo a questo diluvio? Siete preoccupata?»

Lei scosse la testa con un sorriso. «No. Ma lui sì! Quindi gli ho detto che ero d'accordo. E non sono mai d'accordo con lui, quindi adesso è veramente preoccupato. Che sciocco!»

Alec sogghignò e si sedette, attento a non mandare l'acqua oltre il bordo della vasca, togliendosi i riccioletti bagnati dagli occhi. Le prese l'asciugamano e si asciugò la faccia.

«Grazie. E anche per avermi svegliato. Sospetto che vostro fratello voglia cenare e io lo sto facendo aspettare.»

«Può aspettare. Inoltre, quando io l'ho lasciata, zia Olivia si stava ancora vestendo. Non aveva permesso al dottor Riley di andarsene finché non era stata certa che tuo zio non avesse niente di più di un livido e un bernoccolo. E adesso Riley non può andarsene per via del maltempo. Quindi si fermerà stanotte. Credete che siano amanti?»

«Chi? Riley e vostra zia?»

«Sciocco! Sapete perfettamente che sto parlando di mia zia e vostro zio! In effetti si comportano proprio come una vecchia coppia sposata.»

«Io pensavo che si comportassero come una coppia *appena* sposata.»

«Ma noi non battibecchiamo come fanno loro.»

«Oh? È quello che fanno le vecchie coppie sposate? Battibeccano?»

«Sì, moltissimo, beh, quelle a cui importa ancora qualcosa l'uno dell'altro. Sono amanti?»

«Vi infastidirebbe se lo fossero?»

Selina fece spallucce. «Se lo sono, li invidio. Alla loro età possono godere dei piaceri della carne senza subirne le conseguenze.»

Alec ridacchiò. «E Olivia non se l'è meritato, con dieci figli adulti e troppi nipoti per contarli? Inoltre,» le afferrò la mano baciandone il dorso prima di alzare gli occhi, «non pensate che, alla loro età sia più una questione di farsi compagnia che non rotolarsi nel letto?»

«Potreste avere ragione, ma spero che sia un po' di entrambe le cose, per il loro bene. Meritano di essere felici… E io sono eccessivamente petulante perché non vedo l'ora di avere il nostro bambino in braccio e non più dentro di me! Ed è uno dei motivi per cui sono qui. Zia Olivia dice che devo camminare, *tantissimo*. A quanto pare dovrebbe provocare le contrazioni. E se non lo farà quello, potrebbe riuscirci questo orribile temporale!» Studiò suo marito per un momento e chiese, sorpresa e sospettosa: «Perché quel sorrisetto soddisfatto? Sembrate un gatto che ha trovato un piattino pieno di panna. E per favore non ditemi che è perché non vedete l'ora di diventare padre. *Quel* sorriso è diverso da *questo* sorriso.»

Il sorriso di Alec divenne se possibile più ampio e scosse la testa. Nonostante la stanchezza mentale, che lo aveva fatto addormentare nella vasca bagno e nel bel mezzo di una bufera per giunta, era esultante. Tralasciando le rivelazioni emotivamente sconvolgenti riguardo ai suoi antenati, niente poteva togliergli la felicità di aver finalmente realizzato il suo sogno di ragazzo di conoscere suo padre. Una vita di incertezze che erano state un vuoto dentro di lui adesso era piena fino all'orlo di contentezza. Avrebbe voluto condividerla con Selina, e con il mondo intero. Ma qualcosa lo fece esitare a confidarsi. Non sapeva perché, ma l'istinto gli diceva di aspettare, che c'era molto altro da

sapere, sulla sua nascita, su sua madre, e sul rapporto fra i suoi genitori prima di poter fare quell'annuncio. E sentiva di dover chiedere il
permesso a suo padre prima di rivelare i particolari a chicchessia,
inclusa sua moglie. E anche se si sentiva a disagio nel nascondere qualcosa a Selina, lo giustificava dicendosi, come aveva fatto con gli
orrendi particolari della morte di Hugh Turner e il comportamento
criminale dei propri antenati, di non volerla turbare in nessun modo
mentre era incinta, specialmente quando Olivia era del parere che il
bambino stesse per arrivare da un giorno all'altro. Notizie simili potevano aspettare, tutto poteva aspettare, fino dopo l'arrivo del bambino.

Così, invece di risponderle, fece ciò che si era abituato a fare nel
corso della gravidanza di Selina, evitò di parlare di fatti spiacevoli
facendo lui una domanda.

«Sono quelle l'altro motivo per cui avete invaso il più sacro dei
baluardi maschili?» le chiese, indicando le carte che aveva in mano.

Selina non si lasciò ingannare dal suo tentativo di cambiare
discorso, ma le ricordò perché aveva interrotto il bagno del marito. Gli
tese le carte.

«Le ho trovate nella biblioteca. Erano sopra l'agenda di Jeffries.
Una è un elenco e l'altra una mappa. Non ho avuto l'opportunità di
chiederlo a lui e non lo farei mai qui...»

«Elenco? Mappa?» la interruppe Alec, cercando di mantenere la
voce indifferente. Riconobbe la grafia sul foglio che gli stava
mostrando Selina: era quella di sua madre; ricordò anche che suo
padre aveva menzionato un elenco di nomi mentre erano in cantina e
che anche lui l'aveva trovato nella biblioteca. «Un elenco di che cosa,
prego?»

«Nomi. Ma l'elenco non è nella grafia del vostro valletto e ci sono
anche delle date. E sono tutti nomi di battesimo maschili.»

«Quanti nomi?»

«Trentotto. Perché? Il numero per voi è più strano del fatto che
siano tutti nomi maschili?»

«Non necessariamente. Avete detto voi che erano maschili. La
successiva e logica domanda era il numero di nomi...» rispose Alec
con un tono indifferente. «E mi porta a chiedermi se il numero trentotto abbia un qualche particolare significato per voi per via della
vostra speciale affinità con i numeri?»

Selina sorrise. «Sua signoria mi conosce bene. Sì! È il numero che
mi interessa, perché su questo secondo foglio di carta è disegnata una
mappa, con trentotto croci. E corrispondono al numero di nomi...»

«Coincidenza?»

«È una possibilità. Ma dato che questi fogli erano insieme, uno con la lista di nomi e l'altro con la mappa e i numeri corrispondono, credo sia ovvio.»

«Davvero?»

«Sì. Guardate la disposizione della mappa. Vedete...» Selina aprì il foglio e lo alzò, ma poi lasciò cadere il braccio altrettanto in fretta, arrossendo. «Perdonatemi. Dimenticavo. Avete bisogno degli occhiali...»

«Sì. Non importa. Ditemelo voi mentre mi immergo fino al collo in quest'acqua tiepida. Ma dovrò uscire presto.»

«Certo. Vi sto impedendo di vestirvi» mormorò Selina, imbarazzata per non averci pensato. «Dovete avere freddo.»

«Sì, ma ciò che importa è che abbiate dimenticato il temporale che infuria sopra di noi. Ci sono stati tre forti scoppi di tuono nel poco tempo in cui siete stata qui e non avete trasalito nemmeno una volta. Che cosa significa il numero trentotto?»

«Non è il numero, ma il fatto che due documenti corrispondano, nomi e croci. Penso che questa mappa sia la pianta di un cimitero.»

«Per via dei nomi e delle croci?»

«Me lo fa pensare il modo in cui è disegnata la mappa e la posizione delle croci. Il fatto che tutti i nomi della lista siano maschili mi porta a chiedermi se ciò che è sepolto in questo cimitero siano cani prediletti, o cavalli o forse entrambi, o animali da compagnia in genere. Ed è un cimitero antico perché il primo nome, Linus, è del 1215. Linus sembrerebbe un nome adatto a un fedele destriero. Che c'è?» chiese quando il sorriso di Alec svanì. Lo prese come un segno di incredulità da parte sua. «Pensate che abbia troppa fantasia!»

«Per niente. La vostra teoria è buona come le altre che ho sentito...»

«Quindi sapevate già di questo elenco e della mappa?»

«... sul motivo per cui le due si accoppiano così bene» continuò Alec, ignorando la sua accusa. «E non vedo perché la famiglia non dovesse voler seppellire gli animali prediletti nel loro terreno...»

«Almeno questo è qualcosa che avete in comune con la vostra famiglia... l'amore per gli animali» ribatté Selina. Indicò con la testa Cromwell e Marziran che erano accucciati accanto alla vasca, più vicini che potevano al loro padrone senza saltare nell'acqua con lui. «I vostri figli a quattro zampe si sentiranno un po' meno amati quando arriverà questo piccolino.»

«A loro i temporali non piacciono, esattamente come a voi, mia cara. E fate loro un torto. Diventeranno dei fratelli maggiori protettivi.»

«Quindi non è così fantasioso pensare che sia un cimitero per gli animali da compagnia?» insistette Selina con un sorriso di trionfo.

«No, per niente. E mi piacerebbe studiare il vostro elenco e la mappa quando sarò vestito.»

«C'è un'altra strana circostanza riguardo al numero trentotto. E dovrei considerarla una pura coincidenza... me lo dice la mia mente logica. Ma la stessa mente mi dice anche che ci sono pochi casi che sono veramente coincidenze quando si vede uno schema, quindi forse c'è qualcosa.»

«Fidatevi del vostro istinto, come faccio io.»

«Bene. Allora lo farò. Trentotto nomi. Trentotto croci. Trentotto rose bianche.»

«Rose?»

«Il numero di rose che lady Ferris ha fatto tagliare dal giardino che ci ha detto essere nell'angolo in fondo a un prato recintato dall'altro lato della casa. Era stato piantato da vostra madre e sembra che sia stato piuttosto trascurato dopo la sua morte. Lady Ferris ha chiesto a un giardiniere di portarmene un mazzo per la tavola, a pranzo, l'altro giorno, non ricordate?»

«Sì. E le avete contate?»

«Ero annoiata. Era mentre il giovane signor Ferris stava sproloquiando sulla sua fortuna. Facevo del mio meglio per sembrare interessata e contare le rose nel mazzo mi aiutava... avete di nuovo quell'espressione preoccupata...»

«Stavo ricordando una cosa che ha detto mia zia quando l'ho ringraziata per le rose. Che il giardino era in un punto in cui le rose non dovrebbero prosperare, eppure queste rose erano rigogliose. Disse che doveva esserci qualcosa di particolare nel terreno...»

«Ha detto davvero così? Ha usato le parole *"qualcosa di particolare nel terreno"*?» Quando Alec annuì, gli occhi di Selina scintillarono trionfanti. «Ecco. È così allora. Deve essere un cimitero! Quei cari animali hanno fertilizzato il terreno, permettendo alle rose di fiorire. Lady Ferris deve sapere che cos'è sepolto lì ma non voleva dirlo a pranzo per tema di turbarci. O forse non voleva turbare me.» Fece una faccia ad Alec che era per metà smorfia e per metà sorriso. Qualunque cosa fosse, Alec sapeva che non era adirata con lui quando disse, in tono imperioso: «Sembra che non siate l'unico che cerca di proteggermi da ogni sgradevolezza. Dev'essere un'attitudine universale quella di tenere all'oscuro le donne incinte, per tema di turbarle.»

«Forse voleva solo essere educata?» suggerì Alec in tono lieve, senza respingere la sua affermazione.

Selina ci pensò per un istante e poi annuì. «Immagino che qui, nel deserto culturale della campagna, la gente sia molto più attenta a che cos'è e cosa non è una conversazione educata a tavola che non al contenuto della discussione. Mentre a noi cittadini sembra che non importi minimamente di che cosa si sta discutendo, purché sia interessante e al diavolo la buona educazione.»

«Ricordatemi di non menzionare mai i cimiteri degli animali da compagnia a tavola, qui al Parco dei Cervi.»

Selina ridacchiò. «Sciocco!» Si abbassò, fintanto che glielo permetteva la pancia, per baciare Alec, riuscendoci quando lui si alzò a metà dalla vasca per andarle incontro. «Quando il tempo migliorerà e il sole splenderà di nuovo, mi piacerebbe che mi portaste a vedere questo cimitero degli animali.»

«Qualche motivo particolare oltre a quello di soddisfare la vostra curiosità e confermare che avete ragione riguardo all'elenco e alla mappa?» chiese Alec, in un tono che sperava indifferente. Ciò che lo preoccupava non era portarla a visitare il cimitero, ma che quel cimitero, se veramente era ciò che sarebbe risultato essere il giardino delle rose, non fosse l'ultima dimora di animali prediletti, ma qualcosa di molto più sinistro e straziante. Quindi aggiunse, sperando di farla desistere: «Non potrebbe aspettare fin dopo la nascita di nostro figlio? Dopo tutto, è una lunga camminata fino all'angolo in fondo del prato recintato e non vorrei che entraste in travaglio così lontano da casa, né lo vorrebbe Olivia.»

«Vero, ma mi piacerebbe vederlo prima possibile, perché dopo sarò occupata per un bel po'. Forse potremmo usare la portantina?»

«Abbiamo una portantina? Qui in questa casa?»

«Sì. Al momento è nella stanza della contessa. È così che chiamo la stanza degli ospiti più vicina alle scale. Era la stanza di vostra madre e la portantina era la sua. Vostro zio mi ha detto che l'aveva suggerita lui, in modo che lei potesse spostarsi senza dover camminare.»

«A causa della sua artrite?» Quando Selina annuì, Alec si sentì improvvisamente stringere il petto al pensiero di non averlo saputo o che l'artrite di sua madre fosse stata così debilitante. Che razza di figlio doveva averlo ritenuto? Sia lui sia Edward non l'avevano trattata bene... Si riscosse da quel momento di autocritica e cercò di dissuadere Selina. Il tuono che scoppiò proprio in quel momento gli venne in aiuto. «Anche usando la portantina, dubito che il terreno sarebbe abbastanza asciutto domani per permettere ai portantini di trasportarvi senza danni attraverso un prato fradicio, non credete?»

«Giusto... I cimiteri per gli animali hanno le lapidi?»

«Non ne ho idea. Perché? Volete delle lapidi?»

«No! Preferirei che non ci fossero. Solo i cespugli di rose.»

«Perché?»

«Pensavo che fosse ovvio. Non voglio che nostro figlio scopra che i suoi genitori hanno scelto il suo nome dall'elenco di un cimitero per animali!»

«Abbiamo scelto un nome?»

«Linus.»

Alec le restituì il sorriso trionfante. Sperava di apparire sincero perché quel nome non gli piaceva assolutamente. Ma non gliel'avrebbe detto, né perché pensava che non fosse una coincidenza che il primo nome sulla lista fosse Linus.

Da quando gli avevano parlato della lista, il nome Linus lo aveva turbato. Non perché non gli piacesse, ma perché fosse stato scelto il nome Linus e che doveva significare qualcosa. Gli era venuto in mente mentre si stava addormentando nella vasca al suono del rombo del tuono. Aveva ricordato la sua educazione classica e Omero in particolare e il motivo per cui un lamento funebre veniva chiamato un *linus*. Si diceva che una principessa, di nome Psamate, dalla città di Argo, avesse dato un figlio, Linus, al dio della bellezza maschile, Apollo, e poi avesse esposto quel figlio sul pendio di una montagna dove era stato divorato dai cani. Per vendicarsi, Apollo aveva tormentato Argo finché aveva ritenuto che i suoi abitanti avessero pagato a sufficienza per la morte di suo figlio.

Alec si era poi svegliato di soprassalto, tremando, non per il freddo o perché un lampo di luce brillante di un fulmine aveva illuminato le finestre e gli era penetrato attraverso le palpebre. Talgarth, il fratello artista di Selina, lo chiamava Apollo, e così faceva Selina quando era più scherzosa. Quindi, l'ultimo nome che avrebbe mai scelto per suo figlio era Linus.

Forse avrebbe raccontato a Selina la storia di Apollo e Psamate e del loro figlio Linus. Sarebbe probabilmente stato sufficiente per convincerla a trovare un nome più adatto su cui potevano essere d'accordo entrambi.

Il giorno successivo lo avrebbe confidato a Plantagenet Halsey e se il tempo fosse migliorato avrebbero fatto una camminata attraverso il parco fino in fondo al giardino recintato, e senza Selina.

VENTOTTO

Com'era possibile, si chiese Alec, che con una casa che copriva approssimativamente tre ettari, la maggior parte delle interruzioni nella sua giornata avvenisse nel suo appartamento privato, precisamente nel suo spogliatoio? Era perché inconsciamente i suoi servitori e la sua famiglia ritenevano che fosse in trappola, e che quindi non potesse sfuggire loro facilmente? Non che volesse nascondersi, ma agognava un po' di tregua alla fine di una lunga giornata. E quella giornata era stata particolarmente lunga, a cominciare da quando era stato svegliato un'ora prima del previsto, per finire con le parole accese scambiate tra Selina e Cobham in salotto dopo la cena, con lady Sybilla che aveva fatto del suo meglio per agire da paciera.

Non sapeva che cosa fosse più tempestoso, il tempo fuori o la discussione tutta tuoni e fulmini tra i fratelli. Gli faceva apprezzare essere cresciuto da figlio unico e pregare che i suoi figli non fossero come il giorno e la notte, com'erano Selina e suo fratello.

Seduto in vestaglia sullo sgabello nel suo spogliatoio, cercava di ricordare che cosa avesse dato inizio alla loro discussione. E poi il suo valletto entrò in punta di piedi e interruppe il filo dei suoi pensieri. Aveva già augurato la buonanotte a Hadrian Jeffries ed eccolo lì di nuovo, in piedi sulla porta, e in mano aveva quello che pareva un lenzuolo piegato.

«Mi dispiace disturbarvi, signore. È arrivato per voi quando eravate a tavola. Mi sono preso la libertà di pensare che fosse abbastanza importante perché lo vedeste subito, invece di aspettare domani mattina. E non volevo lasciarlo in giro nel caso lady Halsey entrasse qui e facesse domande. Quindi l'ho avvolto in un paio di federe. È fragile. Posso metterlo sul tavolo da toeletta?»

Che Hadrian Jeffries non volesse che Selina lo vedesse lo incuriosì abbastanza da far segno al valletto di avvicinarsi.

«Devo spostare io il vostro lavoro o volete farlo voi?» chiese Alec scherzando, guardando il posizionamento preciso dei suoi accessori da toeletta sul tavolino.

«Se voleste spostare le spazzole per i capelli verso sinistra, signore, dovrebbe esserci spazio a sufficienza.»

Alec lo fece e tenne per sé le domande finché Hadrian Jeffries ebbe lentamente e cautamente posato sul tavolo l'oggetto avvolto nella tela. Poi lo guardò svolgerlo. Non sapeva che cosa stava guardando quando apparve, tranne che qualunque cosa fosse stata ora era a pezzi e sembrava fosse caduta da una grande altezza, o schiacciata sotto un enorme peso. In un modo o nell'altro non era riparabile.

«Temo che gli uomini che l'hanno trovato non siano stati molto attenti quando l'hanno raccolto» si scusò Hadrian Jeffries. «E, di nuovo, mi sono preso la libertà e ho fatto del mio meglio per ricostruirlo. Ma come potete vedere, ci sono dei pezzi mancanti e dato che probabilmente sono stati ridotti in polvere, la possibilità che possa essere riparato è scarsa.»

Alec si mise gli occhiali. «Se qualcuno può ricostruire un rompicapo dai frammenti» mormorò, guardando da vicino i pezzi, «quello siete voi, Hadrian.»

«Grazie, signore.»

«Qualunque cosa fosse una volta» disse Alec, sollevando con attenzione una scheggia di legno tra pollice e indice, «dov'è stato trovato?»

«Mi dispiace, signore. Avrei dovuto dirlo. Gli uomini del signor Stephens lo hanno trovato in cantina…»

«Dove in cantina?»

«Il signor Stephens ha detto che era sotto le macerie nella cripta. Pensa che sia stato schiacciato quando è crollato il soffitto.»

«Sicuramente è andata così. Pensate che una volta, prima che la pavimentazione della Corte di Pietra cedesse, fosse una piccola scatola di legno con le cerniere di ottone e una serratura?»

«Sì, signore, è esattamente ciò che penso. E anche il signor Stephens. Ha portato i pezzi a me personalmente, dicendo che non avreste voluto che altri lo sapessero, per via di dove erano stati trovati.»

Alec si tolse gli occhiali e guardò il suo valletto. «È tutto molto curioso, ma non può essere il motivo per cui il signor Stephens è venuto da voi, o perché siate venuto da me a quest'ora.» Quando Hadrian Jeffries non riuscì a nascondere un piccolissimo sorriso e chinò la testa ammettendolo, Alec chiese con tutta la calma che riuscì a raccogliere: «Che cosa c'era nella scatola?»

«È lì, signore, racchiusa tra i due strati di schegge. L'ho messa dove pensavo che fosse prima che la scatola venisse schiacciata.»

«Che precisione.» Alec si rimise gli occhiali e rimosse attentamente lo strato superiore di schegge di legno, mettendo da parte i pezzi sul tessuto. «Una lettera!»

«Sì, signore. E non è aperta. Il sigillo di cera è ancora intatto.»

Alec estrasse il foglio piegato con il suo sigillo e soffiò piano sulla superficie per rimuovere la polvere e i detriti. E poi restò lì, a fissare le parole scritte sul davanti della pergamena. Le lettere erano malformate, come se chiunque le avesse scritte avesse la mano malferma, a causa dell'età o di un'infermità. Ma sapeva che era la seconda la causa, perché riconobbe la grafia, era quella di sua madre. Ma ciò che trovò degno di nota furono le tre parole scritte di suo pugno: *per mio figlio*.

«Vi auguro di nuovo la buonanotte, signore…»

«Sì, sì, va bene…»

Alec non aveva idea di che cosa avesse detto il valletto e come in trance aprì il cassetto del tavolo da toeletta, riponendo gli occhiali. E lì lasciò la lettera, per aprirla quando fosse stato completamente sveglio e con suo padre presente. Il giorno dopo…

⚭

Portò la lettera di sua madre nella tasca della giacca per quasi tutta la giornata successiva. In quella tasca c'erano anche la lista e la mappa che Selina gli aveva mostrato mentre stava facendo il bagno.

E fu solo nel primo pomeriggio che padre e figlio furono finalmente in grado di incontrarsi.

Alec riuscì a sgattaiolare dal salotto, e da una riunione di famiglia piuttosto mesta, con la discussione tra i fratelli che continuava a sobbollire sotto la superficie. Usò la scusa che i levrieri avevano bisogno di fare una corsa, visto che il tempo era migliorato, e che doveva essere in quel momento o mai più perché i loro ospiti sarebbero arrivati per la cena più tardi quel pomeriggio e avrebbe dovuto cambiarsi d'abito. Era tutto vero, e Selina lo spedì via con un bacio e un sorriso.

Il suo sorriso nascondeva il fatto che il suo intuito le diceva dov'era diretto. Intuito e il fatto che aveva passato una bella decina di minuti quella mattina cercando la mappa e la lista, per mostrarle a sua zia e alla cugina, e né lei né Evans erano riuscite a trovarle. E ora sospettava che suo marito le avesse avute per tutto il tempo e che stesse andando al cimitero degli animali da solo, senza di lei. Avrebbe dovuto essere irritata per essere stata esclusa, ma era troppo stanca per provare qualcosa. Lei e Alec e i loro servitori personali avevano passato una notte insonne, ognuno di loro pensando che fosse quella la notte in cui il bambino avrebbe deciso di arrivare, nella pioggia, la grandine e i lampi. Poi i dolori si erano calmati ed era finalmente scivolata nel sonno prima dell'alba. Dalle occhiaie scure sotto i suoi begli occhi e dal fatto che non era rasato, sospettava che Alec non avesse dormito del tutto.

Pensando che sua moglie non sapesse nulla della sua destinazione, Alec attraversò il vasto prato fradicio all'interno del giardino recintato con i suoi compagni a quattro zampe che galoppavano davanti a lui, scodinzolando per il piacere di essere fuori all'aria aperta. E dietro di lui, ciascuno con un cesto di accessori per il giardinaggio, c'erano due giardinieri, prelevati dalle squadre che lavoravano a ripulire i danni della bufera della notte prima. Dappertutto c'erano prove della potenza distruttiva del maltempo, dai rami spezzati e gli alberi caduti, ai raccolti spianati e alle recinzioni abbattute. E perfino lì, nonostante la protezione di un alto muro di mattoni, un grande roseto, incolto, che copriva il muro, non era rimasto indenne, il forte vento era soffiato tra i cespugli e aveva fatto cadere a terra migliaia di petali di rosa bianca.

Plantagenet Halsey tornò dalla casa del sovraintendente e trovò il valletto di Alec che lo aspettava con un messaggio sibillino: sua signoria lo stava aspettando nell'angolo più a nord del prato recintato, dove stava raccogliendo rose per la tavola di lady Halsey. Il vecchio non aveva idea di che cosa significasse, ma era a favore di sgattaiolare via prima di essere assalito dalle donne della famiglia che aspettavano il resoconto del funerale di Hugh Turner.

Anche lui aveva avuto una notte di sonno inquieto. Solo perché si era rifiutato di prendere il laudano prescritto dal dottor Riley. Quindi aveva passato la serata con un mal di testa lancinante, fingendo di non averlo, perché Olivia era ansiosa e furiosa con lui perché era un vecchio mulo testardo. Era la parola vecchio che lo preoccupava di più. E quando lei se n'era andata arrabbiata nelle sue stanze, lieta che lui non fosse in pericolo perché chiunque fosse così testardo non poteva stare poi così male, lui aveva passato il resto della notte girandosi e rigirandosi, con la testa che pulsava, autocommiserandosi.

Era l'ultima volta che aveva visto la duchessa, perché non era sceso a cena, stava troppo male per quello, e aveva fatto colazione nelle proprie stanze. E questo l'avrebbe fatta infuriare ancora di più perché si era agitata fino a diventare frenetica, per via dell'annuncio da fare alla famiglia, e la sua assenza sarebbe stata un altro punto a suo sfavore. Non la biasimava. Era colpa sua. Eppure il pensiero di sopportare il tutto a tavola con quella faccia di merluzzo di Clive Cobham che lo guardava a bocca aperta, mentre aveva un mal di testa feroce, era decisamente troppo.

E ora la stava evitando completamente. Il messaggio sibillino di Alec non poteva arrivare in un momento migliore. Si cambiò, mettendosi un paio di vecchi calzoni da cavallerizzo, una giacca logora, i suoi stivali meno nuovi, si calcò con cautela un cappello sui capelli sale e pepe e uscì dalle sue stanze, diretto verso il prato inzuppato d'acqua in brevissimo tempo.

Quando arrivò a destinazione era senza fiato e fissò quello che, prima della bufera, doveva essere stato un meraviglioso, anche se incolto, e ben ordinato giardino. I cespugli di rose erano piantati in file regolari, ma anche lui poteva notare che erano stati lasciati a loro stessi e che i cespugli più robusti ora stavano arrampicandosi e attaccandosi ai mattoni. Due giorni prima, sarebbero stati tutti pieni di fiori. Ora c'erano petali di rose sparsi sul terreno, inzuppati dalle piogge torrenziali. Ce n'erano tanti che da lontano sembrava che ci fosse una coltre di neve indisturbata sotto i rami. I petali si appiccicavano alla suola degli stivali dei due giardinieri che cercavano di riportare ordine nel caos e ai lunghi musi dei levrieri di Alec, che annusavano lì in giro.

Alec lo raggiunse. Entrambi si sorrisero, le parole non erano necessarie a comunicare che, dopo le rivelazioni del giorno prima, il loro rapporto si era rafforzato ancora di più. Il vecchio non avrebbe più mentito a suo figlio e suo figlio voleva includerlo in ogni cosa. Ma prima che Alec potesse spiegare perché l'aveva fatto venire lì, il vecchio aveva bisogno di togliersi un peso dal petto.

«Le mie scuse per non essermi presentato a cena ieri sera. Il nostro annuncio è stato rimandato ancora una volta a causa della mia assenza!» Alzò gli occhi al cielo e sorrise imbarazzato, poi si accigliò, dicendo: «Ma non è quello che mi preoccupa, e non è il motivo per cui non sono riuscito a dormire. E nemmeno il bernoccolo che ho in testa, che, tutto sommato, va abbastanza bene. Sono quei due ragazzi, Nicholas e Sally Fisher. Sono andato a vederli prima di andare al funerale di Hugh Turner. La governante dice che la ragazza è tranquilla, ma il ragazzo è ancora appiccicato a lei come se si aspettasse che un fantasma esca da un momento all'altro dalla parete e lo afferri! Povero bambino!»

«Ha avuto un'esperienza particolarmente traumatica, che lo tormenterà per molto tempo. Ma spero che quando l'assassino sarà consegnato alla giustizia, non si sentirà più in pericolo e comincerà a parlare. Vivere qui sotto la mia protezione dovrebbe aiutarlo a sentirsi al sicuro.» Alec fece un sorrisino. «Ma non è la loro sicurezza che vi preoccupa di più, vero?»

«Hai ragione. No. So che sono al sicuro qui con noi. È qualcos'altro. Qualcosa di loro... non riesco a individuarlo.»

«Vi ricordano qualcuno.»

«Ecco!» esclamò Plantagenet Halsey, schioccando le dita. «Pensavo che fosse il colpo in testa che mi aveva fatto venire quell'idea. Ma non avevo il bernoccolo ieri nel cottage del vecchio Bill...» Il vecchio guardò Alec. «Ricordano qualcuno anche a te, vero?»

«Riuscite a indovinare?»

Plantagenet Halsey aprì le braccia, impotente. «Mi sono scervellato ma non sono arrivato a niente. Dimmelo tu.»

«Sir Tinsley...»

«Cosa? *Ferris*? Pensi che quei due ragazzi siano suoi?»

«No. Non direttamente.»

«Che cosa significa *non direttamente*?»

«Sono imparentati con il nostro magistrato, ma forse di secondo grado...»

«Non i suoi figli, ma i figli dei suoi figli o qualcosa del genere?»

«Sì. Esattamente così.»

Il vecchio si grattò la guancia rasata, stringendo le labbra mentre rifletteva. «Lui e lady Ferris hanno avuto due figli, ma entrambi sono morti giovani, quindi non vedo come Ferris possa essere imparentato con Nic e Sally Fisher...»

«Oh, andiamo! Questa è Fivetrees!» Alec stava pensando al colonnello che gli aveva confessato di aver rinunciato alla figlia neonata, ma non voleva tradire la confidenza se non fosse stato necessario. «Non era insolito a Fivetrees che le figlie dei nostri antenati, e quelle dei nostri vicini proprietari terrieri fossero consegnate ai Fisher. Quindi perché non anche i figli illegittimi?»

«Sospettavo...»

Alec era incredulo. «Non sapevate che le figlie femmine venivano cedute? Non vi siete mai chiesto il significato di quella parte del detto inciso sulla pietra nella piazza del mercato: ... *e non avere figlie a tuo nome*?»

«Ho detto che lo sospettavo» confessò Plantagenet Halsey, irritato, con un rossore colpevole sulle guance. «Ma non ho mai chiesto. Non l'ha mai fatto nessuno. È da codardi, lo so. Ma avevo paura della risposta.»

«Vostro padre non ha mai detto nulla delle figlie degli Halsey quando vi confidò che cos'era successo a tutti quei figli nati dopo il maschio primogenito?»

Il vecchio scosse la testa ma ammise: «Non significa che non lo sapesse, e anche dei suoi vicini. Lui aveva messo al mondo solo due figli con mia madre e da quanto posso capire quella era stata la fine dei loro rapporti coniugali. Perché avere a che fare con due gemelli identici era già un problema per loro, senza doversi preoccupare di altri figli e figlie legittimi...»

«... perché secondo la legge del *gavelkind*, tutti i figli, maschi e femmine, nati da un matrimonio legittimo hanno gli stessi identici diritti sulla proprietà?»

«Aye. È così che vanno le cose nel Kent» sbuffò il vecchio, con il rossore che si accentuava.

«Prima che me lo chiediate, è stato Cobham a spiegarmi il *gavelkind*.» Alec sorrise quando suo padre fece una faccia incredula. «Vi ho detto che mio cognato ogni tanto produce una perla, se si ascolta... Potete correggermi ma, se elaboro ciò che mi ha detto, voi avete ereditato questa proprietà in ugual misura con vostro fratello alla morte di vostro padre. E questo significa che quando Edward ereditò da vostro fratello, aveva ereditato metà della metà, perché io avevo ereditato l'altra metà della metà. Il che significa che Edward aveva solo un quarto dell'introito di questa tenuta, quindi non mi meraviglia che fosse così pesantemente indebitato e non riuscisse a ottenere profitti da questo posto!»

«È un po' più complicato di così, ma è essenzialmente vero» confessò Plantagenet Halsey. «Mio padre aveva lasciato la proprietà in parti uguali ai suoi figli, ma come parte del mio accordo con Rod, avevo rinunciato ai miei diritti per la durata della mia vita, in cambio di te.»

«Oh, padre, no!» lo interruppe Alec senza fiato, sconvolto. «Non ne avevo idea...»

Il vecchio fece spallucce. «Perché avresti dovuto? Non ho rimpianti. E in un certo senso rese la vita più facile, sia a Rod sia e me, che io non avessi niente a che fare con quella che era diventata roba sua, quando diventò il conte di Delvin. Tu non avresti dovuto sapere niente fin dopo la mia morte. Te lo sto dicendo ora perché ho promesso che non avremmo più avuto segreti. E dovrei anche dirti allora che ho gestito un'operazione di bracconaggio illegale in questa proprietà per trent'anni e più, perché noi, tu e io, potessimo vivere a Londra e i poveri di questa parrocchia avessero il cibo e il necessario per la loro tavola. I Turner, padre e figlio, Adams e suo padre e i vecchi Bill che si sono succeduti nel cottage nel bosco facevano tutti parte dello schema. E anche Ferris e Bailey, che chiudevano un occhio in cambio dei privilegi di caccia, e carne per la loro tavola. Sono sicuro che Rod sapesse che c'era in ballo qualcosa, ma mi lasciava fare, purché nulla interferisse con la sua vita. Ovviamente adesso tutto avrà fine, e l'ho detto anche agli altri, ora che ci sei tu al comando. E avrei dovuto farlo smettere molto tempo fa, ma c'è gente qui che fa affidamento su quell'introito e...»

«Capisco» rispose Alec con un sorriso gentile. «Avevo indovinato già da un po' che eravate l'ingranaggio vitale che faceva girare le ruote del bracconaggio! E capisco perché abbiate sentito la necessità di trasgredire la legge in passato. Mi ha portato a riflettere su cosa possiamo fare, entro i limiti della legge, così com'è. Ma ci vorrà tempo, il coinvolgimento dei nostri avvocati e la collaborazione di sir Tinsley.»

«Non credo che il nostro magistrato sarebbe un problema, e tu? È talmente tronfio e fiero di essere il vicino e zio per matrimonio di un marchese che ti leccherebbe gli stivali, se glielo chiedessi! Quanto alla tenuta e la tua eredità, meglio che vengano i fratelli Yarrborough a spiegarti gli aspetti legali e questa volta più completamente di quanto avessero il permesso di fare prima.»

«Possono consigliare entrambi. Un rappresentante di Yarrborough e Yarrborough sarà qui stasera o domani.»

«Hai tramato alle spalle di questo vecchio, eh, figliolo?» disse scherzando Plantagenet Halsey.

Alec alzò le sopracciglia. «Non più di voi, padre.»

Sorrisero e risero entrambi, poi il vecchio perse il sorriso e rifletté con una smorfia: «Sono ancora sconcertato, non riesco a capire come Nic e Sally Fisher siano legati, seppure remotamente, a Ferris.»

«Temo che potreste trovare fantasioso il legame che penso sia quello giusto.»

«Voglio comunque saperlo, se hai voglia di condividerlo...»

«Sì, con voi. Ma ho solo il mio intuito e il fatto che tutti e tre hanno una straordinaria somiglianza con Ferris...»

«Tre? Ma ce ne sono solo due di loro...»

«Il loro padre è il terzo. Credo che il padre di Nic e Sally Fisher fosse Edward...»

«Edward?» Plantagenet Halsey era stupefatto. «Tuo fratello Edward?»

«Perché no? Avete detto che il matrimonio di mia madre con vostro fratello era solo di nome e che Edward non era loro figlio. Eppure, come spiegate la sua somiglianza con gli Halsey? E se guardate attentamente sir Tinsley, cosa che ho avuto occasione di fare da quando sono venuto a vivere qui, vedrete che Edward, e Nic e Sally Fisher assomigliano a lui anche loro. Com'è possibile, a meno che il magistrato e mia madre avessero messo al mondo Edward?»

«No! Mai!» Plantagenet Halsey fu enfatico. «Tua madre non avrebbe mai tradito sua sorella commettendo adulterio con suo cognato. Ora, d'altro canto, se stessimo parlando della moralità di lady Ferris... Ma non funziona perché Rod e io non avremmo mai superato quel limite, mai. Sul mio onore e il suo.»

«Molto bene, allora. Ci deve essere qualche altro collegamento... che al momento mi sfugge. Ammettete che c'è una somiglianza con il magistrato?»

Il vecchio annuì. «Aye. Ora che me l'hai fatto notare, non posso *non* vederla. Ma non chiedermi da dove arriva.» Scosse la testa. «E pensare che Edward ha messo al mondo due marmocchi con qualche povera ragazza e non gli è mai importato...»

«Deve essergli importato qualcosa, perché, chiunque fosse, gli ha dato non uno ma due figli» ribatté Alec. «E chi lo sa, potrebbe essere ancora tra di noi. Ma finché non troverò un collegamento diretto tra il nostro magistrato, Edward, e Nic e Sally Fisher, sarà meglio che lo teniamo per noi. E non sono loro il motivo per cui vi ho fatto venire qua.»

«Sono curioso. Questa parte della tenuta non attira molta attenzione, a parte essere un posto per far pascolare le pecore e per attirare in trappola le anatre» ammise Plantagenet Halsey. «Rod e io in estate nuotavamo nello stagno di richiamo.»

Alec tolse dalla tasca la mappa, l'elenco e la lettera e gli disse dov'era stata trovata la lettera. Poi voltò la lettera verso di lui e gli mostrò le tre parole scritte davanti. La mandibola di suo padre sarebbe caduta sul terreno fangoso, se fosse stato possibile, tanta fu la sua sorpresa. E mentre restava muto, Alec aumentò la sua incredulità dicendogli la teoria di Selina su cosa significassero la mappa e la lista di nomi.

Quando finì, guardò i cespugli di rose, con i loro steli danneggiati, i fiori distrutti e il tappeto di petali, e fu sicuro che se li avesse contati sarebbero stati trentotto. Non vedendo nessuno dei due giardinieri e nemmeno i suoi cani, disse con un sorriso triste: «Non credo sia il posto dell'ultimo riposo di animali prediletti. E a giudicare dalla vostra incredulità e dal vostro mutismo, non lo credete nemmeno voi.

E questo significa che siete d'accordo con la mia teoria. Che questo giardino sia il posto dell'ultimo riposo di quei neonati abbandonati nella cripta.»

«Aye, ragazzo mio. Ma, lo giuro sulla mia vita, tua madre non me ne ha mai parlato. Perché avrebbe dovuto nascondermelo?»

«Forse ce lo dirà la sua lettera. Ma presumo, ora che so di più su entrambi voi e sul vostro doloroso comune passato, che non volesse sconvolgervi ulteriormente con ciò che aveva scoperto sulla cripta.» Rimise la mappa e la lista nella tasca e prese gli occhiali. «Andiamo là, all'ombra del muro e leggiamo insieme la lettera.»

A mio figlio Alec

Indirizzo a te questa lettera perché mi conforta farlo. Non perché mi aspetti che sia tu a trovarla.

Edward è succeduto al titolo e quindi una goccia del mio sangue ma non del mio corpo è ora il conte di Delvin, pertanto lo stratagemma escogitato da sua signoria e mia sorella ha avuto successo. Non posso esserne amareggiata, perché è un risultato conveniente per tutti. E che altro dovevamo fare? Se c'è qualcuno da incolpare, quello è nostro padre. Eppure, non biasimo nemmeno lui. Non poteva prevedere le conseguenze che le tradizioni di Fivetrees avrebbero avuto sulla sua prole.

Chiunque stia leggendo questa lettera, prego che non abbiate la minima idea di che cosa sto parlando, ed è un conforto. È il mio più sentito desiderio che voi viviate nel lontano futuro, dove i miei fratelli, mia sorella e io non siamo altro che vecchi, muffiti ritratti su un muro.

Anche se dovrete accontentare una vecchia signora perché sogno un futuro in cui mio figlio sia al corrente della verità sul matrimonio dei suoi genitori, che si sono amati profondamente e per tutta la loro vita, ma che non scopra mai la tragedia della loro comune storia e del perché fu proibito loro di restare insieme.

Ma questa lettera non riguarda mio figlio o i suoi genitori. È stata lasciata qui per dare la serenità ai discendenti degli Halsey che la troveranno.

L'unica verità che avete bisogno di conoscere è che ho fatto svuotare delle sue anime immacolate questo posto malvagio, e le ho lasciate libere. Non piangete per loro. Non permettete al vostro presente o al vostro futuro di essere offuscato dai nostri antenati ignoranti. Non sapevano fare meglio. In qualche modo, con l'accumulo di ricchezza, terre e titoli, avevano perso la loro umanità e commesso crimini indicibili. Mi inorridisce ancora, tanto che non posso scriverlo qui, o da nessun'altra parte.

È ironico, vero? che la storia sia disseminata di orrori perpetrati da uomini che giustificano il loro comportamento aberrante come necessario per vedere i loro nomi negli annali della storia. Ma niente giustifica i crimini che commettevano, e tutto per il potere e il prestigio. E nessun nome si può dire illustre, costruito com'è sulla morte e la distruzione dell'innocenza.

Non disperate, pensando che tutti i vostri antenati si siano macchiati degli stessi orrendi crimini, perché mio padre si è rifiutato di portare avanti la barbara tradizione di famiglia in modo che la sua tenuta potesse rimanere intatta ed essere ereditata da un solo figlio. Dato che aveva due figli gemelli e non sapeva quale scegliere, non lo fece e chiese loro sotto giuramento di seguire il suo esempio; e con la nascita dei suoi nipoti, Alec ed Edward, la pratica finalmente passò alla storia. La macchia sulla storia di famiglia, se Dio vorrà, sbiadirà col tempo e non riaffiorerà più.

Dato che siete qui, con questa lettera, dovete avere un centinaio di domande ma risponderò a una sola. Rispondere alle altre riaprirebbe sicuramente una ferita che è finalmente guarita.

Vi starete chiedendo come io, una donna, sappia di questo posto, quando era un grande segreto mantenuto nei secoli tra gli uomini della famiglia Halsey e i loro vassalli prediletti. Ah! Se solo quegli uomini non si fossero creduti eccezionalmente astuti e non avessero perpetuato gli orrori dei loro antenati, l'abominevole pratica sarebbe finita tanto tempo fa. Quindi è toccato alle donne della famiglia prendere in mano la situazione e lavorare per contrastare la pratica portata avanti dai loro figli e mariti.

Fu la nonna di mio figlio, la madre di suo padre, che mi confidò l'esistenza della cripta. Era indispensabile. Stava esalando i suoi ultimi respiri ed era obbligata a passare questa conoscenza segreta al membro femminile più anziano della famiglia. A suo credito, lady Delvin lo fece nonostante il mio tenue legame di sangue con il nome di famiglia, una cosa che non ammise mai, né permise a nostro padre di fare. È una circostanza che rimpianse amaramente nelle sue ultime ore, perché fu la causa di tanto dolore tra il mio beneamato e me.

Il segreto che mi confidò, che le era stato rivelato da sua suocera, e che io promisi di trasmettere nel caso fosse necessario (anche se, grazie al cielo, non lo fu mai), era che per molte centinaia di anni, mentre gli uomini Halsey si assicuravano che ci fosse un solo figlio maschio e nessuna femmina a ereditare la proprietà dopo di loro, le loro mogli e madri facevano misteriosamente sparire i neonati indesiderati perché vivessero altrove una vita nell'anonimato. E quasi nello stesso modo, le neonate legittime erano accolte e allevate dai Fisher.

Non sarò io a scagliare la prima pietra contro i nostri antenati e a condannarli. Non significa che capisca come potessero fare ciò che facevano e in effetti alcuni di loro non sono stati in grado di affrontare ciò che ci si aspettava da loro e hanno messo fine alla loro vita oppure sono rimasti scapoli in modo da non dover essere obbligati a prendere una simile decisione.

Purtroppo, nei secoli, ci sono stati bambini che non ce l'hanno fatta a uscire da questa cripta. Mi piace pensare che quei piccoli siano morti di morte naturale, come spesso accade ai neonati. Sono questi i neonati che riposano per sempre nella terra consacrata dal mio prete. Riposano finalmente nell'angolo più tranquillo del giardino recintato: trentotto piccole anime perse, con un cespuglio di rose piantato sopra di loro a ricordo.

Ho depositato un elenco di nomi e una mappa dal nostro avvocato di famiglia, ne esiste una copia in biblioteca, anche se sembra che io non sia più in grado di trovare il punto dove sono nascoste. Non potevo permettere che quei neonati fossero sepolti senza un nome. Parecchi sono stati trovati nella cripta con una data scritta con l'inchiostro sulle loro fasce. Una visione veramente straziante che mi ha quasi fatto crollare, ma che non ha spento la mia determinazione. Ho segnato sull'elenco solo la prima e l'ultima data, in modo che capiate approssimativamente il periodo storico in cui sono stati tumulati questi neonati. La data più recente è quella più importante, perché mostra che per quasi due generazioni, nessun neonato ha trovato la strada di questo posto spaventoso.

Tutto ciò che vi chiedo è di archiviare questa lista con i documenti di famiglia, in modo che questi neonati appaiano in qualche modo nelle registrazioni, e non siano perduti per la storia.

L'altra mia richiesta è che questo roseto venga curato e che i fiori vengano colti una volta l'anno per riempire la casa con la loro bellezza e il loro profumo, un tributo, non solo ai bambini che giacciono qui sotto terra, ma anche per quei bambini e i loro discendenti che hanno vissuto e vivono le loro vite in ogni parte di questa contea e oltre e che non conosceranno mai la loro vera storia.

Ho solo un rimpianto, nella mia vita, ed è che la mia infermità abbia posto prematuramente fine al mio tempo, prima che potessi avere il privilegio di conoscere veramente mio figlio. Forse, se sarà Alec a trovare questa lettera, mi farà l'onore di cogliere una singola rosa in ricordo della madre che l'amava.

Helen Cale Halsey
Contessa di Delvin

VENTINOVE

LA VOCE SEMBRAVA COSÌ LONTANA. MA IN EFFETTI UNO DEI giardinieri era in piedi davanti a lui con il berretto in mano e aspettava pazientemente una risposta. Alec alzò gli occhi sopra il bordo degli occhiali, sorpreso per l'intrusione, con le lacrime, di cui non si era accorto, che gli scendevano sulle guance. Non aveva sentito la domanda del giardiniere. Stava ancora cercando di accettare la lettera di sua madre. Si rese conto che suo padre non era più accanto a lui. Si era allontanato un po', tra i cespugli di rose, e gli voltava le spalle, senza dubbio per stare da solo con i suoi pensieri e le sue emozioni.

Liberandosi mentalmente dal passato, si tolse in fretta gli occhiali e si asciugò la faccia con un fazzoletto di lino bianco, grato che il giardiniere avesse abbassato gli occhi sui petali per terra. Gli chiese di ripetere la domanda, cosa che l'uomo fece continuando a tenere gli occhi bassi.

«Quante rose vuole riportare a casa vostra signoria?»

«Trentotto... no! Trentanove. Se riuscite a trovarne tante che valga la pena salvare.»

«Certo, milord. Provvediamo subito!»

«Aspettate!» ordinò Alec quando il giardiniere voltò sui tacchi senza nemmeno alzare lo sguardo e si rimise il berretto. Si frugò in un'altra delle tasche e ne estrasse il coltellino con la lama ricurva e il manico di legno lucido che aveva confiscato a Roger Turner nel cottage del vecchio Bill. «Potete tagliare gli steli con questo. È un coltello da rose, vero?»

«Aye, milord. Grazie, ma ho il mio. Lo hanno tutti i giardinieri.»

«È un attrezzo piuttosto particolare. Oserei dire che riconoscereste il vostro coltello tra gli altri, non è così?»

«Aye, milord. Non lo perdo mai di vista. Difficile da ottenere e ciascuno di noi ha le sue manie…»

«Ad esempio…?»

«Il modo in cui è sagomato il manico. Il tipo di legno. Quel genere di cose. Una volta che si ha un buon coltello, lo si tiene per sempre. Se non vi dispiace, milord… avete trovato questo coltello tra i petali?»

«L'ho trovato, sì» rispose Alec, senza dover mentire all'uomo. Tese il coltello. «Potreste dire a chi appartiene?»

Il giardiniere lo esaminò, rigirandolo nelle sue mani robuste. «Non l'ho mai visto prima, ma ritengo che appartenga a una donna e quindi potrei sapere a chi…» Quando Alec restò in silenzio e Plantagenet Halsey lo raggiunse, il giardiniere si rivolse a entrambi. «Sua signoria, lady Ferris, stava cercando il suo coltello l'altro giorno quando è venuta qua per far cogliere le rose per vostra moglie. Le ho dato il mio da usare.»

«Lady Ferris viene spesso qui, in questo roseto?» gli chiese Alec.

Il giardiniere aggrottò la fronte, cercando di ricordare, ma alla fine scosse la testa. «Direi una volta l'anno, intorno a questo periodo. È stata fortunata a far cogliere le rose solo qualche giorno fa, perché, dopo questa bufera…»

«Pensate che quel coltello appartenga a lady Ferris?» lo interruppe bruscamente Plantagenet Halsey, indicando il coltello con un dito.

«Non posso dirlo con certezza, signore. So solo che mi ha detto di aver perso il suo, quindi ha usato il mio, ma guardate qui. Ci sono delle iniziali incise nel legno: TFC.» Il giardiniere tolse un coltello dal cestino di vimini ai suoi piedi e lo alzò sorridendo, la lama aveva la stessa forma, ma il manico di legno era più spesso e più logoro. «Questo è il mio. Iniziali: BRF. Anche se la F di sua signoria è per Ferris, la mia per Fisher.»

«So chi siete, Brun Fisher!» disse burbero il vecchio e tese la mano per avere il coltello da rose di lady Ferris. Qualcosa in quel coltello lo turbava più di quanto avrebbe dovuto. «Se sua signoria non ha altre domande per voi, sarà meglio che torniate al lavoro per cogliere le rose per lady Halsey. Non possiamo aspettare tutto il giorno e gli ospiti arriveranno da un momento all'altro… Che c'è?» sibilò rivolto ad Alec quando il giardiniere si inchinò e si allontanò con il cestino di vimini e il figlio lo guardava con le sopracciglia sollevate. «Solo perché ci sono un mucchio di Fisher a Fivetrees non li rende tutti consanguinei, sai? Fanno anche loro i figli, proprio come tutti gli Smith e i Brown qui intorno.» Alzò il coltello. «Pensavo fosse preoccupata per un paio di forbici perdute e si scopre che era il coltello da rose che aveva perso.»

«Pensate che l'abbia perso nel bosco mentre era a caccia, perché è lì che è stato trovato...»

«Perché avrebbe avuto bisogno di un coltello da rose, nel bosco?»

Quando Plantagenet Halsey gli diede il coltello, Alec lo rimise nella tasca della giacca prima di dire con calma: «Non c'è sangue sul coltello adesso, ma sono più che sicuro che sia quello usato per uccidere Hugh.»

«Gesù! No! Hanno tagliato la gola al ragazzo con un coltello da *rose*? Ma chi... no!» disse scuotendo la testa quando Alec continuò a fissarlo impassibile. «Mai! Non lo farebbe mai. Non posso credere che Tabitha farebbe... no!»

«Tabitha? È così che si chiama mia zia? Non ve l'ho mai sentito dire prima.»

«Non lo dico mai... Che colpo... Pensi che abbia ucciso Hugh?»

«Non ho ancora deciso. Che sia stato usato il suo coltello certo mi porta a chiedermi... Perché non dite mai il suo nome di battesimo?»

«Perché la irrita. E tutto ciò che posso fare per irritarla mi fa sentire meglio. È una vendetta meschina, ma mi rifiuto di usare il suo nome di battesimo. E non l'ho più fatto da quando ha tradito tua madre e me parlando di noi ai nostri genitori. Se avesse lasciato perdere, avremmo potuto continuare con le nostre vite nella beata ignoranza, nessuno sarebbe stato ferito e nessuno l'avrebbe saputo. La malevolenza di Tabitha ha rovinato la mia vita. Quindi non merita la mia familiarità, solo le buone maniere.»

«Non dev'essere stata molto più di una bambina.»

«Lei e Tinsley erano sposati da almeno un anno. Quindi sapeva maledettamente bene che cosa stava facendo!» sbottò il vecchio. «Venne nella mia stanza una notte cercando di sedurmi. *Me*. Un uomo sposato, e a sua sorella, e stavamo aspettando il nostro primo figlio. Buon Dio. Disse che tutto ciò che era avvenuto prima dei nostri matrimoni non contava. Era una cosa passata. Beh, maledizione, il passato contava qualcosa per me, e anche per il resto di noi! E contavano anche i miei voti nuziali. Anche se lei aveva preso i suoi con qualche riserva! Non sono mai stato più disgustato in tutta la mia vita!»

Alec guardò fisso suo padre, facendo del suo meglio per assimilare quella sfuriata appassionata e darle un senso. Eppure una voce interiore gli diceva di non avventurarsi su quel particolare percorso. Era la stessa vocina che lo assillava da quando aveva letto la lettera di sua madre. Per il momento credette al proprio intuito, dicendo invece:

«Eppure, nonostante il fatto che detestate il suo comportamento e che non potrete mai perdonarla, vi rifiutate di pensare che possa aver ucciso Hugh Turner?»

«È diverso. Non ha senso che possa aver compiuto un atto così atroce...»

«I nostri antenati giustificavano il figlicidio e Hugh Turner non è nemmeno un suo consanguineo!»

«Non essere impertinente, Alec!» ringhiò Plantagenet Halsey.

Alec tenne a freno la lingua e non ribatté, guardando il roseto. Disse piano: «Ho mandato un tagliapietre al villaggio a scalpellare via per sempre quell'iscrizione latina. Non ha più importanza per Parco dei Cervi, che ho ereditato, o per il futuro che desidero per i miei figli e per i figli dei miei affittuari, gli abitanti del villaggio e i vicini.»

«Bravo. Avrebbe dovuto essere fatto tanto tempo fa.»

«E sono deciso a catturare l'assassino di Hugh Turner, e oggi. Avrò bisogno del vostro aiuto...»

«Qualunque cosa!»

«Tenete d'occhio Nic e Sally Fisher. Intendo portarli davanti ai nostri ospiti e annunciare che ora sono miei pupilli. È a Nic che dovrete fare più attenzione, e se dovesse... no! *quando* crollerà, occupatevene voi, tenetelo stretto e ditegli che non sarà mai più in pericolo. Detesto fargli una cosa simile, ma...»

«Riconoscerà l'assassino!»

«Ne sono certo. E quando lo farà, sarà terrorizzato. Non ho modo di sapere che cosa gli succederà. E io sarò distratto, pronto ad assicurarmi che il nostro assassino non faccia del male a lui o a se stesso prima di ottenere una confessione.»

«La nostra ragazza sa che cos'hai intenzione di fare?»

Alec scosse la testa e sorrise al nomignolo affettuoso di suo padre per Selina. Gli piaceva. «Più si avvicina al parto, più la tengo all'oscuro della maggior parte delle cose. Non mi piace farlo, ma mi preoccupa che possano avere un effetto deleterio su di lei o sul bambino.»

«Non te ne sarà grata, lo sai. Né penso che sia così ignara di ciò che sta succedendo intorno a lei come pensi. Ma non te ne faccio una colpa. Ha già abbastanza preoccupazioni per il parto e non biasimo lei per quello! Faccenda maledettamente snervante... perdonami» aggiunse, dando un colpetto al braccio di Alec quando lo vide trasalire e deglutire forte. «Sai che lei e il bambino se la caveranno. Viene da una famiglia di solide riproduttrici. Guarda sua madre e sua zia! Quelle sorelle hanno avuto abbastanza parti tra loro due da formare il loro squadrone!»

Nonostante non riuscisse a scacciare l'apprensione angosciante ogni volta che pensava alla sua amata soffrire il dolore e i pericoli del parto, Alec sorrise e annuì, e disse piano: «Se avremo un maschio, Selina vuole chiamarlo Linus…» Raccontò la storia di Apollo e della principessa di Argo e sorrise quando suo padre imprecò. «È stata la mia prima reazione. Meglio sperare di avere una femmina.»

Fece un passo avanti e fischiò per richiamare i levrieri. Quando arrivarono, lui e suo padre si incamminarono attraverso il prato per tornare a casa. Cromwell e Marziran partirono di corsa tra l'erba alta e i fiori estivi, lasciando indietro i giardinieri che potavano i cespugli di rose per rimetterli in forma e riempivano i loro cesti con gli ultimi fiori estivi.

⚭

ALLA BASE DELLO SCALONE CHE PORTAVA AGLI APPARTAMENTI privati della famiglia, Alec si fermò, mandando avanti i levrieri, che avrebbero avvertito i suoi servitori personali che lui non avrebbe tardato molto.

«Ho invitato i vicini a cena, non solo sperando di catturare l'assassino, ma anche perché con sua grazia e il capo del Ministero degli Esteri presenti, saranno mansueti e cauti» spiegò. «Sarà più facile che sir Tinsley e il colonnello Bailey si pieghino al mio volere con l'illustre compagnia presente. E prima di far venire Nic e Sally Fisher, intendo annunciare come procederemo da oggi in poi, voi, io, la mia famiglia e questa tenuta. Chiamerò anche tutti i servitori che potranno trovare posto nel salone, in modo che ascoltino il mio proclama. Jeffries lo sta scrivendo…» Ebbe un pensiero improvviso: «Dovrei assumere Hadrian come segretario.»

«Giusto» concordò Plantagenet Halsey. «Il talento di quell'uomo è sprecato come valletto. È un archivio vivente di informazioni. E parla bene quasi altrettante lingue di te. Sono rimasto sbalordito quando l'ho sentito parlare in olandese mentre eravamo a Emden! Inoltre, ti servirà un alleato quando tornerai al Ministero degli Esteri per risolvere il pasticcio di Midanich.» Davanti all'espressione sorpresa di Alec, spiegò imbarazzato: «Olivia mi ha detto ciò che le ha inavvertitamente confidato Cobham. Sai che ha un vero talento per estrarre informazioni da chiunque!»

«Confidenze intime? No! Non rispondete. Che cosa inopportuna da parte mia. Dov'ero rimasto?»

Il vecchio si appoggiò contro un caposcala intagliato e incrociò le braccia. «Vostra signoria mi stava parlando di un proclama…»

«Ah sì. Lo sto facendo scrivere da Jeffries e intendo farlo firmare dai nostri vicini, in modo che siamo tutti d'accordo su come ci comporteremo in questo piccolo angolo di Kent.»

«Immagino che non ci saranno più cacce e bracconaggio qui o a Fivetrees?»

«Non del tipo illecito. Non sono contrario a che i miei vicini vadano a caccia quando Adams riterrà che abbiamo bisogno di sfoltire la mandria. Ma temo che porrò fine al vostro commercio illegale di carne di cervo.»

«A essere sincero è un sollievo. Ma conoscendoti, mi aspetto che abbia una soluzione su come faranno i poveri della parrocchia a nutrirsi e non essere citati in giudizio perché cercano di sopravvivere, quando catturano qualche coniglio o raccolgono la legna nel tuo bosco.»

«Sì. E sir Tinsley mi aiuterà in questa impresa se desidera restare il magistrato e mantenere buoni rapporti con il suo illustre vicino, che sono io, tra parentesi.»

Il vecchio sorrise e chinò platealmente la testa. «Aye, lo sapevo, milord.»

«Ho anche intenzione di nominare Roger Turner sovraintendente, e prima che lo diciate, suo padre è stato un eccellente sovraintendente, ma ho bisogno di qualcuno che stia dalla mia parte.»

Plantagenet Halsey cercò di non far trasparire lo scetticismo dal suo tono di voce. «Ed è Roger?»

«Mi rendo conto che deve crescere ancora parecchio, e che sembra scontroso ma, nonostante tutto, ha un forte senso della giustizia e non si lascerà influenzare facilmente. Ho grandi speranze che quando gli saranno date delle responsabilità se ne dimostrerà all'altezza. E avrà due anni per dimostrare di poter mantenere l'incarico in permanenza. Per il momento non ho intenzione di mettere a riposo suo padre.»

«Lieto di sentirlo. Paul è una brava persona e fedele fino al midollo.» Il vecchio sospirò. «Fedele a me, cioè. Quindi capisco le tue ragioni. E nessuno potrebbe essere più orgoglioso di lui vedendo suo figlio prendere il suo posto. Non dubito che gli piacerebbe passare più tempo a migliorare il suo pezzo di terra, specialmente ora che ha solo Roger...»

«Non vi ho chiesto del funerale.»

Plantagenet Halsey alzò una mano, rassegnato. «Che c'è da dire? Ma è un bene che le donne non partecipino a simili cerimonie strazianti, perché non riusciremmo mai a superarle altrimenti. Ho trasmesso le tue condoglianze, e ho fatto come volevi. Paul verrà qua quando lo farai chiamare.»

«E voi, padre, accetterete ciò che è vostro di diritto di questa tenuta?»

«Non è necessario, ragazzo mio. Non ho bisogno…»

«Accettatelo o temo che dovrò prendere provvedimenti per assicurarmi che lo facciate. E i miei provvedimenti includono la mia madrina.»

«Non coinvolgerla!» si lamentò il vecchio, passandosi una mano sul volto. «Mi sta già tormentando perché ti parli di sistemare le cose, ma questa tenuta è tua e non ho intenzione di accettare che venga divisa!»

«Non è necessario che lo sia. Ma accetterete una rendita, altrimenti chiederò a Olivia di convincervi a farlo.»

«Non ho difese contro di lei, lo sai» confessò Plantagenet Halsey, incapace di bloccare il rossore che gli invase il volto. «Era la stessa cosa con tua madre. Ma non mi sarei mai aspettato che due donne mi colpissero allo stesso modo! E io che mi comporto come un pivello. Ah! Ma per l'amor del cielo, non dire a Livvy…»

«Non dire cosa a Livvy…?» chiese la duchessa di Romney-St. Neots, guardando giù dalla balaustra del pianerottolo.

Entrambi gli uomini si voltarono di colpo, con i menti squadrati in aria, con l'aspetto di scolaretti birichini colti fuori dalla classe. La guardarono scendere la mezza dozzina di gradini per unirsi a loro. Fu Alec a parlare per primo.

«Non vuole farvi sapere quant'è nervoso perché state finalmente per fare il vostro annuncio a cena. Sta per svenire per l'ansia.»

«La pagherai» borbottò sottovoce il vecchio.

Alec ammiccò a suo padre e sorrise angelicamente alla sua madrina. «Ora, se entrambi volete scusarmi, devo cambiarmi per ricevere gli ospiti.»

Plantagenet Halsey avrebbe voluto fargli salire le scale a calci, ma tutto ciò che riuscì a fare fu sorridere stupidamente e annuire. La duchessa non si lasciò ingannare per un attimo dalla loro sceneggiata, e scoppiò a ridere.

TRENTA

L'UNICO ARGOMENTO DI CONVERSAZIONE A CENA ERA IL TEMPO, più precisamente la tremenda bufera di lampi e grandine del giorno prima. C'erano stati allagamenti e incendi, e danni estesi alle proprietà e ai raccolti. Era morto del bestiame e così anche una coppia alla periferia del villaggio quando una grossa quercia abbattuta da un fulmine era crollata sul loro cottage. Un cocchiere che aveva portato i suoi passeggeri alla locanda di Fivetrees dopo mezzanotte aveva riferito che il maltempo si stava spostando velocemente verso Londra. Più vicino a casa, le fattorie dei Bailey e dei Ferris erano state fortunate, avendo sofferto solo perdite minime di bestiame e raccolti. Meno fortunata la piccionaia del reverendo Purefoy, che era stata colpita da un fulmine, facendogli perdere metà del suo prezioso stormo. Un evento penoso, ma assicurò agli ospiti della cena che se confrontato con la perdita incommensurabile che avevano subito i Turner seppellendo il loro figlio minore quella mattina, qualche piccione morto non era niente.

Dopo un generale mormorio di assenso, arrivò un silenzio pesante, spezzato solo da Selina che, come ospite, fece del suo meglio per alleggerire l'atmosfera riferendo che lì a Parco dei Cervi erano fortunati che non fosse stato colpito nessun edificio e che l'unico allagamento era successo nella parte più bassa all'interno dei giardini recintati, che era giù verso il villaggio, la lavanderia e la panetteria. Ma grazie al cielo non c'erano stati incendi e le impalcature che coprivano la maggior parte delle facciate degli edifici che davano sulla Corte di Pietra avevano sofferto solo piccoli crolli. Ciò che tutti gli altri volevano sapere era se la buca nella Corte di Pietra avesse causato allagamenti e danni alle cantine di sotto. Alec si intromise per riferire che il suo capomastro londinese e la squadra di uomini avevano lavorato facendo i turni tutta la notte per riparare il soffitto crollato e rendere impermeabili le cantine. Il telone era ancora al suo posto per proteggere i mattoni e una volta che fossero stati sufficientemente asciutti, avrebbero posato nuovamente le lastre di pietra. A quella notizia tutti tirarono un sospiro di sollievo e applaudirono.

Il colonnello poi raccomandò l'installazione dei parafulmini di Franklin, in particolare sulla torre dell'orologio di Parco dei Cervi, che avrebbero aiutato a prevenire che i fulmini colpissero. Un'invenzione dell'americano Benjamin Franklin, si diceva che i parafulmini avessero salvato numerose proprietà e chiese nelle colonie. Lord Cobham fu il primo a schernire l'idea di installare proprio delle sbarre di metallo in cima agli edifici, perché avrebbero semplicemente attirato i fulmini con risultati catastrofici. Selina rispose (con più pazienza di quanta ne mostrasse solitamente al fratello, ma avevano ospiti) che attirare i fulmini era proprio lo scopo dei parafulmini. Poi spiegò al suo pubblico rapito che il parafulmine di Franklin era fissato sul punto più alto di un edificio, collegato a un cavo di metallo che scendeva verso una seconda sbarra affondata nel terreno. Così, quando un fulmine colpiva, viaggiava lungo la sbarra e giù per il cavo fino alla sbarra nel terreno, dove l'energia del fulmine si dissipava.

Plantagenet Halsey applaudì alla sua spiegazione e alla genialità del signor Franklin. Ma dato che non accettava mai per principio ciò che diceva il membro del parlamento, repubblicano e arruffapopoli, l'incredulità sprezzante di lord Cobham divenne fissa e niente e nessuno poté smuoverlo dalla sua posizione che il parafulmine di Franklin fosse un aggeggio pericoloso. L'unica persona d'accordo con lui era la signora Bailey. Ma il suo sostegno fece ben poco per fermare la conseguente vigorosa e alquanto animata discussione tra i fratelli. Si formarono due campi contrapposti di pensiero sui meriti e i pericoli di simili parafulmini e se favorissero invece di prevenire la possibilità di essere colpiti dai fulmini. Per quanto riguardava il vecchio (ma se lo tenne per sé), la discussione avrebbe potuto continuare per tutta la sera, purché continuasse a distrarre la duchessa dal fare il suo annuncio.

Con i suoi ospiti convenientemente occupati in un animato dibattito, Alec colse l'opportunità di rivolgersi a sua zia, che era seduta alla sua destra, e che era rimasta eccezionalmente silenziosa per tutto il pasto.

«Spero che il temporale non vi abbia scombussolato, zia? Non sembrate voi.»

«Sto bene. Non è stato quell'orribile temporale che mi ha scombussolato... sono quelle rose... lo sapete, vero?»

Alec guardò in fondo al tavolo, verso il vaso di cristallo pieno di rose bianche posto davanti a sua moglie. Ma aveva tenuto da parte una singola rosa e l'aveva messa in un bicchiere alto pieno d'acqua davanti a sé.

«Adesso sì.»

«Il roseto è stato molto danneggiato?»

«Grazie al cielo no. E con le cure e le attenzioni giuste che riceverà da ora in poi, spero che ci saranno ancora più fiori il prossimo anno.»

Lady Ferris appoggiò il coltello e la forchetta d'argento e alzò lo sguardo dal suo piatto. C'era poca emozione sul suo volto, ma Alec sentiva che lì c'era una creatura completamente diversa da quella che aveva scambiato confidenze con lui a pranzo. Sparite la vivacità e la compiaciuta sicurezza di sé. Sapeva che lady Ferris si stava riferendo a più del solo roseto e a ciò che era stato sepolto nel terreno; stava parlando di lui e della sua storia nello specifico. Ed era la singola rosa davanti a lui, e ciò che rappresentava, che aveva attirato la sua ira.

Alec decise di farsi confermare i propri sospetti quindi chiese nel suo solito modo tranquillo (dopo tutto erano seduti a tavola e non voleva turbare lei, o gli altri ospiti): «In occasione della vostra precedente visita mi avete parlato della benedizione di Fivetrees nella piazza del villaggio, del fatto che i fratelli Halsey erano gemelli identici e della vostra delusione per la mia scarsissima conoscenza della storia di famiglia...»

«Qualcuno vi doveva spingere nella direzione giusta! Immaginate essere il capo della famiglia e addirittura un marchese, e non sapere nulla dei sacrifici fatti dai vostri antenati per mantenere al sicuro questa tenuta. Senza quelli, dubito che questo magnifico insieme di edifici esisterebbe, e voi certamente non avreste un parco di cervi.»

«Eppure... non credo che la spinta che volevate darmi fosse in direzione della storia di *famiglia*, ma per assicurarvi che scoprissi la mia storia *personale*.»

Lady Ferris si spostò sulla sedia. «Certo non potete conoscere una senza l'altra.»

«Vero, ma non sono le trentotto rose che vi turbano, ma questa singola rosa e ciò che rappresenta, cioè...»

«Vorrei che il temporale avesse distrutto quel giardino!» brontolò lady Ferris.

«... l'amore incondizionato di una madre per suo figlio.»

Lady Ferris sbuffò. «Helen era una tale sentimentale.»

Alec sentì la derisione e appoggiò lentamente il bicchiere di vino. «Perché dovrebbe essere un tratto di cui vergognarsi?»

«Non c'è posto per il sentimentalismo nelle grandi e nobili famiglie. I matrimoni sono impegni contrattuali presi dai genitori che sanno che cos'è meglio per i loro figli.»

«Ed è il motivo per cui avete accettato l'unione con sir Tinsley?»

«Era perfettamente conveniente per entrambi. E io avevo una dote di cinquemila sterline.»

«Ma lo accettaste solo dopo aver visto infrante le vostre speranze. Volevate diventare contessa. Vi dissero che sposare uno dei fratelli Halsey era impossibile e vi rassegnaste a diventare la moglie del magistrato locale. Era più di ciò che poteva aspettarsi vostra sorella, o così pensavate. E poi il vostro mondo crollò quando Helen sposò in segreto Plantagenet Halsey. Non potevate sopportare l'idea che lei fosse la contessa di Delvin quindi parlaste di loro a lord e lady Delvin. Purtroppo per tutti quelli coinvolti, il vostro tradimento diede il via a una catena di eventi che rivelò la sordida storia di famiglia e in modi che non potevate prevedere.»

Nel silenzio che seguì, Alec scelse qualche fragola dalla ciotola davanti a lui. Ne mise parecchie sul proprio piatto e guardò sua zia con un sorriso. «Scoprire la mia storia personale significa conoscere anche la vostra.»

«Non ho mai trovato le mie forbici, sapete» cominciò a dire lady Ferris, con un'occhiata vacua intorno a sé. «Sono sicurissima di averle avute quando...»

«Forza, Tabitha» disse Alec in tono beffardo. «La vostra finta vaghezza a pranzo mi aveva quasi convinto. Ma non oggi. Oh, credo che abbiate veramente degli episodi di perdita di memoria. Forse stanno diventando più frequenti e questo vi spaventa e vi rende irritabile. Ma non qui e non a pranzo l'altro giorno, e non oggi.»

Lady Ferris non tentò di negarlo. Ridacchiò e i suoi occhi scintillarono per la prima volta da quando si era seduta a tavola. «Mi piace il suono del mio nome sulle vostre labbra.» Guardò Selina in fondo al tavolo. «Mi chiedo fino a quando continuerà ad avere la vostra attenzione prima che qualche sensuale cosuccia si strofini contro le vostre cosce di seta.»

«Sono il figlio di mio padre. Una volta che il cuore è stato preso, lo è anche tutto il resto» rispose freddamente Alec, offeso dal commento di cattivo gusto. «Permettetemi di essere franco: speravate, spingendomi sulla strada che portava alla scoperta del segreto della cripta, e del significato diabolico dietro la benedizione di Fivetrees, che scoprissi anche la verità sulla mia nascita. Così è stato e ho anche trovato mio padre e per quello vi ringrazio.»

«*Mi ringraziate*? Buon Dio, ragazzo mio. Dovreste maledire il mio nome dalla torre dell'orologio. Forse, ora che conoscete la verità, preferireste essere restato il figlio bastardo di un cameriere mulatto e di una contessa.»

«Smettiamola con questa messinscena, per favore. Voi e io sappiamo quanto poco occorra cambiare in quella frase per trasformare in fatti quell'ignobile pettegolezzo. Mio padre non era un cameriere, né era lui *il* mulatto. Ma mia madre era sicuramente una contessa.» Quando lady Ferris fece un gesto sprezzante con la mano all'uso dell'articolo determinativo, Alec seppe che aveva capito che si stava riferendo a lei e a sua madre come quelle di razza mista. Dopo aver mangiato una delle fragole, aggiunse colloquialmente: «Ciò che mi lascia perplesso, e so che potete illuminarmi, è perché non sia stato permesso a mia madre di tenermi con sé. Nessuno avrebbe potuto sapere quale dei due gemelli era il padre; erano identici...»

«Veramente non sapete la verità e volete che ve la dica io?» chiese, sorpresa, chinandosi in modo che lui potesse sentirla chiaramente, perché un commento fatto dalla duchessa di Romney-St. Neots aveva fatto ridere tutti.

«Vi piacerebbe conoscere la mia teoria?» le chiese e quando lady Ferris annuì, prendendo una fragola dal piatto, disse: «Roderick Halsey rifiutò il figlio del fratello come erede perché gli avevate assicurato che un'alternativa era possibile.»

«Mio caro ragazzo, siete lontanissimo dalla verità! Il fratello di vostro padre vi rifiutò perché siete un essere innaturale. Non dovreste esistere in natura. Certamente non avere un posto nella buona società. Nessuno sapeva che cosa aspettarsi, men che meno vostra madre, che era giustificabilmente terrorizzata, non sapendo che tipo di orrenda creatura avrebbe partorito. Volete la verità...»

«Vi prego.»

«... noi, la famiglia, speravamo tutti che sareste nato morto o talmente malformato da non sopravvivere fuori dal grembo materno. Ah! Mi correggo» aggiunse, con un sorriso tirato e alzando il bicchiere come per fare un brindisi. «Plantagenet era morbosamente ottimista, pur messo di fronte ai fatti. Ma era sempre stato il tipo da difendere gli oppressi, i reietti e disadattati della nostra società. Si rifiutò di abbandonarvi. E guardate come lo avete ripagato! È così fiero, e ride alle nostre spalle, perché la sua-la sua... *creazione* è un Adone tra gli uomini ed è riuscito a portare il nome della famiglia più in alto di qualunque dei suoi antenati, fino alle vertiginose altezze di un marchesato!»

«Posso fare ben poco per alterare chi o cosa sono, ma posso offrirvi la mia simpatia» replicò Alec pacatamente, anche se era scosso da tutto quel livore. «Vorreste che ci fosse vostro figlio Edward seduto su questa sedia, a presiedere a questa tavola come lord Delvin. Avevate tutti i diritti di aspettarvelo. Era succeduto al titolo come figlio di Roderick e Helen. Tragicamente, non è vissuto abbastanza a lungo perché la sua zia preferita potesse godere appieno della sua vittoria su sua sorella, e su Plantagenet Halsey. E adesso eccomi qui, la creatura che non avrebbe mai dovuto esistere. Ma sono qui, e qui intendo restare.»

Lady Ferris appoggiò il mento sul pugno e gli sorrise, con gli occhi scuri che scintillavano, furiosa e straziata per la perdita di suo figlio.

«Che meraviglia siete!» disse sprezzante. «Riesco a capire perché Edward vi odiasse, perché vi chiamasse Secondo, deridendovi.»

«Perché la sua zia preferita gli aveva piantato nella testa un giardino di odio e ostilità.»

«Che linguaggio fiorito! Ma mi interessa come siete riuscito a capirlo. Continuate. Ditemi il resto. Abbiamo tempo. Questa gente è troppo presa da tuoni e fulmini e dalle invenzioni del signor Franklin per disturbarci. Credo che abbiano spostato la discussione sui suoi esperimenti con l'aquilone e la chiave. Inoltre, più mi prestate attenzione più la vostra madrina si infastidisce. E chi non vorrebbe eclissare una duchessa!»

Alec decise di stare al gioco della sua gelosia infantile, anche solo per vedere se potesse essere la scintilla per indurre altri a tavola a mostrare la loro vera natura. Aveva notato che più di un ospite si era ritirato dal battibecco e cercava di origliare la conversazione tra il loro ospite e sua zia.

«Vi prego, ditemi se mi allontano dalla storia di famiglia» disse, come se stessero discutendo l'ultima commedia al Drury Lane. «Non lo so per certo, ma presumo che Roderick, pur ansioso di diventare il conte di Delvin, fosse men che entusiasta di produrre un erede che continuasse dopo di lui. E non perché non desiderasse seguire la tradizione di famiglia indicata nella benedizione di Fivetrees, ma perché non era interessato alla... mhmm... compagnia femminile. Da lì la sua volontà di accettare un finto matrimonio con Helen e perché ebbe successo. Lei non poteva stare con il fratello che amava, ma poteva comunque condurre una vita di privilegi e restare nella casa di famiglia. E poi voi faceste loro un'offerta che non potevano rifiutare. Stavate aspettando il vostro secondo figlio. Meglio che restasse vivo e fosse allevato come erede al titolo di conte che lasciato fuori a morire, o rinchiuso nella cripta, o portato via per essere allevato da estranei. Sapevate che vostra sorella non avrebbe mai rifiutato vostro figlio, un bambino che aveva una goccia del suo sangue ma non era del suo corpo...»

«Aveva una goccia anche del sangue di Roderick.»

«Sì. Ma Helen non tradì mai né voi né lui... nessuno dei due.»

Lady Ferris sorrise. Non era piacevole. Alzò il bicchiere in un brindisi. «A Helen, la sentimentale, la preferita della famiglia. E alla lealtà in tutte le sue forme.»

Alec non sapeva esattamente che cose intendesse con l'ultima frase, ma seguì il suo esempio a alzò il bicchiere. «E a Edward...»

«Nonostante ciò che dovete pensare, io non sono mia sorella» continuò lady Ferris. «Una volta suo, non ho più pensato a lui... Beh, non finché fu molto più grande... I bambini non mi interessano, mentre Helen era nata per incantarsi davanti a un neonato. Ha allevato mio figlio, ma non ha mai superato la vostra perdita.»

«Voi potrete anche non avergli rivolto un solo pensiero materno, ma non dubito che abbiate tratto un'immensa soddisfazione guardando vostra sorella allevare il vostro secondo figlio. Che fosse l'erede al titolo soddisfaceva il vostro contorto senso di giustizia, come vedere mia madre vivere in un eterno purgatorio, avendo dovuto separarsi dall'uomo che amava e rinunciare al suo bambino, e tutto a causa delle circostanze della loro nascita.»

«*Circostanze*? Oh no, così non va» sussurrò lady Ferris scuotendo tristemente la testa. «Siete troppo educato. Ditelo esattamente com'è.»

«Che i miei genitori, ignorando la verità, si innamorarono?»

«Non quella stupidaggine melensa!» sibilò lady Ferris, vinta dall'impazienza e dalla rabbia. «Ammettete di essere un'aberrazione. Forza. *Ditelo*!»

«Mia cara lady Ferris! Siete sicura di star bene?»

Era la signora Bailey. Alec non aveva idea da quanto fosse dietro di lui. Ma si era finalmente fatta avanti per calmare la sua amica, mentre lady Ferris si chinava sopra il tavolo e latrava in faccia ad Alec. Le mise un braccio attorno, persuadendola a sedersi di nuovo e si rivolse ad Alec, mormorando delle scuse.

«Non so che cosa le ha preso, milord. Qualche volta viene inspiegabilmente sopraffatta da strane paure... Oh! Sir Tinsley! Guardate, mia cara. Qui c'è vostro marito che è venuto ad aiutarvi...»

Sir Tinsley sostituì la signora Bailey al fianco di sua moglie. Eppure lady Ferris ignorava tutto e tutti tranne Alec e gli chiedeva di confessarle la verità sui suoi genitori. E niente e nessuno le avrebbe impedito di farlo parlare, non suo marito, non la sua amica, la signora Bailey e non il dottor Riley quando si unì a loro.

Alec restò lì impietrito, facendo del suo meglio per restare impassibile. Ci volle tutta la sua concentrazione per portare il bicchiere di vino alla bocca con mano ferma. Era conscio che lady Ferris continuava a fissarlo, ordinando a quelli intorno a loro di lasciarla stare. Ma Alec non aveva più parole. E quando sir Tinsley insistette che il dottor Riley si occupasse di sua moglie e lo disse con voce acuta, lady Ferris si rese di colpo conto di dov'era e che l'intera compagnia era piombata nel silenzio.

Le conversazioni si erano bloccate a metà frase e i pezzi di frutta a metà strada verso la bocca. Quella di lord Cobham era spalancata, con mezza pesca sospesa tra le labbra. Era un momento talmente assurdo che Alec sentiva il bisogno di allentare la tensione e avrebbe voluto ridere forte. Ma riportò l'attenzione su sua zia, pieno di ammirazione per le sue doti d'attrice quando si guardò attorno come se non si rendesse conto di dov'era. Si portò una mano alla guancia e poi l'appoggiò sul davanti del panciotto del marito, sbattendo gli occhi.

«Tinsley? Oh, Tinsley eccovi qui! Signora Bailey? Che cosa ci fate da questa parte del tavolo? Oh? Avete trovato il mio coltello da rose? L'aveva preso quel ragazzo come pensavamo?»

«Il vostro coltello da rose?» la signora Bailey era perplessa e ridacchiò nervosamente. «Che cosa volete dire? Quale ragazzo? Ed erano le forbici da cucito che avevate perso. Non ricordate? Sono sicura…»

«Sfortunatamente dobbiamo ancora trovare il vostro coltello, mia cara» si scusò suo marito. «Signora Bailey, sarebbe meglio che riprendeste il vostro posto. Il dottor Riley e io possiamo occuparci della cara lady Ferris adesso.»

«Certo! Certo!» concordò la signora Bailey dicendo ad Alec, mentre si faceva indietro: «Non avevo idea che lady Ferris avesse perso il suo coltello da rose. Le sue forbici, sì. Sapete che cosa intende, milord?»

«Venite via, mia cara» le ordinò il colonnello, facendosi avanti per riportare la moglie al suo posto e borbottando delle scuse ad Alec mentre lo faceva.

«Avete avuto uno dei vostri piccoli episodi» stava spiegando sir Tinsley a sua moglie. «Il dottor Riley è qui per aiutarvi…»

«Dottor Riley?» lady Ferris sembrava perplessa. «Che cosa ci fate qui? Sta per arrivare il bambino? Qualcuno è malato? Non mio nipote…?»

«No, mia cara. Stanno tutti perfettamente bene.»

Sir Tinsley guardò supplichevolmente Alec, che era ancora immobile e muto, quindi toccò a Selina smuovere le cose e fare l'annuncio. Aveva osservato l'interazione tra suo marito e la zia con allarme crescente e l'attacco ringhioso della donna l'aveva lasciata mentalmente scossa. Riuscì comunque a mascherare i propri sentimenti e recitò a sua volta, mostrando un volto sereno.

«Caffè, torta e dolci nel salone» annunciò. «Altri si uniranno a noi lì, ma non subito. Cobham, se vuoi fare strada con zia Olivia...»

Seguì un bel po' di trambusto mentre tutti seguivano lord Cobham e la duchessa di Romney-St. Neots verso l'arcata che li avrebbe portati nel salone. Era dal lato opposto della stanza rispetto al punto in cui Alec sedeva ancora immobile. Quindi nessuno degli ospiti gli passò davanti o fu tanto scortese da voltarsi per scoprire perché era rimasto seduto. Toccò a Plantagenet Halsey camminare controcorrente. Ma prima sussurrò qualche parola all'orecchio di Selina e solo quando lei si allontanò, appoggiata al braccio della cugina lady Sybilla, andò da Alec. Si sedette sulla sedia lasciata libera da lady Ferris e afferrò il braccio di Alec per attirare la sua attenzione.

«Alec, ragazzo mio. Non devi dirmi che cosa ti ha detto, ma dimmi che stai bene.»

Alec annuì e allungò una mano verso di lui e quando suo padre gliela prese tra le sue, gli restituì il sorriso.

«Ricordate che mi è stato detto che gli avvenimenti prima della mia nascita avrebbero disturbato la mia serenità?»

Plantagenet Halsey si morse la lingua per impedirsi di fare un commento poco considerato su lady Ferris. Sapeva perché Alec stava facendo quella domanda e sapeva che quel giorno sarebbe arrivato. Eppure non era facile, per quanto pensasse di essere stato pronto. Annuì, e come faceva con Alec da quando era un ragazzino, gli diede una risposta franca.

«Sì, e vedo che è stato così. Ma gli avvenimenti prima della tua nascita non furono innaturali o depravati. Tua madre e io non scoprimmo la tragedia del nostro stretto legame fin dopo il nostro matrimonio, quando tu eri già per strada. Non permettere mai a nessuno di convincerti del contrario!» Quando Alec annuì e sorrise timidamente, gli restituì il sorriso aggiungendo: «C'è qualcos'altro?»

«Com'è possibile che abbiate creduto che sarei nato integro e non un essere aberrante inadatto a vivere? Perché non vi siete arreso?»

La risposta di suo padre fu semplice. «Amore, ragazzo mio. Amavo tua madre, lei amava me e noi amavamo te. Era tutto ciò che contava. Ed è tutto ciò che dovrebbe contare per te.»

«Mi dispiace, Olivia» si scusò Alec, entrando nel salone cinque minuti dopo, ripresosi, quando la duchessa si avvicinò con un'espressione preoccupata sul volto. «Questa faccenda ha ritardato ancora una volta il vostro annuncio.»

«Non importa!» reagì la duchessa, lanciando un'occhiata a lady Ferris di cui si stava occupando il dottor Riley, con il marito che le si agitava intorno. Batté sul panciotto di seta avorio di Alec con il ventaglio chiuso. «Ti ha sconvolto! E non dirmi che non è così. Se vuoi il mio parere» sussurrò, non proprio piano, «ha ucciso lei quel povero ragazzo. Quella megera!»

«E ovviamente quest'accusa è basata sui fatti e non è dovuta al vostro coinvolgimento emotivo con mio padre?»

«Oh! Oh! Carissimo ragazzo!» Era la prima volta in cui sentiva Alec riferirsi a Plantagenet Halsey com'era giusto e ne fu talmente sopraffatta che scoppiò in lacrime e si coprì il volto.

«Buon Dio! Che cos'hai detto per sconvolgerla in questo modo?» chiese il vecchio, che aveva seguito Alec nel salone in tempo per vederli, anche se non per sentire la loro conversazione.

Alec alzò le mani, come per dire che non ne aveva idea, e toccò al fratello di Selina rubare la scena e far riprendere sua zia.

«Vi avevo avvertito, Halsey» dichiarò cupo lord Cobham, rivolto a Plantagenet Halsey, avvicinandosi mentre si stuzzicava i denti con uno stecchino. «Prima c'è stata lady Ferris, e adesso è sua grazia. Tutto quel parlare di elettricità e dei parafulmini di Franklin non sono argomenti adatti per la mente femminile. Le rende nervose.»

«Stai zitto, Clive!» sbottò la duchessa e aprendo il ventaglio con un gesto secco del polso, si affrettò verso il carrello del tè, lasciando il capo del Ministero degli Esteri con la faccia rossa e con la sensazione di essere uno scolaretto.

⚘

GLI OSPITI DELLA CENA SI RIUNIRONO SUI DIVANI SISTEMATI davanti all'enorme camino nel salone. C'era un fuoco che ruggiva nel profondo focolare ma serviva solo per fornire un punto focale e qualcosa da fissare se qualcuno non aveva voglia di unirsi alla conversazione. Il colonnello Bailey stava facendo proprio quello, e lasciando il marito a rimuginare in silenzio, la signora Bailey colse l'opportunità per aggirarsi tra gli ospiti. Parlò con lord Cobham, scambiò due parole con la duchessa e si informò da sir Tinsley se lady Ferris stesse meglio. E questo con sua moglie seduta accanto a lui, ma con gli occhi chiusi e dando al mondo l'impressione che si fosse addormentata a causa della polvere per il mal di testa che le aveva dato il dottor Riley. Avrebbe parlato con lady Halsey, ma Selina aveva deciso di passeggiare per la stanza al braccio di lady Sybilla, visto che la sua gravidanza le causava un grande disagio. La rendeva anche ansiosa. Era opinione della duchessa, da un esame che le aveva fatto nell'intimità del suo spogliatoio quel pomeriggio, che sarebbe potuta entrare in travaglio da un momento all'altro.

«Non avrò questo bambino finché Alec non avrà fatto il suo discorso alla servitù, e zia Olivia non avrà fatto il suo annuncio e tutta questa gente non sarà tornata a casa sua» dichiarò Selina in tono irritato. Poi ebbe di colpo un pensiero. «Sai di che cosa si tratta?» chiese a sua cugina.

«Alec non ti ha detto…»

«Non quello, Silla. L'annuncio di tua madre. Sai cos'è?»

Lady Sybilla scosse la testa. «Non mi ha detto una parola. Ed è meglio così, perché sai che non riesco a mantenere un segreto con te! Oh! Perché stiamo tornando indietro…?»

«Zitta. Facciamo un altro giro perché non sopporto di sentire ciò che la signora Bailey ha da dire sulla crisi di lady Ferris. Per come stanno le cose, non oso nemmeno avvicinarmi a mio marito per chiedergli come sta, cosa molto più importante per me, per paura che i nostri ospiti comincino di nuovo a fare ipotesi su cosa ha potuto causare quell'episodio. Vieni!»

Quando le due signore si voltarono per passeggiare nella direzione opposta, la signora Bailey si fermò e poi tornò all'insieme di divani davanti all'enorme camino. Fu lieta di vedere che suo marito non era più da solo ma stava discutendo con lord Cobham e il fratello, il vicario, mentre la duchessa di Romney-St. Neots e Plantagenet Halsey si erano ritirati sul divano più lontano per bere il loro tè. Non volendo intromettersi nella loro conversazione, andò al carrello del tè per tenersi occupata. Lì due camerieri in livrea erano sull'attenti ai lati di una grande urna d'argento piena di acqua calda e lì fu sorpresa di trovare il marchese Halsey, apparentemente sprofondato nei suoi pensieri, che mescolava lo zuccherò nel suo caffè. In effetti la stava aspettando.

«Tè o caffè, signora Bailey?»

«Vi prego, non disturbatevi per me, milord» rispose, insieme emozionata e incantata.

«Non è un disturbo.» Con un sorriso, Alec prese una tazza di porcellana con il suo piattino. «Latte?»

La signora Bailey annuì, tuttavia con la tazza di tè pronta Alec non gliela porse, ma suggerì di sedersi insieme per un momento. Portò la tazza a un sofà dallo schienale alto, di velluto rosso, posto sotto una delle lunghe finestre a colonnine. Era abbastanza lontano da impedire di far sentire agli altri ciò che aveva da dire. Ed essendo contro la parete, il sofà era rivolto verso la stanza, ed era un eccellente punto di osservazione da cui guardare gli altri ospiti. Che fosse libero e che accanto ci fosse un cameriere dal volto impassibile non era una coincidenza.

Alec fece cenno alla signora Bailey di sedersi alla sua destra, facendo in modo che voltasse le spalle agli altri e fosse in parte oscurata dai braccioli insolitamente alti del sofà. Ignara dello stratagemma, ed emozionata come una scolaretta ammessa per la prima volta all'inebriante mondo adulto dei salotti, la signora Bailey si sistemò sul bordo di un cuscino di velluto con le frange e accettò la tazza di tè che sua signoria aveva preparato personalmente per lei. E quando Alec scelse di sedersi in modo da guardarla in faccia, sentì il calore salirle al collo nel ricevere la completa attenzione di questo bel nobiluomo che era praticamente un duca.

«Mi scuso se questo sofà non è confortevole come gli altri. È anche troppo decorato per i miei gusti, ma mi dicono che è un pezzo unico. Talmente speciale da avere una storia. Secondo le leggende di famiglia, una volta fu usato come trono, aveva un baldacchino in tinta, ed era posto sopra una piattaforma. Immaginate! Ed è così famoso che ha un nome: il sofà Delvin, e i viaggiatori vengono da lontano per vederlo, come fanno per il resto della casa.»

«Non ne dubito, milord. Ci si sente piuttosto speciali seduti qui.»

Alec sorseggiò il caffè prima di chiedere, come se fosse una normale continuazione della loro conversazione, sperando che non restasse unilaterale: «Il dottor Riley è riuscito a trovare un medicinale per calmare mia zia...?»

«Credo di sì» rispose la signora Bailey. E quando Alec sorrise incoraggiante sopra il bordo della sua tazza, la timidezza scomparve e le confidenze non volevano smettere. «Ha una dovizia di farmaci nella sua cassetta da viaggio. Ero sorpresa che sapesse dove e cosa trovare! Ma ogni bottiglietta e ogni contenitore sono etichettati e in un ordine particolare, così ha tutto a portata di mano. Sospetto che sia particolarmente necessario quando la situazione lo richiede e deve agire in fretta.» Si chinò un po' più vicina e gli confidò: «Credo che il dottor Riley abbia dato a lady Ferris un farmaco che contiene qualche goccia di laudano, per aiutare a calmarle i nervi. Mi ha detto che lo tiene in uno scomparto sigillato, insieme agli altri veleni.» Sospirò, scosse la testa e bevve un sorso di tè prima di aggiungere: «Povera lady Ferris, non l'ho mai vista così angosciata.»

«Angosciante anche per voi, vedere la vostra amica avere questi vuoti di memoria, specialmente visto che vi conoscete da molti anni... in effetti da quando vi siete sposate, vero?»

La signora Bailey sorrise e annuì al ricordo e sembrò intristirsi pensando al deterioramento della mente dell'amica. Appoggiò la tazza sul piattino, con la testa girata di lato. «Mi dispiace per lei. Dev'essere un'esperienza spaventosa dimenticare i propri ricordi... lei e io abbiamo condiviso tanto... La sua amicizia mi ha fatto superare molti momenti difficili. Quando persi mia madre, quando il colonnello era lontano, a Londra e mi lasciava per lunghi mesi... Lei era lì, sempre.»

«Ed era lì per offrire il suo sostegno alla nascita dei vostri figli... Chiedo scusa. Non intendevo riesumare ricordi dolorosi per voi, ma solo indicare quant'è stata importante lady Ferris nella vostra vita.»

Guardò dall'altra parte della stanza e la signora Bailey seguì il suo sguardo nel punto in cui erano comparse Selina e sua cugina, mentre passeggiavano a braccetto, con le teste vicine. Selina si fermò e sarebbe venuta da lui, ma fu lesta a cogliere il lieve cenno di diniego e l'occhiata significativa alla sua compagna. Invece, alzò le sopracciglia scure, voltò sui tacchi e continuò a camminare con lady Sybilla, senza che la signora Bailey si accorgesse del silenzioso scambio tra marito e moglie.

«La cara lady Halsey è eccezionalmente fortunata ad avere lady Sybilla e sua grazia con lei in questo importantissimo momento» commentò la signora Bailey, guardando la marchesa e sua cugina passeggiare fino a scomparire dalla loro vista. Troppo educata per voltare le spalle ad Alec. «E vostra signoria non deve preoccuparsi. Prego ogni sera, e so che lo fa anche Adolphus, che sua signoria partorisca senza problemi e che lei e il suo bambino superino la prova e siano in buona salute.»

«Grazie. A questo punto, pregare è tutto ciò che posso fare.» Poi confidò con un sorriso timido: «Confesso che la mia apprensione ha offuscato la mia capacità di prendere decisioni perché non riesco a fissarmi su un nome adatto per il nostro bambino. Sono il più indeciso dei futuri padri!»

«Oh no, milord, non dovete pensarlo!» disse la signora Bailey con ansante sincerità. Sentendosi privilegiata per la confidenza di sua signoria, il suo nervosismo evaporò. E poiché le aveva fatto l'onore di condividere i suoi sentimenti con lei, gli rese il favore. «Ogni marito prova ciò che provate voi in questo momento. Ma una volta che avrete il vostro bambino tra le braccia, saprete che nome vorrete dargli. Io l'ho saputo appena ho avuto Daniel. Purtroppo Terence morì prima che avesse il tempo di conoscere il suo nome...»

«E vostra figlia?»

«Mia-mia... figlia?»

«Certamente avevate pensato a un nome per lei?»

«S-sì. Io-io l'ho chiamata Tabitha.»

«Come mia zia?»

«Per onorare la nostra amicizia, ed è veramente un bellissimo nome.»

«Sì. Non so perché l'ho pensato... forse me l'ha detto mia zia» continuò Alec in tono indifferente, apparentemente concentrato sul contenuto della sua tazza, e aggrottando la fronte, «ma avevo l'impressione che vostra figlia si chiamasse Eliza?»

«Eliza? Perché pensate... perché lady Ferris avrebbe dovuto... lei sa che l'avevo chiamata Tabitha.» La signora Bailey guardò Alec sbattendo gli occhi e, per la prima volta dall'inizio del loro tête-à-tête, l'eccitazione sparì dalla sua voce. «Perché avrebbe dovuto confidarvi una cosa simile?»

«Forse me l'ha detto quando stava avendo uno dei suoi episodi di vuoti di memoria?» Rispose placidamente Alec, con un tono di voce che non rispecchiava la luce nei suoi occhi. Bevve un sorso di caffè, osservandola attentamente. Quando vide che si stava rilassando, e quindi aveva accettato la sua spiegazione, aggiunse con l'aria di star riflettendo: «Anche se, e spero che potrete aiutarmi a capire, signora Bailey, perché avrebbe dovuto parlare di vostra figlia come se fosse viva, se voi affermate che è morta subito dopo la nascita?»

Fece una pausa, dandole l'opportunità di confessare la verità o continuare a nascondersi dietro il dogma della benedizione di Five-trees. E quando lei lo fissò negli occhi, capì, senza che lei dicesse una parola, che gli avrebbe mentito, senza però riuscire a impedire alla tazza di tintinnare sul piattino.

«Permettetemi di farla portar via...»

Alec consegnò le loro tazze e i piattini a un cameriere in livrea, che si era fatto avanti al suo cenno. Poi guardò verso il carrello del tè, oltre il cameriere, e fu lieto di notare che stavano servendo altre tazze di tè e caffè e piatti di dolci; aveva bisogno ancora di qualche minuto con la signora Bailey.

«Riflettendoci, avete ragione, milord» dichiarò, quando Alec riportò l'attenzione su di lei, tornando eccitata. «Con la memoria che svanisce, lady Ferris si dev'essere confusa e deve aver perso la cognizione del tempo. Ha evocato mia figlia come se fosse ancora in vita mentre in realtà è morta il giorno della sua nascita.»

«Signora Bailey, sono certissimo che vi siate auto-convinta che sia la verità. Ma sapete, come sa mia zia, e come sa vostro marito, che Tabitha non è morta, ma è stata portata via e le è stato dato un altro nome.»

«Tabitha *è* morta. Eliza *non* è mia figlia! Lei è la figlia della signora Fisher!»

«Tabitha è *diventata* la figlia della signora Fisher, Eliza» la corresse Alec, aggiungendo con un pallido sorriso: «E siete stata voi la prima a menzionare la signora Fisher, non io.»

La signora Bailey sbatté le palpebre e, rendendosi conto di essersi tradita, cercò in tutti i modi di fornire una spiegazione. «Come avete... perché avrei dovuto... L'unica Eliza che conosco è Eliza Fisher, che ora è la signora Turner. Quindi naturalmente ho pensato...»

«La perdita di un figlio è una cosa straziante, che sia a causa di una malattia o un incidente o per via di circostanze fuori dal controllo del genitore» dichiarò Alec con calma, mettendole in mano il suo fazzoletto di lino bianco perché le guance della signora Bailey erano diventate rosse e i suoi occhi vitrei. «Per quanto vi riguardava, voi stavate seguendo un'antica tradizione di Fivetrees, una tradizione che innumerevoli antenati avevano seguito prima di voi, affidando vostra figlia alle cure delle donne Fisher. Questa tradizione si è mantenuta per talmente tanti secoli da tenere in una morsa i proprietari terrieri di Fivetrees e le loro mogli, tanto da essere incisa sulla pietra nella piazza del villaggio, perché tutti la vedano e la seguano e non la dimentichino. *Possa tu essere benedetto con un solo figlio, e non avere figlie a tuo nome.*»

«Ho fatto ciò che ci si aspettava da me come una moglie brava e obbediente» gli assicurò la signora Bailey, appallottolando inconsciamente il fazzoletto di Alec tra le dita. Ma nonostante le poche lacrime che le erano scivolate sulle guance bollenti, aveva avuto il tempo, mentre Alec parlava, di riprendere il controllo. Sparita la creatura ansante e servile, al suo posto c'era una donna notevolmente composta, convinta della correttezza delle proprie azioni, per quanto esecrabili. Alec non poté fare a meno di essere affascinato dalla calma e delirante convinzione.

«Avete ragione, milord. Le famiglie dei proprietari terrieri locali aderiscono alla benedizione di Fivetrees, proprio come hanno fatto i loro antenati prima di loro, sacrificando tanto per mantenere intatte le loro proprietà.» Tirò su col naso e tese con un sorriso il fazzoletto umido perché Alec lo riprendesse. «Non dubito che lady Halsey sappia che ciò che c'è in gioco è molto più importante dei suoi desideri personali. Il futuro della vostra tenuta dipende da questo. E lady Ferris e io siamo qui per assicurarci che sia persuasa e si consoli facendo ciò che è giusto e corretto. Naturalmente preghiamo tutti che vi dia un maschio e un erede.»

Alec non avrebbe potuto essere più stupefatto che se si fosse offerta di portare la neonata direttamente dalle Fisher per risparmiargli tempo e fatica. Quindi, quando la donna scosse le sottane e fece una riverenza, pensando che il loro tête-à tête fosse concluso, gli ci vollero parecchi secondi per reagire. E quando si riscosse, fu per impedirle di andarsene. Non aveva ancora finito con lei. Aveva un assassino a sangue freddo da portare davanti alla giustizia.

TRENTADUE

ALEC BALZÒ IN PIEDI E ORDINÒ ALLA SIGNORA BAILEY DI riprendere il suo posto. Sorpresa dal suo tono aspro, lei ricadde sul sofà senza dire una parola.

La sua famiglia e i suoi ospiti stavano guardando la scena. La duchessa di Romney-St. Neots e Plantagenet Halsey erano accanto al carrello del tè e aspettavano l'occasione per interrompere. Anche Selina, con lady Sybilla al fianco, era passata accanto al sofà Delvin per la terza volta e ora si unì alla coppia. Sir Tinsley e lady Ferris non si erano spostati dal divano dove il dottor Riley si era occupato di sua signoria e dove il medico era tornato a controllare il polso di lady Ferris ora che si era calmata abbastanza da accettare una tazza di tè. Ma tutti e tre stavano anche tenendo d'occhio il sofà Delvin. Lord Cobham, il colonnello Bailey e il reverendo Purefoy erano gli unici che sembravano ignari del dramma in corso. Si erano scoperti spiriti affini e stavano discutendo animatamente sui meriti dello Sugar Act come mezzo necessario per aumentare le entrate e coprire le spese per la difesa e la protezione delle colonie americane.

Quando la duchessa si avvicinò in silenzio al sofà per sentire meglio che cosa si stava dicendo, Plantagenet Halsey e il resto del gruppetto la seguirono. Perfino lady Ferris chiese a suo marito di accompagnarla a raggiungere il gruppo; non aveva intenzione di sapere di seconda mano cosa stavano discutendo suo nipote e la signora Bailey e che la duchessa di Romney-St. Neots trovava così interessante.

Alec non mostrò se fosse o meno consapevole di avere un

pubblico, doveva concentrarsi sulla signora Bailey, che era sicuro fosse la chiave per risolvere l'omicidio di Hugh Turner. E anche se avere testimoni non era in sé negativo, non sapeva se il compito di estrarre la verità da lei sarebbe stato facilitato o reso più difficile dalla loro presenza. Lo avrebbe scoperto presto.

«Signora Bailey, accontentatemi. Avete sempre creduto che Eliza Fisher fosse diventata l'amante di vostro marito quando era solo una ragazza...»

«È così, milord, ma non lo biasimo per...»

«Per favore, signora Bailey, non mi interessa attribuire colpe né voglio soffermarmi sui particolari indecenti. Tutto ciò che desidero è sapere se, essendo al corrente di questa supposta relazione, sapevate anche che Eliza Fisher era in realtà vostra figlia?»

«Avevo saputo della relazione molti anni prima di venire a conoscenza del fatto che era la figlia cui avevo rinunciato alla nascita e che avevo chiamato Tabitha.»

«Come avete scoperto la verità?»

«Fivetrees è una comunità piccola. Niente resta segreto a lungo.»

«E questa stessa comunità, e voi, credevate che vostro marito ed Eliza Fisher avessero una relazione, eppure, scoprendo che era vostra figlia, non avete cercato di porvi fine?»

«Mio caro lord Halsey, potrò anche tenere a freno la lingua, ma i miei occhi e le mie orecchie sono sempre stati ben aperti. Provengo da una famiglia nobile. Mio nonno era un conte e non solo aveva un'amante, ma quella donna viveva nella casa che condivideva con mia nonna! Capisco che i mariti, gli uomini, devono soddisfare i loro appetiti carnali. Certo voi, come pari del regno, sapete che i nobili fornicano di frequente con donne che non sono le loro mogli...»

«Ma non con donne che sono loro figlie!»

La signora Bailey era divertita in modo imbarazzante. E tale era la sua convinzione di essere nel giusto che osò guardare oltre Alec e non rivolgersi solo a lui, ma includere tutti quelli riuniti alle sue spalle.

«Mio marito non sa del loro legame. Quindi non posso biasimarlo. Come non possiamo biasimare il resto dei poveri cristi di questo distretto, che sono tutti talmente strettamente imparentati dopo secoli di figli accantonati e piazzati in segreto nella comunità, che le loro linee famigliari sono un groviglio di matrimoni sacrileghi. Ovviamente per voi e per me è un concetto ripugnante, come per tutti quelli che non sono di queste parti; quindi è meglio non parlarne, e io non ci penso. Il mio caro fratello Adolphus, come vicario, ha dedicato la sua vita a pregare per le loro anime, perché altrimenti, come potrebbero questi abomini avere una possibilità di entrare nel regno dei cieli?»

«Che situazione straziante per tutti quelli coinvolti» rispose tristemente Alec e prese atto della presenza del pubblico silenzioso voltando una spalla per includerli. Le sue parole successive furono piene di disprezzo, non solo per la signora Bailey, ma anche per altri che condividevano il suo punto di vista. «Che non abbiate avuto la forza morale di superare i vostri pregiudizi per affrontare vostro marito, o almeno avvicinare vostra figlia, è imperdonabile. Meritava la vostra protezione, non la vostra riprovazione.»

«Ma se avessi parlato, sapere la verità avrebbe solo peggiorato le cose, per mio marito e per la signora Turner, per entrambe le nostre famiglie.»

«Se aveste parlato, signora, avreste saputo la verità!» la interruppe bruscamente Alec. «Permettetemi di togliervi dalla testa che il colonnello e la signora Turner fossero amanti. Non lo erano, non lo sono mai stati...»

«Co-cosa?» La signora Bailey si alzò a metà dal sofà e poi ricadde pesantemente. Il suo sguardo frugò il gruppetto di persone, cercando suo marito e suo fratello, ma nessuno dei due era lì e le uniche facce che la fissavano riflettevano lo sbalordimento e l'oltraggio. Si torse le mani. «Io-io non vi credo! Mi è stato detto... l'ho saputo dalla più alta autorità... Adolphus? Dove sono mio fratello e mio marito? Devo parlare con...»

«Ma io non sono qui per giudicare voi o loro per gli inspiegabili silenzi tra di voi, ma per chiedervi che cosa sapete della morte di Hugh Turner.»

«Hugh... Turner? Io-io non capisco...» rispose, di nuovo ansante, ma continuando a torcersi le mani. «Il mio silenzio? Che cos'ha a che vedere la morte di quel ragazzo con me?»

«Non so quale delle due è l'attrice migliore, voi o mia zia» borbottò Alec, aggiungendo a voce alta, in modo che tutti potessero sentire: «Permettetemi di essere franco, signora Bailey: credevate che Hugh fosse il frutto della relazione di vostro marito con vostra figlia...»

«È così. Lo credo ancora. Avevano una relazione, checché ne diciate, io so che è vero. E quel ragazzo è la loro progenie contro natura...»

Ci fu un brusio improvviso tra il loro pubblico, che Alec ignorò, dicendo, con un tono quietamente minaccioso: «Com'è straordinario che vi riferiate a Hugh come contro natura.»

«Lo è! Lo era! È stato creato da un'unione sacrilega. È un abominio, una creatura il cui sangue contaminato è corrotto in eterno e la cui anima non può essere redenta.»

«Hugh Turner era un ragazzo. Amato dai suoi genitori, che lui amava a sua volta. Era un ragazzo che amava la natura e correre nei boschi con i suoi amici. Era innocuo e un po' monello e pieno di vita ed era gentile e paziente e passava ore nel vostro giardino, senza dubbio ascoltando pazientemente le vostre storie, come faceva anche con lady Ferris. Non importa come sia venuto al mondo. Ciò che conta è che lui e Will meritavano di vivere per dare prova di sé come uomini.»

«Udite! Udite!» Plantagenet Halsey applaudì. «Ben detto, milord!»

L'uscita del vecchio fu accolta da un mormorio di approvazione e parecchi sguardi si abbassarono sulla pavimentazione di pietra quando Alec guardò verso di loro. Aspettò che il colonnello Bailey, lord Cobham e il reverendo Purefoy si decidessero a raggiungerli, poi si rivolse nuovamente alla signora Bailey, consapevole che lei ora aveva in più l'attenzione di suo marito e di suo fratello.

«Signora Bailey, chi si riferiva a Hugh come a un abominio, la cui anima non poteva essere redenta?»

«Una volta che lo sapete, è ovvio: assomiglia moltissimo al colonnello.»

«Cosa? Prudence! Chi... che cosa state dicendo?» chiese il colonnello, facendo un passo verso sua moglie.

«Zitto, Bailey» gli ordinò la duchessa e tese il ventaglio in modo che rientrasse nel gruppo.

«Hugh Turner assomigliava a vostro marito perché il colonnello è suo *nonno*» continuò Alec. «È così semplice. Così vi chiedo di nuovo, signora Bailey: chi si riferiva a Hugh come a un abominio, la cui anima non poteva essere redenta?»

«Nessuno!» insistette lei, petulante e irremovibile. «*Io* l'ho detto! Sono stata io.»

Ma, senza dover girare la testa, Alec l'aveva vista lanciare un'occhiata verso destra e indovinò correttamente a chi avesse inconsciamente fatto appello. Prima che potesse ripetere di nuovo la domanda, il magistrato decise che era ora di far sentire la propria presenza.

«Signora Bailey, se veramente sapete chi ha ucciso Hugh Turner e Will Bolen, adesso è il momento di confessare...»

«Perché mia moglie dovrebbe sapere qualcosa di quella faccenda orribile?» chiese il colonnello, stupefatto. «Ritrattate quell'accusa, Ferris, altrimenti...»

«Sono io il magistrato qui e se vostra moglie, o chiunque altro presente, ha qualche informazione che potrebbe portare all'arresto di una o più persone per l'assassinio di quei ragazzi, allora invito quella o quelle persone a farsi avanti e a parlare, immediatamente!»

«Se prendeste fiato ogni tanto, in modo che possano infilare una parola, forse parlerebbero!» disse il vecchio argutamente e per la sua spiritosaggine ottenne uno scherzoso colpo sul braccio.

«Non apprezzo il vostro tono, Halsey...»

«È sempre così» aggiunse lord Cobham, senza rendersi conto di aver appena dato il suo sostegno alla sua nemesi repubblicana. «Lasciate continuare sua signoria!»

«Se qualcuno deve continuare, mio caro lord Cobham» disse severamente sir Tinsley, «quello sono io, il magistrato.»

«Così avete detto, Ferris» disse il vecchio con un sospiro.

«Basta! Tutti quanti!» ordinò la duchessa di Romney-St. Neots. «Permettete al mio figlioccio di finire di interrogare questa donna. Vogliamo sapere tutti chi e perché e se voi, signora Bailey, potete fornirci le risposte che richiedono mio nipote e il magistrato, allora fatelo! E siate breve. Lady Halsey potrebbe partorire da un momento all'altro e questo per me è molto più importante, assassino o meno.»

Ci fu un mormorio di assenso e tutti restarono in silenzio, eccetto Selina che, con una mano sotto la pancia rotonda e aggrappandosi stretta con l'altra al braccio di lady Sybilla, annunciò: «Dovete scusarmi... ho bisogno di camminare... Non una parola Sybilla» disse sottovoce mentre si allontanavano. Quando furono a qualche metro di distanza e non c'era il pericolo di essere sentiti, confermò i sospetti di lady Sybilla. «Le mie doglie non devono impedire ad Alec di catturare il demonio che ha ucciso quei ragazzi! Né ho intenzione di partorire davanti a un pubblico! Nelle mie stanze. Subito.»

Alec aveva permesso l'interruzione, ascoltando in silenzio lo scambio animato tra gli ospiti, non solo perché gli fornì un attimo di sollievo, ma anche perché gli diede il tempo di osservare tutti con attenzione, e due persone in particolare. E poi Selina parlò e fu distratto e perse la concentrazione, preoccupato per lei. Gli aveva sorriso e aveva cercato di apparire composta, ma l'espressione tesa di lady Sybilla gli rivelò la situazione reale e che sua moglie era molto più a disagio del solito. Gli diede un senso di urgenza e l'impeto di finire l'interrogatorio, perché era ciò che era, il più in fretta possibile. Quindi si avvicinò a Plantagenet Halsey, chiese a bassa voce che mandasse dei servitori per far venire nel salone tutti quelli che erano riuniti nella Corte di Pietra.

«Non preoccuparti. Terrò Nic Fisher vicino a me» lo rassicurò il vecchio e sgattaiolò via.

Alec non perse tempo e riportò la sua attenzione sulla signora

Bailey che restava seduta sul sofà Delvin, con la schiena un po' più diritta di prima, senza più torcersi le mani. Aveva ripreso la padronanza di sé, senza dubbio grazie alla presenza di suo fratello. L'aveva raggiunta, senza essere invitato, e ora le teneva la mano e le parlava sottovoce. Alec li interruppe.

«Avete qualche informazione che volete darci, reverendo, sul motivo per cui Hugh Turner avrebbe dovuto essere marchiato come un abominio?» chiese Alec pacatamente.

Il reverendo Purefoy strinse la mano della sorella con un sorriso, poi rivolse la sua attenzione ad Alec. «Sì, milord. Temo di dover infrangere una confidenza di lady Ferris e dirvi che sua signoria aveva menzionato il ragazzo per nome, in un racconto che lei...»

«Stupidaggini! Non era un racconto. Era un'allegoria. E non riguardava quel ragazzo. Riguardava Tabitha. Ma la raccontai a Hugh.»

«Chiedo scusa, milady» rispose educatamente Purefoy, «ma vi assicuro che lo era.»

«Perché non ci raccontate questa allegoria, zia?» la incoraggiò Alec.

«Molto bene...» accettò lady Ferris, lieta di essere il centro dell'attenzione. «Parla di un amore che non avrebbe mai dovuto essere. Tabitha non può sposare l'amore della sua vita quando scopre che in realtà lui è il suo fratellastro. Ma non possono immaginare di restare divisi. Quindi Tabitha avvicina una strega nel bosco e le chiede di fare un incantesimo per trasformare la coppia in cervi della foresta, in modo che possano restare insieme. La strega accetta, ma avverte la coppia che nel bosco il pericolo è in agguato, un pericolo che lei non ha il potere di evitare. La coppia non riesce a immaginare quale possa essere il pericolo, dato che un cervo maschio adulto e la sua cerbiatta sono il re e la regina della foresta. Quindi la strega trasforma Tabitha nella più bella cerbiatta e l'amore della sua vita diventa un magnifico cervo. Ma appena la loro trasformazione è completa, un cacciatore uccide e poi taglia la gola al cervo, rompendo l'incantesimo e trasformandolo di nuovo in un essere umano. Tabitha resta una cerbiatta, lasciata a vagabondare nel bosco da sola e muore di crepacuore.»

«Buon Dio! Perché avreste dovuto raccontare una storia così spaventosa a un ragazzo?» chiese la duchessa, inorridita.

Lady Ferris alzò la testa. «Doveva imparare una lezione, la morale è di accontentarsi di ciò che la vita ti riserva. L'aveva capita, ma non aveva smesso di essere impertinente...»

«Perché chiamare la ragazza Tabitha?» la interruppe la signora Bailey, confusa. «Avreste potuto darle qualunque altro nome...»

«... come Eliza?» Lady Ferris fece una smorfia. «Perché avrei dovuto darle un nome diverso da Tabitha, che è molto più bello?» Sospirò. «Quel ragazzo era un magnifico ascoltatore.» Sorrise al vicario, ma non era un sorriso piacevole. «Ascoltate anche voi, vero, reverendo Purefoy? Ma in modo diverso. Hugh ascoltava come se gli importasse. Voi ascoltate perché siete obbligato. Allora mi chiesi se avevate le orecchie veramente aperte. Quindi adattai la storia per voi.» Guardò Alec. «Raccontai a Purefoy la storia di un uomo e una donna che si erano innamorati e che solo quando aspettavano il loro primo figlio avevano scoperto, con orrore, che erano anche stretti consanguinei, tanto che la loro unione sarebbe stata considerata sacrilega e il loro figlio un abominio…»

«Ah! Quindi siete stata voi. Immaginavo che foste stata voi a mettere la pulce nell'orecchio della signora Bailey.» La duchessa di Romney-St. Neots si scagliò contro lady Ferris, incapace di trattenere oltre il suo sdegno. «Strega malefica e immorale! Nessuno, men che meno il vicario, crede alle vostre assurde storie…»

«Basta, Olivia» ordinò sottovoce Alec. «Basta storie, e basta bugie. La storia che lady Ferris raccontò al reverendo Purefoy non riguardava Hugh Turner e i suoi genitori, riguardava me e i miei. E avete ragione, Olivia, il reverendo non credette a lady Ferris. Pensò che fossero i vaneggiamenti di una vecchia signora confusa. Ma cambiò idea e cominciò a crederle quando sua sorella gli confidò che riteneva che suo marito stesse avendo una relazione con la sua stessa figlia; la sbalorditiva somiglianza del ragazzo con il colonnello era una prova sufficiente per lei, e poi per lui, che Hugh Turner fosse la loro innaturale progenie.»

«Mio Dio, che cosa avete fatto, Prudence?» esclamò angosciato il colonnello e crollò sulla poltrona più vicina.

«Lionel! Lionel!» gridò la signora Bailey, alzandosi dal sofà. Sarebbe andata da lui ma suo fratello le afferrò il polso e la tirò indietro accanto a lui. Lei chiuse immediatamente la bocca e abbassò la testa.

«E poiché la signora Bailey aveva già confidato tanto a suo fratello» continuò Alec come se non l'avessero interrotto, «si sentì obbligata a confessare non solo di aver rinunciato a sua figlia alla nascita, ma anche tutto il resto di questo triste disastro. Della benedizione di Fivetrees e di ciò che aveva significato per gli antenati dei proprietari terrieri e per i loro discendenti. Che sconvolgente risveglio per voi, Purefoy. Rendervi conto che predicavate a un gregge di parrocchiani di cui era ragionevole presumere una buona parte fosse il risultato di ciò che consideravate accoppiamenti sacrileghi. Quindi vi chiedo di nuovo, signora Bailey: chi vi disse che Hugh Turner era un abominio?»

«Beh, non è ovvio?» si inserì lord Cobham, indicando con la testa il reverendo Purefoy. «È stato lui. Il vicario.»

«Ma lei... quella creatura maligna... è stata lei la prima a dirlo!» dichiarò la duchessa, indicando lady Ferris con il ventaglio chiuso.

«A meno che stiate in qualche modo accusando mia sorella, milord» li interruppe il reverendo Purefoy, alzandosi in piedi. «Allora vi chiedo di cessare questo interrogatorio snervante!» Si guardò attorno e fissò il magistrato. «Mia sorella e io non abbiamo fatto niente di cui dobbiamo rispondere qui sulla terra, sir Tinsley. Solo Lui può giudicarci. In verità è lei la parte lesa in tutta questa faccenda, e il colonnello e la sua puttana sono quelli che...»

«Povero me, vicario» lo interruppe Alec con un sorrisetto. «Voi, specialmente voi, siete sicuramente al corrente che una delle sette cose che il Signore odia è la menzogna. Anche se, per voi, quel peccato non era niente paragonato agli altri sei. Tutti peccati che vi siete impegnato a commettere una volta determinato a liberare la vostra congregazione di un ulteriore abominio, oltre a tutto strettamente imparentato con voi.»

«Aspetta, Halsey! Erano sei le cose che il signore odiava» asserì scortesemente lord Cobham. «La lingua bugiarda è uno di quelli e il falso testimone che proferisce menzogne, poi gli occhi alteri, il cuore che concepisce progetti malvagi, e i piedi che sono veloci nel correre verso il male. E poi c'è qualcosa su chi semina discordie tra fratelli...»

«Mi dispiace, Cobham, ma sono sette. Vorrei che non fosse così, ma lo è. La settima sono le mani che versano sangue innocente, Proverbi, 6:16,19» gli disse Alec, senza distogliere lo sguardo dal reverendo Purefoy. «Adesso è il momento, reverendo. Se volete salvare vostra sorella e darle una speranza di redenzione...»

«Sono stata io! L'ho fatto io! L'ho ucciso io! Io. Gli ho tagliato io la gola con il coltello da rose e non me ne pento!»

TRENTATRÉ

QUELLE PAROLE INCRIMINANTI ERANO STATE STRILLATE DALLA signora Bailey, in piedi accanto al fratello. Fu tale la ferocia della sua confessione che tutti fecero un passo indietro, allontanandosi dal sofà Delvin, sbalorditi. E mentre lo facevano, la signora Bailey barcollò e poi cadde ai piedi del fratello. Sorpreso tanto da restare immobile, come il resto di quelli intorno a lui, la vista di sua moglie che giaceva incosciente sul pavimento riscosse il colonnello. Balzò fuori dalla poltrona e si inginocchiò accanto a lei. E il dottor Riley lo raggiunse. Il reverendo riuscì a restare in piedi, ma non a muoversi, con il volto del colore del gesso. Alec si avvicinò di un passo, e poi tutti si voltarono al rumore di passi silenziosi e di un basso brusio.

Il salone si stava riempiendo di gente. Abitanti del villaggio, manovali, operai stranieri, servitori, cuochi, giardinieri, affittuari, donne e bambini, vecchi e giovani. Si avvicinarono per quanto lo permettevano i servitori, silenziosi e attenti, occhi spalancati e cuori che battevano forte per aver avuto il permesso di riunirsi tutti insieme sotto il tetto di sua signoria.

Alec lasciò la signora Bailey alle cure di suo marito e del medico e andò dove era stata posta una scaletta perché potesse arrampicarsi, in modo che tutti avessero la possibilità di sentirlo. Ma prima di farlo, mormorò a uno dei servitori di far sorvegliare tutte le uscite. Nessuno doveva lasciare il salone senza il suo permesso.

Facendo del suo meglio per accantonare la confessione della signora Bailey e apparire calmo e composto, salì la scaletta e guardò il mare di facce attente alzate verso di lui.

«Vi ho portato qui oggi per fare un discorso sul futuro di questo nostro piccolo angolo d'Inghilterra e più in particolare della nostra comunità di Fivetrees» disse loro, passando lo sguardo sulla moltitudine di gente. «Ma ho deciso di risparmiarvi la versione prolissa e vi dirò le cose più importanti. Prima di tutto, e qualcuno di voi sicuramente lo saprà già, ho inviato il mio tagliapietre a scalpellare via la benedizione di Fivetrees che è stata una caratteristica della piazza del mercato per oltre trecento anni. Che pensiate di conoscere la storia dietro quel detto, o qualche sua versione, tutto ciò che dovete sapere è che non influenzerà più nessuno di noi. Né alcun proprietario terriero in quest'area del Kent seguirà la sua odiosa pratica, istituita per onorare antenati che avevano fatto la scelta di preservare le loro terre per le future generazioni, scelta che, francamente, considero barbara e incomprensibile e che non ha posto in questo secolo.

«Da questo giorno in poi, tutti i bambini che nasceranno a Fivetrees, da quelli del lord del maniero a quelli degli abitanti del bosco, conosceranno i propri genitori e saranno allevati da loro. Se un genitore avrà la grande tragedia di perdere un figlio, sarà per cause naturali al di là del loro controllo e nonostante tutti gli sforzi loro e del medico. Ogni bambino che resterà orfano e non avrà una famiglia che possa prendersene cura, sarà allevato dalla comunità di Fivetrees, a mie spese. E tutti i bambini, dall'età di quattro anni fino al loro decimo compleanno, frequenteranno una scuola, dono di lady Halsey, per imparare a leggere, scrivere e far di conto.

«E non accetterò più la congiura del silenzio nella nostra comunità, con i suoi abitanti che non vogliono o non sono in grado di parlare per paura di essere perseguiti secondo il Black Act. Sappiatelo. Non tollererò il bracconaggio per profitto nelle mie terre. Né permetterò ai miei vicini di cacciare impunemente e per piacere, non quando la maggior parte di voi è penalizzata dal loro comportamento. Ma non sosterrò nemmeno l'applicazione del Black Act contro coloro di voi che cacciano per procacciarsi il cibo o raccolgono la legna per avere un rifugio o calore. Da oggi in poi, sotto la guida del mio sovraintendente e del mio guardacaccia potrete porre trappole nel bosco, rimuovere gli animali nocivi dalle vostre terre ed essere esenti dall'azione giudiziaria per le infrazioni elementari.

«Spero che le mie parole vi abbiano dato un minimo di conforto e di guida. Nelle prossime settimane avrò di più da dire e voi, se vorrete essere sicuri, potrete prendere contatto con me attraverso il mio segretario, il signor Jeffries. Anche se» aggiunse con un sorriso autoironico, «dovrete scusarmi se sono un po' distratto dall'imminente nascita del mio bambino. Grazie. È tutto ciò che avevo da dire per ora.»

Ci fu una risatina diffusa quando menzionò la sua distrazione e mentre Alec scendeva i gradini, quel mormorio divertito divenne più forte, finché qualcuno tra la folla urlò: «Hip-hip urrà per sua signoria!» causando un coro assordante di giubilo tra tutti loro.

Alec li ringraziò agitando una mano sopra la testa, rosso in viso per un'accoglienza così lusinghiera. E dopo essersi voltato per controllare se tutta la sua famiglia e i suoi ospiti fossero ancora accanto al sofà Delvin, fece un cenno ai servitori di aprire le porte e riaccompagnare la folla nella Corte di Pietra dove era stato preparato un rinfresco. Stava per chiedere della signora Bailey, che avevano aiutato a tornare sul sofà ed era seduta accasciata contro il fianco del marito mentre il medico era inginocchiato accanto alla sua cassetta da viaggio per prepararle un elisir. Ma si presentò il magistrato, chiedendo che cosa stesse succedendo e se ciò che la signora Bailey aveva gridato fosse vero. In quel caso avrebbe dovuto chiamare i funzionari e farla portar via.

«Un momento, sir Tinsley...» gli consigliò Alec e fu distratto, come tutti gli altri, quando dalla folla che usciva emerse Plantagenet Halsey con un braccio intorno alle spalle di ciascuno dei ragazzi Fisher.

«Non voleva venire» sussurrò il vecchio quando Alec andò loro incontro. «Ma lei l'ha convinto.»

«Detesto farlo al povero ragazzo, ma temo che sia l'unico modo» rispose Alec e poi disse a voce più alta: «Venite, Nic e Sally. Voglio presentarvi alla mia madrina. Avete mai incontrato una duchessa?»

Sally sgranò gli occhi e cercò immediatamente tra il gruppetto la donna vestita con le sete e i gioielli più costosi.

«Nic! Eccola!» disse Sally, puntando maleducatamente un dito verso la piccola signora imperiosa con i capelli raccolti incipriati, vestita di seta e grondante di gemme scintillanti. «Guarda! È quella con i diamanti e i rubini e... che c'è? Che cos'è?»

Olivia St. Neots stava per commentare che non era un oggetto in mostra a una fiera e che era scortese indicare, in ogni situazione, ma qualcosa la fece esitare e valutare la situazione. E quando guardò Alec e vide la sua espressione, si rese conto di che cosa stava succedendo... quei ragazzini erano lì per aiutare il suo figlioccio a catturare un assassino.

Anche Nic Fisher stava cercando tra il gruppo, dalla sicurezza del braccio del vecchio intorno a lui. Ma dimenticò completamente le duchesse, i diamanti e i rubini quando il suo sguardo cadde su una persona in particolare. Le sue dita si strinsero convulsamente sulla manica della giacca di Plantagenet Halsey e chiuse stretti gli occhi, lasciando uscire un grido penetrante. Era un grido che non poteva controllare, come non poteva fermare le immagini di sangue e morte che gli riempivano la mente.

Era tornato nel bosco, dietro a un tronco, dove era corso a nascondersi appena Hugh aveva pronunciato le parole *staccargli la testa*. E dov'era rimasto mentre i suoi amici si occupavano della macabra faccenda di fare a pezzi il cervo ucciso. E quando aveva sbirciato da sopra il tronco, là c'era Hugh, per terra accanto al cervo, gli occhi spalancati e il sangue che gli usciva dal collo. Inginocchiata accanto a lui c'era una donna e il sangue gocciolava da una lama tenuta in una mano guantata e c'era sangue schizzato sul davanti di una giacca da cavallerizzo colore del grano. E poi Will era corso verso il tronco, urlando come stava urlando Nic adesso, ed era inciampato e aveva picchiato la testa e rimasto in silenzio. Ma il sangue non si fermava e Nic non riusciva a smettere di urlare.

Plantagenet Halsey prese in braccio il bambino proprio mentre questi perdeva conoscenza.

Furono tutti scossi e ridotti al silenzio. Ma ciò che li colpì più delle urla del bambino fu quando riaprì gli occhi che aveva chiuso stretti e puntò il dito in aria. Indicava l'assassino, senza sbattere gli occhi, con l'orrore impresso sul suo visino pallido. Indicava senza esitazioni Adolphus Purefoy.

⚹

«Tutte quelle grida mi hanno sicuramente rotto un timpano» si lamentò lord Cobham, appoggiando il suo bicchiere di brandy per asciugarsi la fronte umida con la manica della camicia. «Sono passate ore e non riesco ancora sentire un accidente di niente dall'orecchio sinistro.»

«Un altro brandy, milord?» chiese un cameriere, in attesa lì vicino.

«Un altro… *Cosa*? Alzate la voce! Alzate la voce!»

Plantagenet Halsey sbuffò, indicando all'attonito cameriere di riempire nuovamente il bicchiere di lord Cobham.

«È solo una misera scusa perché sua signoria ti sta sonoramente battendo» tuonò il vecchio. Era comodamente seduto su una poltrona, con le gambe allungate davanti a sé, la testa appoggiata a un pugno. «Non hai bisogno dell'udito per incrociare le spade!»

«Possiamo smettere se preferisci, Cobham» suggerì Alec, lasciando cadere lungo il fianco il braccio con la spada. Si tolse i riccioli neri e umidi dagli occhi stanchi e si appoggiò sul bordo del sedile sotto una finestra. Mettendo da parte il fioretto, prese il brandy che gli offriva un cameriere. «Non è che non abbiamo avuto una buona mezz'ora...»

«No, no. Dobbiamo tenerti occupato. Dobbiamo tenerti lontana la mente dal dolore e dai pericoli del parto. Ordini di zia Olivia.»

«Grazie per non avergli ricordato perché gli uomini sono stati relegati nella galleria dei ritratti!» disse ironico Plantagenet Halsey, alzando gli occhi al cielo, questa volta imitato da Alec. «Scommetto che usi questo stesso abile tocco quando stai negoziando un trattato con le potenze straniere.»

«Ci vuole più abilità di quanto possiate immaginare» dichiarò cupamente Cobham, senza ulteriore indicazione della perdita di udito. Risistemandosi le maniche della camicia disse ad Alec: «Ciò che ancora non capisco è come mai quel vicario sia di colpo impazzito e abbia usato un coltello da rose su quel ragazzo.»

«Sua signoria te l'ha detto» disse il vecchio. «Purefoy era convinto di vedere il diavolo in Hugh Turner.»

Lord Cobham fece una smorfia. «Beh, se vedessi il diavolo, l'ultima cosa che farei è attaccarlo con un coltello da rose... quella *è* una pazzia!»

«Secondo sua sorella» spiegò pazientemente Alec, nascondendo un sorriso all'espressione completamente sconcertata di Cobham, «quando lei e Purefoy si sono imbattuti in Hugh Turner nel bosco, lui aveva le braccia affondate fino ai gomiti nei tendini e nel sangue di un cervo decapitato. Per Purefoy fu come se la parabola di lady Ferris avesse preso vita, ma con il ragazzo intrappolato tra due mondi, terreno ed etereo. Purefoy era convinto di essere alla presenza del male personificato e che l'unico modo per proteggere se stesso, sua sorella e il suo gregge, fosse distruggerlo.»

«Ma con un coltello da rose da signora?» chiese lord Cobham, non convinto.

«Sì, il coltello da rose di lady Ferris, che Hugh aveva con sé.»

Lord Cobham era confuso. «Era stato il ragazzo a rubare il coltello oppure Purefoy?»

«E ovviamente ti sei concentrato sulla cosa meno importante!» esclamò Plantagenet Halsey.

«Vi ricordo, signore, che rubare è un crimine passibile di impiccagione o di deportazione e lavori forzati come minimo.»

Il vecchio si mise diritto. «Ma non è una ragione perché un vicario folle ti tagli la gola perché pensa che tu sia posseduto dal diavolo! E non fatemi cominciare sui mille modi in cui questo governo sta usando il Black Act per assassinare gli innocenti!»

«Signore, perché il guardacaccia, Adams, non vi ha mai detto niente?» chiese Hadrian Jeffries ad Alec, in tono pacato, ponendo deliberatamente fine alla filippica del vecchio e così, sperava, impedendo una discussione con il capo del Ministero degli Esteri. «Dopo tutto, ha appena ammesso con sir Tinsley di aver trovato il reverendo Purefoy e la signora Bailey con un cervo decapitato.»

«E rischiare di essere coinvolto nel giro di bracconaggio? Se Adams si fosse fatto avanti, avrebbe creato più domande che risposte.»

«Risposte che avreste preteso da lui, signore» rispose Hadrian ad Alec.

«Con un ragazzo morto, un cervo ucciso illegalmente e un coltello da rose rubato?» si inserì lord Cobham. «Spero proprio che ci sarebbero state delle domande!»

«Cobham, il corpo del ragazzo non era lì quando Adams è arrivato nella radura, altrimenti avrebbe detto qualcosa» dichiarò Plantagenet Halsey. «Il vicario era riuscito a spingere il corpo del povero Hugh sotto le foglie. Adams pensava fosse un semplice caso di bracconaggio. E dato che quello succedeva piuttosto spesso qui in giro, non aveva intenzione di parlarne a sua signoria.» Guardò Alec. «Sai che il povero Nic pensava che Dio stesse dando la caccia a lui e ai suoi amici per aver ucciso quel cervo. È questo che lo aveva spaventato a morte. Pensava che sarebbero andati direttamente all'inferno e che non ci fosse niente da fare perché Purefoy era lo strumento di Dio qui in terra.»

«E la sorella?» lo interruppe Cobham, appoggiando il bicchiere di brandy, oramai vuoto e riprendendo il fioretto con un bottone di sughero sulla punta. Fletté la lama. «È pazza anche lei come una lepre marzolina?»

«È possibile... Insiste nel dire che non aveva idea di cosa intendesse fare suo fratello» disse loro Alec a bassa voce. «Sosteneva il suo desiderio di mettere sulla retta via la sua congregazione di unioni sacrileghe e prole abominevole. Ma dichiara di non essere stata al corrente delle sue posizioni più estreme.»

«Come ad esempio uccidere bambini innocenti!» esclamò il vecchio.

«Quella donna è colpevole come quel pazzo di suo fratello, credetemi!» dichiarò lord Cobham che stava saltellando sulla punta dei piedi e sferzando l'aria con il fioretto. «Meritano entrambi di pendere da una corda!» Si fermò di colpo e puntò il fioretto verso il vecchio. «Quello che non riesco a concepire è come quei due pazzi assassini possano essere i nipoti di lord Moffat. Era un conte, per l'amor di Dio!»

«Perché ti sorprende?» gli chiese placidamente Plantagenet Halsey.

«I nostri ranghi sono disseminati di folli e parecchi assassini. Portare una corona nobiliare e sedere ai Lord non significa essere sani di mente come...»

Stava per dire *come te e me*, ma ricordò che stava parlando con Cobham e si rimangiò in fretta quelle parole. Una veloce occhiata ad Alec, che si stava legando il nastro sulla nuca e capì dal suo sorriso che sapeva cos'era stato sul punto di dire. Rispose al sorriso con una strizzatina d'occhio.

«Quindi, ripetimi come facevi a sapere che erano stati la signora Bailey e suo fratello, il vicario pazzo, a tagliare la gola a quel ragazzo» chiese lord Cobham ad Alec mentre faceva qualche allungo di prova con il fioretto. «Da quello che ho visto della gente del posto, sono tutti scivolosi come anguille, capaci di sventrare un animale e tagliare una gola, e non parlo solo degli uomini!»

«Praticamente come te, allora» gli disse sprezzante il vecchio. «Hai sparato, accoltellato, tagliato e ucciso una quantità di animali indifesi mentre andavi a caccia, no?»

Lord Cobham smise di rimbalzare e lasciò cadere il braccio con la spada. Fissò Plantagenet Halsey a bocca aperta. Scosse la testa. Il suo sorriso fu sdegnoso. «I gentiluomini cacciano per sport e per piacere. È tutta un'altra cosa.»

Plantagenet Halsey alzò le mani e ricadde sulla poltrona. «Non ho altro da aggiungere.»

«Lord Cobham ha ragione, signore» disse Hadrian Jeffries, sinceramente interessato e rivolgendosi ad Alec. «Come facevate a sapere che era stato il reverendo Purefoy a uccidere Hugh Turner?»

«Ho ragione!?» lord Cobham gonfiò il petto. «Ehm, sì. È vero! Apprezzo il sostegno, ehm... ehm...»

«...Jeffries, milord. Hadrian Jeffries.»

Lord Cobham spostò con un sibilo il fioretto da Alec a Jeffries e lo tenne puntato su di lui. «E qual è il vostro legame con lord Halsey? Cugino, collega o parente povero?»

Hadrian Jeffries non poté fare a meno di sorridere. «Sono stato di recente nominato segretario di sua signoria.»

«Segretario, aye?» borbottò il capo del Ministero degli Esteri. «Immagino che conosciate la vostra *lingua franca*, Johnson.»

«È Jeffries, milord. E sì, parlo, scrivo e leggo correntemente in quattro lingue.»

«Quattro? Sono tre di troppo secondo me, ma se è quello che serve a lord Halsey, allora urrà!»

«È così» replicò Alec sorridendo al suo nuovo segretario. «Sono lieto che il signor Jeffries abbia accettato il posto.»

«Che abbia accettato? Di essere il segretario del marchese Halsey? Johnson dovrebbe essere dannatamente *onorato*!» Cobham brandì intorno il fioretto, tagliando l'aria mentre prendeva nuovamente posizione per ricominciare a tirare di scherma con suo cognato. «Dai, Halsey! Devo tenerti la mente lontana dagli orrori della stanza del parto.»

Plantagenet Halsey si alzò per sgranchirsi le gambe. «Allora non ti interessa la risposta?»

«Risposta? Non riesco a ricordare la dannata domanda!»

Risero tutti, perfino il vecchio e lo rese più caritatevole nei confronti della sua nemesi politica tanto da confessare: «Non pensavo che lo avrei mai detto, ma sono contento che tu sia qui con noi, Cobham. Intendiamoci, chiedimi come mi sentirò tra un paio d'ore e potrei darti una risposta diversa, specialmente se la nostra ragazza starà ancora vivendo l'agonia del parto. La domanda che ha fatto Jeffries era come facesse sua signoria a sapere che era stato Purefoy a uccidere il povero Hugh Turner. E non dimentichiamo Will Bolen, che il vicario sostiene di non aver ucciso, vero?»

«Secondo fratello e sorella» disse loro Alec mentre si spostava verso la metà della galleria, «Will Bolen scappò nel bosco quando vide tagliare la gola a Hugh. Ma non arrivò lontano, perché la signora Bailey lo inseguì e trovò il ragazzo morto vicino a un tronco, dopo aver battuto la testa quando era inciampato e un ramo gli era entrato nell'occhio. Il medico ha confermato che non solo il ramo era penetrato nel cervello di Will, ma il suo cranio era fratturato, quindi dobbiamo presumere che lei stesse dicendo la verità.»

«Perché mozzare le mani dei ragazzi, signore?» chiese Hadrian Jeffries.

Alec fece spallucce. «La signora Bailey sostiene di aver fatto mozzare le mani dei ragazzi da suo fratello per far credere che in quella zona fossero passati dei bracconieri. E dopo ciò che Purefoy aveva fatto a Hugh, mozzargli la mano non era niente.»

«Concordo con Johnson» dichiarò lord Cobham. «Che ragione c'era di mozzargli la mano quando aveva già tagliato la gola del ragazzo? Esercizio inutile!»

«Non è così se sei un altro bracconiere» ammise Plantagenet Halsey. «Staccare la mano di un rivale è un segnale alla confraternita dei bracconieri e una punizione per aver invaso il territorio di un altro.»

«Lo ricordo!» esclamò lord Cobham e si rivolse ad Alec. «Come facevi a sapere che quel porco assassino del vicario era quello che aveva usato il coltello da rose sulla gola di quel ragazzo?»

«Quando mi sono reso conto che Nic Fisher doveva aver visto chiunque avesse ucciso Hugh» spiegò Alec, «era solo questione di osservare la reazione del ragazzo quando fosse stato messo di fronte a una particolare persona. Era talmente spaventato che aveva perso la parola e restava appiccicato a sua sorella come colla alla carta da parati. Ero convinto che non avesse solo visto l'assassino, ma anche l'omicidio stesso. Eppure, c'era qualcosa nel suo terrore... era sempre attento, come se stesse aspettando che lo trovassero, sicuro di essere destinato a fare la fine di Hugh. Nel cottage del vecchio Bill avevo avuto ampia possibilità di vederlo e poi si era trovato di fronte Roger Turner, Adams e i suoi uomini, Paul Turner e il colonnello e mio pa...»

«... e me» fu pronto a inserirsi Plantagenet Halsey quando Alec balbettò.

«Perdonatemi. Non avrei dovuto dirlo. Non so perché...»

«Non è necessario. Lo diremo a tutti a tempo debito, ma non stasera.» Il vecchio sorrise e sbuffò. «Ne hai avuto abbastanza di cercare di spiegare le cose a Cobham, senza aggiungere altra confusione. E preferirei che lo dicessi alla nostra ragazza prima che agli altri.»

Alec annuì, fece il punto e continuò.

«Nic non aveva reagito in nessun modo a quella gente nel cottage del vecchio Bill, né davanti alla tanta gente del villaggio nel bosco con i cani, mentre cercavano Hugh e Will. In effetti era rimasto indifferente e muto con tutti i servitori, sia dentro sia fuori dalla casa. E avevo fatto in modo che si mischiasse con la folla raccolta nella Corte di Pietra sperando che almeno uno di loro scatenasse la paura di Nic e lo facesse parlare.»

«Si è scatenato, eccome! Mi ha danneggiato il timpano con le sue urla!»

«Devo ringraziarti, Cobham, perché mi hai dato tu l'idea su dove indirizzare le mie indagini.»

«Eh? Io?» Lord Cobham fu preso alla sprovvista, e così anche Plantagenet Halsey.

«Durante il nostro incontro per parlare del dilemma di sua maestà con Midanich, hai menzionato una cospirazione di donne» spiegò Alec. «Mi ha portato a pensare alla benedizione di Fivetrees e al ruolo delle donne delle famiglie di questo distretto. Mi sembrava poco credibile che fossero coinvolti solo gli uomini. E per le centinaia di anni in cui questa benedizione era stata usata per giustificare il figlicidio? No. Le loro mogli, come le madri, dovevano aver saputo che cosa stava succedendo ed essere state complici perché quello schema diabolico potesse funzionare e venire cementato come una tradizione.»

«Non so che cosa significa» confessò Cobham. «E non riesco a ricordare di aver parlato di una cospirazione…»

«Mi hai parlato del *penchant* di lady Cobham per i cuscini e i suoi vasetti pieni di potpourri…»

«Il maledetto potpourri francese! Buon Dio! Allora non mi sorprende che ti abbia fatto pensare all'omicidio! A me viene voglia di strangolare qualcuno tutte le volte che inciampo in un accidente di cuscino o lady Cobham mi ficca quella roba francese sotto il naso dicendomi di annusare. Una volta mi si è conficcato un pezzo di buccia d'arancia essiccata nella narice. Una faccenda maledettamente dolorosa.»

Plantagenet Halsey scoppiò a ridere. Rise finché dovette appoggiare una mano sulla poltrona per restare diritto.

«Oddio, Cobham! Questa è la storia migliore che abbia sentito quest'anno! Perdonami, ragazzo mio» disse il vecchio quando riuscì a respirare. «Continua pure!»

Alec perse il sorriso e disse pacatamente: «La risposta breve è che non potevo escludere che l'assassino fosse una donna. E ho deliberatamente portato Nic davanti ai miei ospiti per ottenere una reazione da lui.»

Alec si fermò e si voltò, distratto da una porta che si apriva in fondo alla galleria e dal rumore di rapidi passi. Guardarono tutti in quella direzione. Era un servitore. Alec fece un passo avanti, senza riuscire a respirare, sperando che il servitore portasse belle notizie di sua moglie e suo figlio.

TRENTAQUATTRO

Il servitore porse un biglietto da visita ad Alec e, senza mostrare la minima emozione, disse: «Il signor Thaddeus Fanshawe, milord.»

Alec fece del suo meglio per non lasciar cadere le spalle o mostrare la sua delusione perché non erano le notizie che lui e tutti gli altri stavano aspettando. Erano passate sette ore da quando Selina era entrata in travaglio ed era quasi mezzanotte. Fissò il biglietto da visita che proclamava che il signor Fanshawe era un avvocato della ditta Yarrborough e Yarrborough, e poi guardò oltre il servitore verso l'individuo che stava arrivando verso di lui ed ebbe il lampo di un ricordo: un giovanotto in disordine, in una giacca giallo canarino che gli aveva fatto visita nella sua casa di St. James Place più di un anno prima.

Era effettivamente lo stesso uomo e anche se non aveva più la giacca giallo canarino, il suo abbigliamento non era meno colorato e sorprendente. Il suo insieme di giacca, panciotto e calzoni era di seta, di un brillante color verde erba con i bottoni ricoperti e i bordi rosa, e sotto l'ascella sinistra c'era un tricorno bordato di rosa. C'era qualcosa di grande e brillante che pendeva da un nastro di seta che aveva nella mano guantata. Ma fu la sua testa che attirò l'attenzione di tutti. La sua parrucca ordinata, *à la pigeon*, era pesantemente cosparsa di cipria rosa, come di conseguenza lo erano le sue spalle strette.

Thaddeus Fanshawe si presentò ad Alec con un sorriso che mostrava i denti da cavallo prominenti e un inchino talmente profondo che quando si raddrizzò fu avvolto da una nuvola di cipria rosa.

Fecero tutti un passo indietro e guardarono la nuvola alzarsi e poi ricadere intorno all'avvocato. Ritrovato l'equilibrio, Thaddeus Fanshawe tese un pacchetto sigillato di cui prese possesso Hadrian Jeffries a un cenno di Alec, prima di offrire una spiegazione al suo pubblico muto.

«Da parte del signor Fisher, milord, che invia le sue più sincere scuse per non avermi accompagnato nel Kent. Una violentissima bufera ha colpito la metropoli l'altra notte e ho visto venendo qua che anche questi paraggi non sono rimasti indenni. Come risultato della bufera di pioggia e vento, la vetrina della farmacia del signor Fisher è stata leggermente danneggiata e saccheggiata da una o più persone sconosciute. La lettera, però, è di una terza parte, la cui identità il signor Fisher non ha voluto rivelarmi. Mi ha chiesto che la consegnassi a voi e mi presentassi alla vostra porta senza perdere tempo, e quindi eccomi qui!»

«Siete il benvenuto, Fanshawe» rispose Alec, impassibile. «Spero che il signor Fisher vi abbia spiegato che avrò bisogno dei vostri servizi per qualche settimana?»

«Sì, milord. Ho portato con me parecchi cambi d'abito adatti alla vita in campagna.»

Alec immaginò che quei capi di abbigliamento fossero altrettanto colorati dell'insieme che indossava Fanshawe, perché ricordò di colpo che, in occasione del loro precedente incontro, l'avvocato gli aveva rivelato di essere daltonico. Ma se ciò che indossava era un buon esempio, dubitava che sarebbero stati adatti a un luogo che non fosse un salotto di città.

Il giovane avvocato si succhiò i denti e si inchinò nuovamente e il suo pubblico si allontanò di nuovo. Quando si raddrizzò, sollevò un largo nastro di seta dal quale pendeva una scintillante chiave di ottone, molto grande ed elaborata che presentò ad Alec con tutta la gravità che riuscì a trovare.

«Milord, ho l'onore di presentarvi la chiave!»

«La chiave?» ripeté Alec, con temporaneo vuoto di memoria.

Hadrian Jeffries si chinò verso di lui e sussurrò: «Presumo che sia della cripta...»

«Ah! Sì! Sì! *Quella* chiave!»

Lord Cobham non riuscì a contenere un momento di più la sua incredulità. Puntò il fioretto direttamente verso Thaddeus Fanshawe. «Chi... o cosa... diavolo siete?»

Erano le prime ore del mattino, proprio all'alba, e gli uomini erano sdraiati, scomodi ma addormentati, sui vari divani e poltrone nella galleria dei ritratti, quando arrivarono notizie dall'appartamento di lady Halsey. Alec era il solo completamente sveglio. Com'era possibile non esserlo? Era sveglio da quasi un'ora, ad aspettare l'alba e ascoltare il sonoro russare di lord Cobham. Si era lavato la faccia, sistemato i capelli, aveva mandato a prendere una camicia e un panciotto puliti ed era alla finestra, a bere una tazza di caffè. La stessa porta dalla quale era passato il giovane avvocato la sera prima, fu aperta da un servitore con gli occhi stanchi, che fece entrare lady Sybilla. Era venuta di persona a prendere Alec invece di mandare una cameriera in modo che non si preoccupasse.

Stanca e stropicciata, ma con le guance rosa e sorridente, arrivò quasi correndo lungo la galleria. Alec l'aveva vista ma, dopo essersi spostato dalla finestra, scoprì che non riusciva a muoversi. L'apprensione gli aveva tolto l'uso delle gambe. Quindi Sybilla andò direttamente da lui e praticamente gli cadde tra le braccia. Alec l'afferrò per i gomiti e abbassò gli occhi, senza fiato.

«Lei... lei sta bene. Ce l'ha fatta. È stata così coraggiosa, *tanto* coraggiosa... Oh!»

Ad Alec si piegarono le ginocchia per il sollievo, ma si riscosse in fretta e diede in fretta un bacio sulla guancia a Sybilla.

«Grazie al cielo e grazie a voi!»

«Che c'è? Che cos'è successo?» chiese Plantagenet Halsey, ancora mezzo addormentato, mentre si alzava dalla poltrona e si stiracchiava. Si passò una mano tra i capelli sale e pepe. «Come sta la nostra ragazza?»

«Quando posso vederla?» chiese Alec. «Il bambino...» Non sapeva come finire la frase.

Lady Sybilla annuì, scacciando le lacrime. «Sì. Sì. Dovete venire. Chiede di voi...»

«E il-il bambino...?»

«Oh! Sì, certo...»

Sybilla esitò, senza sapere che cosa dirgli senza rivelare nulla. Fu troppo per Alec, che barcollò, pensando il peggio e fu sostenuto in fretta da suo padre.

«Oh, no! Non dovete preoccuparvi» gli assicurò Sybilla. «Selina mi ha fatto promettere di non dirvelo. Vuole essere lei a farlo.»

Alec le afferrò la mano e la tenne, frugandole negli occhi. «Ma stanno bene? È andato tutto bene?»

«Stanno entrambi bene. Talmente bene, in effetti, che il dottor Riley se n'è andato per oggi, ma tornerà stasera.»

«E il bambino?»

Sybilla sorrise. «È una *meraviglia*.»

✶

In salotto li salutò una stanchissima Olivia St. Neots. Andò direttamente da Alec e Plantagenet Halsey e li fermò con una mano sul petto di ciascuno dei due.

«Se qualcuno di voi le dice una sola parola sul fatto che sembra stanca, vi caccerò entrambi fuori da qui!»

Padre e figlio annuirono obbedienti, senza osare parlare. Ma era tale la loro eccitazione che non riuscirono a contenere il sorriso, per quanto tentassero. Fu troppo per la duchessa, che cadde tra le braccia del vecchio, scoppiando in lacrime di gioia e di sollievo.

«Sono stati nove lunghi mesi per tutti noi» mormorò Plantagenet Halsey. Fece un cenno con la testa in direzione della porta. «Vai, ragazzo mio. Ti raggiungeremo subito.»

Selina stava sonnecchiando, seduta sul letto con una banyan di seta sopra una camicia da notte pulita e i capelli albicocca ordinatamente raccolti in una lunga treccia. La stanza era in ordine e silenziosa. Evans era seduta in un angolo e sonnecchiava anche lei, mentre una cameriera era ferma alla porta che portava allo spogliatoio. Non c'era niente nella scena che indicasse che sua moglie aveva sopportato uno sforzo monumentale per mettere al mondo una nuova vita. Tranne il fagottino annidato nell'incavo del suo gomito.

Alec si avvicinò cautamente ai piedi del letto. Non sapeva che cosa dire o fare. Ma quando Selina si mosse e tese la mano libera sopra il copriletto, fu da lei in un istante. Le afferrò la mano e le baciò le dita.

«Sembrate stanco» gli disse. «Eravate preoccupato per noi?»

«Molto. Ma è tutto passato adesso, vero? Ce l'avete fatta, mia cara e sono così fiero di voi, di entrambi voi. Oggi è l'inizio del resto delle nostre vite!»

«Volete vederla?» gli chiese Selina, sorridendo al fagottino.

«Una-una figlia?»

Selina annuì, senza alzare gli occhi. «Mi dispiace che non sia il maschio che voi…»

«A me non dispiace!»

Fu enfatico, cosa che le fece alzare gli occhi dalla bambina per guardarlo. Il sorriso e l'espressione dei suoi occhi azzurri le dissero che era sincero. Gli sorrise anche lei, con gli occhi pieni di lacrime.

«Nemmeno a me.» Gli tese cautamente il fagottino. «È la creaturina più bella…»

Alec prese gentilmente in braccio la bambina, continuando a sorridere a sua moglie. E quando l'ebbe al sicuro nell'incavo del gomito, finalmente diede un'occhiata alla figlioletta neonata. Tirò forte il fiato per la sorpresa e poi guardò Selina con palese gioia.

«Ha i miei capelli ricci!»

«I vostri capelli e senza dubbio il mio carattere! Anche se il vostro carattere e i miei capelli sarebbero stati meglio… no! Ritiro tutto. È perfetta così com'è.»

«Avete scelto un nome?»

«No… anche se speravo di chiamarla come mia madre…»

«Splendido! Facciamo così» rispose Alec, senza riuscire a togliere lo sguardo da sua figlia, o il sorriso dalla faccia.

Fu una cameriera, entrata per parlare sottovoce a Evans, che riscosse Alec dalla trance, per rendersi conto che Selina era rimasta in silenzio. Quando la guardò, stava sorridendo in un modo che gli disse di aver fatto qualcosa di molto giusto o di molto sbagliato.

«Tesoro mio, non avete idea di come si chiamasse mia madre.»

Alec rifletté per un momento. «Vero. L'ho sempre conosciuta come lady Vesey. Ma se desiderate chiamarla come lei, non ho obiezioni. A meno che, cioè, il suo nome sia particolarmente orribile o impronunciabile…»

Selina ridacchiò. «Non è impronunciabile, ma non vi piacerà.» Quando Alec alzò un sopracciglio come per dire "mettetemi alla prova", gli disse: «Si chiamava Helen.»

❦

«Buon Dio! Che cosa sta succedendo qui dentro che vi sta facendo ridere come due matti?» chiese la duchessa di Romney-St. Neots, precipitandosi verso il letto, con Plantagenet Halsey che la tallonava. «Zitti o la sveglierete.»

«Stavamo decidendo i nomi» spiegò Selina, più contenuta ma con ancora una scintilla negli occhi scuri.

«Per favore, non ditemi che avete chiamato quella bella bambina con un nome alla moda o impronunciabile.»

«Beh, pensate che Helen Olivia Jane sia alla moda o impronunciabile?» cominciò Alec e poi lasciò in sospeso la domanda ammiccando a suo padre. Andò dal vecchio con sua figlia in braccio. «Vi piacerebbe tenere vostra nipote?» gli chiese a bassa voce.

Plantagenet Halsey annuì e si schiarì la voce. «Moltissimo.»

Alec depose la figlioletta neonata tra le braccia di suo padre e si allontanò per permettergli di avere un momento da solo con lei. Che

Plantagenet Halsey non riuscisse a parlare o ad alzare la testa, ma avesse il mento appoggiato al petto mentre teneva stretta la sua nipotina la diceva lunga su cosa provava. Non c'era un solo occhio asciutto in tutta la stanza.

Alec si sedette sul bordo del letto tenendo la mano di sua moglie.

«Olivia, vi piacerebbe fare il vostro annuncio adesso, prima che Cobham chieda udienza con sua nipote?»

Plantagenet Halsey guardò la duchessa e annuì. Lei sospirò e alzò una mano, arrendendosi.

«Molto bene. Anche se sono sicura che sappiate già ciò che vogliamo dirvi, quindi che senso ha fare un annuncio?»

Alec e Selina si scambiarono un'occhiata e poi Alec disse: «Ma, mia cara Olivia, potremmo anche saperlo, ma non ne possiamo parlare finché non ce lo direte.»

«Farò di te un ambasciatore, ragazzo mio!» esclamò la duchessa, ma non disse altro.

«Ci siamo sposati a Copenaghen» disse Plantagenet Halsey senza mezzi termini. Quando la duchessa ansimò, fece spallucce. «Non lo avresti mai detto, Livvy.» Sorrise a sua nipote e poi ai genitori. «Ma non intendiamo mettere su casa insieme. Lei è felice dov'è e io sono felice con voi due, se siete ancora d'accordo…»

«Certamente!» lo interruppe Selina senza esitare e sorrise ad Alec quando le strinse dolcemente le dita per ringraziarla. «Non vorremmo niente di diverso.»

Il vecchio annuì e, di nuovo sopraffatto dall'emozione, tornò a fissare la nipotina.

Alec e Selina si scambiarono un'occhiata per poi fissare la duchessa di Romney-St. Neots. Ebbero entrambi lo stesso pensiero, e così anche Olivia, che raddrizzò le spalle, alzò il mento e disse, con tutta la dignità che riuscì a raccogliere: «Se qualcuno osa chiamarmi signora Halsey, potrei sputare fuoco!»

«Sì, Vostra Grazia» risposero obbedienti all'unisono Alec, Selina e Plantagenet Halsey e poi risero così forte da svegliare la bambina.

Fine… finché Alec, Selina, Plantagenet Halsey, Olivia St. Neots, Hadrian Jeffries, Evans, Tam Fisher, lord Cobham e la piccola Helen torneranno in Desideri mortali.

NOTE DELL'AUTRICE

FATTI

Il *gavelkind* era un sistema ereditario a ripartizione in cui la proprietà veniva divisa in parti uguali tra gli eredi, principalmente i figli maschi. Si dice che prima della conquista nel 1066, tutte le terre in Inghilterra fossero soggette al *gavelkind*. Fu Guglielmo il Conquistatore che introdusse il maggiorascato (in cui solo il primo figlio maschio legittimo ereditava l'intera proprietà) in tutto il regno, eccetto nella contea del Kent, dove i sostenitori di Guglielmo furono in grado di ottenere la concessione di preservare il *gavelkind*.

Un simile sistema ereditario significava che a ogni generazione successiva le grandi proprietà del Kent venivano divise. I ricchi e titolati acquisivano proprietà in altre parti del paese per assicurarsi che il figlio maggiore ereditasse una proprietà che sarebbe rimasta intatta. Le terre che restavano loro nel Kent furono vendute o affittate. Il *gavelkind* rimase il sistema ereditario principale nel Kent fino alla sua abolizione con la legge sull'amministrazione delle proprietà del 1925.

FINZIONE

Così, anche se il *gavelkind*, come sistema ereditario esisteva veramente, come i proprietari terrieri di Fivetrees lo aggirassero per assicurarsi che le loro proprietà non venissero divise e passassero a un solo figlio maschio, è opera della mia immaginazione.

FATTI/FINZIONE

Parco dei Cervi, la tenuta di Alec con il suo parco e l'enorme palazzo, è strettamente basato su Knole, l'ultimo parco dei cervi medievale del Kent. Originariamente costruito come palazzo arcivescovile, divenne la dimora della famiglia Sackville, che ci vive tuttora. Knole è situato accanto alla città di Sevenoaks (sette querce), che in *Congiunti mortali* diventa il villaggio di Fivetrees (cinque alberi). Knole è anche il luogo dove si trova il sofà Knole (qui chiamato il sofà Delvin), probabilmente il primo pezzo di arredamento diventato una celebrità, copiato nei secoli e le cui repliche si possono ancora comprare nei negozi di arredamento d'interni alla moda. Qui potete leggere ed esplorare Knole, il sofà Knole e il suo circondario: www.nationaltrust.org.uk/knole.

DIETRO LE QUINTE

Andate dietro le quinte di *Congiunti Mortali*—esplorate i
posti, gli oggetti e la storia del periodo su Pinterest.

www. pinterest.com/lucindabrant